Washington Irving

Die Alhambra
oder das neue Skizzenbuch

Salzwasser

Washington Irving

Die Alhambra
oder das neue Skizzenbuch

1. Auflage | ISBN: 978-3-84608-659-9

Erscheinungsort: Paderborn, Deutschland

Erscheinungsjahr: 2015

Salzwasser Verlag GmbH, Paderborn.

An David Wilkie.

Mein lieber Herr!

Sie werden sich erinnern, dass wir bei unsern gemeinschaftlichen Wanderungen in einigen der alten Städte Spaniens, namentlich in Toledo und Sevilla, eine große Mischung des Sarazenischen mit dem Gotischen – Überbleibsel aus der Zeit der Mauren – bemerkten, und mehr als einmal über Szenen und Vorfälle in den Straßen staunten, welche uns Stellen aus den Märchen der tausend und einen Nacht zurückriefen. Sie drangen damals in mich, etwas zu schreiben, das diese Eigentümlichkeiten erläuterte, »etwas in dem Harun Al Raschid Stil,« das einen Beigeschmack von jenem arabischen Gewürz hätte, welches Alles in Spanien durchdringt.

Ich erinnere Sie daran, um Ihnen zu zeigen, dass Sie in gewisser Hinsicht für dieses Werk verantwortlich sind, in welchem ich einige Arabesken-Skizzen aus dem Leben, und auf Volksüberlieferungen gegründete Erzählungen gegeben habe, welche während eines Aufenthalts in einem der vorzugsweise Maurisch-Spanischen Paläste der Halbinsel gesammelt wurden.

Ich weihe Ihnen diese Blätter als ein Andenken an die fröhlichen Szenen, von denen wir in jenem Lande der Abenteuer gemeinschaftlich Zeugen waren, und als einen Beweis der Achtung für Ihren Wert, die nur von der Bewunderung Ihrer Talente übertroffen wird.

Ihr Freund und Reisegefährte,

Im Mai, 1832.

der Verfasser.

Die Reise.

Im Frühling 1829 machte der Verfasser dieses Werkes, den die Neugierde nach Spanien geführt hatte, in Gesellschaft eines Freundes, einem Mitgliede der russischen Gesandtschaft zu Madrid, eine Reise von Sevilla nach Granada. Der Zufall hatte uns aus verschiedenen Regionen des Erdballs zusammengeführt und eine Gleichartigkeit des Geschmacks veranlasste uns, gemeinschaftlich in Andalusiens romantischen Bergen umherzuwandern. Wenn ihm diese Blätter zu Gesicht kommen, wohin auch die Pflichten seines Berufes ihn geschleudert haben, ob er an dem Gepränge der Höfe Teil nehme, oder über den echteren Glanz der Natur nachsinne, mögen sie die Szenen unserer abenteuerlichen Genossenschaft und mit ihnen die Erinnerung an jemand zurückrufen, bei dem weder Zeit noch Entfernung das Andenken an sein einnehmendes Wesen und seinen Wert verlöschen werden.

Und hier sei es mir, ehe wir die Reise beginnen, vergönnt, vorläufig einiges über spanische Landschaften und spanisches Reisen zu bemerken. Mancher mag sich wohl in seinem Geiste Spanien als ein mildes, südliches Land denken, mit all den üppigen Reizen des wollüstigen Italiens ausgeschmückt. Im Gegenteil ist es, obgleich in einigen der Küstenprovinzen Ausnahmen gefunden werden, zum größern Teil ein ernstes, melancholisches Land, mit rauen Gebirgen, lang hinziehenden Ebenen, baumlos, unbeschreiblich stumm und einsam, dem wilden und abgeschlossenen Charakter Afrikas sich nähernd. Was dieses Schweigen und diese Einsamkeit vermehrt, ist der Mangel an Singvögeln, eine natürliche Folge des Abgangs an Laubwerk und Hecken. Wohl sieht man den Geier und den Adler über den Bergen kreisen und über die Ebenen schweben, und Gruppen von scheuen Trappen auf den Heiden umherschreiten; allein die Myriaden kleinerer Vögel, welche den ganzen Charakter anderer Gegenden beleben, trifft man nur in wenigen Provinzen Spaniens und hier vorzüglich in den Obststücken und Gärten, welche die Wohnungen der Menschen umgeben.

In den innern Provinzen durchschneidet der Reisende zuweilen große Strecken, die so weit das Auge reichen kann, mit Frucht besäet sind, jetzt in grünen Wellen wogend, jetzt nackt und sonnenverbrannt; aber vergebens sucht er rund umher die Hand, welche den Boden gebaut hat. Endlich bemerkt er irgendein Dorf an einer steilen Höhe oder an einem rauen Fels, mit zerfallenden Zinnen und den Trümmern eines Wartturms, in alten Zeiten ein fester Platz gegen Bürgerkrieg oder Maurischen Einfall; denn die Gewohnheit, sich zu wechselseitigem Schutz zu versammeln, wird zufolge der Räuberei umstreifender Freibeuter, in den meisten Teilen Spaniens noch unter den Landleuten beibehalten.

Obgleich es aber einem großen Teile von Spanien an dem Schmucke des Laubwerks und der Wälder und den sanfteren Reizen einer kunstreichen Anbauung fehlt, so hat seine Szenerie doch etwas von einem hohen und stolzen Charakter, wodurch jener Mangel ausgeglichen wird. Sie hat einige Ähnlichkeit mit den Eigentümlichkeiten ihres Volkes, und ich glaube den stolzen, kühnen, mäßigen und enthaltsamen Spanier, seinen männlichen Trotz gegen Mühseligkeiten und seine Verachtung gegen Verweichlichung besser zu kennen, seit ich das Land gesehen habe, welches er bewohnt.

Auch in den streng einfachen Zügen der spanischen Landschaft ist etwas, das die Seele mit einem Gefühle der Erhabenheit erfüllt. Die unermesslichen Ebenen der beiden Kastilien und der Mancha, die sich, soweit das Auge nur reichen kann, ausdehnen, erhalten selbst durch ihre Nacktheit und Unabsehbarkeit ein Interesse und haben etwas von der feierlichen Größe des Ozeans. Wenn man diese grenzenlosen Wüsten durchwandert, fällt der Blick da und dort auf eine einzelne Rinderherde von einem einsamen Hirten gehütet, der bewegungslos wie eine Statue steht und dessen langer, schlanker Stab, wie eine Lanze in die Luft emporragt; oder man sieht einen langen Zug von Maultieren, die sich langsam die Einöde entlang bewegen, wie ein Zug Kamele in der Wüste; oder einen einzelnen Hirten, der, mit Gewehr und Dolch bewaffnet, durch die Ebene eilt. So hat das Land, so haben die Sitten, selbst das Aussehen des Volkes etwas von dem arabischen Charakter. Der allgemeine Gebrauch der Waffen beweist, dass es überall unsicher in dem Lande ist. Der Hirt auf dem Feld, der Schäfer in der Ebene hat seine Flinte und sein Messer. Der reiche Dorfbewohner wagt sich selten in den Marktflecken, ohne seinen Trabuco und vielleicht einen Diener zu Fuß mit einer Büchse auf der Schulter bei sich zu haben, und die unbedeutendste Reise wird mit den Vorbereitungen eines kriegerischen Unternehmens angetreten.

Die Gefahren auf der Heerstraße veranlassen auch eine Reiseart, die in einem kleinen Maßstab den Karawanen des Osten gleicht. Die Arrieros, oder Kärner, vereinigen sich zu Geleitschaften und gehen an bestimmten Tagen in großen und wohlbewaffneten Zügen ab, während hinzukommende Reisende ihre Zahl vermehren und ihre Stärke erhöhen. Auf diese alt einfache Weise wird der Handel des Landes betrieben. Der Maultiertreiber ist der allgemeine Vermittler des Verkehrs und der gesetzmäßige Durchzieher des Landes, der die Halbinsel von den Pyrenäen und den asturischen Gebirgen bis zu den Alpujarras, der Serrania de Ronda und selbst zu den Pforten von Gibraltar durchstreift. Er lebt mäßig und mühevoll; sein Alfurjas von grobem Tuche enthält seinen knappen Vorrat von Lebensmitteln; eine Lederflasche, die an dem Sattelbogen hängt, ist mit Wein oder Wasser gefüllt, um auf dem öden Gebirg oder den dürren Ebenen den Durst zu stillen. Eine Maultierdecke, auf den Boden gebreitet, ist des Nachts sein Bette und sein Packsattel ist sein Kissen. Seine kleine, aber schön gegliederte und kräftige Gestalt zeugt von Kraft; seine Gesichtsfarbe ist dunkel und sonneverbrannt; sein Auge entschlossenen aber ruhigen Ausdrucks, ausgenommen wenn eine plötzliche Erregung es entflammt; sein Benehmen ist frei, männlich, höflich und er geht nie an dir vorbei ohne einen ernsten Gruß: »Dios guarde à usted!« »Va usted con Dios, Caballero!« – »Gott schirme euch! Gott sei mit euch; Herr!«

Da diese Leute oft ihr ganzes Vermögen in dem Gepäck ihrer Maultiere tragen, so haben sie ihre Waffen, die an den Sattel befestigt und augenblicklich zu verzweifeltem Widerstand bereit sind, stets zur Hand. Ihre vereinte Zahl aber sichert sie gegen kleine Banden von Schnapphähnen; und der einsame Bandolero, bis zu den Zähnen bewaffnet und auf seinem Andalusier sitzend, umschwebt sie, wie ein Seeräuber das Geleitschiff eines Kauffahrers, ohne einen Angriff zu wagen.

Der spanische Maultiertreiber hat einen unerschöpflichen Vorrat von Liedern und Balladen, um sein unaufhörliches Wanderleben damit zu erheitern. Die Weisen sind rau und einfach, indem sie nur aus wenigen Inflexionen bestehen. Diese singt er mit lauter Stimme und langem, gezogenem Tonfall heraus, während er quer auf seinem Maultier sitzt, das mit unendlichem Ernste zu lauschen und mit seinem Schritte den Takt zu der Weiße zu halten scheint. Die so abgesungenen Strophen sind oft alte überlieferte Romanzen, die Mauren betreffend, oder irgendeine Heiligen-Legende, oder ein Liebesliedchen; oder, was noch häufiger der Fall ist, eine Ballade auf einen kecken Schleichhändler, oder einen kühnen Bandolero, denn der Schmuggler und der Räuber sind poetische Helden bei dem gemeinen Volke Spaniens. Oft ist der Gesang des Maultiertreibers ein Erzeugnis des Augenblicks und bezieht sich auf eine örtliche Szene oder auf irgendeinen Reisevorfall. Dieses Talent des Gesanges und der Improvisation ist sehr häufig in Spanien und soll ihnen von den Mauren vererbt worden sein. Es hat etwas wild Ergötzliches, diesen Liedern in den rauen und einsamen Gegenden, von denen sie Kunde geben, zu lauschen, wenn sie von dem Geklingel der Glocke des Maultiers begleitet werden.

Es ist auch von einer sehr malerischen Wirkung, in einem Gebirgspass auf einen Zug von Maultiertreibern zu stoßen. Zuerst hört man die Glocken der vordern Maultiere, die mit ihrem einfachen Tone die Stille der luftigen Höhe unterbrechen; oder vielleicht die Stimme des Maultiertreibers, der ein träges oder vom Weg abgekommenes Tier ermahnt, oder mit der ganzen Kraft seiner Lunge eine alte Ballade singt. Endlich sieht man die Maultiere sich langsam den engen Felsenpass entlang winden, zuweilen steile Klippen niedersteigend, sodass sie sich scharf gegen den Himmel abzeichnen, zuweilen aus den tiefen öden Klüften unten sich empor arbeitend. Während sie sich nähern, unterscheidet man ihren bunten Schmuck von wollenen Büschen, Troddeln und Satteldecken, während, beim Vorüberziehen, der stets bereite Trabuco hinter den Päcken und Sätteln, die Unsicherheit der Straße andeutet.

Das alte Königreich Granada, in welches wir nun eintreten, ist eines der bergigsten Länder Spaniens. Weite Sierras, oder Gebirgsketten, ohne Strauch oder Baum, farbig von mannigfachen Marmorn und Graniten, erheben ihre sonnverbrannten Gipfel gegen einen tief blauen Himmel; allein in ihren schroffen Gründen liegen die grünsten und fruchtbarsten Täler eingeklüftet, wo Wüste und Garten um den Vorrang streiten und selbst der Fels gezwungen scheint, Feigen, Orangen und Zitronen zu spenden und sich mit der Myrte und der Rose zu schmücken.

Der Anblick ummauerter Städte und Dörfer, die wie Adlernester an den Klippen hängen und von maurischen Zinnen umgeben sind, oder von zerfallenden Warttürmen, die auf luftigen Kuppen thronen, führen in den wilden Pässen dieser Berge den Geist in die ritterliche Zeit des christlichen und mahomedanischen Kriegslebens und zu dem romantischen Kampf um Granadas Eroberung zurück. Der Reisende muss, wenn er diese hohe Gebirge durchzieht, absteigen und sein Pferd die steilen und eingekerbten Pfade, die bergan und talab führen und den zerbrochenen Stufen einer Treppe gleichen, auf und nieder leiten. Zuweilen windet sich der Weg schwindlige Abgründe entlang, ohne ein Geländer, das ihn vor der Tiefe unten schützt, und stürzt dann tiefe, dunkle und gefährliche Abhänge nieder. Zuweilen geht er durch raue Barrancas oder Schluchten, von Winterströmen ausgewaschen, der heimliche Pfad der Schmuggler; während da und dort das bedeutungsvolle Kreuz, das Denkzeichen einer Räuberei oder eines Mordes, auf einem Steinhaufen an irgendeinem einsamen Teil des Weges errichtet, den Reisenden ermahnt, dass er im Bereich von Banditen, vielleicht in diesem Augenblick unter den Augen eines lauernden Bandolero ist. Zuweilen setzt ihn, wenn er sich durch die engen Täler windet, ein raues Gebrüll in Erstaunen und er sieht über sich, auf einem grünen Einschnitt der Bergseite, eine Herde wilder andalusischer Stiere, die zum Kampfe der Arena bestimmt sind. Es ist etwas Schauerliches in dem Anblick dieser furchtbaren Tiere, mit schreckenhafter Kraft begabt und, fast Fremdlinge dem Antlitze des Menschen, in ungezähmter Wildheit ihre heimatlichen Weiden durchstreifend; sie kennen niemand, als den einsamen Hirten, der sie hütet und er selbst wagt es zu Zeiten nicht, ihnen nahe zu kommen. Das tiefe Brüllen dieser Stiere und ihr drohendes Aussehn, wenn sie von der Felsenhöhe niederblicken, erhöht die Wildheit der rauen Szenerie umher.

Ich habe mich unwillkürlich verleiten lassen, bei den allgemeinen Zügen des Reisens in Spanien länger zu verweilen, als meine Absicht war. Es ist aber etwas Romantisches in jeder Erinnerung an die Halbinsel und die Einbildungskraft scheidet ungern davon.

Am ersten Mai verließen mein Gefährte und ich Sevilla, um nach Granada zu gehen. Wir hatten alle Vorbereitungen getroffen, welche eine solche Reise durch gebirgige Gegenden, wo die Wege wenig mehr als bloße Pfade für Maultiere und zu häufig von Räubern belagert sind, notwendig machte. Der wertvollere Teil unseres Gepäcks war durch Arrieros vorausgeschickt worden; wir behielten nur Kleidung und das Notwendigste für den Weg und Geld für die Ausgaben der Reise bei uns; doch steckten wir von letzterm einen kleinen Überschuss zu uns, um den Erwartungen der Räuber, wenn wir angegriffen würden, Genüge zu tun, und uns die raue Behandlung zu ersparen, die den zu sparsamen geldarmen Reisenden erwartet. Zwei starke Pferde wurden für uns, ein drittes für unser kleines Gepäck und einen stämmigen Biskaier gemietet, einen Burschen von ungefähr zwanzig Jahren, der uns durch die Irrgewinde der Bergwege führen, für die Pferde sorgen, gelegentlich die Stelle unseres Bedienten und immer die unseres Wächters vertreten sollte; denn er hatte einen furchtbaren Trabuco oder Karabiner, um uns gegen Rateros, oder Straßenräuber zu Fuß, zu verteidigen; er prahlte mit dieser Waffe ungemein viel, obgleich ich, zur Unehre seiner Anführerschaft, sagen muss, dass sie gewöhnlich ungeladen hinter seinem Sattel hing. Er war jedoch ein treues, munteres, gutherziges Wesen, voller Phrasen und Sprichwörter, wie jenes Wunder von Knappen, der berühmte Sancho selbst, dessen Namen wir ihm gaben; und als echter Spanier überschritt er, obgleich wir ihn mit genossenschaftlicher Vertraulichkeit behandelten, nicht einen Augenblick, selbst nicht in seiner besten Laune, die Grenzen des respektvollen Anstandes.

So ausgerüstet und begleitet begaben wir uns auf die Reise, in der echten Stimmung, uns zu vergnügen. Welch ein Land ist, mit einer solchen Stimmung, Spanien für einen Reisenden, wo das elendeste Wirtshaus voll Abenteuer wie ein bezaubertes Schloss, und jede Mahlzeit an sich schon eine Heldentat ist! Lasst andere über den Mangel regelrechter Straßen und stattlicher Gasthäuser und all die künstlichen Behaglichkeiten eines zu Zahmheit und Alltäglichkeit ausgebildeten Landes klagen; aber mir gebt das raue Bergklettern, das umschweifende, aufs Gradewohl hingehende Wanderleben, die offenen, gastfreundlichen, obwohl halbwilden Sitten, welche dem romantischen Spanien einen so echten Hochgeschmack geben.

Unser erstes Nachtlager bot etwas der Art dar. Wir kamen nach einer ermüdenden Reise über eine weite, hauslose Ebene, wo Regenschauer uns wiederholt durchnässt hatten, nach Sonnenuntergang zu einer kleinen Stadt in den Bergen. In dem Wirtshaus war eine Abteilung von Miqueletes, welche die Gegend durchstreiften, um Räuber zu verfolgen. Die Erscheinung von Fremden, wie wir, war in dieser entlegenen Stadt etwas Ungewöhnliches; unser Wirt studierte mit zwei oder drei alten gesprächigen Kameraden in braunen Mänteln in einer Ecke der Posada unsere Pässe, während ein Alguazil bei dem trüben Licht einer Lampe mit Schreiben beschäftigt war. Die Pässe waren in fremden Sprachen und verwirrten sie, bis unser Knappe Sancho sie in ihren Studien unterstützte und unsere Wichtigkeit mit der Großsprecherei eines Spaniers erhob. Mittlerweile hatte die großmütige Verteilung einiger Cigarren die Herzen aller um uns gewonnen; nach kurzer Zeit schien die ganze Gemeinde in Aufruhr, um uns zu bewillkommnen. Der Corregidor selbst machte uns seinen Besuch, und die Wirtin machte mit Gepränge einen Armstuhl mit einem Strohsitz in unserer Stube für die Bequemlichkeit dieser wichtigen Person zurecht. Der Anführer der Misqueletes aß mit uns zu Nacht, ein lebendiger, gesprächiger, lachlustiger Andalusier, der einen Feldzug in Südamerika mitgemacht hatte, und uns seine Liebes- und Kriegstaten mit vielem Wortgepräng, heftigem Mienenspiel und geheimnisvollem Rollen der Augen erzählte. Er sagte uns, er habe eine Liste aller Räuber der Umgegend, und gedenke, einen wie den andern ans Tageslicht zu ziehen; zugleich bot er uns einige seiner Soldaten als Geleit an. »Einer reicht hin, Sie zu schützen, Sennores; die Räuber kennen mich und kennen meine Leute; der Anblick eines einzigen reicht hin, Schrecken in der ganzen Sierra zu verbreiten.« Wir dankten ihm für sein Anerbieten, versicherten ihn aber in seiner eignen Weise, unter dem Schutz unseres gefürchteten Knappen Sancho flößten uns alle Räuber Andalusiens keine Angst ein.

Während wir mit unserm eisenfresserischen Freunde zu Nacht aßen, hörten wir die Töne einer Gitarre und den Schall von Kastagnetten, und dann einen Chor von Stimmen, die eine bekannte Melodie sangen. In der Tat hatte unser Wirt die Sänger und Musiker und die ländlichen Schönen der Nachbarschaft zusammengerufen, und als wir hinaustraten, bot der Hof des Wirtshauses eine Szene echt spanischer Festlichkeit dar. Wir nahmen unsere Sitze bei dem Wirte, der Wirtin und dem Anführer der Patrouille unter dem Bogentor des Hofes; die Gitarre ging von Hand zu Hand, aber ein jovialer Schuhmacher war der Orpheus des Ortes. Er war ein freundlich aussehender Bursche mit großem schwarzem Backenbart;

seine Ärmel waren bis zu den Ellenbogen aufgerollt; er spielte die Gitarre meisterhaft und sang kleine verliebte Lieder mit einem ausdrucksvollen Seitenblick auf die Frauen, bei denen er augenscheinlich sehr in Gunst stand. Er tanzte dann zur großen Freude der Zuschauer mit einer drallen andalusischen Maid den Fandango. Aber keine der anwesenden Mädchen konnte sich unsers Wirtes hübscher Tochter, Pepita, vergleichen, die sich weggeschlichen und ihre Toilette gemacht, und ihren Kopf mit Rosen geschmückt hatte, und sich in einem Bolero mit einem schönen jungen Dragoner auszeichnete. Wir hatten unserm Wirt aufgetragen, Wein und Erfrischungen unter den Leuten herumzugeben, und obgleich die Gesellschaft aus einem bunten Gemisch von Soldaten, Maultiertreibern und Dörflern bestand, überschritt doch niemand die Grenzen nüchterner Belustigung. Die Szene konnte eine Studie für Mahler abgeben: die pittoreske Gruppe der Tänzer, die Miqueletes in ihrer halb militärischen Tracht, die Landleute in ihre braune Mäntel drapiert, auch darf ich des alten magern Alguazil in einem kurzen schwarzen Mantel nicht vergessen, der an nichts, was um ihn vorging, teilnahm, sondern in einem Winkel saß, und emsig beim trüben Licht einer großen kupfernen Lampe schrieb, welche in den Tagen des Don Quijote eine Rolle gespielt haben mochte.

Ich schreibe keinen regelmäßigen Reisebericht und beabsichtige keine Schilderung der mannigfaltigen Begegnisse unserer mehrtägigen Streifereien über Täler und Höhen, Niederungen und Berge. Wir reiseten auf echte Schleichhändlerweise, indem wir alles das Raue wie das Freundliche hinnahmen, wie sich's fand, und mit allen Klassen und Ständen in einer Art landstreicherischer Genossenschaft verkehrten. Dies ist die rechte Weise, in Spanien zu reisen. Da wir die Spärlichkeit der Speisekammer der Wirtshäuser und die öden Landstriche kannten, welche der Reisende oft durchziehen muss, sorgten wir bei der Abreise, dass die Alforjas oder Sattelsäcke unseres Knappen mit kaltem Mundvorrat gut versehen, und sein Bota oder lederne Flasche, die einen stattlichen Umfang hatte, bis zum Hals mit ausgesuchtem Valdepenas-Wein gefüllt war. Da dieser Kriegsvorrat für unsern Feldzug sogar wichtiger war, als sein Trabuco, ermahnten wir ihn, ein wachsames Auge darauf zu haben, und ich muss ihm die Gerechtigkeit widerfahren lassen, und sagen, dass sein Namensvetter, der 1eckere Sancho, selbst ihn als sorglichen Proviantmeister nicht übertreffen konnte. Obschon die Alforjas und die Bota auf der Reise wiederholt und kräftig angegriffen wurden, schienen sie doch die wunderbare Eigenschaft zu haben, dass sie nie leer wurden; denn unser wachsamer Knappe sorgte, dass alles, was von unserer Abendmahlzeit in den Wirtshäusern übrig blieb, eingepackt und für die Zwischenmahlzeit des nächsten Tags aufgehoben wurde.

Welche üppigen Nachmittagsmahle hielten wir auf dem grünen Rasen, zur Seite eines Bachs oder Brunnens, unter einem schattigen Baum! Und dann welche köstliche Siestas auf unsern Mänteln, die wir auf das Grün breiteten!

Wir hielten eines Nachmittags, um ein Mahl dieser Art uns zu nehmen. Es war auf einer freundlichen, kleinen, grünen Wiese, von Hügeln umgeben, die mit Olivenbäumen bedeckt waren. Unter einer Ulme, am Rand eines sprudelnden Bächleins, waren unsere Mäntel ausgebreitet; auf einem grasigen Platz weideten die los angebundenen Pferde, und Sancho brachte seine Alforjas mit triumphierender Miene. Sie enthielt die Beisteuer von vier Reisetagen, hatte sich aber dadurch ungemein vermehrt, dass ein gut versehenes Wirtshaus zu Antequerra am vergangenen Abend neuen Vorrat lieferte. Unser Knappe zog den verschiedenartigen Inhalt allmählich hervor, und schien nicht zum Ende kommen zu können. Zuerst erschien ein gerösteter Bocksschlegel, der durch das Aufheben nicht viel schlechter geworden war; dann ein ganzes Rebhuhn; dann ein großes Stück gesalzenen Stockfisches, in Papier gewickelt; dann der Rest eines Schinkens, dann ein halbes Huhn mit verschiedenen Broten und einem bunten Haufen von Orangen, Feigen, Rosinen und Walnüssen. Auch seiner Rota war mit trefflichem Malaga-Wein nachgeholfen worden. Bei jedem neuen Zug aus dem Sacke ergötzte er sich an unserm scherzhaften Staunen, warf sich zurück auf das Gras und lachte wie ein Kind. Dem einfach- gutmütigen Burschen gefiel nichts mehr, als wegen seiner Leckerhaftigkeit mit dem berühmten Knappen des Don Quijote verglichen zu werden. Er war in der Geschichte des Don sehr belesen und hielt sie, wie die meisten gemeinen Leute in Spanien, für eine wahre Historie.

»Alles das hat sich aber doch vor langer Zeit zugetragen, Sennor?«, fragte er mich eines Tages mit forschendem Blick.

»Vor sehr langer Zeit,« war die Antwort.

»Ich glaube wohl, vor mehr als tausend Jahren?« immer noch zweifelhaft aussehend.

»Ich glaube wohl nicht weniger.«

Der Knappe war zufriedengestellt.

Während wir, wie gesagt, unser Mahl hielten, und uns an dem einfach drolligen Wesen unsers Knappen belustigten, näherte sich uns ein Bettler, der fast das Aussehen eines Pilgers hatte. Er war augenscheinlich sehr alt, hatte einen grauen Bart und stützte sich auf einen Stab, doch hatte das Alter ihn noch nicht gebeugt; er war groß und grade, und zeigte die Trümmer einer schönen Gestalt. Er trug einen runden andalusischen Hut, eine Jacke von Schafspelz und lederne Hosen, Gamaschen und Sandalen. Seine Kleidung war alt und geflickt, aber anständig, sein Benehmen männlich; er redete uns mit jener ernsten Höflichkeit an, die man bei dem niedrigsten Spanier bemerkt. Wir waren in einer für solchen Besucher günstigen Stimmung und gaben ihm in einem Anfall launenhafter Milde etwas Silber, ein schönes Weizenbrot und einen Becher von unserm trefflichen Malagawein. Er nahm dies erkenntlich an, doch ohne den kriechenden Tribut der Dankbarkeit. Als er den Wein versucht hatte, hielt er ihn, mit einem leichten Strahl des Erstaunens in seinem Auge, gegen das Licht; dann leerte er den Becher auf einen Zug. »Es sind viele Jahre«, sagte er, »dass ich solchen Wein nicht gekostet habe. Er tut dem Herzen eines alten Mannes wohl.« Und dann auf das schöne Weizenbrot schauend: »Bendito sea tal pan« (gesegnet sei solches Brot). Bei diesen Worten steckte er es in seine Tasche. Wir drangen in ihn, es sogleich zu essen. »Nein, Sennores«, sagte er, »den Wein musste ich trinken, oder hier lassen; aber das Brot muss ich für meine Familie mit nach Hause nehmen.«

Unser Freund Sancho suchte unser Auge, und da er darin die Erlaubnis las, gab er dem Alten etwas von den reichen Resten unsers Mahls, jedoch unter der Bedingung, dass er sich niedersetze und esse.

Er nahm also seinen Sitz in einiger Entfernung von uns und begann langsam und mit einer Nüchternheit und einem Anstand zu essen, der einem Hidalgo Ehre gemacht hätte. Es war etwas Gemessenes, eine ruhige Selbstbeherrschung in dem alten Mann, die mich glauben ließ, er habe bessere Tage gesehen. Auch seine Sprache hatte, obschon sie einfach war, gelegentlich etwas Malerisches und fast Poetisches in der Ausdrucksweise. Ich hielt ihn für einen herabgekommenen Adligen. Ich irrte mich; es war nichts als die angeborne Sittenfeinheit des Spaniers und die poetische Wendung der Gedanken und Worte, wie man sie oft in den niedrigsten Klassen dieses geistvollen Volkes findet. Fünfzig Jahre, sagte er uns, sei er ein Schäfer gewesen, doch jetzt sei er ohne Beschäftigung und verlassen. »Als ich jung war«, sagte er, »konnte mich nichts grämen oder beunruhigen; ich war stets gesund, stets heiter; aber jetzt bin ich 79 Jahre alt und ein Bettler, und mein Mut fängt an, mich zu verlassen.«

Doch war er noch kein eigentlicher Bettler; erst neuerlich hatte ihn der Mangel zu dieser Erniedrigung getrieben; er gab uns ein rührendes Gemälde von dem Kampf zwischen Hunger und Stolz, als die äußerste Not über ihn kam. Er kehrte von Malaga ohne Geld zurück; er hatte eine Zeit lang nichts gegessen, und musste eine der größten Ebenen Spaniens, wo sich nur wenige Wohnungen finden, durchwandern. Als er vor Hunger fast verging, hielt er an der Türe einer Venta (Wirtshaus auf dem Lande) an. »Perdon usted por Dios, hermano« (entschuldigt uns um Gottes willen, Bruder), war die Antwort – in Spanien die gewöhnliche Art, einen Bettler abzuweisen. »Ich wandte mich«, sagte er, »hinweg, meine Scham war größer als mein Hunger, denn mein Herz war noch zu stolz. Ich kam an einen Fluss mit hohen Ufern und tiefer, rascher Strömung, und fühlte mich versucht, hineinzustürzen. Wozu soll, sagte ich mir, ein solcher alter, unnützer, unglücklicher Mann, wie ich bin, leben? Als ich aber an dem Rande des Ufers war, gedachte ich der gebenedeiten Jungfrau und wandte mich ab. Ich reiste weiter, bis ich in einiger Entfernung von der Straße einen Landsitz sah. Ich trat an das äußere Tor des Hofes. Die Türe war verschlossen, aber an einem Fenster waren zwei junge Sennoras. Ich näherte mich und bettelte: Perdon usted con Dios, hermano« (entschuldigt uns um Gottes willen, Bruder), und das Fenster schloss sich. Ich kroch aus dem Hofe, aber der Hunger übermannte mich und meine Kraft brach. Ich glaubte, meine letzte Stunde sei gekommen, legte mich drum an dem Tore nieder, empfahl mich der Heiligen Jungfrau und verhüllte mein Haupt, um zu sterben. Nach einer Weile kehrte der Herr des Hauses zurück; da er mich an seinem Tore liegen sah, enthüllte er mein Haupt, fühlte Mitleid mit meinem grauen Haare, nahm mich in sein Haus und gab mir zu essen. So sehen Sie, Sennores, dass man stets Vertrauen in den Schutz der Jungfrau setzen sollte.«

Der alte Mann war auf dem Weg zu seinem Geburtsort, Archidona, das ganz nahe, auf dem Gipfel eines steilen und rauen Berges lag. Er zeigte auf die Ruinen eines alten maurischen Schlosses. »Dieses Schloss«, sagte er, »wurde zur Zeit der Kriege von Granada von einem maurischen König bewohnt. Die Königin Isabelle umzingelte es mit einem großen Heere; aber der König blickte aus seinem Schlosse in den Wolken nieder, und lachte ihrer höhnisch. Darauf erschien die Jungfrau der Königin und führte sie und ihr Heer einen geheimnisvollen Pfad in den Bergen empor, welchen vorher noch niemand gekannt hatte. Als der Maure sie kommen sah, war er erstaunt, sprang mit seinem Pferde von einer Klippe und wurde zerschmettert. Am Rande des Felsens,« sagte der alte Mann, »sieht man noch heute die Spuren von den Hufen seines Rosses. Und sehen Sie, Sennores, dort ist der Weg, auf welchem die Königin und ihr Heer emporstiegen; Sie sehen ihn wie ein Band die Seite des Berges hinanziehen; aber das Wunderbare ist, man sieht ihn wohl in einiger Entfernung, wenn man aber näher kömmt, verschwindet er.«

Der geglaubte Weg, auf den er zeigte, war ohne Zweifel ein sandiger Wasserriss des Berges, welcher in der Entfernung schmal und begrenzt aussah, aber breit und unbestimmt wurde, wenn man näher kam.

Der Wein erwärmte das Herz des alten Mannes, und er erzählte uns eine Geschichte von einem vergrabenen Schatze, der unter dem Schlosse des maurischen Königs liege. Sein Haus grenze an die Grundmauer des Schlosses. Der Pfarrer und der Notar hätten dreimal von dem Schatze geträumt, und begonnen, an dem durch die Träume bezeichneten Orte zu graben. Sein eigener Schwiegersohn habe den Klang ihrer Picken und Spaten in der Nacht gehört. Niemand wisse, was sie gefunden; sie seien plötzlich reich geworden, hätten aber ihr Geheimnis für sich behalten. So war der alte Mann einst vor der Türe des Glückes gewesen, war aber verurteilt, nie mit ihm unter dasselbe Dach zu kommen.

Ich habe bemerkt, dass die in ganz Spanien gäng' und geben Geschichten von Schätzen, welche die Mauren vergraben, unter den ärmsten Leuten am gangbarsten sind. Die gütige Natur tröstet auf diese Art mit Schatten für die Entbehrung des Wesentlichen. Der Durstige träumt von Quelle und strömenden Bächen; der Hungrige von idealen Schmäusen; und der Arme von Haufen verborgenen Goldes; es gibt gewiss nichts Prächtigeres als die Einbildungskraft eines Bettlers.

Die letzte Reise-Skizze, welche ich geben werde, ist eine Abendscene in dem Städtchen Loxa. Dies war ein berühmter kriegerischer Grenzposten zu den Zeiten der Mauren, und Ferdinand wurde vor seinen Wällen zurückgeworfen. Es war die Schutzwehr des alten Aliatac, des Schwiegervaters von Boabdil, als der feurige alte Krieger mit seinem Schwiegersohn zu seinem unglücklichen Überfall auszog, welcher mit dem Tode des Anführers und mit der Gefangenschaft des Monarchen endigte. Loxa liegt wild in einem öden Gebirgspasse, an den Ufern des Xenil, unter Felsen und Laubwerk, Wiesen und Gärten. Das Volk scheint noch ganz den kühnen, feurigen Geist der alten Zeit zu besitzen. Unser Gasthaus war der Stelle angepasst. Es war im Besitz einer jungen und schönen andalusischen Witwe, deren niedliche Basquinna von schwarzer Seide, mit Glaskorallen besetzt, das Spiel einer anmutigen Form und runder gelenker Glieder hervorhob. Ihr Gang war fest und elastisch, ihr schwarzes Auge voll Feuer, und die Koketterie ihres Wesens und der vielfache Schmuck an ihrem Körper zeigte, dass sie gewohnt war, bewundert zu werden.

Ein Bruder, fast mit ihr von gleichem Alter, passte trefflich zu ihr; sie waren vollkommene Vorbilder der andalusischen Majo und Maja. Er war groß, kräftig, schön geformt, mit heller Oliven-Gesichtsfarbe, einem dunkeln, strahlenden Auge und lockigem, kastanienbraunen Backenbart, der unter dem Kinn zusammengewachsen war. Er war zierlich in eine kurze grüne samtene Jacke gekleidet, die seiner Gestalt angepasst, und verschwenderisch mit silbernen Knöpfen geschmückt war, und hatte in jeder Tasche ein weißes Taschentuch. Die Hosen waren von demselben Stoff, mit Reihen von Knöpfen von der Hüfte bis zu den Knien; ein blassrotes seidenes Halstuch, das durch einen Ring zusammengehalten ward, und auf einem schön gefältelten Hemde ruhte, um den Hals; einen Gürtel um den Leib; Bottina's oder Gamaschen vom schönsten braunen Leder, zierlich ausgenäht und an der Wade offen, um die Strümpfe sehen zu lassen, und braune Schuhe, die einen schön geformten Fuß hervorhoben.

Während er an der Türe stand, kam ein Reiter die Straße herab, und begann eine leise und ernsthafte Unterhaltung mit ihm. Er war in ähnlicher Weise gekleidet und fast mit gleicher Zierlichkeit; ein Mann gegen dreißig, stark gebaut, mit kräftigen römischen Gesichtszügen, schön, obgleich leicht von den Blattern zerrissen, mit einem freien, kühnen und etwas anmaßenden Wesen. Sein kräftiges schwarzes Pferd war mit Troddeln und fantastischem Putz geschmückt, und ein Paar weit gemündete Büchsen hingen hinter dem Sattel. Er hatte das Ansehen eines jener Schleichhändler, welche ich in den Bergen von La Ronda gesehen hatte, und stand offenbar im Einverständnis mit dem Bruder der Wirtin; ja, wenn ich nicht irre, war er ein Liebling der Witwe. Das ganze Wirtshaus und seine Bewohner hatte in der Tat etwas von schleichhändlerischem Ansehen, und die Büchse stand in einem Winkel neben der Gitarre. Der Reiter, dessen ich gedachte, brachte seinen Abend in der Posada zu, und sang mehrere kecke Gebirgslieder mit vieler Lebhaftigkeit. Während wir zu Nacht aßen, kamen zwei arme Asturier herein, und baten um Speise und Nachtherberge. Sie waren auf einem Markt im Gebirge gewesen, Räuber hatten sie auf dem Rückweg angefallen, ihnen ein Pferd genommen, das ihren ganzen Waren-Vorrat trug, sie ihres Geldes und des größten Teils ihrer Kleidung beraubt, sie geschlagen, weil sie sich widersetzt, und sie fast nackt auf der Straße gelassen. Mein Gefährte befahl mit dem raschen Edelsinne, der ihm eigen, dass man ihnen Nachtessen und ein Bett geben solle, und schenkte ihnen eine Summe Geldes, damit sie ihre Heimat erreichen könnten.

Mit dem Vorschreiten des Abends vermehrten sich die Personen des Dramas. Ein dicker Mann, ungefähr sechzig Jahre alt, von kräftiger Gestalt, kam herein, um mit der Wirtin zu schwatzen. Er war in der gewöhnlichen andalusischen Tracht, hatte aber einen großen Säbel unter dem Arme stecken; er trug einen großen Schnurrbart und hatte ein etwas großtuerisches, windiges Wesen. Alles schien ihn mit großer Ehrerbietung zu behandeln.

Unser Bursche Sancho flüsterte uns zu, es sei Don Ventura Rodriguez, der Held und Kämpe von Loxa, berühmt wegen seiner Kühnheit und der Kraft seines Armes. Zur Zeit des französischen Einfalls überraschte er sechs Reiter, die eingeschlafen waren; er brachte erst ihre Pferde in Sicherheit, griff sie dann mit seinem Säbel an, tötete einen und nahm die übrigen gefangen. Wegen dieser Tat bewilligte ihm der König eine Peseta (den fünften Teil eines Duro oder Talers) täglich und verlieh ihm den Titel eines Don.

Es ergötzte mich, das hochfahrende seiner Sprache und seines Benehmens zu beachten. Er war sichtbar ein echter Andalusier, so prahlerisch als brav. Sein Säbel war stets in seiner Hand oder unter seinem Arm. Er trägt ihn überall mit sich herum, wie ein Kind sein Spielzeug, nennt ihn seinen Santa Teresa und sagt, wenn er ihn ziehe, »trempla la tierra« zittere die Erde.

Ich saß bis spät in die Nacht da, und lauschte den vielfachen Gesprächen dieser bunten Gruppe, welche mit der Rückhaltlosigkeit einer spanischen Posada miteinander verkehrten. Wir hörten Schleichhändlerlieder, Räubergeschichten, Guerillataten und maurische Legenden. Die letzteren waren von unserer schönen Hausfrau, welche einen poetischen Bericht von den Infiernos oder den Höllenlegionen von Loxa mitteilte – dunkle Höhlen, in denen unterirdische Ströme und Wasserfälle einen geheimnisvollen Ton hervorbringen. Das gemeine Volk sagt, es seien dort Geldmünzer seit der Zeit der Mauren eingeschlossen, und die maurischen Könige bewahrten ihre Schätze in diesen Höhlen.

Wenn es der Zweck dieses Werkes wäre, könnte ich alle seine Blätter mit den Begebenheiten und Szenen unserer Wanderung anfüllen; aber mich ladet ein anderer Vorwurf ein. Auf diese Weise reisend, kamen wir endlich aus dem Gebirge, und betraten die schöne Vega von Granada. Wir verzehrten hier unser letztes Mittagsmahl unter einer Gruppe von Olivenbäumen, am Rand eines Bächleins, die alte maurische Hauptstadt in der Entfernung und von den rötlichen Türmen der Alhambra[1] belebt, während ferne darüber die schneeigen Gipfel der Sierra Nevada wie Silber glänzten. Der Tag war ganz wolkenlos, und die Hitze der Sonne durch den kühlen Wind aus dem Gebirge gemäßigt; nach dem Mahle breiteten wir unsere Mäntel aus, und hielten unsere letzte Siesta, von dem Gesumm der Bienen in den Blüten und dem Girren der Ringeltauben in den nahen Olivenbäumen eingelullt. Als die heißen Stunden vorüber waren, setzten wir unsere Reise fort; der Weg führte durch Aloegebüsch und indische Feigen und durch ein Labyrinth von Gärten; gegen Sonnenuntergang kamen wir an die Tore von Granada.

Der Reisende, der von einem Gefühl für das Historische und Poetische durchdrungen ist, sieht in der Alhambra einen ebenso würdigen Gegenstand der Verehrung, wie jeder echte muhamedanische Pilger in dem Kaaba oder dem heiligen Hause von Mekka. Wie viele wahre und fabelhafte Legenden und Erzählungen; wie viele, spanische und arabische Gesänge und Romanzen von Liebe, Krieg und Ritterlichkeit sind mit diesem romantischen Gebäude verbunden! Der Leser kann sich daher unsere Freude denken, als uns der Gouverneur der Alhambra kurz nach unserer Ankunft zu Granada die Erlaubnis gab, seine unbewohnten Gemächer in dem maurischen Palaste zu bewohnen. Mein Gefährte wurde bald von den Pflichten seines Standes hinweggerufen; ich aber blieb mehrere Monate an das alte bezauberte Gebäude festgebannt. Die folgenden Blätter sind das Ergebnis meiner Träumereien und Untersuchungen während dieser köstlichen Zeit. Wenn sie imstande sind, etwas von den bezaubernden Reizen des Ortes, der Einbildungskraft des Lesers mitzuteilen, so wird er es nicht bereuen, eine Zeit lang mit mir in den sagenvollen Hallen der Alhambra zu verweilen.

Befehlshaberschaft der Alhambra.

Die Alhambra ist eine alte Feste oder ein ummauerter Palast der maurischen Könige von Granada, wo sie über ihr gerühmtes irdisches Paradies geboten, und wo ihre Herrschaft über Spanien am längsten währte. Der Palast nimmt nur einen Teil der Festung ein, deren Mauern, mit Türmen besetzt, sich unregelmäßig um den ganzen Kamm eines stattlichen Hügels ziehen, der die Stadt überschaut, und ein Vorsprung der Sierra Nevada oder des schneeigen Gebirges ist.

---

[1] d. h. die rote (Burg), so genannt, weil die Strahlen der Sonne sich dort zuerst des Morgens röten, oder wegen der Farbe des Gesteins, aus dem sie gebaut ist.

Zu den Zeiten der Mauren konnte die Festung ein Heer von vierzigtausend Mann in ihrem Umfang einschließen, und diente gelegentlich als fester Platz für die Herrscher gegen ihre aufrührerischen Untertanen. Als das Königreich in christliche Hände gekommen war, blieb die Alhambra ein königliches Besitztum, und wurde zuweilen von den kastilischen Monarchen bewohnt. Karl der Fünfte begann ein kostbares Gebäude in ihrem Umkreis aufzuführen; wiederholte Erdstöße aber schreckten ihn von der Vollendung ab. Die letzten königlichen Bewohner waren Philipp V. und die schöne Königin Elisabeth von Parma, am Anfange des achtzehnten Jahrhunderts. Man machte große Vorbereitungen zu ihrer Aufnahme. Der Palast und die Gärten wurden einigermaßen hergestellt, eine neue Reihe von Gemächern gebaut, und von italienischen Künstlern ausgeschmückt. Der Aufenthalt des Herrscherpaars war vorübergehend, und nach ihrer Abreise wurde der Palast wieder öde und verlassen. Doch wurde der Platz mit einigem militärischen Prunk erhalten. Der Statthalter hatte ihn unmittelbar von der Krone; seine Gerichtsbarkeit erstreckte sich auf die Vorstädte hinab und war unabhängig von dem Oberbefehlshaber von Granada. Eine bedeutende Garnison wurde beibehalten, der Kommandant hatte seine Zimmer auf der Vorderseite des alten maurischen Palastes und kam nie ohne ein militärisches Geleite nach Granada. Die Feste war freilich eine kleine Stadt an sich, da sie mehrere Straßen mit Häusern innerhalb ihrer Mauern hatte, sowie ein Franziskanerkloster und eine Pfarrkirche.

Die Entfernung des Hofes war jedoch ein Unglück für die Alhambra. Ihre schönen Säle wurden öde, und einige verfielen in Trümmer; die Gärten wurden verwüstet, und die Brunnen hörten auf zu springen. Allmählich füllten sich die Wohnungen mit einer zweideutigen und gesetzlosen Bevölkerung; mit Schleichhändlern, welche die unabhängige Gerichtsbarkeit des Platzes in Anspruch nahmen, um ihr Schmuggler-Gewerbe dreist und ausgedehnt zu betreiben; mit Dieben und Schurken aller Art, welche hierher flüchteten, um Granada und seine Umgebungen von diesem Punkte aus zu plündern. Die Regierung schritt zuletzt kräftig ein; die ganze Gemeinde wurde einer durchgehenden Prüfung unterworfen; niemand durfte bleiben, als der, welcher einen ehrbaren Charakter und ein gesetzliches Recht des Aufenthaltes hatte; der größere Teil der Häuser wurde niedergerissen, und es blieb ein bloßes Dörfchen mit der Pfarrkirche und dem Franziskanerkloster. Als Granada, während der neuen Unruhen in Spanien, in den Händen der Franzosen war, lag eine französische Besatzung in der Alhambra, und die Oberoffiziere bewohnten zuweilen den Palast. Mit jenem erleuchteten Geschmacke, der die französische Nation stets bei ihren Siegen auszeichnete, wurde dies Monument maurischer Eleganz und Größe von dem gänzlichen Ruin und der Zerstörung, der es anheimgegeben war, gerettet. Die Dächer wurden hergestellt, die Säle und Galerien vor dem Wetter geschirmt, die Gärten angebaut, die Wasserleitungen wieder hergestellt, die Brunnen versendeten wieder ihre glänzenden Wasserstrahlen; und Spanien darf seinen Eroberern danken, dass sie ihm das schönste und anziehendste seiner historischen Monumente erhalten hat.

Bei der Abreise der Franzosen sprengten sie einige Türme an der äußern Mauer, und ließen die Festung in einem kaum haltbaren Zustande. Seit dieser Zeit hat die militärische Wichtigkeit des Platzes ein Ende. Die Besatzung besteht aus einer Handvoll Invaliden, deren Hauptdienst darin besteht, einige der äußern Türme, die gelegenheitlich als Staatsgefängnis dienen, zu bewachen; und der Statthalter verlässt die luftige Höhe der Alhambra, und wohnt, zu bequemerer Erledigung seiner Dienstpflicht, in der Mitte von Granada. Ich kann diese kurze Nachricht von dem Zustand der Feste nicht schließen, ohne der ehrenvollen Bemühungen ihres jetzigen Statthalters, Don Francisco de Gerna, zu gedenken, der alle die beschränkten Hilfsmittel, über die er zu gebieten hat, benützte, um den Palast in wohnlichem Stande zu erhalten, und durch seine kluge Vorsicht seinen zu gewissen Verfall verzögert hat. Wären seine Vorgänger den Pflichten ihres Postens mit gleicher Treue nachgekommen, so wäre die Alhambra noch fast in ihrer früheren Schönheit geblieben; unterstützte die Regierung ihn mit Mitteln, welche seinem Eifer gleichkämen, so dürfte dieses Gebäude noch erhalten werden, um das Land zu schmücken, und die Neugierigen und Aufgeklärten jedes Himmelstriches manche Lebensalter hindurch anzuziehen.

Das Innere der Alhambra.

Die Alhambra ist so oft und so genau von Reisenden beschrieben worden, dass eine bloße Skizze wahrscheinlich hinreichen wird, dem Leser das Ganze in das Gedächtnis zurückzurufen; ich will daher eine kurze Nachricht von dem Besuche geben, den wir am Morgen nach unserer Ankunft zu Granada dort abgestattet haben.

Indem wir unsere Posada »La Espanda« verließen, schritten wir über den berühmten Platz von Vivarrambla, einst die Szene maurischer Tourniere und Kampfspiele, jetzt ein besuchter Marktplatz. Von da kamen wir in das Zacatin, die Hauptstraße dessen, was zu der maurischen Zeit der Basar war, wo die kleinen Läden und engen Gässchen noch den orientalischen Charakter bewahren. Nun gingen wir über einen offenen Platz vor dem Hause des Oberbefehlshabers und stiegen eine enge, gewundene Straße hinauf, deren Name uns an die ritterlichen Tage von Granada erinnerte. Man heißt sie »Calle,« oder Straße der Gomeres, von einer in der Geschichte und in Gesängen berühmten maurischen Familie. Diese Straße führte zu einem massiven Torweg, der, in griechischem Stil, von Karl V. erbaut, den Eingang zu den Bezirken der Alhambra bildet.

Am Tore schliefen auf einer steinernen Bank zwei zerlumpte, abgelebte Soldaten, die Nachfolger Zegris und der Abencerragen, während ein langer, hagerer Bursche, dessen rostbrauner Mantel augenscheinlich dazu diente, den zerlumpten Zustand der Unterkleidung zu bedecken, im Sonnenschein sich gütlich tat und mit einer alten Schildwache im Dienst plauderte. Er kam, als wir in das Tor traten, zu uns und erbot sich, uns das Schloss zu zeigen.

Ich teile das Missfallen der Reisenden an dienstfertige Ciceroni und fand auch an dem Kleid des Erbötigen keinen Gefallen.

»Ich hoffe, Ihr seid mit dem Orte gut bekannt?«

»Ninguno mas; pues Sennor, soy hijo de la Alhambra.« (Niemand besser, denn, Herr ich bin ein Sohn der Alhambra.)

Der gemeine Spanier hat gewiss eine sehr poetische Art sich auszudrücken. »Ein Sohn der Alhambra!« Der Name gewann mich alsbald; selbst das zerrissene Gewand meines neuen Bekannten erhielt eine gewisse Würde in meinen Augen. Es war ein Sinnbild der Schicksale des Ortes und passte zu der Nachkommenschaft einer Ruine.

Ich stellte ihm einige fernere Fragen und fand seine Ansprüche gesetzmäßig. Seine Familie hatte von Geschlecht zu Geschlecht seit der Zeit der Eroberung in der Feste gelebt. Sein Name war Mateo Ximenes. »Dann seid Ihr vielleicht«, sagte ich, »ein Nachkomme des großen Kardinals Ximenes?« – »Dios sabe! Das weiß Gott, Sennor. Es kann sein. Wir sind die älteste Familie in der Alhambra, – Christianos viejos, alte Christen, ohne einen Makel von Mauren oder Juden. Ich weiß, dass wir irgendeiner großen Familie angehören, aber ich vergaß, welcher. Mein Vater kennt das alles genau: Denn er hat das Wappenschild in der Hütte, droben in der Feste, aufgehängt.« Es gibt keinen noch so armen Spanier, der nicht einige Ansprüche auf eine hohe Abstammung hätte. Die erste Bezeichnung dieses zerlumpten Herrn hatte mich jedoch vollkommen gewonnen, sodass ich die Dienste des »Sohnes der Alhambra« gern annahm.

Wir kamen jetzt in eine tiefe, enge Schlucht, mit schönem Gebüsch angefüllt, und zu einem steilen Aufweg, und vielen Fußpfaden, die sich durch denselben wanden, mit steinernen Sitzen zur Seite und mit Brunnen verziert. Zu unserer Linken sahen wir die Türme der Alhambra über uns emporragen; zur Rechten, auf der entgegengesetzten Seite der Schlucht, überragten uns gleichfalls zwei aufstrebende Türme auf der felsigen Höhe. Wir hörten, dies seien die Torres vermejos, oder die roten Türme, wegen ihrer Farbe so genannt. Man kennt ihren Ursprung nicht. Sie sind viel älter als die Alhambra: Einige glauben, sie seien von den Römern erbaut worden, andere, von einer wandernden Kolonie der Phönizier. Indem wir den steilen und schattigen Aufgang hinaufstiegen, kamen wir an den Fuß eines großen, viereckigen maurischen Turms, der eine Art von Warte bildete, durch die der Haupteingang in die Feste führte. In der Warte war eine zweite Gruppe alter Invaliden, deren einer am Portal Wache stand, während die andern, in ihre zerfetzten Mäntel gehüllt, auf den steinernen Bänken schliefen. Dieses Portal heißt man das Tor der Gerechtigkeit, von dem Gerichte, welches während der mohamedanischen Herrschaft zum unmittelbaren Richterspruch über kleine Streitsachen in dem bedeckten Gang desselben gehalten wurde, eine Sitte, welche der orientalischen Nation gemein ist und auf die in der Heiligen Schrift gelegentlich angespielt wird.

Die große Vorhalle, oder den Torgang bildet ein unermesslicher arabischer Bogen, in Form eines Hufeisens zur halben Höhe des Turmes emporspringend. Auf dem Schlussstein dieses Bogens ist eine riesige Hand eingehauen. In dem Gange, auf dem Schlussstein des Portals, ist in gleicher Art ein gigantischer Schlüssel zu sehen. Die, welche einige Kenntnis von den mohamedanischen Symbolen zu haben glauben, behaupten, die Hand sei das Sinnbild der Wissenschaft, der Schlüssel das des Glaubens; der letztere, sagen sie, sei auf der Fahne der Mosleminen zu sehen gewesen, als sie Andalusien unterjochten – ein Gegenstück zu dem christlichen Sinnbild des Kreuzes. Eine andere Erklärung gab uns aber der rechtmäßige Sohn der Alhambra, die auch mehr in Einklang mit den Ansichten des gemeinen Volkes war, an alles, was maurisch ist, etwas Geheimnisvolles und Magisches knüpft und jede Art Aberglauben mit dieser alten mohamedanischen Feste verbindet.

Mateo zufolge war es eine von den ältesten Bewohnern herrührende Sage, die er von seinem Vater und Großvater gehört hatte, dass die Hand und der Schlüssel magische Bilder seien, von denen das Schicksal der Alhambra abhänge. Der maurische König, der sie gebaut, sei ein großer Zauberer gewesen, oder habe sich, wie einige glauben, dem Teufel verschrieben gehabt und habe die ganze Feste unter einen Zauberbann gelegt. Dadurch war sie mehrere Hundert Jahre gestanden, trotz Stürmen und Erdbeben, während fast alle andern maurischen Gebäude zerfallen oder verschwunden wären. Dieser Zauber, ging die Sage weiter, würde dauern, bis die Hand an den äußern Bogen nieder reiche und den Schlüssel ergreife, wo denn das ganze Gebäude in Trümmer zerfallen und alle von den Mauren unter demselben vergrabenen Schätze an das Licht kommen würden.

Trotz dieser unheilschwangern Prophezeiung wagten wir es, durch den bezauberten Torweg zu schreiten, indem wir ein wenig Zuversicht gegen die Zauberkünste in dem Schutze der Jungfrau fanden, von der wir eine Statue über dem Portal bemerkten.

Wir gingen durch die Warte, stiegen eine kleine, durch Mauern sich windende Gasse hinan und kamen auf eine offene Esplanade innerhalb der Feste, die Plaza de los Algibes, oder Platz der Zisternen genannt, wegen der großen Wasserbehälter unter demselben, welche zum Bedarf der Feste von den Mauren in den lebendigen Fels gehauen wurden. Auch ist hier ein Brunnen von unermesslicher Tiefe, welcher das klarste und kälteste Wasser liefert, – ein ferneres Denkmal des zarten Geschmacks der Mauren, welche in ihren Bemühungen, dieses Element in seiner kristallenen Reinheit zu erhalten, unermüdlich waren.

Auf der Vorderseite dieser Esplanade ist das glänzende Gebäude, welches Karl V. angefangen und das, wie man sagt, die Wohnung der maurischen Könige übertreffen sollte. Bei all seiner Größe und seinem architektonischen Wert erschien es uns wie eine anmaßende Aufdringlichkeit; wir gingen vorüber und traten in ein einfaches anspruchsloses Portal, das in das Innere des maurischen Palastes führte.

Der Übergang war beinahe magisch; es schien als wären wir plötzlich in andere Zeiten und in ein anderes Reich versetzt und beträten die Szenen der arabischen Geschichte. Wir fanden uns in einem großen Hofe, mit weißem Marmor gepflastert und an jedem Ende mit leichten maurischen Säulengängen geziert: Er heißt der Hof der Alberca. In der Mitte war ein großes Bassin oder ein Fischteich, 130 Fuß lang und 30 Fuß breit, mit Goldfischen besetzt und von Rosenhecken begrenzt. An dem obern Ende dieses Hofes stieg der große Turm des Comares empor.

Aus dem untern Ende gingen wir durch einen maurischen Torweg in den berühmten Löwenhof. Kein Teil des Gebäudes gibt uns eine vollkommnere Idee von der ursprünglichen Schönheit und Pracht, als dieses, denn keiner hat von den Verwüstungen der Zeit weniger gelitten. In der

Mitte ist der in Liedern und der Geschichte berühmte Brunnen. Die Alabaster Bassins ergießen noch ihre Diamant-Tropfen: Und die zwölf Löwen, welche sie tragen, spenden ihre Kristall-Ströme wie zu den Zeiten Boabdil's. Der Hof ist mit Blumen-Beeten ausgelegt und von leichten arabischen Arkaden von durchbrochener Gold-Arbeit umgeben, welche von leichten weißen Marmorsäulen getragen werden. Eher Eleganz als Größe charakterisiert die Architektur hier, wie in allen andern Teilen des Palastes; es gibt sich ein zarter und zierlicher Geschmack und eine Neigung zu müßigem Vergnügen überall kund. Wenn man auf die feenhafte Zeichnung der Säulengänge und das anscheinend gebrechliche Schnitzwerk an den Wänden sieht, wird es schwer zu glauben, dass so vieles den Sturm der Zeit, die Verwüstung der Erdbeben, die Verheerung des Kriegs und die stille, aber nicht minder verderbliche Diebeshand des gebildeten Reisenden überlebt hat; es reicht beinahe hin, die Volkssage zu entschuldigen, das Ganze werde durch einen Zauber geschirmt.

Auf der einen Seite des Hofes öffnet sich ein reich verziertes Portal in einen hohen Saal, dessen Boden mit weißem Marmor ausgelegt ist und welcher der Saal der zwei Schwestern heißt. Eine Kuppel oder Laterne gewährt eine mäßige Beleuchtung von oben und freien Luftzug. Der untere Teil der Mauern ist mit schönen maurischen Ziegelplatten belegt, auf denen man hier und da die Wappen der maurischen Monarchen gemalt sieht; der obere Teil ist mit dem schönen Stucco bedeckt, das zu Damaskus erfunden ward und aus großen, in Formen gegossenen und kunstreich zusammengesetzten Platten besteht, sodass das Ganze mühevoll mit der Hand in leichte Reliefs und fantastische Arabesken, mit Sprüchen aus dem Koran und poetischen Inschriften, in arabischen und kufischen Charakteren untermischt, ausgearbeitet scheint. Diese Verzierungen der Wände und Kuppeln sind reich vergoldet und die Zwischenräume mit Lasurstein und andern glänzenden und dauerhaften Farben ausgemalt. An jeder Seite des Saales sind Vertiefungen für Ottomanen und Ruhebette. Über dem innern Durchgang ist ein Balkon, der mit den Frauengemächern in Verbindung stand. Die vergitterten »Jalousien,« von welchen die dunkeläugigen Schönheiten des Harems ungesehen auf die Freuden des Saals herabblicken konnten, sind noch zu sehen.

Es ist unmöglich, auf diesen ehemaligen Lieblingssitz orientalischer Sitten zu schauen, ohne die frühern Anklänge der arabischen Märchenwelt zu fühlen, und fast zu erwarten, dass der weiße Arm irgendeiner geheimnisvollen Prinzessin von dem Balkone winke, oder ein schwarzes Auge durch das Gitter blicke. Der Sitz der Schönheit ist hier, als habe sie erst gestern hier geweilt; aber wo sind die Zoraydas und Lindaraxas!

Auf der entgegengesetzten Seite des Löwenhofes ist der Saal der Abencerragen; so genannt von den edlen Rittern dieses erlauchten Stammes, der hier hinterlistig ermordet wurde. Manche zweifeln an der ganzen Wahrheit dieser Geschichte; allein unser demutsvoller Diener Mateo zeigte uns das Pförtchen des Portals, durch welches sie, einer nach dem andern eingeführt wurden, und den weißen Marmorbrunnen in der Mitte des Saals, wo man sie enthauptete. Er wies auch auf gewisse rötliche Flecken auf dem Fußboden; Blutspuren, welche, nach dem Glauben des Volkes, unverlöschlich sind. Da er fand, dass wir ihm leichtgläubig zuhörten, setzte er hinzu, man höre oft nachts in dem Löwenhofe einen leisen, unbestimmten Ton, der dem Murmeln einer Menschenschar gleiche, und dann und wann ein schwaches Klingeln, wie fernes Kettenklirren. Dieses Geräusch wird wahrscheinlich durch das sprudelnde Fließen und den klingenden Fall des Wassers hervorgebracht, das unter dem Fußboden durch Röhren und Kanäle in die Brunnen geleitet wird; nach der Erzählung des Sohnes der Alhambra aber geht er von den Geistern der ermordeten Abencerragen aus, welche diese Szene ihrer Leiden nächtlich besuchen und die Rache des Himmels auf ihre Mörder herabrufen.

Aus dem Löwenhofe gingen wir in den Hof der Alberca, oder des großen Fischteiches zurück, schritten durch diesen und kamen zu dem Turm des Comares, nach dem Namen des arabischen Baumeisters so genannt. Er ist von starkem Bau und stolzer Höhe, denn er beherrscht das übrige Gebäude und überragt die steile Hügelseite, welche sich jählings zu den Ufern des Durro hinabsenkt. Ein maurischer Bogengang führte uns in einen weiten, hohen Saal, welcher das Innere des Turmes einnimmt und das große Audienz-Gemach der arabischen Monarchen war und daher den Namen des Gesandten-Saales hatte. Er trägt noch Spuren seiner ehemaligen Pracht. Die Wände sind reich mit Stucco belegt und mit Arabesken verziert; das Tafelwerk der gewölbten Decke, aus Zedernholz gefertigt und der Höhe wegen fast ganz unsichtbar, glänzt noch in reicher Vergoldung und den glänzenden Farben des arabischen Pinsels. Auf drei Seiten des Saals sind diese Fenster durch die ungemein dicken Mauern gehauen, deren Balkone auf das grünende Tal des Durro, die Straßen und Kloster des Albaycin blicken und eine Aussicht auf die ferne Vega gewähren.

Ich könnte fortfahren, die übrigen schönen Gemächer dieser Seite des Palastes im Einzelnen zu beschreiben; den Tocador, oder das Toilettenzimmer der Königin, ein offenes Belvedere, auf der Höhe eines Turmes, wo die maurischen Sultaninnen die reine von dem Gebirg wehende Luft und die Aussicht auf das Paradies umher genossen; den abgeschlossenen kleinen Patio, oder Garten der Lindaraxa mit seinem Alabaster-Brunnen, seinem Rosen- und Myrten-, Citronen- und Orangen-Gebüsch; die kühlen Säle und Grotten der Bäder, wo der Glanz und die Hitze des Tages zu einem sanften geheimnisvollen Licht und einer steten Frische gemäßigt sind. Allein ich enthalte mich, bei diesen Gemälden zu verweilen; meine Aufgabe ist bloß, den Leser im Allgemeinen in eine Wohnung einzuführen, wo er, wenn er dazu geneigt ist, die folgenden Blätter hindurch bei mir weilen und sich allmählich mit allen Örtlichkeiten derselben vertraut machen mag.

Ein reicher Vorrat von Wasser, durch alte maurische Wasserleitungen aus dem Gebirg hierher geführt, ist im ganzen Palast verteilt, füllt seine Bäder und Fischteiche, funkelt in Strahlen in seinen Sälen oder murmelt in Röhren das Marmorpflaster entlang. Wenn es der königlichen Wohnung seinen Tribut gebracht und deren Gärten und Weiden besucht hat, fließt es den langen Weg, der in die Stadt führt, nieder, in kleinen Bächen klingend, in Brunnen strömend und ein stetes Grün in den Laubengängen erhaltend, welche den ganzen Hügel der Alhambra umhüllen und verschönern.

Nur wer in dem heißen Klima des Südens gewohnt hat, kann die Freuden einer Wohnung schätzen, welche die wehende Kühlung des Gebirgs und die Frische und Grüne des Tals verbindet.

Während die Stadt unten in der Nachmittagshitze schmachtet und die ausgedürrte Vega vor dem Auge zittert, spielen die zarten Lüfte von der Sierra Nevada durch diese hohen Säle und bringen die Süße der Gärten umher mit sich. Alles ladet zu jener trägen Ruhe, dem Glücke des südlichen Klimas, ein; und während das halbgeschlossene Auge von beschatteten Balkons auf die glänzende Landschaft hinaus sieht, wird das Ohr vom Rauschen des Laubwerks und dem Murmeln der fließenden Wasser eingewiegt.

Der Turm des Comares.

Der Leser hat das Innere der Alhambra flüchtig überschaut und wird nun auch eine allgemeine Vorstellung von dessen Umgebung zu haben wünschen. Der Morgen ist heiter und lieblich; die Sonne hat noch nicht Kraft genug erlangt, die Frische der Nacht zu vernichten; wir wollen auf die Spitze des Turmes des Comares steigen und Granada und dessen Umgebungen überschauen.

Komm denn, werter Leser und Gefährte, folge meinen Schritten in diese Vorhalle, die mit reichem Bildwerk geschmückt ist und in den Gesandtensaal führt. Wir wollen aber nicht in den Saal treten, sondern uns links zu dieser kleinen Türe wenden, die sich in der Mauer öffnet. Gib Acht! Hier ist eine steile Wendel-Treppe und nur spärliches Licht; doch auf dieser engen, dunklen, gewundenen Treppe sind die stolzen Herrscher von Granada und ihre Gemahlinnen oft zu den Zinnen des Turms emporgestiegen, um der Annäherung der christlichen Heere zu achten, oder auf die Kämpfe in der Vega zu schauen. Endlich sind wir an dem Dache oben und können einen Augenblick Atem holen, während wir einen allgemeinen Blick auf das glänzende Panorama von Stadt und Land; von felsigem Gebirg, grünem Tal und fruchtbarer Ebene; von Schloss, Kathedrale, maurischen Türmen und gotischen Domen; von zerfallenden Ruinen und blühenden Laubgängen werfen.

Lass uns zu den Zinnen treten und unmittelbar niederblicken. Sieh, auf dieser Seite haben wir den ganzen Plan der Alhambra vor uns ausgebreitet und können in ihre Höfe und Gärten niedersehen. Am Füße des Turms ist der Hof der Alberca mit seinem großen Becken oder Fischteich, von Blumen umgeben; und dort ist der Löwenhof mit seinem berühmten Brunnen und seinen leichten maurischen Arkaden; und in dem Mittelpunkt des Gebäudes ist der kleine Garten, der Lindaraxa, in dem Herzen des Baues, mit seinen Rosen und Citronen und seinem Gebüsch von Smaragd Grün begraben.

Jener Gürtel von Zinnen, der mit viereckigen Türmen besetzt, sich um die ganze Stirn des Hügels zieht, ist die äußere Grenze der Feste. Einige Türme sind, wie du siehst, verfallen und Rebenstöcke, Feigenbäume und Aloen bedecken ihre großen Trümmer.

Lass uns auf die nördliche Seite des Turms schauen. Es ist eine schwindlige Höhe; selbst die Grundpfeiler des Turmes überragen die Bäume an der steilen Hügelseite. Und sieh! Ein langer Spalt in der festen Mauer sagt uns, dass der Turm durch eines jener Erdbeben gespalten worden, welche von Zeit zu Zeit Granada in Schrecken setzten, und die früher oder später, dieses zerfallende Gebäude in einen bloßen Trümmerhaufen verwandeln müssen. Die tiefe, enge Schlucht unter uns, die sich allmählich erweitert, wie sie von dem Gebirg ausläuft, ist das Darro-Tal; du siehst den kleinen Fluss, wie er sich unter belaubten Terrassen und durch Obststücke und Blumengärten fortwindet. Es ist ein in der alten Zeit berühmter Fluss, denn er führte Gold mit sich und sein Sand wird noch dann und wann gereinigt, um das kostbare Metall auszuscheiden. Einige jener weißen Pavillons, welche da und dort aus Baumgängen und Weinlaub herausschimmern, waren ländliche Aufenthaltsorte der Mauren, wo sie sich der Frische ihrer Gärten erfreuten.

Der luftige Palast mit seinen schlanken, weißen Türmen und langen Arkaden, der sich unter prachtvollen Baumgruppen und hängenden Gärten an jenen Berg lehnt, ist der Generalife, ein Sommerpalast der maurischen Könige, wohin sie sich in den heißen Monaten zurückzogen, um eine luftigere Region als die der Alhambra zu genießen. Der nackte Gipfel der Höhe darüber, wo du einige gestaltlose Ruinen siehst, ist die Gilla del Moro oder der Sitz des Mauren, so genannt, weil sie der Zufluchtsort des unglücklichen Boabdil während der Zeit einer Empörung war, und er sich hier niedersetzte und trauernd auf seine empörte Stadt niederblickte.

Ein murmelnder Klang des Wassers tönt dann und wann aus dem Tal empor. Er kömmt aus der Wasserleitung jener maurischen Mühle, nahe am Fuße des Hügels. Der Baumgang jenseits ist die Alameda, die Ufer des Darro entlang, ein Lieblingsspaziergang am Abend und der Zusammenkunftsort der Liebenden in Sommernächten, wo man von den Bänken an ihren Lustwegen die Gitarre in späten Stunden hören kann. Jetzt sieht man nur einige lustwandelnde Mönche und eine Gruppe WasserTräger vom Avellaros-Brunnen dort.

Du bebst? Es ist nichts als ein Habicht, den wir aus seinem Neste aufgeschreckt haben. Dieser alte Turm ist ein wahres Brutnest für diese gefiederten Schwärmer; in jeder Ritze und Spalte sind eine Menge Schwalben und anderer Vögel, die den ganzen Tag umherflattern, während des Nachts, wenn alle andern Vögel zur Ruhe gegangen sind, die träumerische Eule aus ihrem Versteck hervorkömmt und ihr bedeutungsvolles Geheul von den Zinnen hören lässt. Sieh, wie der Habicht, den wir verscheucht haben, unter uns dahin fliegt, die Wipfel der Bäume berührend und sich zu den Ruinen über dem Generalife emporschwingend!

Lass uns diese Seite des Turmes verlassen und unsere Augen nach Westen wenden. Du siehst hier in der Ferne eine Reihe von Bergen, welche die Vega begrenzen, diese alte Scheidewand des arabischen Granada und des Landes der Christen. Unter jenen Höhen bemerkst du noch jetzt kriegerische Städte, deren graue Mauern und Zinnen mit dem Felsen, auf den sie gebaut sind, eins zu sein scheinen; während da und dort eine einsame Atalaya, oder Warte, auf einem erhabenen Punkt gebaut, gleichsam aus dem Himmel in die Täler nach allen Seiten niederschaut. Von den Schluchten dieser Berge, durch den Pass von Lope stiegen die christlichen Heere in die Vega nieder. Um den Fuß jenes grauen und nackten

Berges, der fast gesondert von den übrigen dasteht und sein kühnes, felsiges Vorgebirg in die Brust der Ebene herausdehnt, kamen die eindringenden Schwadronen stäubend, mit fliegenden Fahnen und dem Klang von Trommeln und Trompeten. Wie anders ist jetzt die Szene. Statt der glänzenden Reihe gepanzerter Krieger sehen wir den geduldigen Zug des mühevollen Maultiertreibers sich langsam den Saum des Berges entlang bewegen. Hinter jenem Vorgebirg ist die merkwürdige Puente (Brücke) de Pinos, berühmt wegen manches blutigen Kampfes zwischen Mauren und Christen; aber noch berühmter als der Ort, wo Columbus von den Boten der Königin Isabelle eingeholt und zurückgerufen ward, als er im Begriff war, in Verzweiflung abzureisen, um seinen Entdeckungsplan an den Hof von Frankreich zu bringen.

Sieh einen zweiten in der Geschichte des Entdeckers berühmten Platz. Jene Linie von Mauern und Türmen, die in der Morgensonne glänzen, ganz in der Mitte der Vega, ist die Stadt Santa Fe, während der Belagerung von Granada von den katholischen Herrschern erbaut, nachdem ein Brand ihr Lager zerstört hatte. In diese Mauern wurde Columbus von der heldenmütigen Königin zurückgerufen; und innerhalb derselben wurde der Vertrag abgeschlossen, welcher zur Entdeckung der westlichen Erde führte.

Hier, nach Süden hin, schwelgt das Auge in den üppigen Reizen der Vega; eine blühende Wildnis von Bäumen und Gärten und fruchtbaren Obststücken, durch welche der Xenil sich in Silberringen windet und wo er unzählbare Wassergräben unterhält, die durch alte maurische Kanäle gefüllt werden und die Landschaft in ein stetes Grün kleiden. Hier sind die teuern Lauben und Gärten und ländlichen Wohnungen, für welche die Mauren mit solcher verzweifelten Tapferkeit fochten. Selbst die Pachthäuser und Hütten, welche nun von den Bauern bewohnt werden, zeigen Spuren von Arabesken und andern geschmackvollen Verzierungen, welche beweisen, dass sie in den Tagen der Araber zierliche Wohnungen gewesen waren.

Jenseits des umlaubten Landstrichs der Vega, nach Süden, siehst du eine Reihe öder Hügel, an denen sich ein langer Zug von Maultieren langsam hinab bewegt.

Von dem Gipfel eines dieser Hügel warf der unglückliche Boabdil seinen letzten Blick nach Granada zurück und machte seinem Seelenkampfe Luft. Es ist der Platz, berühmt in Lied und Geschichte, »der letzte Seufzer des Mauren,« genannt.

Hebe nun dein Auge zu dem schneeigen Gipfel jener Gebirgsmasse, die wie eine weiße Sommerwolke in dem blauen Himmel glänzt. Es ist die Sierra Nevada, der Stolz und die Freude Granadas; die Quelle seiner kühlenden Winde und ewigen Grüne, seiner strömenden Brunnen und unerschöpflichen Bäche. Diese herrliche Gebirgsmasse gibt Granada jene Verbindung von Wonnen, die in einer Stadt des Südens so selten sind: die frische Vegetation und die gemäßigten Lüfte des nördlichen Klimas mit der belebenden Kraft einer tropischen Sonne und dem wolkenlosen Azur eines südlichen Himmels. Dieser luftige Schnee-Schatz ist es, der, nach dem Verhältnisse der steigenden Sommerhitze schmelzend, durch jede Schlucht und Spalte der Apuxarras Bäche und Ströme niedersendet und smaragdnes Grün und Fruchtbarkeit in einer ganzen Kette glücklicher und abgeschlossener Täler verbreitet.

Man darf diese Berge wohl die Glorie von Granada nennen. Sie beherrschen die ganze Ausdehnung von Andalusien und können von seinen fernsten Teilen gesehen werden. Der Maultiertreiber begrüßt sie, wann er ihre eisige Spitzen auf dem heißen Boden der Ebene erblickt; und der spanische Matrose sieht auf dem Deck einer Barke, fern, fern auf dem blauen Schoße des Mittelländischen Meeres mit sinnigem Auge auf sie, denkt an das ergötzliche Granada und singt mit leiser Stimme eine alte Romanze von den Mauren.

Doch genug – die Sonne steht hoch über den Bergen und ergießt ihre vollen Strahlen auf unsere Häupter. Schon ist das hohe Dach des Turmes heiß unter unsern Füßen: Lass uns es verlassen, niedersteigen und unter den Arkaden an der Löwenquelle uns erfrischen.

Gedanken über die maurische Herrschaft in Spanien.

Einer meiner Lieblingsplätze ist der Balkon des mittlern Fensters des Saales der Gesandten, in dem stolzen Turme des Comares. Ich hatte mich eben dort niedergesetzt und mich des Schlusses eines langen glänzenden Tages gefreut. Wie die Sonne hinter die blauen Berge von Alhama niedersank, sandte sie einen Glanzstrom das Darro-Tal hinauf, welcher eine melancholische Pracht über die rötlichen Türme der Alhambra verbreitete, während die Vega, mit einem leichten schwüligen Dunst, der die Strahlen der Abendsonne auffing, bedeckt, in der Ferne wie ein goldener See dalag. Kein Lufthauch störte die Stille der Stunde; und obgleich dann und wann der schwache Klang von Musik und Lust aus den Gärten des Darro aufstieg, machte dies die Grabesstille des Gebäudes, das mich überschattete, nur noch eindringlicher. Es war eine jener Stunden und

Szenen, denen das Gedächtnis eine fast magische Gewalt anheimgibt, und seine zurückblickenden Strahlen, wie die Abendsonne, die diese zerbröckelnden Türme überglänzt, zurücksendet, um die Herrlichkeiten der vergangenen Zeit zu beleuchten.

Wie ich die Wirkung des sinkenden Tageslichtes auf diese maurischen Gebäude betrachtete, wurde ich zur Erwägung des leichten, zierlichen und üppigen Charakters, der in seiner ganzen innern Architektur vorherrschend ist, und zu einer Vergleichung mit der großartigen aber düstern Feierlichkeit der gotischen, von den spanischen Herrschern aufgeführten Gebäude veranlasst. Selbst der architektonische Stil zeigt die entgegengesetzten und unvereinbaren Naturen der zwei kriegerischen Völker, die sich so lange hier die Herrschaft über die Halbinsel streitig machten. Ich verfiel allmählich in ernstes Nachdenken über das sonderbare Schicksal der arabischen oder maurischen Spanier, deren ganzes Dasein wie eine vorübergegangene Erzählung klingt und gewiss eine der seltsamsten, und doch glänzendsten Episoden in der Geschichte abgibt. Mächtig und dauerhaft, wie ihre Herrschaft war, wissen wir doch kaum, wie wir sie nennen sollen. Sie sind gewissermaßen eine Nation ohne rechtmäßiges Land und ohne einen Namen. Eine ferne Welle der großen arabischen Überschwemmung, auf den Strand Europas geworfen, schien sie den ganzen Ungestüm des ersten Ausbruchs der Strömung zu haben. Ihre Siegerbahn, von Gibraltars Felsen bis zu den Klippen der Pyrenäen war so rasch und glänzend, wie die mohamedanischen Siege in Syrien und Ägypten. Ja, wäre ihnen auf den Ebenen von Tours nicht Einhalt getan worden, so wäre ganz Frankreich, ganz Europa mit derselben Leichtigkeit überwältigt worden, wie die Reiche des Osten, und der Halbmond würde heute auf den Tempeln in Paris und London glänzen.

Innerhalb der Grenzen der Pyrenäen zurückgeworfen, gaben die vereinigten Horden Asiens und Afrikas, aus denen dieser große Einfall bestand, den mohamedanischen Grundsatz der Eroberung auf und suchten in Spanien eine friedliche und dauernde Herrschaft zu gründen. Als Eroberer hatten sie eben so viel Heldenmut als Mäßigung, und in beidem übertrafen sie eine Zeit lang alle Nationen, mit denen sie kämpften. Von ihrer Heimat getrennt, liebten sie das Land, das ihnen, wie sie glaubten, Allah gegeben hatte, und waren bemüht, es mit allem zu verschönern, was zur Glückseligkeit des Menschen beitragen kann. Indem sie ihre Macht auf ein System weiser und billiger Gesetze gründeten, Künste und Wissenschaften eifrig pflegten, Ackerbau, Manufakturen und Handel förderten, bildeten sie allmählich ein Reich, dem an glücklichem Gedeihen keines der Reiche der Christenheit gleichkam; und indem sie sich mit der Anmut und Verfeinerung, welche das arabische Reich im Osten auszeichnete, umgaben, verbreiteten sie das Licht des orientalischen Wissens in den westlichen Regionen des umnachteten Europas.

Die Städte des arabischen Spaniens wurden der Aufenthalt christlicher Künstler, um sich in den nützlichen Künsten zu unterrichten. Die Universitäten von Toledo, Cordova, Sevilla und Granada wurden von dem bleichen Wissbegierigen anderer Länder besucht, um die Wissenschaft der Araber und ihre gehäuften Schätze des Altertums kennenzulernen: Die Freunde des heiteren Wissens begaben sich nach Cordova und Granada, um morgenländische Poesie und Musik einzusaugen; und die stahlgekleideten Krieger des Nordens eilten dahin, sich in den anmutsvollen Übungen und den zierlichen Sitten des Rittertums zu vervollkommnen.

Wenn die mohamedanischen Denkmäler in Spanien, wenn die Moschee von Cordova, der Alcazar von Sevilla, und die Alhambra von Granada noch Inschriften haben, welche die Macht und Dauer ihrer Herrschaft ruhmredig erheben – darf diese Ruhmredigkeit als anmaßend und eitel belacht werden? Geschlechter um Geschlechter, Jahrhunderte um Jahrhunderte waren vorübergegangen und stets behielten sie Besitz von dem Land. Eine längere Periode war verflossen, als die, seit England von dem normannischen Eroberer unterjocht worden, und die Nachkommen von Musa und Tirac mochten eben so wenig ahnen, dass sie auf demselben Weg, den ihre triumphierenden Vorfahren durchschritten, in die Verbannung getrieben würden, als die Nachkommen von Rollo und Wilhelm und ihrer alten Genossen sich es träumen lassen, an die Küste der Normandie zurückgeworfen zu werden.

Bei all dem war dennoch das mohamedanische Reich in Spanien eine schöne ausländische Pflanze, welche keine dauernde Wurzel in den Boden schlug, den sie verschönerte. Von allen ihren Nachbarn im Westen durch unüberschreitbare Schranken des Glaubens und der Sitten geschieden, und durch Seen und Meere von ihrem Stamme im Osten getrennt, waren sie ein isoliertes Volk. Ihr ganzes Dasein war ein verlängerter, obschon stattlicher und ritterlicher Kampf um einen Anhaltspunkt in einem eroberten Lande.

Sie waren die Vorposten und Grenzen des Islamismus. Die Halbinsel war das große Schlachtfeld, wo die gotischen Eroberer des Nordens und die moslemitischen Eroberer des Ostens aufeinanderstießen und um die Herrschaft kämpften; und der feurige Mut der Araber wurde zuletzt durch die hartnäckige und ausdauernde Tapferkeit der Goten besiegt.

Nie war die Vernichtung eines Volkes vollständiger, als die der maurischen Spanier. Wo sind sie? Fragt die Gestade der Barbarei und ihre öden Plätze! Der verbannte Rest ihres einst mächtigen Reichs verschwand unter den wilden Völkern Afrikas und hörte auf, eine Nation zu sein. Sie haben nicht einmal einen bestimmten Namen zurückgelassen, obgleich sie fast acht Jahrhunderte hindurch ein bestimmtes Volk waren. Das Land, das sie als Heimat angenommen, das sie Jahrhunderte lang besessen, weigert sich, sie anzuerkennen, es wäre dann als Eindringlinge und unrechtmäßige Besitzer. Wenige zertrümmerte Denkmäler sind alles, was übrig geblieben ist, um von ihrer Macht und Herrschaft Zeugnis zu geben, wie einsame Felsen, welche fern in dem Innern zurückgeblieben sind, von der Ausdehnung irgendeiner großen Überschwemmung Zeugnis geben. So die Alhambra. Ein moslemitisches Gelände inmitten eines christlichen Landes; ein orientalischer Palast inmitten der gotischen Bauten des Westen; ein zierliches Andenken an ein tapferes, verständiges und anmutreiches Volk, das eroberte, herrschte und verschwand.

Die Haushaltung.

Es ist Zeit, ein Bild von meiner häuslichen Einrichtung in dieser seltsamen Wohnung zu geben. Der königliche Palast der Alhambra ist der Sorgfalt einer guten alten jungfräulichen Dame, Donna Antonia Molina genannt, anvertraut, die jedoch, der spanischen Sitte zufolge, bei dem vertraulicheren Name Tia Antonia (Tante Antonia) gerufen wird. Sie hält die maurischen Säle und Gärten in Ordnung und zeigt sie den Fremden; zufolge dessen gesteht man ihr alle von Besuchern erlegten Nebengelder und den ganzen Ertrag der Gärten zu, ausgenommen, dass man erwartet, sie werde einen gelegentlichen Tribut von Früchten und Blumen an den Statthalter abgeben. Ihre Wohnung ist in einer Ecke des Palastes; und ihre Familie besteht aus einem Neffen und einer Nichte, den Kindern von zwei verschiedenen Brüdern. Der Neffe, Manuel Molina, ist ein junger Mann von gediegenem Wert und spanischer Gravität. Er hat in der Armee, sowohl in Spanien als in Westindien gedient; allein er studiert jetzt Medizin, in der Hoffnung, einst mal Arzt in der Festung zu werden, eine Stelle, die mindestens 150 Taler des Jahres einträgt. Was die Nichte betrifft, so ist sie ein dickes, kleines, schwarzäugiges andalusisches Fräulein, Dolores genannt, die aber, wegen ihrer glänzenden Augen und ihrer fröhlichen Laune einen heiterern Namen verdient. Sie ist die erklärte Erbin aller Habe ihrer Tante, die in gewissen baufälligen Häusern in der Festung besteht und ein jährliches Einkommen von

150 Taler abwirft. Ich war noch nicht lange in der Alhambra, als ich entdeckte, dass eine ruhige Liebschaft zwischen dem besonnenen Manuel und seiner strahlenäugigen Base vor sich ging und dass nichts fehlte, ihre Hände und ihre Erwartungen zu vereinigen, als das Doctor-Diplom und eine Dispensation vom Papste, wegen ihrer Verwandtschaft.

Mit der guten Dame Antonia habe ich einen Vertrag gemacht, demzufolge sie mir Kost und Wohnung gibt, während die frohherzige kleine Dolores mein Zimmer in Ordnung hält und bei dem Essen die Stelle einer Dienerin vertritt. Ferner steht mir zu Befehl ein langer, stotternder, gelbhaariger Bursche, Pepe genannt, der im Garten arbeitet und gern Bedientenstelle vertreten möchte; darin aber war ihm Mateo Ximenes, der Sohn der Alhambra, zuvorgekommen. Dieser muntere und geschäftige Bursche hat es, ich weiß nicht wie, zu machen gewusst, dass er stets, seitdem ich ihm zuerst an dem Äußern Tor der Festung begegnete, um mich hockte und sich in alle meine Plane verwob, bis er sich als meinen Kammerdiener, Cicerone, Führer, Wächter und historiografischen Knappen anstellte und festsetzte; ich bin auch genötigt gewesen, dem Zustand seiner Garderobe nachzuhelfen, damit er seinen mannigfachen Dienstverrichtungen keine Schande mache, sodass er seinen alten grauen Mantel, wie die Schlange ihre Haut, abgelegt hat und jetzt in der Festung zu seinem unendlichen Vergnügen, und zum großen Staunen seiner Kameraden in einem schmucken andalusischen Hut und Jacke erscheint. Der Hauptfehler des ehrlichen Mateo ist eine übertriebene Ängstlichkeit, nützlich zu werden. Da er sich es bewusst ist, dass er sich in meinen Dienst eingeschlichen hat, und dass meine ruhigen und einfachen Gewohnheiten seine Lage zu einer Sinekure machen, so weiß er sich nicht zu raten, um Mittel aufzufinden, sich für mein Bestes recht wichtig zu machen.

Ich bin gewissermaßen das Opfer seiner Dienstfertigkeit; ich kann meinen Fuß nicht über die Schwelle des Palastes setzen, um die Festung zu umgehen, so ist er an meiner Seite, um alles, was ich sehe, zu erklären; wenn ich es unternehme, in den umliegenden Hügeln umherzustreifen, so besteht er darauf, mich als Wache begleiten zu wollen, obgleich ich ihn stark in Verdacht habe, er möchte wohl der Länge seiner Beine mehr vertrauen, als der Stärke seines Armes, wenn ich angegriffen würde. Bei allem dem ist der arme Bursche doch zuweilen ein unterhaltender Gefährte; er ist einfachen Herzens von unendlich guter Laune und hat die Redseligkeit und Klatschhaftigkeit eines Dorfbarbiers; auch kennt er alle Fraubasen-Histörchen des Ortes und seiner Umgebungen; worauf er sich aber am meisten zu gut tut, ist sein Vorrat von örtlichen Kenntnissen, da er die wunderbarsten Geschichten zu erzählen weiß von jedem Turm und Gewölbe und Torweg der Festung, denen allen er den unbedingtesten Glauben schenkt.

Die meisten hörte er, seiner eignen Auskunft zu Folge, von seinem Großvater, einem kleinen sagenreichen Schneider, welcher fast bis zu einem Alter von hundert Jahren lebte, während deren er nur zwei Wanderungen jenseits des Umkreises der Feste gemacht hatte. Seine Werkstätte war, während des größern Teils eines Jahrhunderts der Zusammenkunftsort eines Häufchens von ehrbaren Gevattern, welche halbe Nächte hier zubrachten und von vergangenen Dingen und den wundervollen Begebenheiten und den verborgenen Geheimnissen des Palastes plauderten. Das ganze Leben, Weben, Denken und Tun dieses kleinen historischen Schneiders war auf diese Art an die Mauern der Alhambra gebunden; innerhalb derselben war er geboren, hatte er gelebt, fand er sein Auskommen; innerhalb derselben starb und ward er begraben. Zum Glück für die Nachkommenschaft ist seine Sagen-Weisheit nicht mit ihm gestorben. Der wahrheitsliebende Mateo pflegte als ein kleiner Knabe den Erzählungen seines Großvaters und der plauderhaften Gruppe, die sich um den Arbeitstisch versammelt hatte, aufmerksam zuzuhören und besitzt so einen Vorrat schätzbarer Kenntnisse über die Alhambra, welche man nicht in den Büchern findet und welche der Aufmerksamkeit jedes wissbegierigen Reisenden wert sind.

Dies sind die Personen, welche zu meinen häuslichen Bequemlichkeiten in der Alhambra beitragen, und es fragt sich, ob irgendein Potentat, Moslem oder Christ, der mir in diesem Palaste voranging, mit größerer Treue bedient wurde oder einen heitrern Szepter führte.

Wenn ich am Morgen aufstehe, bringt mir Pepe, der stotternde Gärtnerbursche, einen Strauß frisch gepflückter Blumen, welche dann von der geschickten Hand der Dolores, die einen weiblichen Stolz in die Ausschmückung meines Zimmers setzt, in Vasen geordnet werden. Meine Mahlzeiten nehme ich zu mir, wo es die Laune will; zuweilen in einem der maurischen Säle, zuweilen unter den Arkaden des Löwenhofes, von Blumen und Brunnen umgeben; und wenn ich ausgehe, führt mich der eifrige Mateo zu den romantischsten Plätzchen des Gebirgs und in die köstlichen Lustörter der umliegenden Täler, die ohne Ausnahme die Szenen irgendeiner wundervollen Geschichte sind.

Obgleich ich den größeren Teil des Tages gern allein zubringe, begebe ich mich doch zuweilen an den Abenden in den kleinen häuslichen Kreis der Donna Antonia. Dieser versammelt sich gewöhnlich in einem alten maurischen Gemach, welches sowohl als Küche als auch als Gesellschaftssaal dient, indem man einen rohen Feuerherd in einer Ecke anbrachte, dessen Rauch die Wände entfärbte und die alten Arabesken fast unsichtbar machte. Ein Fenster, mit einem Balkon, der das Tal des Darro übersieht, lässt den kühlen Abendwind herein; und hier nehme ich mein frugales Abendmahl, das aus Milch und Früchten besteht, ein und mische mich in die Unterhaltung der Familie. Die Spanier besitzen ein natürliches Talent oder, wie man es nennt, Mutterwitz, welcher sie zu verständigen und angenehmen Gesellschaftern macht, was auch ihr Stand und wie vernachlässigt auch ihre Erziehung sein mag: dazu kömmt, dass sie nie pöbelhaft sind; die Natur hat sie mit einer angeborenen Würde des Geistes ausgestattet. Die gute Tia Antonia ist eine Frau von starkem und verständigem, obgleich ungebildeten Geiste; und die glüh-äugige Dolores hat, obgleich sie im ganzen Laufe ihres Lebens nicht über drei oder vier Bücher gelesen, ein einnehmendes Gemisch von Naivität und gesundem Verstand und überrascht mich oft durch das Treffende ihrer kunstlosen Einfälle. Der Neffe unterhält uns häufig durch das Vorlesen irgendeines alten Lustspiels von Calderon oder Lope de Vega, wozu ihn augenscheinlich der Wunsch treibt, seine Base Dolores sowohl zu unterhalten, als ihrer Bildung ein wenig nachzuhelfen; obgleich das kleine Fräulein zu seiner großen Demütigung gewöhnlich vor dem Ende des ersten Aktes einschläft.

Zuweilen erhält die Tia Antonia von ihren demutsvollen Freunden und Angehörigen, den Bewohnern des nahen Dorfes oder den Weibern der invaliden Soldaten, einen Besuch. Sie sehen mit großer Ehrerbietung zu ihr, als der Schirmerin des Palastes, empor und machen ihr den Hof, indem sie ihr die Neuigkeiten des Ortes oder die Gerüchte hinterbringen, die sie in Granada aufgelesen haben. Indem ich diesem Abendgeplauder lauschte, habe ich manche merkwürdige Tatsache erfahren, welche zur Erläuterung der Sitten des Volkes und den Eigentümlichkeiten der Nachbarschaft dienen. Es sind dies einfache Einzelheiten über einfache Freuden; die Natur des Ortes ist es allein, was ihnen Interesse und Wichtigkeit gibt. Ich betrete bezauberten Boden und bin von romantischen Bildern umgeben. Von meiner ersten Kindheit an, als ich an den Ufern des Hudson zuerst in die Blätter der alten spanischen Geschichte von den Kriegen von Granada mich vertiefte, war diese Stadt ein Gegenstand meiner wachen Träume und oft durchschritt ich im Geist die romantischen Hallen der Alhambra. Sieh da den Tagtraum nun verwirklicht! Doch kann ich meinen Sinnen kaum trauen und glauben, dass ich wirklich den Palast des Boabdil bewohne und von seinen Balkons auf das ritterliche Granada hinabschaue. Während ich durch diese orientalische Gemächer streife, und das Murmeln der Brunnen und den Gesang der Nachtigallen höre; während ich den Duft der Rosen einatme und den Einfluss des balsamischen Klimas fühle, bin ich fast versucht, mich in das Paradies Mohameds zu denken und in der dicken kleinen Dolores eine der strahlen-äugigen Houris zu sehen, die bestimmt sind, das Glück der echten Gläubigen zu fördern.

Der Flüchtling.

Seit ich die vorstehenden Blätter niedergeschrieben habe, hatten wir eine kleine Trübsal-Szene in der Alhambra, die eine Wolke über das sonnige Antlitz der Dolores warf. Dieses kleine Fräulein hat eine weibliche Leidenschaft für Haustiere aller Art und einer der verfallenen Höfe der Alhambra ist voll dieser ihrer Lieblinge. Ein stattlicher Pfau und seine Henne scheinen den königlichen Szepter über aufgeblähte Truthähne, zänkische Perlhühner und ein durcheinander von gemeinen Hahnen und Hühnern zu führen. Die große Lust der Dolores aber vereinigte sich seit einiger Zeit in einem jungen Taubenpaare, die neulich in den heiligen Ehestand getreten sind und eine gesprenkelte Katze und ihre Jungen in dem Herzen des Mädchens ausstachen.

Als Wohnung, in welchem sie ihre Haushaltung beginnen sollten, hatte sie ein kleines Gemach an der Küche, dessen Fenster auf einen der ruhigen maurischen Höfe ging, eingerichtet. Hier lebten sie in glücklicher Unwissenheit alles dessen, was jenseits des Hofs und seinen sonnigen Dächer vorging. Nie hatten sie daran gedacht, über die Zinnen zu fliegen oder sich zu den Spitzen der Türme empor zu schwingen. Ihre tugendhafte Verbindung wurde endlich mit zwei fleckenlosen und milchweißen Eiern gesegnet, zur großen Freude ihrer zärtlichen kleinen Herrin. Nichts konnte löblicher sein als das Benehmen der jungen verheirateten Leute bei dieser interessanten Gelegenheit. Sie saßen abwechselnd auf dem Neste, bis die Eier ausgebrütet waren und solange ihre ungefiederte Brut der Wärme und Bedeckung bedurfte; während das eine so das Nest hütete, ging das andere nach Nahrung aus und brachte reichen Vorrat zurück.

Diese Szene ehelichen Glücks erhielt plötzlich einen argen Stoß. Als Dolores heute früh den Tauber fütterte, fiel es ihr ein, ihn ein wenig in die große Welt blicken zu lassen. Sie öffnete daher ein Fenster, welches auf das Darro-Tal geht, und ließ ihn jenseits der Zinnen des Alhambra fliegen. Zum ersten Mal in seinem Leben sollte der erstaunte Vogel die volle Kraft seiner Flügel versuchen. Er senkte sich in das Tal hinab und hob sich dann plötzlich empor und schwebte fast bis zu den Wolken hinan. Er hatte sich nie vorher zu einer solchen Höhe erhoben oder eine solche Lust an dem Fliegen gefühlt, und wie ein junger Verschwender, der eben in den Besitz seines Vermögens kömmt, machte ihn dies Übermaß von Freiheit und das grenzenlose, seiner Tatkraft plötzlich geöffnete Feld, schwindlig. Den ganzen Tag schwebte er in launenhaften Kreisen von Turm zu Turm, von Baum zu Baum. Vergeblich jeder Versuch, ihn durch Frucht, die auf die Dächer gestreut wurde, zurück zu locken; er scheint alle Gedanken an die Heimat, an seine zärtliche Gattin und die nackten Jungen vergessen zu haben. Um die Angst der Dolores noch zu vermehren, stießen zwei palomas ladrones oder Räuber-Tauber zu ihm, deren Instinkt es ist, verirrte Tauben in ihren Schlag zu locken. Wie viele andere gedankenlose Jünglinge bei ihrem ersten Ausflug in die Welt, scheint der Flüchtling ganz bezaubert von diesen erfahrnen, aber verderbten Gefährten, die es unternommen haben, ihm die Welt zu zeigen und ihn in die Gesellschaft einzuführen. Er flog mit ihnen über alle Dächer und Kirchentürme von Granada. Ein Donnerwetter war über die Stadt hingezogen, aber er hatte sein Haus nicht gesucht; die Nacht war herangekommen und er blieb aus. Um die Sache noch pathetischer zu machen, ging das Weibchen, das mehrere Stunden auf dem Nest geblieben war, ohne dass es abgelöst worden, endlich heraus, um seinen abtrünnigen Gatten zu suchen; es blieb aber so lange weg, dass die Jungen aus Mangel an Wärme und Schutz der elterlichen Brust, zugrunde gingen. In später Abendstunde brachte man Doloren die Nachricht, der Ausreißer sei auf den Türmen des Generalife gesehen worden. Nun hat zufällig der Administrator dieses alten Palastes auch einen Taubenschlag, unter dessen Insassen zwei oder drei jener verführerischen Tauben, der Schrecken aller benachbarten Taubenfreunde, sein sollen. Dolores schloss sofort, die zwei gefiederten Gauner, welche bei ihrem Flüchtling gesehen worden, seien diese des Generalife. Alsbald wurde in dem Gemach der Tia Antonia ein Rat gehalten. Das Generalife ist ein, von der Alhambra getrenntes Rechtsgebiet und folglich besteht zwischen ihren Aufsehern einige Spitzfindigkeit, wenn nicht Eifersucht. Es wurde daher beschlossen, Pepe, den stotternden Gärtnerburschen als Gesandten an den Administrator zu schicken und ihn zu ersuchen, wenn ein solcher Flüchtling in seinen Bereich komme, ihn als Untertanen der Alhambra auszuliefern. Sonach ging Pepe mit seinem diplomatischen Auftrage durch die mondbeglänzten Baumgänge und Pfade ab, kehrte aber nach einer Stunde mit der traurigen Nachricht zurück, in dem Taubenschlag des Generalife sei kein solcher Vogel zu finden. Der Administrator jedoch habe sein erhabenes Wort zum Pfand gegeben, wenn ein solcher Flüchtling dort, selbst um Mitternacht, erscheine, solle derselbe sofort angehalten und als Gefangener an seine kleine schwarzäugige Gebieterin abgeliefert werden.

So steht es mit diesem melancholischen Vorgang, der in dem ganzen Palast so viel Schmerz verursacht und die untröstliche Dolores auf ein schlafloses Kissen gesendet hat.

»Nachts weilen die Sorgen«, sagt das Sprichwort, »aber die Freude kömmt am Morgen.« Das erste, was mir heute Morgen, als ich mein Zimmer verließ, in die Augen fiel, war Dolores mit dem flüchtigen Tauber in ihren Händen und mit Augen, die vor Freude funkelten. Er war in früher Stunde auf den Zinnen erschienen, scheu von Dach zu Dach umherflatternd; endlich kam er doch in das Fenster und überlieferte sich als Gefangener. Er gewann aber wenig Vertrauen durch seine Rückkehr; denn die gefräßige Art, mit welcher er die ihm vorgesetzte Nahrung verschlang, zeigte, dass er, wie der verlorene Sohn, durch den baren Hunger nach Hause getrieben worden war. Dolores schalt ihn wegen seines treulosen Benehmens und gab ihm alle Arten von schlimmen Namen (obgleich sie, nach Frauenart, ihn zu gleicher Zeit zärtlich an ihren Busen drückte und mit Kissen bedeckte). Ich bemerkte jedoch, dass sie die Vorsicht gebraucht hatte, ihm die Flügel zu beschneiden, um künftigen Ausflügen zuvorzukommen, eine Maßregel, die ich zum Heile allen denen erwähne, die flüchtige Liebhaber oder umstreifende Männer haben. Mehr als eine schätzbare Lebensregel lässt sich aus der Geschichte von Dolores und ihrer Taube abnehmen.

Des Verfassers Wohnung.

Als ich meine Wohnung in der Alhambra aufschlug, wurde das eine Ende einer Reihe leerer Gemächer von neuerer Bauart, die zur Wohnung des Statthalters bestimmt sind, zu meiner Aufnahme eingerichtet. Sie waren auf der Vorderseite des Palastes und hatten die Aussicht auf die Esplanade; jenseits stießen sie an eine Anzahl kleiner, teils Maurischer, teils neuerer Zimmer, die Tia Antonia und ihre Familie bewohnten; diese liefen in einem großen Gemach aus, das der guten alten Dame als Besuchszimmer, Küche und Audienzsaal diente. Es war zu den Zeiten der Mauren nicht ohne bedeutenden Glanz, allein ein Feuerherd war, wie gesagt, in eine Ecke gebaut worden, dessen Rauch die Wände entfärbt und die Verzierungen beinahe vernichtet, und eine düstere Färbung über das Ganze verbreitet hat. Aus diesen düstern Gemächern führt ein enger finsterer Gang und eine dunkle Wendeltreppe hinab zu einem Winkel des Turms des Comares, welchen man entlang tappt und nun, bei dem Öffnen einer kleinen Türe unten, plötzlich geblendet wird, indem man in das glänzende Vorzimmer des Gesandten-Saales, den Funken sprühenden Brunnen des Hofes der Alberca vor sich, eintritt.

Ich war nicht zufrieden, in Zimmern des Palastes wohnen zu sollen, die neu waren und auf der Vorderseite lagen, und wünschte mich in dem Herzen des Gebäudes einzunisten. Als ich eines Tags in den maurischen Sälen umherstreifte, fand ich in einer entlegenen Galerie eine Türe, welche ich nie zuvor bemerkt hatte und die offenbar zu geräumigen, vor dem Publikum verschlossenen Gemächern führte. Hier war also ein Geheimnis; hier war der bezauberte Flügel des Schlosses. Ich verschaffte mir jedoch den Schlüssel ohne Mühe; die Türe führte in eine Reihe leerer Zimmer von europäischer Bauart, obgleich sie über eine maurische Arkade, den Garten der Lindaraxa entlang, gebaut waren. Die Decken zweier hohen Zimmer hatten tiefe Verzierungsfelder von Zedernholz, in welche Früchte und Blumen neben grotesken Masken und Gesichter, reich und künstlich eingegraben, obgleich an vielen Stellen verdorben waren. Die Wände waren offenbar in alten Zeiten mit Damast behangen, jetzt aber nackt und mit den nichtssagenden Namen eitler Reisenden überdeckt; die Fenster, welche ohne Fassung, und Wind und Wetter geöffnet waren, gingen auf den Garten der Lindaraxa und die Orangen- und Zitronenbäume bogen ihre Zweige in das Zimmer. Jenseits dieser Zimmer waren zwei weniger hohe, auch in den Garten gehende Säle. In den Feldern der verzierten Decken waren Körbe von Früchten und Kränze von Blumen von einer geschickten Hand gemalt und ziemlich gut erhalten. Auch die Mauern waren in Fresco, im italienischen Stil gemalt gewesen, aber die Malereien fast verwischt; die Fenster waren in demselben wüsten Zustande, wie in den andern Gemächern. Diese merkwürdige Reihe von Zimmern endigte in einer offenen Galerie mit Geländern, welche in rechten Winkeln eine andere Seite des Gartens entlang lief. Die ganze Zimmerreihe hatte eine Zierlichkeit und Anmut in ihrer Ausschmückung, und es war etwas so Freundliches und Abgeschlossenes in ihrer Lage, diesen entlegenen kleinen Garten entlang, dass sie ein Interesse an ihrer Geschichte erweckten. Als ich nachfragte, erfuhr ich, sie seien eine in dem Anfange des vergangenen Jahrhunderts, zur Zeit, als Philipp V. und die schöne Elisabeth von Parma in der Alhambra erwartet wurden, von italienischen Künstlern verzierte Zimmerreihe, welche für die Königin und die Damen ihres Gefolges bestimmt waren. Eines der höchsten Zimmer war ihr Schlafgemach gewesen; und eine kleine Treppe, welche aus demselben führt, jetzt aber vermauert ist, öffnete sich auf ein entzückendes Belvedere, ursprünglich ein Söller der maurischen Sultaninnen, aber zu einem Toilettenzimmer für die schöne Elisabeth eingerichtet, daher es noch heute den Namen des Tocador, oder der Toilette der Königin hat. Das Schlafzimmer, dessen ich erwähnt habe, hatte von dem einen Fenster die Aussicht auf das Generalife und seine umlaubten Terrassen; unter einem andern Fenster spielte der Alabaster-Brunnen des Gartens der Lindaraxa. Der Garten führte meine Gedanken noch weiter zurück, in die Periode einer andern Herrschaft der Schönheit, zu den Tagen der maurischen Sultaninnen.

»Wie schön ist dieser Garten!«, sagt eine arabische Inschrift, »wo die Blumen der Erde mit den Sternen des Himmels wetteifern! Was kann mit der Vase jenes Alabaster-Brunnens, gefüllt mit kristallnem Wasser, verglichen werden? Nichts als der Mond, wenn er voll ist und in der Mitte eines wolkenlosen Himmels glänzt!«

Jahrhunderte sind entschwunden, und doch – wie vieles von dieser Szene von offenbar so vergänglicher Schönheit blieb noch. Der Garten der Lindaraxa war noch mit Blumen geschmückt; der Brunnen bot noch seinen kristallenen Spiegel dar; es ist wahr, der Alabaster hat seine Weiße verloren und das Bassin darunter, mit Unkraut bedeckt, ist der Aufenthalt der Eidechsen; aber es war selbst in der Verfallenheit etwas, das das Interesse der Szene erhöhte, indem es von dem Wechsel sprach, der das unwiderrufliche Los des Menschen und aller seiner Werke ist. Auch die Öde dieser Gemächer, einst die Wohnung der stolzen und anmutreichen Elisabeth, hatte einen rührenderen Reiz für mich, als wenn ich sie in ihrem frühern Glanz, von dem Prunke eines Hofes strahlend, gesehen hätte. Ich beschloss sofort, in diesen Zimmern meine Wohnung aufzuschlagen.

Mein Entschluss erregte großes Staunen in der Familie, die sich gar keinen vernünftigen Grund für die Wahl einer so einsamen, entlegenen und verlassenen Wohnung denken konnten. Die gute Tia Antonia betrachtete es für höchst gefährlich; die Nachbarschaft, sagte sie, sei mit Tagedieben angefüllt; die Höhlen der nahen Berge wimmelten von Zigeunern; der Palast sei im Verfall und an vielen Orten leicht zugänglich; und das Gerücht von einem Fremden, der allein in einer der zerfallenden Zimmerreihen wo die übrige Bewohnerschaft ihn nicht hören könne, wohne, möchte des Nachts leicht unwillkommene Besucher reizen, besonders da man von Fremden immer annehme, dass ihre Börse gut gefüllt sei. Dolores schilderte die schreckliche Einsamkeit des Platzes, wo weitum nichts zu sehen sei als Fledermäuse und Eulen; sodann hielten sich auch ein Fuchs und eine wilde Katze um die Gewölbe auf und streiften nachts umher.

Ich war nicht von meinem Einfall abzubringen; daher wurde ein Zimmermann zur Beihilfe hergerufen, so wie der stets dienstfertige Mateo Ximenes, welche Türen und Fenster bald in einen Zustand von ziemlicher Sicherheit brachten. Aller dieser Vorbereitungen ungeachtet muss ich bekennen, dass die erste Nacht, welche ich in diesen Zimmern hinbrachte, unaussprechlich traurig war. Die ganze Familie gab mir das Geleite bis in mein Gemach und ihr Abschiednehmen von mir und ihre Rückkehr, die öden Vorzimmer und hallenden Galerien entlang, erinnerten mich an jene Geistergeschichten, wo man den Helden allein lässt, um die Fährlichkeiten eines bezauberten Hauses zu bestehen.

Selbst die Gedanken an die reizende Elisabeth und an die Schönheiten ihres Hofes, welche einst diese Zimmer verherrlicht hatten, erhöhten jetzt durch den Kontrast dieses Düster. Hier war der Schauplatz ihrer vorübergehenden Freude und Lieblichkeit; hier waren sogar noch die Spuren ihrer Zierlichkeit und ihrer Vergnügungen; allein was und wo waren sie? – Staub und Asche, Bewohner des Grabes, Schattenbilder des Gedächtnisses!

Eine unbestimmte und unbeschreibliche Furcht überschlich mich. Ich hätte sie gern den Gedanken an Räuber, welche durch die Abendunterhaltung in mir geweckt worden, zugeschrieben, aber ich fühlte, dass es etwas Nichtigeres und Abgeschmackteres war. Mit einem Worte, die lange begrabenen Eindrücke der Ammenstube belebten sich wieder und behaupteten ihre Gewalt über meine Phantasie. Alles begann, von dem Drängen meines Geistes angesteckt zu werden. Das Flüstern des Windes in den Zitronenbäumen unter meinem Fenster hatte etwas Unheimliches. Ich warf meinen Blick auf den Garten der Lindaraxa; die Bäume bildeten einen Schlund voll Schatten, das Dickicht unbestimmte und gespenstische Gestalten. Ich war froh, als ich mein Fenster geschlossen hatte; allein selbst mein Gemach wurde angesteckt. Eine Fledermaus hatte den Weg herein gefunden und flatterte über meinem Kopfe und gegen meine einsame Lampe; die grotesken Gesichter, welche in die Zederndecke geschnitzt waren, schienen mich anzustarren und mir Gesichter zu schneiden.

Mich zusammennehmend und über diese augenblickliche Schwäche halb lächelnd, entschloss ich mich, ihr Trotz zu bieten, nahm meine Lampe in die Hand und eilte fort, in dem alten Palast einen Spaziergang zu machen. Trotz aller geistigen Anstrengung war die Aufgabe ernst.

Die Strahlen meiner Lampe verbreiteten sich nur in einer sehr beschränkten Entfernung um mich; ich ging gleichsam in einem bloßen Lichtkreis, jenseits dessen dichte Finsternis herrschte. Die gewölbten Gänge glichen Höhlen; die Gewölbe der Säle waren in Dunkel vergraben; welcher ungesehene Feind konnte nicht vor mir oder hinter mir lauschen! Mein eigner Schatten, der auf den Wänden spielte und der Widerhall meiner eigenen Fußtritte schreckten mich.

Während ich in diesem erregten Zustand den großen Gesandtensaal durchschritt, kamen wirkliche Töne zu jenen mutmaßlichen Gebilden. Tiefes Stöhnen, unbestimmtes Rufen schien gewissermaßen unter meinen Füßen emporzusteigen; ich hielt an und lauschte. Es schien nun wieder außerhalb des Turms zu schallen. Zuweilen klang es wie das Heulen eines Tieres, dann wieder war es ersticktes Schreien mit vernehmlichem Toben des Wahnsinns vermischt. Die durchschauernde Wirkung dieser Klänge, in dieser stillen Stunde und an dieser sonderbaren Stelle, benahm mir alle Lust, meinen einsamen Spaziergang fortzusetzen. Ich kehrte munterer in mein Gemach zurück, als ich es verlassen hatte, und atmete freier, als ich wieder innerhalb seiner Wände und die Türe hinter mir verriegelt war. Als ich am Morgen erwachte und die Sonne durch mein Fenster herein schien und jeden Teil des Gebäudes mit ihren holden und wahrheitskündenden Strahlen beleuchtete, konnte ich mich kaum der Schatten und Trugbilder erinnern, welche das Düster der vergangenen Nacht herauf beschworen hatte, oder es glauben, dass die Szenen um mich her, so nackt und bekannt, sich mit solchen eingebildeten Schrecken hätten bekleiden können.

Doch war das düstere Geheul und Rufen nichts Eingebildetes; mein Mädchen Dolores gab mir Auskunft deshalb; es war das Rasen eines Wahnsinnigen, eines Bruders ihrer Tante, der heftigen Anfällen unterworfen war, während deren man ihn in ein gewölbtes Zimmer unter dem Gesandten-Saal einsperrte.

Die Alhambra im Mondlichte.

Ich habe ein Gemälde meiner Zimmer bei meiner ersten Besitznahme derselben gegeben; wenige Abende haben eine gänzliche Veränderung in der Szene und in meinen Gefühlen hervorgebracht. Der Mond, der damals unsichtbar war, hat allmählich Gewalt über die Nacht erlangt und zieht jetzt in vollem Glanze über den Türmen hin und streut eine Masse sanften Lichtes in jeden Hof und Saal. Der Garten unter meinem Fenster ist lieblich beleuchtet; die Orangen- und Citronenbäume sind mit

Silber getüpft; der Brunnen funkelte in den Mondstrahlen und selbst das Erröten der Rose ist schwach sichtbar.

Ich saß stundenlang an meinem Fenster, trank die Süße des Gartens in mich und dachte über das launenvolle Los derer nach, deren Geschichte in den zierlichen Denkmälern rundum sich trüb abzeichnet. Zuweilen ging ich um Mitternacht, wenn alles ruhig war, hinaus und durchwanderte das ganze Gebäude. Wer kann eine Mondscheinnacht unter einem solchen Himmel und an einem solchen Orte genug preisen? Die Temperatur einer andalusischen Sommer-Mitternacht ist wahrhaft himmlisch. Wir scheinen in eine reinere Atmosphäre emporgehoben; es ist eine Heiterkeit der Seele, eine Schwungkraft des Geistes, eine Elastizität des Körpers, welche das bloße Dasein zu einem Freudegenuss macht. Auch auf die Alhambra wirkt das Mondlicht wie ein Zauber. Jeder Riss, jede Spalte des Alters, jede zerstäubende Farbe und jeder Wetterflecken verschwindet; der Marmor nimmt seine ursprüngliche Weiße wieder an; die langen Säulenreihen glänzen in den Mondstrahlen; die Säle sind mit sanftem Glanze gefüllt, bis uns zuletzt das ganze Gebäude wie ein bezauberter Palast aus den arabischen Märchen vorkommt.

Zu einer solchen Zeit stieg ich auf den kleinen Pavillon, welcher die Toilette der Königin genannt wird, um mich an seiner mannigfaltigen und ausgedehnten Aussicht zu ergötzen. Rechts glänzten die schneeigen Gipfel der Sierra Nevada wie Silberwolken gegen das dunklere Firmament und alle Umrisse des Gebirgs erschienen gesänftigt und doch zart angedeutet. Meine größte Wonne jedoch war es, mich über die Brustwehr des Tocador zu lehnen und auf Granada hinabzublicken, das wie eine Karte unter mir ausgebreitet lag, in tiefe Ruhe begraben, und seine weißen Paläste und Klöster gleichsam im Mondenschein schlafend.

Zuweilen hörte ich die schwachen Klänge der Kastagnetten einer Tanzgesellschaft, die noch in der Alameda weilte; ein anderes Mal drang der ungewisse Klang einer Gitarre zu mir und die Töne einer einzelnen Stimme erhoben sich aus einer einsamen Straße und malten mir irgendeinen jungen Ritter, der vor dem Fenster seines Liebchens ein Ständchen bringt – eine artige Sitte früherer Tage, die jetzt leider überall in Abnahme kommt, die entlegenen Städte und Dörfer Spaniens ausgenommen. Dieser Art waren die Szenen, welche mich so manche Stunde in den Höfen und auf den Balkons des Schlosses weilen ließen, und wo ich mich jener Mischung von Träumerei und Empfindung erfreute, welche in den südlichen Himmelsstrichen die Tage hinwegstiehlt, und der Morgen war oft nahe, wenn ich mein Bett aufsuchte und mich von den fallenden Wassern des Brunnens der Lindaraxa in Schlaf wiegen ließ.

Bewohner der Alhambra.

Ich habe es oft bemerkt, dass je stolzer ein Haus in den Tagen seines Glückes besetzt war, sind seine Bewohner in den Tagen seines Verfalls umso ärmlicher, und dass die Paläste der Könige gewöhnlich zuletzt der Aufenthalt von Bettlern werden.

Die Alhambra ist in einem reißenden Zustande ähnlichen Übergangs. Wo ein Turm verfällt, nehmen zerlumpte Familien Besitz davon und machen sich in Gemeinschaft mit den Fledermäusen und Eulen zu Bewohnern seiner vergoldeten Säle und hängen die Lumpen, diese Banner der Armut, aus seinen Fenstern und Schießscharten.

Es hat mich ergötzt, manche dieser scheckigen Charaktere zu beobachten, welche die alte Wohnung von Königen so an sich gerissen haben und die hierher gesetzt zu sein scheinen, um dem Drama des menschlichen Stolzes einen komischen Schluss zu geben. Einer derselben trägt sogar den Spotttitel einer Königin. Es ist dies eine kleine alte Frau, welche Maria Antonia Sabonea heißt, aber gewöhnlich La Reyna Coquina oder die Muschelkönigin genannt wird. Sie ist klein genug, um eine Fee abzugeben und sie mag nach allem, was ich erfahren konnte, eine Fee sein, denn niemand kennt ihren Ursprung. Ihre Wohnung ist eine Art Kämmerchen unter der äußern Treppe des Palastes und sie sitzt in dem kühlen steinernen Gange, braucht ihre Nadel emsig, singt vom Morgen bis in die Nacht und hat für jeden, der vorbeikommt, einen Scherz in Bereitschaft; denn obgleich sie eine der ärmsten Frauen ist, so lebt doch kaum ein lustigeres kleineres Wesen. Die Gabe des Geschichten-Erzählens ist ihr Hauptverdienst, denn ich glaube wahrhaftig, dass sie eben so viele Erzählungen zu ihrem Befehl hat, als die unerschöpfliche Scheherezade der tausend und einen Nacht. Manche derselben habe ich sie in den Abend-Tertulias der Dame Antonia, bei denen sie sich zuweilen einfinden darf, erzählen hören.

Dass irgendeine Feengabe an diesem geheimnisvollen kleinen alten Weibe sein muss, geht schon aus ihrem ungemeinen Glück hervor, indem sie, obgleich sehr klein, sehr hässlich und sehr arm, ihrer eigenen Erzählung zu Folge fünf und einen halben Mann gehabt hat, wobei sie einen jungen Dragoner, der während der Brautzeit starb, für einen halben rechnet. Mit dieser kleinen Feenkönigin wetteifert ein stattlicher alter Bursche mit einer dicken Nase, der in einem verbrauchten Kleide mit einem aufgekrempten wachstaftnen Hut und einem roten Federbusch umhergeht. Er ist einer der rechtmäßigen Söhne der Alhambra und hat sein ganzes Leben in Erfüllung mancherlei Pflichten hingebracht; so war er Unter-Alguazil, Küster in der Pfarrkirche und Wärter bei dem Ball-spiel-Hof, der am Fuße eines der Türme errichtet worden war. Er ist arm, wie eine Kirchenmaus, aber so stolz als er zerlumpt ist, denn er rühmt sich von dem edeln Hause der Aguilar abzustammen, aus welchem Gonsalvo de Cordova, der große Feldherr, hervorging. Ja, er trägt wirklich den Namen Alonzo de Aguilar, der in der Geschichte der Eroberung von Granada so berühmt ist, obgleich die ruchlosen Schelmen der Feste ihm den Titel el padre santo, oder der heilige Vater gegeben haben – die gewöhnliche Bezeichnung des Papstes, die ich in den Augen echter Katholiken für viel zu geheiligt glaubte, als dass man sie so scherzhaft anwendete. Es ist eine seltsame Laune des Schicksals, in der grotesken Person dieses Lumpen einen Namensverwandten und Abkömmling des stolzen Alonzo de Aguilar, des Spiegels der andalusischen Ritterschaft, zu bieten, der fast ein Bettlerleben in dieser einst so stolzen Festung führt, welche sein Ahnherr zerstören half; und doch möchte das Los der Nachkommen von Agamemnon und Achilles ein ähnliches sein, wären sie in der Nähe der Ruinen von Troja geblieben.

Von dieser bunten Gesellschaft möchte wohl die Familie meines gesprächigen Geleitsmannes, Mateo Ximenes, wenigstens der Zahl nach, einen sehr wichtigen Teil ausmachen. Seine Ansprüche, ein Sohn der Alhambra zu sein, sind nicht ungegründet. Seine Familie hat die Feste seit der Zeit der Eroberung bewohnt, und die Armut von dem Vater auf den Sohn vererbt, denn noch nie hatte ein Glied dieser Familie einen Maravedi in seinem Besitze. Sein Vater, ein Bandmacher seines Gewerbes, und seit dem Tode des historischen Schneiders das Haupt der Familie, ist jetzt fast 70 Jahre alt, und lebt in einer Hütte von Schilf und Lehm, die er sich mit eigner Hand grade über dem eisernen Tore gebaut hat. Das Gerät besteht aus einem zerbrechlichen Bette, einem Tisch und zwei oder drei Stühlen, einer hölzernen Kiste, welche seine Kleider und die Archive der Familie enthält, d. h. einige Papiere, alte Prozesssachen betreffend, die er nicht lesen kann; aber der Stolz seiner Hütte ist ein Familien-Wappen, das prachtvoll gemalt und in einem Rahmen an der Mauer aufgehängt ist, und durch seine Felder deutlich die verschiedenen edlen Häuser andeutet, mit welchen diese armselige Brut verwandt sein will.

Was Mateo selbst betrifft, so hat er sein möglichstes getan, um seinen Stamm fortzupflanzen, da er eine Frau und eine zahlreiche Nachkommenschaft hat, welche eine fast dach- und fachlose Hütte in dem Dorfe bewohnen. Wie sie es anfangen, sich zu erhalten, kann Er nur sagen, der in alle Geheimnisse schaut; die Erhaltung einer spanischen Familie dieser Art bleibt mir stets ein Rätsel; indessen leben sie, und was mehr ist, scheinen sich ihres Daseins zu freuen. Die Frau geht sonntags in dem Pasco von Granada mit einem Kind im Arme und einem halben Dutzend auf der Ferse, spazieren, und die älteste Tochter, die jetzt zur Jungfrau übergeht, flicht sich Blumen in das Haar, und tanzt lustig zu den Kastagnetten.

Es gibt zwei Klassen von Leuten hier, denen das Leben ein langer Feiertag zu sein scheint – den sehr reichen und den sehr armen; den einen, weil sie nichts zu tun brauchen, den andern, weil sie nichts zu tun haben; es versteht aber niemand die Kunst, nichts zu tun und von nichts zu leben, besser, als die armen Klassen von Spanien. Das Klima tut die eine Hälfte und das Temperament das übrige. Man gebe einem Spanier Schatten im Sommer und die Sonne im Winter, etwas Brot, Zwiebeln, Öl, Erbsen, einen alten Mantel und eine Gitarre, so mag die Welt sich drehen, wie sie will. Was Armut! Sie hat für ihn nichts Beschimpfendes. Sie umgibt ihn mit einem grandiosen Stil, wie sein zerlumpter Mantel. Er ist ein Hidalgo selbst in Fetzen.

Die Söhne der Alhambra sind eine treffliche Veranschaulichung dieser praktischen Philosophie. Wie die Mauren glaubten, das himmlische Paradies hänge über diesem begünstigten Fleck, so bin ich manchmal geneigt zu denken, ein Abglanz von dem goldnen Zeitalter schwebe noch über der zerlumpten Bewohnerschaft. Sie haben nichts – sie tun nichts – sie sorgen für nichts. Und dennoch, obgleich sie augenscheinlich die ganze Woche müßig sind, beobachten sie alle Feiertage und Heiligenfeste eben so eifrig, wie der tätigste Handwerker. Sie besuchen alle Tänze und Feste zu Granada und dessen Umgebungen, zünden am Abend des St. Johannistags Freudenfeuer auf den Hügeln an, und haben neulich die mondhellen Nächte durchtanzt, um die Erntefeuer eines kleinen Stück Feldes innerhalb der Feste, welches kaum einige Büschel Weizen abwarf, festlich zu begehen.

Ehe ich diese Bemerkungen schließe, muss ich einer der Unterhaltungen dieses Ortes gedenken, die mir besonders auffiel. Ich hatte öfter einen langen spanischen Kerl bemerkt, der auf dem Gipfel eines der Türme saß, und zwei oder drei Angelruten handhabte, als wollte er nach den Sternen angeln. Das Tun dieses Luftfischers setzte mich eine Zeit lang in Verlegenheit, und diese Verlegenheit wuchs, als ich andere bemerkte, welche auf gleiche Weise auf verschiedenen Teilen der Zinnen und Bastionen beschäftigt waren; das Geheimnis erschloss sich mir nicht eher, als bis ich Mateo Ximenes zu Rat zog.

Die reine und luftige Lage des Feste scheint sie, wie Macbeths Schloss, zu einem fruchtbaren Hecknest für Schwalben und andere Vögel gemacht zu haben, die mit der Feiertagslust von Jungen, welche eben aus der Schule gelassen worden, zu Tausenden um ihre Türme spielen. Diese Vögel nun in ihrem gedankenlosen Umherkreisen mit Angeln, an denen Fliegen stecken, zu fangen, ist eines der Lieblings-Vergnügungen der zerfetzten »Söhne der Alhambra,« welche mit dem zu nichts brauchbaren Witze ausgemachter Müßiggänger auf diese Art die Kunst erfunden haben, in dem Himmel zu angeln.

Der Löwenhof.

Der besondere Reiz dieses alten träumerischen Palastes besteht in seiner Macht, vage Träumereien und Bilder der Vergangenheit hervorzurufen, und so die nackte Wirklichkeit mit den Täuschungen des Gedächtnisses und der Einbildungskraft zu umkleiden. Da es mich ergötzt, in diesen »eiteln Schatten« zu wandeln, suche ich auch gern die Teile der Alhambra auf, welche diesem Schattenspiel des Geistes am günstigsten sind, und dies ist bei keinem mehr der Fall, als bei dem Löwenhofe und den Sälen umher. Hier ist die Hand der Zeit am sanftesten verfahren, und die Spuren maurischer Eleganz und Pracht bestehen fast noch in ihrem ursprünglichen Glanze. Erdbeben haben die Grundpfeiler dieses Gebäudes erschüttert, und ihre härtesten Türme gespalten; allein sieh, nicht Eine jener schlanken Säulen kam aus ihrer Stelle, nicht Ein Bogen jenes leichten und gebrechlichen Ganges ist gewichen. Und all die niedliche Bildnerei an den gewölbten Decken, augenscheinlich so zart gehalten, wie die Kristallarbeit eines Morgenfrostes besteht noch nach dem Verlaufe von Jahrhunderten und ist so neu, als käm sie eben aus der Hand des arabischen Künstlers. Ich schreibe inmitten dieser Andenken der Vergangenheit, in der frühen Stunde des Frühmorgens, in dem unglücklichen Saal der Abencerragen. Der blutbefleckte Brunnen, der Sage nach das Denkmal ihrer Ermordung, ist vor mir; der hohe Wasserstrahl sprengt fast seinen Tau auf mein Papier. Wie schwer ist es, die alte Geschichte von Gewalttat und Blut mit dem lieblichen und friedvollen Schauspiele rundum zu vereinen! Alles scheint hier berechnet, freundliche und glückliche Gefühle zu erregen, denn alles ist mild und schön. Selbst das Licht fällt sanft von oben herab, durch die Laterne eines wie von Feenhänden gemalten und gearbeiteten Domes. Durch den weiten und mit Bildnerei gezierten Bogen des Portals sehe ich den Löwenhof in dem Glanz der Sonne, die seine Kolonnaden entlang strahlt, und in seinem Brunnen funkelt. Die lebhafte Schwalbe senkt sich in den Hof, erhebt sich wieder aufwärts, und schießt zischend über die Dächer dahin; die geschäftige Biene treibt sich summend unter den Blumenbeeten umher, und bunte Schmetterlinge flattern von Pflanze zu Pflanze und fliegen dann empor und spielen miteinander in der sonnigen Luft. Die Phantasie braucht sich nur sehr wenig anzustrengen, um sich irgendeine sinnige Schönheit des Harems zu mahlen, welche in diesen abgeschlossenen Plätzchen orientalischer Üppigkeit weilt.

Der aber, welcher diese Szene gern mehr im Einklang mit ihrem Geschick sehen möchte, muss kommen, wenn die Schatten des Abends den Glanz des Hofes mildern, und ihr Düster über die Säle umher verbreiten. Es kann dann nichts heiter-wehmütigeres, oder mit der Geschichte entschwundener Größe übereinstimmenderes geben.

In solchen Stunden suche ich wohl auch den Saal der Gerechtigkeit auf, dessen tiefe schattenvolle Arkaden sich am obern Ende des Hofes hinziehen. Hier wurde in Gegenwart von Ferdinand und Isabella und ihres siegtrunkenen Geleites, das festliche Hochamt bei der Besitznahme von Alhambra gehalten. Das Kreuz ist sogar noch auf der Wand zu sehen, an welcher der Altar stand, und wo der Groß-Kardinal von Spanien und andere der höchsten kirchlichen Würdenträger des Landes den Gottesdienst hielten. Ich malte mir das ganze Schauspiel, als das siegreiche Heer diesen Ort füllte, dieses Gemisch von Prälaten in ihrem Ornat, und von geschornen Mönchen, von stahlbepanzerten Rittern und seidnen Höflingen, wenn Kreuze und Krummstäbe und Kirchenfahnen sich mit den stolzen Wappenzeichen und den Bannern der Edlen Spaniens mischt, und im Triumph über diese arabischen Säle flattert. Ich male mir Columb, den künftigen Entdecker einer Welt, wie er in einem fernen Winkel seinen bescheidenen Platz nimmt, ein demütiger und vernachlässigter Zuschauer des Festgepränges. Meine Phantasie lässt mich dies katholische Herrscherpaar sehen, wie es sich vor dem Altar niederwirft, und seinen inbrünstigen Dank für den Sieg darbringt, während die Gewölbe die heiligen Gesänge und das laut tönende Te Deum widerhallten.

Die kurze Täuschung ist vorüber – das Fest entschwindet dem innern Auge – Monarchen, Priester und Krieger kehren in die Vergessenheit zurück, so wie die armen Mosleminen, über welche sie triumphierten. Ihre Siegeshalle ist öde und leer. Die Fledermaus fliegt um ihr Dämmergewölbe und die Eule krächzt auf dem nahen Turm des Comares.

Als ich vor einigen Abenden in den Löwenhof trat, erschrak ich über den Anblick eines beturbanten Mauren, der ruhig am Brunnen saß. Es schien einen Augenblick, als ob eines der Märchen des Ortes sich verwirklicht, und ein alter Bewohner der Alhambra den Zauber von Jahrhunderten vernichtet hätte, und sichtbar geworden wäre. Es fand sich aber, dass es ein gewöhnlicher Sterblicher war, ein Eingeborner von Tetuan in der Berberei, der einen Laden in dem Zacadin von Granada hatte, wo er Rhabarber, Flittern und Wohlgerüche feilhielt. Da er das Spanische geläufig sprach, konnte ich mich mit ihm unterhalten, und fand ihn klug und verschlagen. Er sagte mir, er komme zuweilen im Sommer den Hügel herauf, um einen Teil des Tages in der Alhambra hinzubringen, wo er an die alten Paläste in der Berberei erinnert werde, welche in einem ähnlichen Style, obgleich mit weniger Pracht, gebaut wären.

Als wir im Palast umhergingen, zeigte er auf verschiedene arabische Inschriften, welche viele poetische Schönheit enthielten.

»Ja, Sennor«, sagte er, »als die Mauren Granada innehatten, waren sie ein muntreres Volk, als sie heutzutage sind. Sie dachten nur an Liebe, Musik und Poesie. Sie machten Verse bei jeder Gelegenheit und setzten sie alle in Musik. Der, welcher die beste Verse machen konnte, und die, welche die klangvollste Stimme hatte, konnten der Gunst und Beförderung gewiss sein. Wenn in jenen Tagen jemand Brot forderte, hieß es: mach' mir einen Vers; und der ärmste Bettler, welcher in Reimen bettelte, wurde oft mit einem Goldstück belohnt.«

»Und ist das so verbreitete Gefühl für Poesie«, sagte ich, »bei euch jetzt gänzlich verloren?«

»Keineswegs, Sennor; das Volk der Berberei, selbst aus den niedrigsten Klassen, macht noch immer wie in den alten Tagen, Verse, und auch gute Verse; allein das Talent wird nicht belohnt wie ehedem; der Reiche zieht das Klingeln seines Goldes dem Klang der Poesie und Musik vor.«

Während er sprach, heftete sich sein Auge auf eine der Inschriften, welche der Macht und dem Ruhme der maurischen Herrscher, den Gebietern dieses Gebäudes, Unsterblichkeit verkündeten. Er schüttelte den Kopf und zuckte mit den Schultern, als er sie übersetzte. »Das wäre wohl der Fall gewesen«, sagte er; »die Mosleminen könnten noch jetzt in der Alhambra regieren, wäre Boabdil kein Verräter gewesen, und hätte er die Hauptstadt den Christen nicht übergeben. Die spanischen Monarchen wären nie imstande gewesen, sie in offnem Kampf zu erobern.«

Ich bemühte mich, das Andenken des unglücklichen Boabdil von diesem Flecke zu reinigen, und zu zeigen, dass die Streitigkeit, welche zum Sturze des maurischen Thrones geführt, ihren Ursprung in der Grausamkeit seines tigerherzigen Vaters gehabt hätten; aber der Maure ließ keine Rechtfertigung gelten.

»Mulei Hassan«, sagte er, »mag grausam gewesen sein; allein er war tapfer, wachsam, ein Freund des Vaterlandes. Wäre er recht unterstützt worden, so wäre Granada unser geblieben; allein sein Sohn Boabdil durchkreuzte seine Plane, lähmte seine Macht, säte Verrat in seinen Palast und Zwiespalt in sein Lager. Der Fluch Gottes komme auf ihn wegen seiner Verräterei.« Mit diesen Worten verließ der Maure die Alhambra.

Der Zorn meines beturbanten Gefährten stimmt mit einer Anekdote überein, die mir ein Freund erzählte, welcher während einer Reise in der Berberei den Pascha von Tetuan gesprochen hatte. Der maurische Statthalter fragte sehr eifrig nach dem Land, und vorzüglich nach dem glücklichen Gebiete Andalusiens, den Wonnen Granadas und den Überbleibseln des königlichen Palastes daselbst. Die Antworten weckten alle jene teueren den Mauren so tief im Herzen ruhenden Erinnerungen an die Gewalt und den Glanz ihrer alten Herrschaft in Spanien. Der Pascha wandte sich zu seinem mohamedanischen Gefolge, raufte seinen Bart, und brach in leidenschaftliche Klagen aus, dass solch eine Herrschaft den echten Gläubigen entrissen worden. Er tröstete sich jedoch mit der Gewissheit, dass die Macht und das Glück der spanischen Nation im Abnehmen sei, und dass eine Zeit kommen würde, wo die Mauren ihr rechtmäßiges Land wieder eroberten; dass der Tag vielleicht nicht mehr fern sei, wo der mohamedanische Gottesdienst wieder in der Moschee von Cordova gefeiert, und ein mohamedanischer Prinz auf seinem Throne in der Alhambra sitzen würde.

Der Art ist der allgemeine Wunsch und Glaube unter den Mauren der Berberei, die Spanien und besonders Andalusien für ein rechtmäßiges Erbe ansehen, dessen sie durch Verrat und Gewalt beraubt worden. Diese Gedanken werden von den Nachkommen der verbannten Mauren von Granada, welche in den Städten der Berberei zerstreut sind, genährt und fortgepflanzt. Viele derselben wohnen zu Tetuan, behalten ihre alten Namen, z. B. Paez und Medina, bei, und versagen es sich, in irgendeine Familie zu heiraten, welche nicht auf gleich hohe Abstammung Ansprüche hat. Ihr gerühmtes Geschlecht wird mit einem Grad von Ehrfurcht von dem Volke betrachtet, welchen man bei Mohamedanern erblichen Vorzügen, ausgenommen in dem königlichen Stamme, selten erzeigt.

Diese Familien sollen fortwährend nach dem irdischen Paradiese ihrer Vorfahren seufzen, und freitags in ihrer Moschee Gebete anstellen, Allah anflehend um die Beschleunigung der Zeit, wo Granada den Rechtgläubigen wieder zugestellt wird, ein Ereignis, dem sie eben so sehnsüchtig und vertrauungsvoll entgegen sehen, wie die christlichen Kreuzfahrer der Entdeckung des heiligen Grabes. Ja, man setzt hinzu, einige derselben bewahrten noch die alten Karten und Urkunden der Besitzungen und Gärten ihrer Vorfahren zu Granada, und sogar die Schlüssel ihrer Häuser, welche sie als Beweise ihrer erblichen Ansprüche aufheben, um sie an dem Tag der gehofften Wiederherstellung des alten Zustandes vorzuzeigen.

Der Löwenhof hat auch seinen Teil übernatürlicher Sagen. Ich habe bereits des Glaubens an das Murmeln von Stimmen und das Klirren von Ketten gedacht, Töne, welche man den Geistern der ermordeten Abencerragen zuschreibt. Mateo Ximenes erzählte vor einigen Abenden bei einer der Gesellschaften in der Dame Antonia Gemache eine Tatsache, welche sich während der Lebzeiten seines Großvaters, des segenreichen Schneiders, zugetragen hatte.

Ein Invalide hatte die Pflicht über sich, die Alhambra den Fremden zu zeigen. Als er eines Abends in der Dämmerung durch den Löwenhof ging, hörte er in dem Saal der Abencerragen Fußtritte. Er dachte, einige Besucher hätten sich dort verspätet, und schritt näher, um sie zu begleiten, als er zu seinem Erstaunen vier reich gekleidete Mauren erblickte, mit vergoldeten Harnischen, Säbeln und Dolchen, welche von kostbaren Steinen funkelten. Sie gingen feierlichen Schrittes auf und ab, standen jetzt aber still, und winkten ihm. Der alte Soldat aber ergriff die Flucht und konnte nachher nie wieder dahin gebracht werden, die Alhambra zu betreten. So wenden Menschen manchmal ihrem Glück den Rücken; denn es ist Mateo's fester Glaube, die Mauren hätten den Platz bezeichnen wollen, wo ihre Schätze verborgen liegen. Ein Nachfolger des Invaliden war klüger; er kam arm in die Alhambra, aber nach Verlauf eines Jahres reiste er nach Malaga, baute Häuser, hielt sich einen Wagen, und lebt noch dort als einer der reichsten, so wie der ältesten Leute des Ortes, was alles, wie Mateo weise ahnt, zufolge der Auffindung des goldnen Geheimnisses dieses gespenstischen Mauren geschah.

Boabdil el Chico.

Meine Unterhaltung mit dem Mann in dem Löwenhofe veranlasste mich, über das seltsame Schicksal Boabdils nachzudenken. Seine Untertanen nannten ihn »el Zogoybi« oder »der Unglückliche« und nie war ein Beiname besser angewendet. Sein Unglück begann fast in der Wiege. In seiner zarten Jugend wurde er von einem unmenschlichen Vater gefangen, und mit dem Tode bedroht, dem er nur durch eine List seiner Mutter entging; in spätern Jahren wurde sein Leben durch die Feindseligkeiten eines eroberungssüchtigen Oheims verbittert und öfter gefährdet; seine Regierung wurde durch Einfälle von außen und durch Entzweiungen im Innern beunruhigt; er war abwechselnd der Feind, der Gefangene, der Freund und immer der Spielball Ferdinands, bis die vereinte List und Macht dieses treulosen Königs ihn besiegte und entthronte. Verbannt aus seinem Heimatlande flüchtete er zu einem Fürsten Afrikas, und fiel ruhmlos in einer Schlacht, für die Sache eines Fremden fechtend. Sein Unglück hörte aber noch nicht mit seinem Tode auf. Wenn Boabdil den Wunsch hegte, in der Geschichte ehrenvoll genannt zu werden, – wie grausam wurde er dann in seinen Hoffnungen getäuscht! Wer hat der romantischen Geschichte der maurischen Herrschaft in Spanien die geringste Aufmerksamkeit gewidmet, ohne bei der angeführten Abscheulichkeit Boabdils vor Zorn zu erglühen? Wen haben die Leiden seiner lieblichen und holden Gemahlin, welche er, auf eine falsche Anklage der Untreue, zu einer Probe auf Leben und Tod verurteilte, nicht gerührt? Wen hat es nicht empört, dass er in einem Anfall von Zorn seine Schwester und seine zwei Kinder umgebracht haben sollte? Wem hat das Blut nicht gekocht bei dem unmenschlichen Morde der tapfern Abencerragen, die er, der Erzählung zufolge, sechsunddreißig an der Zahl, in dem Löwenhof enthaupten ließ? Alle diese Anklagen sind in mannigfachen Formen wieder zum Vorschein gebracht worden; sie gingen in Balladen, Dramen und Romanzen über, bis sie in dem Gemüte des Publikums zu fest Wurzel gefasst hatten, als dass man sie hätte vernichten können. Jeder Fremde von Bildung, der die Alhambra besucht, fragt nach dem Brunnen, wo die Abencerragen gemordet worden; und blickt mit Schrecken auf die vergitterte Galerie, wo, der Sage nach, die Königin gefangen saß; jeder Bauer der Vega und der Sierra singt die Geschichte in rohen Strophen zur Begleitung seiner Gitarre, während seine Zuhörer selbst den Namen Boabdils verwünschen lernen.

Nie jedoch wurde ein Mann schmählicher und unbilliger verleumdet. Ich habe alle authentischen Chroniken und Briefe untersucht, welche von Spaniern, den Zeitgenossen Boabdils, geschrieben wurden; manche derselben besaßen das Vertrauen des katholischen Herrscherpaars und waren während des ganzen Krieges in dem Lager gegenwärtig gewesen. Ich habe alle arabische Quellen, welche ich vermittelst Übersetzungen benutzen konnte, geprüft, und kann nicht finden, was diese schwarze und gehässige Anklage rechtfertigt. Das Ganze dieser Erzählungen lässt sich auf ein Werk zurückführen, was gewöhnlich den Titel hat: »die bürgerlichen Kriege von Granada,« und eine angebliche Geschichte der Streitigkeiten der Zegries und Abencerragen während der letzten Zuckungen der maurischen Herrschaft enthält. Dieses Werk erschien ursprünglich in spanischer Sprache, und sollte von einem Gines Perez de Hila, einem Eingebornen von Murcia, aus dem Arabischen übertragen sein. Es wurde seitdem in mehrere Sprachen übersetzt, und Florian hat vieles in seinem Gonsalvo von Cordova daraus genommen; seitdem hat es in gewissem Grad das Ansehen eines wirklichen Geschichtswerkes in Anspruch genommen, und wird gewöhnlich von dem Volk, besonders aber von den niedern Klassen Granadas, geglaubt. Das Ganze ist jedoch eine Masse von Dichtungen mit wenigen entstellten Wahrheiten vermischt, welche ihm das Ansehen geschichtlicher Treue geben. Es enthält innere Proben seiner Falschheit, indem die Sitten und Gebräuche der Mauren darin auf das Übertriebenste entstellt, und Begebenheiten geschildert werden, welche ganz unverträglich sind mit ihren Gewohnheiten und ihrem Glauben, und von einem mohamedanischen Schriftsteller nie berichtet worden wären.

Ich gestehe, es scheint mir in den absichtlichen Verdrehungen dieses Buches etwas fast Verbrecherisches zu liegen: Man muss der romantischen Dichtung ohne Frage einen großen Spielraum zugestehen; allein es gibt Grenzen, die man nicht überschreiten darf, und die Namen ausgezeichneter Toten, welche der Geschichte angehören, dürfen nicht mehr verleumdet werden, als die berühmten Lebenden. Auch hätte man denken sollen, der unglückliche Boabdil habe wegen seiner zu rechtfertigenden Feindseligkeit gegen die Spanier genug gebüßt, da er seines Thrones beraubt worden, und man brauche seinen Namen nicht noch so mutwillig zu beflecken, und ihn zu einem Schimpfwort und zum Gegenstande der Schmach in seinem Heimatland und selbst in der Wohnung seiner Väter zu machen!

Damit soll nicht behauptet werden, dass die Handlungen, welche Boabdil zugeschrieben werden, ohne alle historische Begründung sind; so weit man ihnen aber folgen kann, scheinen sie von seinem Vater, Aben Hassan, ausgegangen zu sein, der sowohl von christlichen [als auch] arabischen Geschichtsschreiberin als ein Mann von wildem und grausamem Charakter geschildert wird. Er war es, der das berühmte Geschlecht der Abencerragen morden ließ, weil er sie im Verdacht einer Empörung hatte, durch die er von seinem Thron gestoßen werden sollte.

Auch die Geschichte der Beschuldigung gegen die Gemahlin Boabdils und ihrer Einkerkerung in einen der Türme, lässt sich als ein Begebnis in dem Leben seines tigerherzigen Vaters nachweisen. Aben Hassan heiratete in seinen vorgerückten Jahren noch eine schöne christliche Gefangene von edler Abkunft, welche den maurischen Namen Zorayde annahm, und mit der er zwei Söhne hatte. Sie war von ehrgeizigem Charakter, und bemüht, ihren Kindern die Nachfolge auf dem Throne des Vaters zu sichern. Zu diesem Zwecke wirkte sie auf das argwöhnische Gemüt des Königs und entflammte ihn mit Eifersucht gegen die Kinder seiner andern Weiber und Beischläferinnen, die sie der Anschläge gegen seinen Thron und sein Leben bezüchtigte. Einige derselben wurden von dem wilden Vater ermordet. Ayxa la Horra, die tugendhafte Mutter Boabdils, welche einst die ganze Liebe seines Herzens besessen hatte, wurde gleichfalls ein Gegenstand seines Verdachtes. Er sperrte sie und ihren Sohn in den Turm des Comares und hätte Boabdil seiner Wut geopfert, wenn ihn seine Mutter nicht des Nachts vermittelst ihrer und ihrer Dienerinnen Schärpen vom Turme gelassen, und so in den Stand gesetzt hätte, nach Guadix zu flüchten.

Dies ist der einzige Schatten einer Begründung der Geschichte der angeklagten und gefangenen Königin, den ich auffinden konnte, und nach diesem erscheint Boabdil als der Verfolgte, nicht aber als der Verfolger.

Während des ganzen Zeitraums seiner kurzen, stürmischen und unglücklichen Herrschaft, gibt Boabdil Beweise eines milden und freundlichen Charakters. So gewann er sich durch seine leutseligen und anmutigen Sitten die Herzen des Volkes, war stets friedfertig, und ließ diejenigen, welche sich gegen ihn empört, niemals die Strenge seines Armes fühlen. Er war persönlich tapfer, allein es fehlte ihm an moralischem Mute, und in schwierigen und wirren Zeiten war er schwankend und unentschlossen. Diese Schwäche seines Geistes beschleunigte seinen Fall, während sie ihn jener heroischen Grazie beraubte, welche seinem Schicksale Größe und Würde gegeben, und ihn wert gemacht hätte, das glänzende Drama der mohamedanischen Herrschaft in Spanien zu schließen.

Erinnerungen an Boabdil.

Während die Schicksale des unglücklichen Boabdil meinen Geist noch lebhaft beschäftigten, begab ich mich daran, die mit seiner Geschichte verbundenen Andenken, welche noch in diesem Schauplatze seiner Herrschaft und seines Unglücks zu finden sind, kennenzulernen. In der Gemälde-Galerie des Palastes des Generalife hängt sein Porträt. Das Gesicht ist mild, schön und etwas melancholisch, die Farbe schön, das Haar gelb. Wenn es ein treues Abbild des Mannes ist, so mag er schwankend und unsicher gewesen sein, allein es ist nichts Grausames oder Unfreundliches in seinem Anblick.

Ich besuchte zunächst den Kerker, wo er in seiner Jugend eingesperrt war, als sein Vater ihn zu verderben dachte, – ein gewölbtes Gemach in dem Turm des Comares, unter der Gesandtenhalle; ein ähnliches, durch einen engen Gang getrenntes Zimmer war das Gefängnis seiner Mutter, der tugendhaften Ayxa la Horra. Die Mauern sind von einer merkwürdigen Dicke, und die kleinen Fenster mit Eisenstangen vermacht. Eine schmale steinerne Galerie mit einer niedrigen Brustwehr zieht sich rund um die drei Seiten des Turms, grade unter den Fenstern, aber in einer bedeutenden Höhe vom Boden. Man nimmt an, dass die Königin von dieser Galerie zur Nachtzeit mit ihren und den Schärpen ihrer weiblichen Dienerschaft, ihren Sohn an der Hügelseite herabgelassen habe, an deren Fuß ein Diener mit einem raschen Rosse harrte, um den Prinzen in das Gebirge zu bringen.

Während ich über diese Galerie ging, mahlte mir meine Phantasie die angstvolle Königin, wie sie sich über die Brustwehr lehnte, und mit dem fieberhaften Klopfen eines Mutterherzens auf den letzten Widerhall des Pferdehufs lauschte, als ihr Sohn das enge Tal des Darro entlang flog.

Mein nächster Gang galt dem Tore, durch welches Boabdil aus dem Alhambra schied, als er im Begriff war, seine Hauptstadt zu überliefern. Mit der melancholischen Laune eines niedergeschmetterten Geistes forderte er von dem katholischen Herrscher, dass fortan niemand mehr durch dieses Tor solle gehen dürfen. Den alten Chroniken zufolge wurde durch die Teilnahme Isabellens an seinem Unglück diese seine Bitte erfüllt, und das Tor vermauert. Eine Zeit lang fragte ich vergeblich nach einem solchen Portale; endlich aber erfuhr mein armer Diener Mateo von den alten Bewohnern der Feste, dass ein zerfallener Torweg bestehe, durch welchen, der Sage nach, die maurischen Könige die Alhambra verlassen hätten, der aber niemals, so lange den ältesten Bewohnern denke, offen gewesen wäre.

Er führte mich zu der Stelle. Der Torweg ist in dem Mittelpunkt eines ehemaligen unermesslichen Turmes, la Torre de los Siete Suelos, oder der Turm der sieben Stockwerke genannt. Es ist ein in den abergläubischen Geschichten der Umgegend berühmter Ort, da er der Schauplatz wundersamer Erscheinungen und maurischer Verzauberungen ist.

Dieser einst furchtbare Turm ist jetzt ein bloßes Wrack, denn, als die Franzosen die Festung verließen, sprengten sie ihn mit Pulver in die Luft. Große Mauerstücke liegen zerstreut umher, in den üppigen Kräutern begraben, oder von Weinreben und Feigenbäumen überschattet. Der Bogen des Tores, obgleich durch die Erschütterung gesprungen, steht noch; allein der letzte Wunsch des armen Boabdil ist wider, obgleich unabsichtlich, erfüllt worden, denn das Portal wurde mit losen Steinen aus den Trümmern verschüttet, und bleibt unzugänglich.

Indem ich dem Weg des maurischen Königs, wie ihn die Sage beschreibt, folgte, ritt ich über den Hügel los Martyros, und kam an dem Garten des Klosters desselben Namens entlang, und dann eine raue Schlucht hinab, welche mit Aloegebüsch und indianischen Feigen bewachsen war, und an deren Seite Höhlen und Hütten waren, welche von Zigeunern wimmelten. Es war der Weg, den Boabdil gewählt hatte, um nicht durch die Stadt ziehen zu müssen. Der Abhang war so steil und holprig, dass ich gezwungen war, abzusteigen, und mein Pferd zu führen.

Als ich diese Schlucht verlassen hatte, und an der Puerta de los Molinos (Mühlentor) vorüber war, führte mich mein Weg über den öffentlichen Spaziergang, der Prato genannt, und indem ich dem Laufe des Xenil folgte, kam ich an eine kleine maurische Moschee, welche jetzt in die Kapelle oder Einsiedelei von San Sebastian umgeschaffen ist. Eine Tafel in der Mauer berichtet, dass Boabdil an dieser Stelle den kastilianischen Herrschern die Schlüssel von Granada übergeben habe. Von hier ritt ich langsam durch die Vega zu einem Dorfe, wo die Familie und der Haushalt des unglücklichen Boabdil ihn erwartete, denn er hatte sie in der Nacht vorher aus der Alhambra vorausgeschickt, damit seine Mutter und seine Gemahlin nicht an seiner persönlichen Demütigung teilnehmen, oder den Blicken der Sieger bloßgestellt werden möchten. Indem ich dem Wege dieser traurigen Schar königlicher Verbannten folgte, kam ich an den Fuß einer Kette öder und trauriger Höhen, welche den Saum des Alpuxarra Gebirgs bildet. Von dem Gipfel einer dieser Höhen warf Boabdil seinen letzten Blick auf Granada; er trägt den ausdrucksvollen Namen seiner Leiden, la Cuesta de las Lagrimas, (Tränenhügel). Jenseits desselben windet sich ein sandiger Weg durch eine raue, freudlose Öde, welche dem unglücklichen König doppelt trübselig erschienen sein mag, da sie zur Verbannung führte.

Ich spornte mein Pferd auf die Höhe eines Felsen, wo Boabdil seinen letzten schmerzvollen Ruf ausstieß, als er seine Augen von dem letzten Abschiedsblick abwandte: Er heißt jetzt noch El ultimo Suspiro del Moro, (der letzte Seufzer des Mauren). Wer wundert sich über seinen Schmerz, sich aus einem solchen Königreich und einer solchen Wohnung verbannt zu sehen? Mit der Alhambra schien er alle Ehren seines Stammes allen Ruhm und alle Freuden des Lebens aufzugeben.

Hier war es auch, wo sein Kummer durch den Vorwurf seiner Mutter, Ayxa, welche ihm so oft in den Zeiten der Gefahr beigestanden, und sich vergeblich bemüht hatte, ihm ihren eigenen entschlossenen Geist einzupflanzen, noch verbittert wurde. »Du tust wohl«, sagte sie, »dass du das wie ein Weib beweinst, was du nicht wie ein Mann verteidigen konntest,« – eine Rede, welche mehr von dem Stolz der Fürstin als der Zärtlichkeit der Mutter zeugt.

Als der Bischof Guevara Karl dem Fünften diese Anekdote erzählte, stimmte der Kaiser in den Ausdruck der Verachtung über die Schwäche des schwankenden Boabdils ein. »Wäre ich Er, oder Er ich gewesen«, sagte der stolze Herrscher, »so hätte ich die Alhambra eher zu meinem Grabe gemacht, als ich ohne ein Königreich in der Alpuxarra gelebt hätte.«

Wie leicht haben die, welche in Macht und Glück leben, dem Besiegten Heldenmut predigen! Wie wenig begreifen sie, dass das Leben selbst an Wert bei dem Unglücklichen steigen kann, dem nichts als das Leben bleibt.

Der Balkon.

In dem Gesandtensaal, am mittleren Fenster, ist ein Balkon, dessen ich bereits erwähnt habe; er springt wie ein Käficht auf der Fläche des Turms hoch, mitten in der Luft, über den Wipfeln der Bäume hervor, welche an der steilen Hügelseite wachsen. Er dient mir zu einer Art Warte, wo ich mich oft niedersetze, nicht nur den Himmel oben, sondern auch die Erde unten zu beobachten. Neben der prächtigen Aussicht über Berg Tal und Vega, welche er überschaut, eröffnet sich dem Blicke auch unmittelbar unten eine geschäftige kleine Szene des menschlichen Lebens. An dem Fuße des Hügels ist eine Alameda oder öffentlicher Spaziergang, welcher, obgleich er nicht so modisch ist, wie der neuere und glänzendere Pasco an dem Xenil, sich doch eines malerischen und manigfaltigen Besuchs erfreut. Hierher begeben sich die Leute höhern Standes in den Vorstädten, so wie Priester und Mönche, welche des Appetites und der Verdauung wegen spazieren gehen, Majos und Majas, die Stutzer und Schönen der niedern Klassen, in ihren andalusischen Kleidern, großtuerische Schleichhändler und zuweilen, auf geheime Verabredung, halb vermummte und mysteriöse Müßiggänger aus den höheren Ständen.

Es ist ein bewegtes und buntes Gemälde spanischen Lebens und Charakters, an dessen näherer Bekanntschaft ich mich erfreue; und wie der Naturforscher sein Mikroskop hat, um ihn bei seinen Nachforschungen zu fördern, so habe ich ein kleines Taschen-Teleskop, welches mir die Gesichter der bunten Gruppen so nahe bringt, dass ich manchmal glaube, ich könnte nach dem Spiel und Ausdrucke ihrer Züge ihre Unterhaltung erraten. Ich bin auf diese Art gewissermaßen ein unsichtbarer Zuschauer und kann, ohne meine Einsamkeit zu verlassen, mich in einem Augenblick mitten in die Gesellschaft stürzen, – ein seltner Vorteil für jemand, der etwas scheuen und stillen Charakters ist und gern das Drama des Lebens beobachtet, ohne ein Teilnehmer auf der Bühne zu werden.

Unter der Alhambra liegt eine bedeutende Vorstadt, welche die enge Höhlung eines Tales ausfüllt und sich an dem entgegengesetzten Hügel der Albaycia hinauf erstreckt. Viele Häuser sind in dem maurischen Style, um Patios oder Höfe, erbaut, die von Brunnen gekühlt und dem Himmel offen sind; und da die Bewohner den größern Teil ihrer Zeit während des Sommers in diesen Höfen und auf den platten Dächern hinbringen, so ergibt es sich, dass ein luftiger Zuschauer wie ich, der aus den Wolken auf sie niedersehen kann, manchen Blick in ihr häusliches Leben zu tun imstande ist.

Ich genieße einigermaßen die Vorteile des Studenten in der berühmten alten spanischen Geschichte, dessen Auge sich ganz Madrid dachlos darbot; und mein gesprächiger Knappe, Mateo Ximenes, vertritt gelegentlich die Stelle meines Asmodeus, um mir Anekdoten über die verschiedenen Wohnungen und ihre Insassen mitzuteilen.

Ich mache mir jedoch lieber selbst mutmaßliche Geschichten und kann so stundenlang sitzen und aus zufälligen Begebenheiten und Andeutungen, die unter meinen Augen vorgehen, das ganze Gewebe von Planen, Intrigen und Beschäftigungen mancher der geschäftigen Sterblichen da unten ausspinnen. Es gibt kaum ein hübsches Gesicht oder eine einnehmende Gestalt, die ich täglich sehe, von denen ich mir nicht so allmählich eine dramatische Skizze gemacht habe, obgleich manche meiner Charaktere gelegentlich in geradem Widerspruch mit der ihnen zugeteilten Rolle handeln und so mein ganzes Drama verwirren werden. Als ich vor einigen Tagen die Gassen der Albaycia mit meinem Augenglase musterte, sah ich die Prozession einer jungen Nonne, die im Begriff war, den Schleier zu nehmen, und bemerkte mancherlei Umstände, welche meine lebhafte Teilnahme an dem Schicksale dieses jungen Wesens erregten, die im Begriff stand, sich in ein lebendiges Grab verschließen zu lassen. Ich versicherte mich zu meiner Freude, dass sie schön war; und aus der Blässe ihrer Wangen ging es hervor, dass sie eher ein Opfer als eine sich freiwillig dem Himmel weihende Fromme war. Sie war in bräutlichen Putz gehüllt und hatte einen Kranz weißer Blumen in den Haaren; aber ihr Herz sträubte sich gewiss über diese wunderliche geistige Verbindung und seufzte nach seiner irdischen Liebe. Ein schlanker, ernstaussehender Mann schritt bei der Prozession in ihrer Nähe; es war augenscheinlich der tyrannische Vater, der aus irgendeinem frömmelnden oder schmutzigen Grunde dieses Opfer erzwungen hatte. Unter dem großen Geleite war ein brauner schöner Jüngling, in andalusischer Tracht, der ein tiefschmerzvolles Auge auf sie zu fesseln schien. Er war ohne Zweifel der geheime Liebhaber, von welchem sie für ewig getrennt werden sollte. Mein Unwille wuchs, wie ich den boshaften Ausdruck gewahrte, welcher sich in den Zügen der begleitenden Mönche und Klosterbrüder mahlte. Die Prozession erreichte die Kapelle des Klosters; die Sonne schien zum letzten Male auf den Kranz der armen Novize, als sie die verhängnisvolle Schwelle überschritt und in dem Gebäude verschwand. Die Menge strömte hinein mit Mönchskapuzen, Kreuzen und Gesang; der Liebhaber weilte einen Augenblick an dem Tore. Ich konnte den Aufruhr seiner Gefühle ahnen; allein er bemeisterte sie und trat ein. Es war eine lange Pause – ich dachte mir das Schauspiel, welches das Innere der Kapelle bot: die arme Novize ihres vorübergehenden Putzes beraubt, in das Klostergewand gekleidet, der bräutliche Kranz aus ihren Haaren genommen, ihr schönes Haupt der langen seidnen Locken bar – ich hörte sie das unwiderrufliche Gelübde flüstern. Ich sah sie auf ihrer Bahre ausgestreckt; die Blässe des Todes über sie verbreitet; der Leichen-Gottesdienst war vorüber; ich hörte die tiefen Töne der Orgel und das klagevolle Requiem, das die Nonnen sangen; der Vater sah mit hartem fühllosem Gesichte zu. Den Liebhaber – doch nein, meine Phantasie mochte den Liebhaber nicht schildern; das Gemälde blieb hier leer.

Nach einer Weile strömt der Haufe wieder heraus und zerstreute sich auf verschiedenen Wegen, um sich des sonnigen Lichtes zu erfreuen, und sich in die regen Szenen des Lebens zu mischen; das Opfer aber blieb drinnen. Fast die letzten, welche herauskamen, waren der Vater und der Liebhaber; sie waren in ernster Unterhaltung. Der letztere war heftig in seinem Gebärdenspiel; ich erwartete irgendeine gewaltsame Entwicklung meines Dramas; aber die Ecke eines Hauses trat dazwischen und schloss die Szene. Mein Auge hat sich seitdem mit schmerzlicher Teilnahme auf das Kloster gewendet. Ich sah spät in der Nacht ein Licht in dem entlegenen Fenster eines seiner Türme brennen. »Dort«, sagte ich, »sitzt die unglückliche Nonne in ihrer Zelle und weint, während ihr Geliebter vielleicht in vergeblichem Kummer in der Gasse unten hinschreitet!«

Der geschäftige Mateo unterbrach mein Nachsinnen und zerriss in einem Nu das Spinnengewebe meiner Phantasie. Mit seinem gewöhnlichen Eifer hatte er die das Ereignis betreffenden Tatsachen gesammelt, welche alle meine Traumbilder verscheuchten. Die Heldin meines Romans war weder jung noch schön; sie hatte keinen Geliebten – sie war aus freier Wahl in das Kloster als einen ehrenvollen Zufluchtsort gegangen und eine der fröhlichsten Nonnen, die in jenen Mauern wohnten.

Es dauerte eine Zeit lang, ehe ich das Unrecht vergeben konnte, das mir die Nonne antat, indem sie, allen Regeln des Romans zuwider, so glücklich in ihrer Zelle war; ich lenkte meine düstere Laune jedoch dadurch ab, dass ich einen oder zwei Tage lang die zierlichen Koketterien einer schwarzäugigen Brünette beobachtete, welche, unter dem Versteck eines mit blühendem Gebüsch überrankten Balkons und des seidnen Zeltes eine geheimnisvolle Zwiesprache mit einem schönen, braunen, stark bebarteten Ritter pflog, der häufig in der Straße unter ihrem Fenster war. Zuweilen sah ich morgens in aller Frühe ihn, bis zu den Augen in einen Mantel gehüllt, sich wegstehlen. Zuweilen wartete er an einer Ecke in allerlei Verkleidungen, augenscheinlich eines geheimen Zeichens harrend, um in das Haus zu schlüpfen. Dann klang dort in der Nacht die Gitarre, und eine Laterne flog auf dem Balkon hin und her. Ich dachte mir einen Liebeshandel wie den des Grafen von Almaviva, ward aber wieder in allen meinen Vermutungen betrogen, denn man unterrichtete mich, der geglaubte Liebhaber sei der Mann der Dame und ein bekannter Schleichhändler; und alle seine geheimnisvollen Zeichen und Bewegungen hätten ohne Zweifel irgendeinen Schmuggel-Anschlag zur Absicht.

Manchmal ergötzte ich mich von diesem Balkon aus den allmählichen Wechsel zu beachten, welchem, zufolge der verschiedenen Tageszeiten, die Szenen unten unterworfen waren.

Kaum hatte die graue Dämmerung den Himmel gestreift, und den frühsten Hahn aus den Hütten der Hügelseite gekräht, so gaben die Vorstädte auch schon Zeichen der wiederkehrenden Belebung; denn die frühen Morgendämmerungsstunden in der Sommerjahreszeit unter einem warmen Himmelsstriche sind köstlich. Alles beeifert sich, in den Geschäften des Tages der Sonne den Rang abzugewinnen. Der Maultiertreiber tritt mit seinem beladenen Zug die Reise an, der Reisende befestigt seinen Karabiner hinter seinem Sattel und besteigt an der Türe des Wirtshauses sein Pferd; der braune Bauer treibt seine zaudernden Tiere an, die mit Körben sonniger Früchte und frischen taubedeckten Gemüsen beladen sind, denn bereits eilen die sorglichen Hausfrauen auf den Markt.

Die Sonne ist aufgegangen und funkelt das Tal entlang, das durchsichtige Laub der Bäume überglänzend. Die Morgenglocken klingen harmonisch in der reinen hellen Luft und verkündigen die Stunde der Andacht. Der Maultiertreiber hält mit seinen belasteten Tieren vor der Kapelle, steckt seinen Stab hinten in seinen Gürtel und tritt, den Hut in der Hand und sein kohlschwarzes Haar glättend, ein, um eine Messe zu hören, und bringt sein Gebet um eine glückliche Fahrt durch die Sierra dar. Und nun schleicht sich mit Feentritten die holde Sennora fort, mit der zierlichen Basquinna angetan, den rastlosen Fächer in der Hand, und das dunkle Auge unter der anmutig gefalteten Mantilla hervorglühend: Sie sucht eine der besuchtesten Kirchen auf, um ihr Morgengebet darzubringen; aber die zierliche Toilette, der niedliche Schuh, das Spinnengewebe des Strumpfes, die schön geflochtenen Rabenlocken, die frisch gepflückte Rose, welche wie ein Edelstein aus ihnen herausglänzt, zeigen, dass die Erde die Herrschaft über ihre Gedanken mit dem Himmel teilt. Lass sie nicht aus dem Auge, sorgfältige Mutter, oder jungfräuliche Tante, oder wachsame Duenna, wer du immer sein magst, die hinter ihr geht.

Während der Morgen vorschreitet, vermehrt sich das Geräusch der Arbeit auf allen Seiten; die Straßen wimmeln von Menschen, Rossen und Saumtieren und es herrscht ein Summen und Brausen, gleich den Wogen des Meeres. Wie die Sonne sich dem Mittag nähert, neigt sich allgemach der Lärm und das Geräusch; wenn die Sonne am höchsten steht, tritt eine Pause ein. Die keuchende Stadt versinkt in Schlaffheit und mehrere Stunden herrscht eine allgemeine Ruhe. Die Fenster sind geschlossen, die Vorhänge niedergelassen; die Bewohner haben sich an die kühlsten Orte ihrer Behausung zurückgezogen; der gemästete Mönch schnarcht in seinem Schlafgemach; der sinnige Lastträger liegt neben seiner Bürde auf dem Pflaster hingestreckt; der Bauer und der Arbeiter schlafen unter den Bäumen der Alameda, von dem schwülen Zirpen der Heuschrecke eingewiegt. Die Straßen sind verlassen, wenn man den Wasserträger ausnimmt, der das Ohr mit dem Anpreisen der Verdienste seines kristallenen Getränkes, »kälter als der Bergschnee,« erfrischt.

Wenn die Sonne sich senkt, belebt sich allmählich alles wieder, und wenn die Vesperglocke ihren verhallenden Klang hören lässt, scheint sich die ganze Natur zu freuen, dass der Tyrann des Tages gefallen ist. Jetzt wird die Freude laut, denn die Städter strömen heraus, die Abendluft einzuatmen, und schwärmen während der kurzen Dämmerung in den Laubgängen und Gärten des Darro und des Xenil umher.

Beim Anbruch der Nacht nimmt das wandelbare Schauspiel einen neuen Charakter an. Licht um Licht flimmert allgemach auf; hier eine Kerze in einem Balkonfenster, dort ein frommes Lämpchen vor dem Bilde eines Heiligen. So taucht die Stadt nach und nach aus dem über ihr waltenden Dunkel auf und glänzt von zerstreuten Lichtern, wie das gestirnte Firmament. Jetzt erklingt aus Höfen und Gärten, aus Straßen und Gassen der Ton unzähliger Gitarren und der Schall der Kastagnetten und verschmilzt auf dieser luftigen Höhe zu einem leisen aber allgemeinen Konzerte. Den Augenblick genießen, ist das Glaubensbekenntnis des fröhlichen und verliebten Andalusiers und er übt dasselbe nie eifriger aus als in den balsamischen Sommernächten, wo er seine Geliebte mit Tanz, Liebesliedern und der rührenden Serenade zu kirren strebt.

Ich saß eines Abends auf dem Balkon und freute mich des leichten Lufthauchs, der die Seite des Hügels entlang durch die Gipfel der Bäume rauschte, als mein guter historiografischer Mateo, welcher mir zur Seite war, auf ein geräumiges Haus in einer unbekannten Straße der Albaycia deutete und davon, soweit ich mich erinnern kann, folgendes Geschichtchen erzählte.

Das Abenteuer des Maurers.

Es war einmal ein armer Maurer zu Granada, der alle Fest- und Feiertage und oben drein den blauen Montag feierte und doch, aller Frömmigkeit ungeachtet, ärmer und ärmer wurde und für seine zahlreiche Familie kaum Brot auftreiben konnte. Einst nachts wurde er durch ein starkes Klopfen an der Tür aus seinem ersten Schlaf aufgestört. Er öffnete die Türe und sah einen langen, magern und skelettartig aussehenden Geistlichen vor sich.

»Hört, guter Freund«, sagte der Fremde; »ich habe wahrgenommen, dass Ihr ein guter Christ seid und dass man Euch vertrauen kann; wollt Ihr euch noch in dieser Nacht einem Dienste unterziehen?«

»Von ganzem Herzen, Sennore Padre, vorausgesetzt dass ich gehörig bezahlt werde.«

»Dies soll geschehen; Ihr müsst Euch aber die Augen verbinden lassen.«

Der Maurer hatte nichts dagegen einzuwenden; der Geistliche zog ihm daher eine Kapuze über und führte ihn durch viele holperige Gässchen und sich windende Durchgänge, bis sie vor dem Tor eines Hauses anhielten. Der Geistliche nahm einen Schlüssel hervor, drehte ihn in einem knarrenden Schlosse und öffnete etwas, das wie eine schwere Türe klang. Sie traten ein, das Tor wurde geschlossen und verriegelt und der Maurer durch einen hallenden Gang und geräumige Säle in einen innern Teil des Gebäudes geführt. Hier wurde die Hülle von seinen Augen genommen und er sah sich in einem Patio, oder Hof, den eine einzige Lampe schwach beleuchtete. In der Mitte war das vertrocknete Becken eines alten maurischen Brunnens, unter welchem der Priester ihn ein kleines Gewölbe aufführen hieß; Stein und Mörtel waren zu diesem Zweck zur Hand. Der Maurer arbeitet sonach die ganze Nacht, ohne jedoch das begonnene Werk zu vollenden. Grade vor Tagesanbruch legte der Geistliche ihm ein Goldstück in die Hand, verband ihm die Augen wieder und führte ihn in seine Wohnung zurück.

»Seid Ihr gesonnen«, sagte er, »wieder zu kommen und eure Arbeit zu vollenden?«

»Sehr gern, Sennor Padre, vorausgesetzt, dass ich wieder so gut bezahlt werde.«

»Gut denn, Morgen um Mitternacht werde ich Euch wieder holen.«

So geschah es und das Gewölbe wurde fertig.

»Jetzt«, sagte der Mönch, »müsst Ihr mir die Körper herbringen helfen, welche in diesem Gewölbe begraben werden sollen.«

Bei diesen Worten sträubte sich des armen Maurers Haar empor; er folgte dem Geistlichen zitternden Schrittes in ein entlegenes Gemach des Hauses und erwartete, irgendein grässliches Toten-Schauspiel sehen zu müssen, erholte sich aber, als er drei oder vier stattliche Gefäße in einer Ecke stehen sah. Sie waren augenscheinlich mit Geld gefüllt und nur mit großer Mühe brachten er und der Priester sie fort und verwahrten sie in ihrem Grabe. Das Gewölbe wurde jetzt geschlossen, das Pflaster wieder hergestellt und alle Spuren des Geschehenen vernichtet. Die Augen des Maurers wurden wieder verbunden und er auf einem, von dem frühern verschiedenen Wege heimgeführt. Als sie eine lange Zeit durch ein wirres Labyrinth von Gassen und Gängen gewandert waren, hielten sie an. Der Geistliche legte jetzt zwei Goldstücke in seine Hand. »Wartet hier«, sagte er, »bis ihr die Glocke in der Hauptkirche zur Metten läuten hört. Wenn Ihr es wagt, eure Augen vor dieser Zeit zu enthüllen, so trifft Euch Unglück.« Mit diesen Worten ging er weg. Der Maurer wartete gewissenhaft und unterhielt sich damit, dass er die Goldstücke in seiner Hand wägte und sie aneinander klingen ließ. Im Augenblick, wo die Glocke der Kathedrale zur Metten läutete, enthüllte er seine Augen und fand sich an dem Ufer des Xenil, von wo er sich eifrig nach Hause begab und ganzer vierzehn Tage mit seiner Familie von dem Erwerb seiner zweinächtigen Arbeit schwelgte; als diese vorüber, war er wieder so arm wie immer.

Er fuhr fort ein wenig zu arbeiten und viel zu beten und feierte Jahr aus Jahr ein alle Fest und Feiertage, während seine Familie so hungrig und zerlumpt heranwuchs wie eine Bande Zigeuner. Als er eines Abends an der Türe seiner Hütte saß, kam ein reicher alter Knicker, der als Besitzer vieler Häuser und als ein filziger Hausherr bekannt war, zu ihm. Der Goldmann betrachtete ihn einen Augenblick unter einem Paar argwöhnischer zottiger Augenbrauen hervor.

»Man sagt mir, Freund, Ihr wäret sehr arm.«

»Die Sache ist nicht zu leugnen, Sennor – sie spricht von selbst.«

»Dann kann ich voraussetzen, dass Ihr euch einer Arbeit unterzieht und wohlfeil sein werdet?«

»So wohlfeil, mein Herr, wie irgendein Maurer in Granada.«

»Das ist's, was ich suche. Ich habe ein altes Haus, das baufällig ist, und mich mehr Geld kostet, um es in gutem Stand zu erhalten, als es wert ist, denn niemand will darin wohnen; ich muss mich daher bemühen, es so wohlfeil als möglich ausflicken und zusammenhalten zu lassen.«

Der Maurer wurde sonach in ein großes verlassenes Haus geführt, das in Trümmer zu zerfallen schien. Nachdem er durch mehrere leere Säle und Zimmer gekommen war, trat er in einen innern Hof, wo ein alter maurischer Brunnen sein Auge fesselte. Er weilte einen Augenblick, denn eine träumerische Erinnerung an den Ort erwachte in ihm.

»Hört«, sagte er, »wer hat dieses Haus früher bewohnt?«

»Hätte er die Pest«, rief der Hausherr: »Es war ein alter geiziger Pfaffe, der nur für sich selbst sorgte. Er soll unermesslich reich gewesen sein, und da er keine Verwandte hatte, nahm man an, er werde alle seine Schätze der Kirche vermachen. Er starb plötzlich und die Priester und Mönche eilten herbei, um Besitz von seinem Reichtum zu nehmen; man konnte aber nichts finden, als einige Dukaten in einer ledernen Börse. Das Schlimmste ist mir dabei anheimgefallen, denn der alte Kerl bewohnt fortwährend seit seinem Tode mein Haus, ohne Miete zu bezahlen und einen Toten kann man nicht vor Gericht belangen. Die Leute geben vor, sie hörten die ganze Nacht hindurch in dem Zimmer, wo der Geistliche schlief, ein Klingeln von Gold, als wenn er seine Barschaft überzählte, zuweilen auch in dem Hofe ein gewaltiges Ächzen und Stöhnen. Diese Geschichten mögen nun wahr oder falsch sein, sie haben meinem Haus einen schlechten Namen gemacht und kein Mietsmann will darin bleiben.«

»Genug«, sagte der Maurer beherzt: »Lasst mich ohne Miete in eurem Hause wohnen, bis ein besserer Mietsmann sich findet und ich will mich verbindlich machen, es auszubessern und den wandernden Geist, der es beunruhigt, zu besänftigen. Ich bin ein guter Christ und ein armer Mann und fürchte mich vor dem Teufel selber nicht, wenn er auch in der Gestalt eines dicken Geldsacks käme!«

Das Anerbieten des ehrlichen Maurers wurde mit Freuden angenommen; er zog mit seiner Familie in das Haus und erfüllte alle seine Verbindlichkeiten. Er brachte dasselbe allmählich in seinen vorigen Zustand; das Klingeln des Goldes wurde nachts nicht mehr in der Kammer des verstorbenen Geistlichen gehört, sondern begann, bei Tag in den Taschen des lebenden Maurers sich vernehmen zu lassen. Mit einem Wort, er wurde auf einmal, zum Erstaunen aller seiner Nachbarn, wohlhabend und galt bald für einen der reichsten Leute zu Granada; er schenkte der Kirche große Summen, ohne Zweifel umso sein Gewissen zu beruhigen, und enthüllte erst auf dem Todesbett seinem Sohn und Erben das Geheimnis von dem Gewölbe.

Ein Spaziergang auf die Hügel.

Ich mache oft gegen Abend, wenn die Hitze nachgelassen hat, zu meiner Unterhaltung lange Spaziergänge auf die benachbarten Hügel und in die tiefen, schattigen Täler, wobei mich mein historiografischer Knappe, Mateo, begleitet, dessen Leidenschaft für das Plaudern ich bei solchen Gelegenheiten die unbeschränkteste Freiheit zugestehe; und es ist kaum ein Fels, eine Ruine oder ein zertrümmerter Brunnen, oder ein einsames Tal, von denen er nicht eine wunderbare Geschichte oder, vor allen Dingen, irgendein goldenes Märchen zu erzählen wüsste; denn niemals war ein armer Teufel im Verteilen verborgener Schätze so freigebig.

Vor einigen Abenden machten wir einen langen Gang dieser Art, bei welchem Mateo noch mitteilender war, als gewöhnlich. Gegen Sonnenuntergang verließen wir das große Tor der Gerechtigkeit, und während wie einen Baumgang hinauf stiegen, hielt Mateo unter einer Gruppe von Feigen und Granatbäumen, am Fuße des mächtigen verfallenen Turmes an, den man den Turm der sieben Stockwerke (de los Siete Suelos) nennt. Er zeigte auf einen niedrigen gewölbten Gang an dem Fundament des Turmes und erzählte mir von einem scheußlichen Spukgeist oder Kobold, der seit der maurischen Zeit diesen Turm innehaben soll, um die Schätze eines moslemitischen Königs zu bewachen. In der Mitte der Nacht kömmt er zuweilen heraus und durchstreift die Wege zu der Alhambra und die Straßen von Granada in der Gestalt eines kopflosen Pferdes, unter furchtbarem Gebell und Geheul von sechs Hunden verfolgt.

»Hast du ihn aber auch selbst, Mateo, jemals bei einer deiner Streifereien getroffen?«, fragte ich.

»Nein, Sennor, Gott sei gepriesen! Aber mein Großvater, der Schneider, kannte mehrere Personen, die ihn gesehen hatten, denn er ging zu jener Zeit bei Weitem öfter um, als jetzt, manchmal in dieser, manchmal in jener Gestalt. Jedermann zu Granada hat von dem Bellado gehört, denn die alten Weiber und die Ammen schrecken die Kinder damit, wenn sie schreien. Manche behaupten, es sei der Geist eines grausamen maurischen Königs, der seine sechs Söhne umgebracht und in diesem Gewölbe verscharrt hätte, und dass sie ihn jetzt zur Rache nachts verfolgen.«

Ich enthalte mich, bei den wundervollen Einzelheiten zu verweilen, die der gutmütige Mateo über dieses furchtbare Gespenst mitteilte, das in der Tat seit undenklicher Zeit ein Lieblingsgegenstand für Ammenmärchen und Volkssagen zu Granada abgab und dessen ein alter und gelehrter Geschichtsschreiber und Topograf dieser Stadt ehrenvolle Erwähnung getan hat. Ich will nur noch einmal anführen, dass der unglückliche Boabdil durch dieses Tor ging, um seine Hauptstadt zu übergeben.

Wir verließen diese begebnisreichen Trümmer und setzten unsern Weg fort, indem wir die reichen Fruchtgärten des Generalife umgingen, in welchem einige Nachtigallen ihren herrlichen Gesang hören ließen. Hinter diesen Gärten kamen wir an mehreren maurischen Wasserbehältern mit einer Türe, die in den felsigen Busen des Hügels gehauen, aber verschlossen war, vorüber. Nach Mateo's Bericht waren diese Teiche Lieblingsbadeplätze von ihm und seinen Kameraden in ihrer Knabenzeit, bis die Geschichte von einem scheußlichen Mauren, der aus der Türe in den Felsen hervorstürzte, um die sorglos Badenden aufzufangen, sie wegschreckte.

Diese bezauberten Behälter hinter uns lassend, und unsern Spaziergang fortsetzend, stiegen wir einen einsamen Maultier-Pfad, der sich um die Hügel wand, empor und fanden uns bald inmitten des wilden und melancholischen Gebirgs, baumlos und nur da und dort mit sparsamem Grün gefärbt. Alles, was ich umher sah, war wild und unfruchtbar und es war kaum möglich, sich den Gedanken als wirklich zu denken, dass nur in geringer Entfernung hinter uns das Generalife mit seinen blütenreichen Fruchtgängen und terrassenartigen Gärten liege und dass wir in der Nachbarschaft des prächtigen Granada, dieser Stadt der Lauben und Brunnen seien. Allein das ist der Charakter Spaniens – wild und öde, sobald man das bebaute Land verlässt; die Wüste und der Garten sind immer nebeneinander.

Die kleine Höhlung, durch welche wir hinausgingen, hieß nach Mateo's Angabe el Barranco de la Tinaja oder die Schlucht des Zubers, weil in früheren Zeiten hier ein Zuber voll maurischen Goldes gefunden worden war. Das Gehirn des armen Mateo geht immerdar mit solchen goldnen Sagen um.

»Aber was bedeutet das Kreuz, das ich auf jenen Steinhaufen, dort in dem engen Teil der Schlucht sehe?«

»O, das ist nichts – vor einigen Jahren wurde ein Maultiertreiber dort ermordet.«

»Ei, Mateo, dann habt ihr Räuber und Mörder selbst an den Toren der Alhambra?«

»Jetzt nicht, Sennor; dies war ehedem der Fall, als eine Menge liederlichen Gesindels um die Feste zu schwärmen pflegte; aber sie sind alle ausgerottet worden. Nicht als wenn manche von den Zigeunern, welche in den Höhlen auf der Hügel-Seite wohnen, nicht zu allem fähig wären; aber wir haben seit langer, langer Zeit hier keinen Mord gehabt. Der Mann, der den Maultiertreiber mordete, wurde in der Feste gehangen.«

Unser Weg führte den Barranco, an einer kühnen, rauen Höhe zur Linken hinauf, die »Silla del Moro« oder Stuhl des Mauren genannt ward, nach der bereits erwähnten Sage, dass der unglückliche Boabdil während einer Volksempörung hierher sich geflüchtet und während des ganzen Tags auf diesem felsigen Gipfel gesessen habe, trauervoll auf die empörte Stadt niederschauend.

Wir kamen endlich zu dem höchsten Teile des Vorgebirgs über Granada, der Sonnenberg genannt. Der Abend kam heran; die untergehende Sonne vergoldete eben die höchsten Spitzen der Berge. Da und dort ließ sich ein einsamer Schäfer sehen, der seine Herde die Abhänge hinabtrieb, um sie während der Nacht einzupferchen; oder ein Maultiertreiber und seine zaudernden Tiere, die auf einem Bergpfade hinschritten, um vor Nacht die Stadttore zu erreichen.

Jetzt klangen die tiefen Töne der Glocke der Kathedrale die Schlucht herauf und verkündigten die Stunde des Gebets. Dieser Klang wurde von den Türmen aller Kirchen und den lieblichen Glocken der Klöster in den Bergen beantwortet. Der Schäfer hielt an dem Bug des Hügels, der Maultiertreiber inmitten der Straße; jeder nahm seinen Hut ab und blieb eine Zeit lang bewegungslos, sein Abendgebet flüsternd. Es ist überall etwas freundlich Feierliches in diesem Gebrauch, durch welchen, auf ein klangreiches Signal, alle menschliche Wesen in dem ganzen Lande in demselben Augenblicke sich vereinigen, um Gott für die Gnaden des Tages ihren Dank darzubringen. Er verbreitet eine kurze Heiligkeit über das Land und der Anblick der in ihrer ganzen Glorie sich senkenden Sonne trägt nicht wenig zur Feierlichkeit der Szene bei.

In dem gegenwärtigen Augenblicke wurde die Wirkung durch die wilde und einsame Natur des Ortes erhöht. Wir waren auf dem nackten und zerrissenen Gipfel des bezauberten Sonnenbergs, wo zerfallene Wasserbecken und Zisternen und die zertrümmerten Fundamente ausgedehnter Bauten von früherer Bevölkerung sprachen, wo aber jetzt alles stumm und verlassen war.

Während wir unter diesen Spuren alter Zeiten wandelten, deutete Mateo auf eine runde Grube, die tief in das Herz des Berges einzuschneiden schien. Es war augenscheinlich ein tiefer Brunnen, welchen die unermüdlichen Mauren gegraben hatten, um ihr Lieblingselement in seiner höchsten Reinheit zu gewinnen. Mateo hatte jedoch eine andere Geschichte bereit, die mehr nach seinem Geschmacke war. Der Überlieferung zufolge war dies der Eingang zu den unterirdischen Höhlen des Berges, in welchen Boabdil und sein Hof durch magische Gewalt gefesselt lagen und von wannen sie zu bestimmten Zeiten aufbrachen, um ihre alten Behausungen wieder zu besuchen.

Das dunkelnde Zwielicht, das in diesem Himmelsstriche von so kurzer Dauer ist, ermahnte uns, diesen Zauberboden zu verlassen. Als wir die Bergschluchten hinabstiegen, war kein Schäfer und kein Maultiertreiber mehr zu sehen und nichts mehr zu hören als unsere Fußtritte und das einsame Zirpen des Heimchens. Die Schatten des Tales wurden tiefer und tiefer, bis alles rundum dunkel war. Der luftige Gipfel der Sierra Nevada zeigte allein noch einen zögernden Strahl des Tageslichts; seine schneeigen Zacken glänzten gegen das dunkelblaue Firmament und schienen, wegen der ungemeinen Reinheit der Atmosphäre uns ganz nahe zu sein.

»Wie nahe die Sierra diesen Abend zu sein scheint«, sagte Mateo; »es ist, als könnten Sie sie mit ihrer Hand berühren, und doch ist sie viele Meilen entfernt.« Während er dies sagte, ging ein Stern über dem schneeigen Gipfel des Berges auf, der einzige, der jetzt schon an dem Himmel sichtbar war, und so rein, so groß, so hell und schön, dass er dem ehrlichen Mateo Ausrufungen der Freude entlockte.

»Que estrella hermosa! que clara y limpia es! – No pueda ser estrella mas brillante!«

(Welch ein schöner Stern! Wie klar und hell – es kann keinen glänzenderen Stern geben.)

Ich habe diese Empfänglichkeit des gemeinen Mannes in Spanien gegen die Reize natürlicher Gegenstände oft bemerkt. Der Glanz eines Sterns, die Schönheit, der Duft einer Blume, die kristallne Reinheit einer Quelle, erfüllt ihn mit einer Art poetischen Entzückens; und dann – welche wohlklingende Worte bietet seine prächtige Sprache dar, um seine Begeisterung auszusprechen.

»Aber was sind das für Lichter, Mateo, welche ich die Sierra Nevada entlang, grade unter der Schneeregion glänzen sehe, und die man für Sterne nehmen könnte, wären sie nur nicht so rötlich und gegen die dunkle Seite des Berges?«

»Das sind Feuer, Sennor, welche die Leute unterhalten, die zum Bedarf von Granada Schnee und Eis sammeln. Jeden Nachmittag gehen sie mit Eseln und Maultieren hinauf und wechseln dann ab, ein Teil ruht und wärmt sich an den Feuern, während die andern die Körbe mit Eis füllen. Dann geht es bergab zurück, sodass sie mit Sonnenaufgang die Tore von Granada erreichen. Diese Sierra Nevada, Sennor, ist ein Eisklumpen in der Mitte von Andalusien, um im Sommer alles kühl zu erhalten.

Es war nun völlige Nacht; wir kamen durch den Barranco, wo das Kreuz des ermordeten Maultiertreibers stand, als ich eine Anzahl Lichter gewahrte, welche sich in einiger Entfernung bewegten und offenbar auf die Schlucht zugingen. Als sie näher kamen, zeigte es sich, dass es Fackeln waren, die von einem Zug seltsamer in Schwarz gekleideter Gestalten getragen wurden: Es würde zu jeder Zeit eine hinreichend schauerliche Prozession gewesen sein, sie war es aber doppelt an diesem wilden und einsamen Platze.

Mateo näherte sich und sagte mir mit leiser Stimme, es sei eine Trauerprozession, die eine Leiche auf den Kirchhof im Gebirg begleite.

Wie der Zug an uns vorüberkam, machte das traurige Fackellicht, das auf die rauen Gesichter und die Leichenkränze der Begleiter fiel, die fantastischste Wirkung, die aber vollkommen gespenstisch wurde, als das Licht das Gesicht des Toten beleuchtete, der, der spanischen Sitte zufolge, unbedeckt auf einer offenen Bahre getragen wurde. Ich starrte eine Zeit lang dem traurigen Zuge nach, wie er sich die dunkle Schlucht des Berges emporwand. Ich gedachte einer alten Geschichte von einem Zuge von Teufeln, welche einen Sünder den Krater von Stromboli hinauf trugen.

»Ha, Sennor«, rief Mateo, »ich könnte Ihnen eine Geschichte von einer Prozession erzählen, die einst in diesen Bergen gesehen worden ist; allein Sie würden mich auslachen und sagen, es sei eines der Vermächtnisse meines Großvaters, des Schneiders.«

»Keineswegs, Mateo. Mich ergötzt nichts mehr, als eine wundervolle Geschichte.«

»Gut, Sennor; sie handelt gerade von einem der Männer, von welchen wir geredet haben, die auf der Sierra Nevada Schnee sammeln.«

»Sie müssen wissen, dass vor vielen, vielen Jahren, zu meines Großvaters Zeiten, ein alter Bursche lebte, Tio Nicolo genannt, der die Körbe seines Maultiers mit Schnee und Eis gefüllt hatte und im Begriff war, den Berg herab zurückzukehren. Da er sehr schläfrig war, stieg er auf sein Maultier und fiel bald in Schlaf; sein Kopf nickte und knickte von einer Seite zur andern, während das sicher schreitende alte Maultier den Rand von Abgründen entlang und steile und zerrissene Barrancos hinab so sicher und stätig ging, als beschritte es ebenen Boden. Zuletzt wachte Tio Nicolo auf, sah um sich und rieb sich die Augen – und, es ist wahr, er hatte allen Grund dazu. Der Mond verbreitete fast die Helle des Tags umher und er sah die Stadt unter sich, so deutlich wie Ihre Hand da, und mit ihren weißen Gebäuden glänzend, wie eine silberne Schüssel im Mondschein; aber, Gott! Sennor, sie glich nichts weniger als der Stadt, die er vor wenigen Stunden verlassen hatte! Statt der Kathedrale mit ihrem großen Dom und ihren Türmen und den Kirchen mit ihren schlanken Spitzen und den Klöstern mit ihren Türmchen, alle von dem heiligen Kreuze überragt, sah er nichts als maurische Moscheen, Minarette, Kuppeln, alle mit dem glänzenden Halbmond, wie Sie ihn auf den Flaggen der Berberei sehen, geschmückt. Nun, Sennor, Sie denken sich wohl, dass Tio Nicolo mächtig verblüfft war; während er aber auf die Stadt niederblickte, marschierte eine große Armee den Berg herauf, und wand sich die Schluchten entlang zuweilen im Mondschein, zuweilen im

Schatten. Als sie näher kam, sah er, dass es Fußvolk und Reiterei war, alle in maurischer Rüstung. Tio Nicolo bemühte sich, ihnen aus dem Weg zu gehen, allein sein Maultier stand stockstill und wollte nicht von der Stelle rücken, zu gleicher Zeit zitterte es wie ein Laub – denn stumme Tiere, Sennor, erschrecken über solche Dinge eben so sehr wie menschliche Wesen. Gut, Sennor, die Koboldarmee zog daran vorüber; da waren Männer, die Trompeten zu blasen, andere, die Trommeln zu schlagen und Zimbeln zu spielen schienen, und doch gaben sie keinen Ton von sich; alles zog ohne das Mindeste Geräusch dahin, grade wie ich auf dem Theater von Granada gemalte Heere über die Bühne ziehen sah, und alle sahen blass wie der Tod aus. Zuletzt, in dem Nachtrab der Armee ritt zwischen zwei schwarzen maurischen Reitern der Großinquisitor von Granada auf einem Maultier, so weiß wie Schnee. Tio Nicolo wunderte sich, ihn in dieser Gesellschaft zu sehen, denn der Großinquisitor war berühmt wegen seines Hasses gegen die Mauren und, in der Tat gegen alle Arten von Ungläubigen, Juden und Ketzer, und pflegte sie mit Feuer und Schwert zu verfolgen. Tio Nicolo jedoch fühlte sich jetzt ganz sicher, da ihm ein Priester von solcher Heiligkeit zur Hand war. So machte er das Kreuzeszeichen und bat ihn um seinen Segen, als er, Hombre! Einen Schlag erhielt, der ihn und sein altes Maultier über den Rand eines steilen Abschusses, Kopf oben Kopf unten, zu Boden warf. Tio Nicolo kam erst lange nach Sonnenaufgang wieder zur Besinnung, wo er sich in der Tiefe einer steilen Schlucht fand, während sein Maultier neben ihm graste und der Schnee in seinen Körben vollkommen geschmolzen war. Er kroch, arg zerschlagen und zerquetscht nach Granada zurück, freute sich aber doch, als er fand, dass die Stadt, wie gewöhnlich aussah und christliche Kirchen und Kreuze hatte. Als er die Geschichte seines nächtlichen Abenteuers erzählte, lachte ihn alle Welt aus; einige sagten, er habe das alles, während er auf seinem Maultier saß, geträumt; andere meinten, er habe alles selbst erdacht – allein, was seltsam war und die Leute nachher ernsthafter von der Sache denken ließ, war der Umstand, dass der Großinquisitor noch in demselben Jahre starb. Ich habe meinen Großvater, den Schneider, oft sagen hören, es stecke mehr hinter diesem Koboldheere, welches das Ebenbild des Priesters entführt habe, als die Leute zu denken wagten.«

»Ihr wollt also zu verstehen geben, Freund Mateo, es gebe eine Art maurischen Limbus oder Fegfeuers in den Eingeweiden dieser Berge, wohin der Pater Inquisitor gebracht wurde?«

»Gott behüte mich, Sennor! Ich weiß nichts von der Sache – ich erzähle nur, was ich von meinem Großvater gehört habe.«

Als Mateo seine Geschichte, die ich etwas kürzer erzählt habe und die mit vielen Erläuterungen gespickt und mit den kleinsten Einzelheiten ausgesponnen war, beendigt hatte, erreichten wir das Tor der Alhambra.

Örtliche Sagen.

Das gemeine Volk Spaniens hat eine orientalische Leidenschaft für das Erzählen von Geschichten und ist dem Wunderbaren sehr zugetan. Sie pflegen sich an den Sommerabenden um die Türen ihrer Hütten und im Winter in den großen höhlenartigen Kaminen der Ventas zu sammeln und lauschen mit unersättlichem Entzücken wunderbaren Heiligenlegenden, gefahrvollen ReiseAbenteuern und kecken Taten von Räubern und Schleichhändlern. Der wilde und einsame Charakter des Landes, die niedrige Stufe der Bildung, der Mangel an allgemeinen Gegenständen der Unterhaltung, und das romantische abenteuerliche Leben, das jedermann in einem Lande führt, wo das Reisen noch in seinem Urzustande ist – alles trägt dazu bei, diese Liebe für mündliche Erzählung zu nähren und einen starken Hang für das Außerordentliche und Unglaubliche zu erzeugen. Kein Gegenstand ist aber vorherrschender und beliebter, als der von Schätzen, welche von den Mauren vergraben worden; er geht das ganze Land hindurch. Wenn man die wilde Sierra, den Schauplatz der ältesten Kämpfe und Siege, durchschneidet, kann man keinen maurischen Atalaya oder Wartturm, der auf den Klippen hängt oder über einem auf Felsen gebauten Dorfe thront, sehen, bei welchem der Maultiertreiber, wenn man ihn näher befragt, mit dem Rauchen seines Cigarillo nicht innehält, um irgendeine Geschichte von moslemischem Gold, das unter seinem Fundament vergraben, zu erzählen; ferner gibt es keinen zertrümmerten Alcazar in einem Flecken, der nicht seine goldene Sage hat, die unter den armen Leuten der Umgegend von Geschlecht zu Geschlecht fortgepflanzt wurde.

Diesen liegt, wie den meisten Volkssagen, nur mehr wenig Tatsächliches zu Grund. Während der Kriege zwischen Mauren und Christen, welche dieses Land für Jahrhunderte zerrütteten, waren Städte und Schlösser öfterem und plötzlichem Wechsel der Besitzer unterworfen und die Bewohner begruben gern während der Belagerungen und Stürmen ihr Geld und ihre Kostbarkeiten in die Erde oder versteckten sie in Gewölben und Brunnen, wie oft noch heut zu Tag in den despotischen und kriegerischen Ländern des Osten geschieht. Zur Zeit der Vertreibung der Mauren mag auch mancher von ihnen seine kostbarsten Habseligkeiten in der Hoffnung verborgen haben, seine Verbannung würde nur eine Zeit lang währen und er dürfte wohl eines Tages wieder kommen und seine Schätze hervorziehen können. Es ist gewiss, dass von Zeit zu Zeit Schätze von Gold- und Silbermünzen zufällig, nach Verlauf von Jahrhunderten, unter den Ruinen maurischer Festen und Wohnungen aufgegraben wurden; und es bedarf nur weniger Tatsachen dieser Art, um tausend Sagen zu erzeugen.

Die so entstandenen Geschichten haben gewöhnlich etwas von der morgenländischen Färbung und sind mit dem Gemisch von Arabischem und Gotischem bezeichnet, das mir jegliches Ding in Spanien, und vorzüglich in seinen südlicheren Provinzen zu charakterisieren scheint. Der verborgene Schatz ist stets festgebannt und durch Zauber und Talisman gesichert. Zuweilen wird er von scheußlichen Ungeheuern oder feurigen Drachen, zuweilen von verzauberten Mauren bewacht, die in voller Rüstung, mit gezogenen Schwertern, aber bewegungslos wie Statuen bei ihm sitzen und Jahrhunderte hindurch eine schlaflose Wache halten.

Natürlich ist die Alhambra, der besonderen mit ihrer Geschichte verbundenen Umstände zufolge, ein fester Platz für Volksdichtungen dieser Art, welche durch mannigfaltige von Zeit zu Zeit ausgegrabene Überbleibsel noch mehr Gewicht erhielten. Einmal hat man ein irdenes Gefäß, maurische Münzen und das Gerippe eines Hahns enthaltend, gefunden, welcher, nach der Ansicht gewisser schlauköpfigen Beschauer, lebendig begraben sein musste. Ein anderes Mal wurde ein Gefäß ausgegraben, welches einen großen Skarabäus von gebranntem Thon, mit arabischen Inschriften bedeckt, enthielt und für ein wundervolles Amulett voll verborgener Kräfte erklärt ward. Auf diese Art sind die Weisen des zerlumpten Haufens, der die Alhambra bewohnt, herumgesprengt worden, bis kein Saal, kein Turm, kein Gewölbe mehr in der alten Feste zu finden war, welches nicht zum Schauplatze irgendeiner wunderbaren Sage gemacht worden wäre. Da ich, wie ich hoffe, den Leser durch die vorstehenden Blätter mit den Örtlichkeiten der Alhambra einigermaßen bekannt gemacht habe, so werde ich nun umständlicher in die damit verbundenen Erzählungen eingehen, die ich aus mancherlei sagenhaften, während meiner Spaziergänge aufgesammelten Bruchstücke und Andeutungen emsig in Form und Gestalt gebracht habe; wie ein Altertumsforscher aus wenigen zerstreuten Buchstaben einer fast verwischten Inschrift ein regelmäßiges historisches Dokument herausarbeitet.

Wenn irgendetwas in diesen Sagen bei dem allzu bedenklichen Leser Misstrauen erregen sollte, so muss er sich des Charakters des Ortes erinnern und die gehörigen Zugeständnisse machen. Er darf hier jene Wahrscheinlichkeitsgesetze, welche in den gewöhnlichen Szenen und in dem Alltagsleben herrschen, nicht erwarten; er muss bedenken, dass er die

Hallen eines bezauberten Palastes betritt und dass alles »gefeiter Boden« ist.

Das Haus des Wetterhahns.

Auf der Spitze des luftigen Hügels der Albaycia, des höchsten Teil der Stadt Granada, stehen die Überbleibsel eines ehemaligen königlichen Palastes, der kurz nach der Eroberung Spaniens durch die Araber gegründet wurde. Er ist jetzt in eine Fabrik umgewandelt worden und man hatte seiner so gänzlich vergessen, dass es mich, obgleich mir der scharfsüchtige und allwissende Mateo Ximenes hilfreich zur Seite stand, viele Mühe kostete, ihn zu finden. Dieses Gebäude trägt heute noch den Namen, unter welchem es Jahrhunderte hindurch bekannt war, nämlich: *La Casa del Gallo de Viento*, d. h. das Haus des Wetterhahns. Es erhielt diesen Namen von der Bronze-Statue eines Kriegers zu Pferd, der mit Schild und Speer bewaffnet auf einem seiner Türme stand und sich mit jedem Winde drehte, und einen arabischen Spruch hatte, der, in das Spanische übersetzt, so lautete.

> Dice el sabio Aben Habuz,
> Que asi se defiende el Andaluz.
> Der weiße Aben Habuz spricht,
> Der Andalusier schirmt sich anders nicht.

Dieser Aben Habuz war, nach den maurischen Chroniken, Feldherr in dem Überfallsheere des Taric, und wurde von ihm als Alcayde von Granada zurückgelassen. Er soll die Absicht gehabt haben, die arabischen Einwohner durch diese Statue immerwährend zu erinnern, dass von Feinden umgeben, wie sie es waren, ihre Sicherheit nur davon abhänge, dass sie stets auf ihrer Hut und kampffertig wären.

Die Überlieferungen geben andere Kunde von diesem Aben Habuz und seinem Palast und behaupten, dieser bronzene Reiter sei ursprünglich ein Talisman von großer Kraft gewesen, obgleich er in spätern Jahrhunderten seine magischen Eigenschaften verloren habe und in einen bloßen Wetterhahn ausgeartet sei.

Nachstehendes bezieht sich auf die hier angeführte Sage.

Sage von dem arabischen Astrologen.

In alten Zeiten, vor vielen Hundert Jahren war ein maurischer König, Aben Habuz genannt, der über das Königreich Granada regierte. Er war ein in Ruhestand versetzter Eroberer, das heißt, ein Mann, der in seinen jüngeren Tagen ein stetes Raub- und Plünderleben geführt hatte, und nun, da er schwach und alt geworden, sich nach Ruhe sehnte und nichts mehr wünschte, als mit aller Welt in Frieden zu leben, seine Lorbeern zu wahren und sich der Besitzungen ruhig zu erfreuen, die er seinen Nachbarn entrissen hatte.

Es begab sich aber, dass dieser sehr vernünftige und friedliche alte König es mit jungen Nebenbuhlern zu tun hatte; Prinzen, welche von seiner frühern Leidenschaft für Ruhm und Kampf erfüllt und geneigt waren, ihn wegen den Schulden, die er bei ihren Vätern gemacht, zur Rechenschaft zu ziehen. Auch gewisse ferne Distrikte seiner eigenen Länder, welche er während der Tage seiner Kraft sehr hochfahrend behandelt hatte, zeigten jetzt, da er sich nach Frieden sehnte, große Lust, sich aufzulehnen und drohten, ihn in seiner Hauptstadt zu umzingeln. So hatte er auf allen Seiten Feinde und da Granada von wilden und rauen Bergen umgeben ist, welche den annähernden Feind verstecken, war der unglückliche Aben Habuz in einem steten Zustande der Unruhe und des Wachens, indem er nicht wusste, auf welcher Seite die Feindseligkeiten ausbrechen würden.

Vergebens baute er sich Warttürme auf den Bergen, stellte er Wachen bei jedem Engpass mit dem Befehle auf, die Annäherung eines Feindes zur Nachtzeit durch Feuer, bei Tag durch Rauch zu verkünden. Seine behänden Feinde vereitelten alle Vorsichtsmaßregeln und pflegten aus irgendeinem unbeachteten Pass hervorzubrechen, verwüsteten ihm das Land unter der Nase und machten sich dann mit den Gefangenen und der Beute davon in die Berge. War je ein friedlicher und ruhiger Krieger in einer unbehaglicheren Lage?

Während Aben Habuz durch diese Schwierigkeiten und Störungen gequält wurde, kam ein alter arabischer Arzt an seinen Hof. Sein grauer Bart ging ihm bis auf den Gürtel und er hatte jedes Zeichen des höchsten Alters, und doch hatte er fast den ganzen Weg von Ägypten zu Fuß gemacht, ohne einen andern Beistand, als einen mit Hieroglyphen gezeichneten Stab. Sein Ruf war ihm vorangegangen. Er hieß Ibrahim Ebn Abu Ajeeb, hatte, wie man sagte, seit den Tagen Mahomed's immerwährend gelebt und sollte der Sohn von Abu Ajeeb, dem letzten der Gefährten des Propheten sein. Als Kind war er dem siegreichen Heer Amru's nach Ägypten gefolgt, wo er viele Jahre geweilt und bei den ägyptischen Priestern die verborgenen Wissenschaften, besonders Magie, studiert hatte.

Überdies hatte er, wie es hieß, das Geheimnis gefunden, das Leben zu verlängern, wodurch er zu dem hohen Alter von mehr als zweihundert Jahren gekommen, obgleich er, da er das Geheimnis erst in seiner Greisenzeit entdeckt hatte, nur seine grauen Haare und Runzeln erhalten konnte.

Dieser wundervolle alte Mann wurde von dem König in Ehren gehalten, denn, wie alle ausgelebten Könige, schenkte auch er den Ärzten eine ausgezeichnete Gunst. Er hätte ihm eine Wohnung in seinem Palast angewiesen, aber der Sternkundige zog eine Höhle an der Seite des Hügels vor, der sich über Granada erhebt und derselbe ist, auf welchem seitdem die Alhambra gebaut wurde. Er ließ die Höhle erweitern, sodass sie einen geräumigen Saal bildete, an dessen Decke eine runde Öffnung war, durch welche er, wie aus einem Brunnen den Himmel beobachten und die Sterne selbst am hellen Mittag sehen konnte. Die Wände dieses Saals waren mit ägyptischen Hieroglyphen, mit kabalistischen Symbolen und mit den Sternbildern in ihren Kreisen bedeckt. Diesen Saal verzierte er mit mancherlei Gerätschaften, welche von geschickten Handwerkern Granadas unter seiner Leitung gefertigt worden, deren geheime Eigenschaften aber ihm allein bekannt waren.

Nach einer kurzen Zeit wurde der weise Ibrahim der vertrauteste Rat des Königs, der ihn in jedem dringenden Falle um seinen Rat anging. Aben Habuz schalt eines Tags auf die Ungerechtigkeit seiner Nachbarn und beschwerte sich über die rastlose Wachsamkeit, welche er üben müsse, um sich gegen ihre Einfälle zu sichern; als er geendigt hatte, schwieg der Astrolog eine Zeit lang, dann sagte er: »Wisse, o König, dass ich während meines Aufenthaltes in Ägypten ein großes Wunder sah, das einer der alten heidnischen Priester erdacht hatte. Auf einem Berge, über der Stadt Borsa, wo man das große Tal des Nils überschauen konnte, war die Figur eines Widders und darüber die eines Hahns, die beide, aus gegossenem Erz gefertigt, sich auf einem Stifte drehten. Wenn dem Lande ein Einfall drohte, so drehte sich der Widder in der Richtung des Feindes und der Hahn krähte, worauf die Bewohner der Stadt sofort Kunde von der Gefahr und von der Richtung erhielten, in welcher sie sich näherten und bei Zeiten Vorsorge treffen konnten, sie abzuwehren.«

»Gott ist groß!«, rief der friedfertige Aben Habuz; »welch ein Schatz wäre ein solcher Widder, der sein Auge auf diese Berge umher richtete, und dann solch ein Hahn, der zur Zeit der Gefahr krähte. Allah Akbar! wie sicher würde ich in meinem Palast mit solchen Schildwachen auf der Höhe schlafen.«

Der Astrolog wartete, bis die Verzückungen des Königs nachgelassen hatten und fuhr dann fort.

»Nachdem der siegreiche Amru (möge er in Frieden ruhen) die Eroberung Ägyptens vollendet hatte, blieb ich bei den alten Priestern des Landes, lernte die Gebräuche und Zeremonien ihres Götzenglaubens kennen und suchte mich in den Besitz der geheimen Weisheit zu setzen, wegen welcher sie so berühmt sind. Ich saß eines Tags an den Ufern des Nils und unterhielt mich mit einem alten Priester, als dieser auf die mächtigen Pyramiden zeigte, die sich wie Berge aus der benachbarten Wüste erhoben. »Alles, was wir dich lehren können«, sagte er, »ist nichts gegen die Weisheit, die in jenen mächtigen Gebäuden aufbewahrt wird. In dem Mittelpunkt der mittlern Pyramide ist ein Grabgemach, in welchem die Mumie des Hohenpriesters eingeschlossen ist, welcher dieses erstaunliche Gebäude errichten half; und bei ihm ist ein wundervolles Buch der Weisheit vergraben, welches alle Geheimnisse der Kunst und Magie enthält. Dieses Buch war Adam nach seinem Fall gegeben worden und kam dann von Geschlecht zu Geschlecht auf Salomon den Weisen, welcher durch seine Hilfe den Tempel von Jerusalem baute; wie er in den Besitz des Erbauers der Pyramiden gekommen, ist dem allein bekannt, der alles weiß.«

»Als ich diese Worte von dem ägyptischen Priester gehört hatte, entflammte sich mein Herz, in den Besitz dieses Buchs zu gelangen. Ich hatte über die Dienste vieler Krieger aus unseren siegreichen Heeren und über eine Anzahl Eingebornen zu gebieten; mit diesen ging ich ans Werk und öffnete die dichte Masse der Pyramide, bis ich, nach großer Mühe, auf einen ihrer innern und verborgnen Gänge kam. Diesen folgte ich und beschritt ein furchtbares Labyrinth, durch das ich in das Herz der Pyramide und grade in das Grabgemach kam, wo die Mumie des Hohenpriesters seit Jahrhunderten lag. Ich öffnete die äußern Umhüllungen der Mumie, löste ihre manigfachen Umschläge und Binden und fand endlich das kostbare Buch auf ihrer Brust. Ich fasste es mit zitternder Hand und suchte aus der Pyramide zu kommen, indem ich die Mumie ihrem dunkeln und stillen Grabe überließ, um dort den Tag der Auferstehung und des Gerichtes zu erwarten.«

»Sohn des Abu Ajeeb«, rief Aben Habuz, »du hast viele Länder gesehen und wunderbare Dinge beobachtet; allein wozu nützt mich das Geheimnis der Pyramide und das gelehrte Buch des weisen Salomon?«

»Wohl kann es dir nützlich werden, o König! Durch das Studium dieses Buches unterrichtete ich mich in allen magischen Künsten und habe über den Beistand der Geister zur Förderung meiner Plane zu gebieten. Das Geheimnis des Talismans von Borsa ist mir daher bekannt und ich kann einen solchen Talisman, ja, einen von noch höherer Kraft fertigen.«

»O weiser Sohn des Abu Ajeeb«, rief Aben Habuz, »ein solcher Talisman wäre besser als alle Warttürme auf den Hügeln, und als alle Wachen an den Grenzen. Gib mir einen solchen Schirm und alle Reichtümer meiner Schatzkammer sollen zu deinem Befehle sein.«

Der Astrologe begab sich sogleich an die Arbeit, um den Wünschen des Königs Genüge zu tun. Er ließ auf der Höhe des königlichen Palastes, welcher auf dem Scheitel des Albayan-Hügels stand, einen großen Turm bauen. Dieser Turm ward von Steinen erbaut, die aus Ägypten gebracht worden und, wie man sagte, von einer der Pyramiden genommen waren. In dem obern Teil des Turms war ein runder Saal, dessen Fenster nach allen Punkten des Kompasses sahen, und vor jedem Fenster war ein Tisch, auf welchem, wie auf einem Schachbrett, ein kleines Heer von Reiterei und Fußvolk nebst einem Ebenbild des Potentaten, der in jener Richtung herrschte, alle aus Holz geschnitzt, aufgestellt waren. Für jeden dieser Tische war eine kleine Lanze da, nicht dicker als eine Nadel, auf welcher gewisse chaldäische Charaktere gegraben waren. Dieser Saal wurde stets verschlossen gehalten; die Türen waren von Erz und das Schloss von Stahl; der Schlüssel dazu befand sich in des Königs' Händen.

Auf der Spitze des Turms war die auf einem Stiften befestigte Bronzestatue eines maurischen Reiters, mit einem Schild in dem einen Arm und seine Lanze senkrecht tragend. Das Gesicht dieses Reiters war der Stadt zugewendet, als wache es über sie; wenn aber ein Feind sich näherte, wandte sich die Statue in dieser Richtung und legte die Lanze wie zum Angriff ein.

Als dieser Talisman fertig war, wurde der König ganz ungeduldig, seine Kraft zu erproben und sehnte sich eben so sehr nach einem Einfall, als er je nach Ruhe geseufzt hatte. Sein Wunsch wurde bald erfüllt. Eines Morgens frühe brachte die Schildwache, welche den Turm zu bewachen hatte, die Nachricht, das Gesicht des bronzenen Reiters sei gegen die Berge von Elvira gewendet und seine Lanze zeige genau nach dem Pass von Lope.

»Lasst die Trommeln und Trompeten zu den Waffen rufen«, sagte Aben Habuz. »Ganz Granada soll sich bereit machen.«

»O König«, sagte der Astrologe: »Beunruhige deine Stadt nicht und lass deine Krieger nicht zu den Waffen rufen; wir bedürfen den Beistand des

Heeres nicht, um dich von deinen Feinden zu befreien. Entlasse deine Diener und lass uns allein in den geheimen Saal des Turmes gehen.«

Der alte Aben Habuz stieg, sich auf den Arm des noch ältern Ibrahim Ebn Abu Ajeeb lehnend, die Turmtreppe hinan. Sie schlossen das eherne Tor auf und traten ein. Das Fenster, welches gegen den Pass von Lope sah, war offen. »In dieser Richtung«, sagte der Astrologe, »liegt die Gefahr: nähere dich, o König, und betrachte das Geheimnis des Tisches.«

König Aben Habuz näherte sich dem anscheinenden Schachbrett, auf welchem die kleinen hölzernen Bilder aufgestellt waren, als er zu seinem Erstaunen bemerkte, dass sie alle in Bewegung waren. Die Rosse bäumten und hoben sich, die Krieger schwangen ihre Waffen, und man hörte das leise Klingen von Trommeln und Trompeten und das Schallen von Waffen und das Wiehern der Rosse; aber alles nicht lauter und deutlicher als das Summen von Bienen oder den Sommerfliegen in das schläfrige Ohr dessen tönt, der am Nachmittag im Schatten liegt.

»Sieh, o König«, sagte der Astrologe, »einen Beweis, dass deine Feinde jetzt eben zu Felde gezogen sind. Sie müssen durch jene Berge, durch die Engpässe von Lope, vorgerückt sein. Wenn du einen panischen Schrecken und Verwirrung unter sie bringen und sie ohne Blutverlust in die Flucht jagen willst, so triff diese Bilder mit dem Knopf dieser magischen Lanze; willst du aber Mord und Blutbad unter ihnen anrichten, so triff sie mit der Spitze.«

Ein schwarzgelber Streif flog über das Gesicht des friedlichen Aben Habuz, er fasste die kleine Lanze mit zitternder Hast und schwankte an den Tisch, während sein grauer Bart vor freudiger Erwartung wackelte. »Sohn des Abu Ajeeb«, rief er aus. »Ich denke, wir wollen ein wenig Blut sehen.«

Bei diesen Worten stach er einige der Zwergengestalten mit der Lanze und bearbeitete andere mit dem dicken Ende, worauf die erstere tot auf den Tisch fielen, die übrigen aber sich gegeneinander wandten und ein buntes Gefecht begannen.

Es kostete den Astrologen Mühe, der Hand des friedlichsten aller Monarchen Einhalt zu tun und ihn von einer gänzlichen Vernichtung seiner Feinde abzuhalten; endlich vermochte er es über ihn, den Turm zu verlassen, worauf eine Streifwache in das Gebirg gegen den Pass von Lope gesandt wurde.

Diese kehrte mit der Nachricht zurück, ein christliches Heer sei durch das Herz der Sierra, fast bis Angesichts von Granada vorgedrungen, wo aber unter den Kriegern ein Zwiespalt ausgebrochen sei. Sie hätten ihre

Waffen gegeneinander gekehrt und sich nach einem großen Blutbad über die Grenze zurückgezogen.

Aben Habuz war außer sich vor Freude, dass sich die Kraft des Talismans so erprobt hatte. »Endlich«, sagte er, »werde ich ein ruhiges Leben führen und habe alle meine Feinde in meiner Gewalt. O weiser Sohn des Abu Ajeeb, was kann ich dir als Lohn für solch eine Wohltat bieten?«

»Die Bedürfnisse eines alten Mannes und eines Philosophen, o König, sind gering und einfach; gewähre mir nur die Mittel, meine Höhle zu einer wohnlichen Einsiedelei einzurichten und ich bin zufrieden.«

»Wie edel ist die Entsagung des wahrhaft Weisen!«, rief Aben Habuz aus, innerlich hoch erfreut über das Wohlfeile der Belohnung. Er ließ seinen Schatzmeister kommen und gebot ihm jede Summe zu zahlen, die Ibrahim fordern würde, um seine Einsiedelei zu vollenden und einzurichten.

Auf Befehl des Astrologen mussten nun verschiedene Kammern in den harten Felsen gehauen werden, welche eine Reihe Gemächer bildeten, die mit seinem astrologischen Saal zusammenhingen; er ließ jene mit üppigen Ottomanen und Diwans zieren und die Wände mit den reichsten Seidenzeugen von Damaskus bekleiden. »Ich bin ein alter Mann«, sagte er, »und kann meine Knochen nicht mehr auf steinernen Lagern ruhen lassen, und diese feuchten Mauern müssen eine Bekleidung haben.«

Auch Bäder ließ er einrichten und versah sie mit allen Arten von Wohlgerüchen und aromatischen Ölen;»denn ein Bad,« sagte er, »ist notwendig, um der Spröde des Alters entgegenzuarbeiten und der durch Denken eingeschrumpften Gestalt Frische und Federkraft zu geben.«

Er ließ die Gemächer mit unzählbaren silbernen und kristallenen Lampen behängen, die er mit wohlriechenden, nach einem von ihm in den ägyptischen Gräbern gefundenen Rezept gefertigten Öle füllte. Dieses Öl war seiner Natur nach unverbrennlich und verbreitete einen sanften Glanz wie das gemäßigte Tageslicht. »Das Licht der Sonne«, sagte er, »ist zu lebhaft und grell für das Auge eines Greises und das Lampenlicht ist den Studien eines Philosophen angemessener.«

Der Schatzmeister des Königs Aben Habuz seufzte über die Summen, die täglich gefordert wurden, um diese Einsiedelei einzurichten und brachte seine Klagen vor den König. Aber das königliche Wort war gegeben: Aben Habuz zuckte die Schultern. »Wir müssen Geduld haben«, sagte er: »Dieser alte Mann hat seine Idee von dem Aufenthaltsort eines Philosophen dem Innern der Pyramiden und den ausgedehnten Trümmern Ägyptens entlehnt; aber alles hat ja ein Ende und so auch die Einrichtung seiner Höhle.«

Der König hatte recht; die Einsiedelei ward endlich fertig und bildete einen prachtvollen unterirdischen Palast. »Ich bin jetzt zufrieden«, sagte Ibrahim Ebn Abu Ajeeb zu dem Schatzmeister: »Ich will mich in meine Zelle verschließen und meine Zeit den Wissenschaften weihen. Ich begehre nichts mehr, nichts, als einen unbedeutenden Zeitvertreib, um mich in den Zwischenstunden der geistigen Arbeit zu zerstreuen.«

»O weiser Ibrahim, fordere, was du willst: Ich bin gehalten, dir alles für deine Einsamkeit Nötige zu liefern.«

»Dann wünschte ich einige Tänzerinnen zu haben«, sagte der Philosoph.

»Tänzerinnen?« wiederholte der erstaunte Schatzmeister.

»Tänzerinnen«, erwiderte der Weise ernsthaft: »Wenige werden hinreichen, denn ich bin ein alter Mann und ein Philosoph, von einfachen Sitten und leicht zufriedenzustellen. Sorge aber, dass sie jung sind und schön anzuschauen; denn der Anblick der Jugend und der Schönheit ist für einen alten Mann erfrischend.«

Während der Philosoph, Ibrahim Ebn Abu Ajeeb, seine Zeit so weise in seiner Einsiedelei hinbrachte, führte der friedfertige Aben Habuz in seinem Turme furchtbare Kriege dem Bild nach. Es war höchst rühmlich für einen alten Mann von ruhigen Sitten, wie er, sich das Kriegführen zu erleichtern und imstand zu sein, in seinem Gemache sich damit zu ergötzen, dass er ganze Armeen wie eben so viele Schwärme Fliegen, verjagte.

Er schwelgte eine Zeit lang in der Befriedigung seiner Launen und neckte und beleidigte sogar seine Nachbarn, um sie zu Einfällen in sein Land zu verleiten; allein allmählich wurden sie der wiederholten Unfälle müde und endlich wagte es keiner mehr, sein Gebiet zu überschreiten. Viele Monden blieb der bronzene Reiter auf dem Friedensstand, die Lanze in die Luft emporhaltend, und der würdige alte König fing an, den Abgang seines gewohnten Zeitvertreibs schmerzlich zu empfinden und über die einförmige Ruhe verdrüsslich zu werden.

Endlich drehte sich eines Tages der Reiter plötzlich rundum, ließ seine Lanze sinken und deutete auf die Berge von Guadix. Aben Habuz eilte in seinen Turm, allein der magische Tisch in jener Richtung blieb ruhig; kein einziger Krieger bewegte sich. Über diesen Umstand in Ungewissheit, schickte er einen Trupp Reiter aus, um das Gebirge zu durchspähen und sich auf Kundschaft zu legen. Nach einer Abwesenheit von drei Tagen kamen sie zurück.

»Wir haben jeden Bergpass durchsucht«, sagten sie, »aber nicht ein Helm ward sichtbar, nicht ein Speer. Alles was wir auf unserm Streifzug gefunden haben, war ein christliches Fräulein von ungemeiner Schönheit, welche in der Mittagszeit an einem Brunnen schlief und die wir als Gefangene mit uns weggeführt haben.«

»Ein Fräulein von ungemeiner Schönheit!«, rief Aben Habuz aus und seine Augen funkelten vor Erregung: »Lasst sie vor uns führen.«

Das schöne Fräulein wurde sonach vor ihn geführt. Sie war in die ganze reiche Pracht gekleidet, welche zur Zeit der arabischen Eroberung bei den gotischen Spaniern herrschte. Perlen von glänzender Weiße waren in ihre Rabenlocken geflochten; Juwelen funkelten auf ihrer Stirne und wetteiferten mit dem Glanz ihrer Augen. Um den Hals hatte sie eine goldene Kette, an welcher eine silberne Leier befestigt war, die an ihrer Seite hing.

Die Strahlen ihrer dunkeln leuchtenden Augen fielen wie Feuerfunken auf das verwitterte, aber noch brennbare Herz des Aben Habuz; die elastische Üppigkeit ihres Ganges machte seine Sinne taumeln. »Schönste der Frauen«, rief er entzückt, »wer und was bist du?«

»Die Tochter eines der gotischen Fürsten, die erst vor Kurzem noch über dieses Land geboten. Die Heere meines Vaters sind wie durch Zauberkraft in diesen Gebirgen zerstreut worden; er wurde in die Verbannung geschickt und seine Tochter ist eine Gefangene.«

»Hüte dich, o König!«, flüsterte Ibrahim Ebn Abu Ajeeb, »dies kann eine der nordischen Zauberinnen sein, von denen wir gehört haben, die die verführerischesten Gestalten annehmen, um den Sorglosen zu hintergehen. Mich dünkt, ich lese Hexerei in ihren Augen und Zauberkraft in jeder ihrer Bewegungen. Ohne Zweifel ist sie die Feindin, welche der Talisman angezeigt hat.«

»Sohn des Abu Ajeeb,« versetzte der König: »Du bist, ich gebe es zu, ein weiser Mann, ein Zauberer nach allem, was mir bekannt ist; allein auf Weiber verstehst du dich wenig. In dieser Kenntnis werde ich keinem Menschen weichen; nicht einmal dem weisen Salomon selbst, der Zahl seiner Weiber und Beischläferinnen ungeachtet. Was dieses Fräulein betrifft, so sehe ich nichts Böses an ihr; sie ist schön anzusehen und findet Gunst vor meinen Augen.«

»Höre, o König!«, erwiderte der Astrologe. »Ich habe dir durch meinen Talisman zu manchem Siege verholfen, allein ich habe nie an der Beute Teil genommen. Gib mir darum diese verirrte Gefangene, um mich in meiner Einsamkeit an ihrer silbernen Leier zu letzen. Ist sie wirklich eine Zauberin, so habe ich Gegenmittel, welche allen ihren Zauberkünsten Trotz bieten.«

»Wie, noch mehr Weiber?«, rief Aben Habuz. »Hast du nicht bereits Tänzerinnen genug, dich zu letzen?«

»Tänzerinnen habe ich, es ist wahr, aber keine Sängerinnen. Ich möchte gern eine kleine Sängerschaft haben, um meinen Geist zu erfrischen, wenn er von den Mühen des Studierens getrübt ist.«

»Still mit deinen Einsiedler-Wünschen«, sagte der König ungeduldig. »Dieses Fräulein habe ich für mich ausersehen. Ich finde viel Behagen an ihr; grade solch Behagen, wie David, Salomons des Weisen Vater, an *Ab- is* Abigail der Sunamiterin.«

Ferneres Bitten und Warnen des Astrologen hatten nur eine entscheidendere Antwort des Königs zur Folge und sie schieden in großem Unwillen. Der Weise schloss sich in seine Einsiedelei ab, um über seine fehlgeschlagene Erwartung zu brüten; ehe er aber ging, warnte er den König nochmals, sich vor seiner gefährlichen Gefangenen zu hüten. Aber welcher verliebte Greis wird auf Rat hören? Aben Habuz gab sich der vollen Herrschaft seiner Leidenschaft hin. Sein einziges Trachten war, wie er sich in den Augen der gotischen Schönheit angenehm machen könne. Es ist wahr, durch Jugend konnte er sich nicht empfehlen, aber er hatte Schätze; und wenn ein Liebhaber alt ist, so ist er gewöhnlich freigebig. Der Zacatin von Granada wurde der kostbarsten Erzeugnisse des Morgenlandes beraubt; Seidenzeuge, Juwelen, Edelsteine, herrliche Wohlgerüche, alles was Asien und Afrika Reiches und Seltenes bot, wurde an die Prinzessin verschwendet. Alle Arten von Schauspielen und Festlichkeiten wurden zu ihrer Unterhaltung ersonnen; Gesang, Tanz, Turniere, Stiergefechte. Granada war eine Zeit lang der Schauplatz ununterbrochener Feste. Die gotische Prinzessin betrachtete alle diese Pracht wie jemand, der an solchen Glanz gewöhnt ist. Sie nahm alles als einen Tribut hin, den man ihrem Range oder vielmehr ihrer Schönheit schuldig war, denn die Schönheit ist in ihren Anforderungen sogar noch hochfahrender als der Rang. Ja, sie schien ein geheimes Vergnügen zu empfinden, den König zu Ausgaben zu reizen, vor denen sein Schatzmeister zitterte; und dann behandelte sie seine ausschweifende Freigebigkeit, wie etwas, das sich von selbst versteht. Der ehrwürdige Liebhaber konnte sich überdies bei allem seinem Eifer und seiner Großmut nicht schmeicheln, einen Eindruck auf ihr Herz gemacht zu haben. Sie zürnte ihm nie, es ist wahr, aber sie lächelte auch nie. So oft er seiner Liebe das Wort reden wollte, schlug sie ihre silberne Leier an. Es war ein geheimnisvoller Zauber in dem Klang. Augenblicklich fing der König an zu nicken; eine Schläfrigkeit überschlich ihn und er sank allmählich in Schlaf, aus welchem er wunderbar erquickt, aber für eine Weile vollkommen von seiner Liebe abgekühlt, erwachte. Seinem Werben war dies freilich nicht günstig; aber dieser Schlaf war stets von angenehmen Träumen begleitet, welche die Sinne des schläfrigen Liebhabers vollkommen fesselten; so fuhr er fort zu träumen, während ganz Granada über seine Betörung spottete und über die Schätze seufzte, die für eine Leier vergeudet wurden.

Endlich brach eine Gefahr auf das Haupt des Aben Habuz herein, vor der sein Talisman ihn nicht warnen konnte. Eine Empörung brach in seiner eignen Hauptstadt aus; sein Palast wurde von bewaffnetem Pöbel umzingelt, der sein und seines christlichen Schätzchens Leben bedrohte. Ein Funken seines alten kriegerischen Geistes erwachte in der Brust des Monarchen. An der Spitze eines Häufleins aus seiner Wache brach er heraus, jagte die Empörer in die Flucht und erstickte die Revolution im Keim.

Als die Ruhe wieder hergestellt war, suchte er den Astrologen, der sich immer noch in seiner Einsamkeit verschlossen hielt und an der bittern Rinde des Unwillens nagte.

Aben Habuz näherte sich ihm mit verhöhnendem Tone: »O weiser Sohn des Abu Ajeeb,« sagte er, »wohl hast du mir Gefahren vorhergesagt, welche die gefangene Schönheit veranlassen würde: Sag mir darum auch, der du so schnell die kommende Gefahr erschaust, was ich tun muss, um sie zu vermeiden.«

»Entferne die ungläubige Maid von dir, die der Grund derselben ist.«

»Lieber lass' ich von meinem Königreich«, rief Aben Habuz.

»Du schwebst in Gefahr, beide zu verlieren,« versetzte der Astrologe.

»Sei nicht rau und zornig, tiefster aller Philosophen: Bedenke das doppelte Unglück eines Königs und eines Verliebten und ersinne mir Mittel, mich vor den Übeln, die mir drohen, zu schirmen. Ich frage nichts nach Größe, ich frage nichts nach Macht. Ich sehne mich nur nach Ruhe; hätte ich doch einen stillen Aufenthaltsort, wohin ich mich aus der Welt und allen ihren Sorgen, ihrem Prunk und ihrer Unruhe flüchten und den Rest meiner Tage der Ruhe und Liebe widmen könnte.«

Der Astrologe betrachtete ihn einen Augenblick aus seinen buschigen Augenbrauen hervor.

»Und was würdest du mir geben, wenn ich dir einen solchen Ort verschaffte?«

»Du möchtest deinen Lohn selbst bestimmen und es sollte, was es auch sein mag, sofern es sich im Bereich meiner Macht findet, dein sein, so wahr meine Seele lebt.«

»Du hast, o König, von dem Garten von Irem gehört, einem der Wunder des glücklichen Arabiens?«

»Ich habe von diesem Garten gehört; seiner ist in dem Koran gedacht, in dem Abschnitt, der »die Dämmerung des Tags« überschrieben ist. Ich habe überdies von Pilgern, die zu Mekka waren, wunderbare Dinge von ihm erzählen hören; allein ich hielt es für tolle Fabeln, wie Reisende, welche ferne Länder besucht haben, zu erzählen pflegen.«

»Setze, o König, die Erzählungen der Reisenden nicht herab«, erwiderte der Sternkundige ernsthaft; »denn sie enthalten kostbare Schätze des Wissens, aus den Enden der Erde zusammengebracht. Was den Palast und den Garten von Irem betrifft, so ist die allgemeine Sage wahr; ich habe sie mit meinen eignen Augen gesehen – höre auf mein Abenteuer, denn es steht mit dem Gegenstand deines Begehrens in Zusammenhang.

»In meinen jüngern Jahren, als ich ein bloßer Araber der Wüste war, führte ich die Kamele meines Vaters. Als wir durch die Wüste von Aden zogen, entfernte sich eines von den Übrigen und war verloren. Ich suchte es mehrere Tage lang, allein umsonst, bis ich mich eines Mittags, ermüdet und kraftlos, niederlegte und unter einem Palmbaum, an einem kleinen Brunnen entschlief. Als ich erwachte, sah ich mich an den Toren einer Stadt. Ich trat ein, und schaute prächtige Straßen, Plätze, Märkte; aber alles war stumm und ohne Einwohner. Ich wanderte umher, bis ich an einen herrlichen Palast mit einem Garten kam, der mit Brunnen und Fischteichen und Laubgängen und Blumen und Obststücken, mit köstlichen Früchten beladen, geziert war; aber immer war noch niemand zu sehen. Erschreckt durch diese Einsamkeit, eilte ich wegzukommen, und als ich aus dem Tore der Stadt war, und mich umkehrte, um alles noch einmal zu übersehen, war nichts mehr davon da, und nur die stumme Wüste breitete sich vor meinen Augen aus.

»In der Nähe begegnete ich einem alten Derwisch, der in den Sagen und Geheimnissen des Landes bewandert war, und erzählte ihm, was mir vorgekommen. »Dies«, sagte er, »ist der weit berühmte Garten von Irem, eines der Wunder der Wüste. Er zeigt sich nur manchmal einem

Reisenden, wie dir, und erfreut ihn mit dem Anblick von Türmen, Palästen und Gartenmauern, von reich beladenen Fruchtbäumen überhangen, und dann verschwindet er, und nichts bleibt als eine einsame Wüste. Und dies ist seine Geschichte. Als in alten Zeiten dieses Land von den Additen bewohnt war, gründete der König Sheddad, der Sohn Ad's, des Urenkels von Noah, eine prächtige Stadt hier. Als sie vollendet war, und er ihre Größe sah, schwoll sein Herz von Stolz und Anmaßung, und er beschloss, einen königlichen Palast mit Gärten zu bauen, welche mit allem wetteiferten, was in dem Koran von dem himmlischen Paradies berichtet würde. Allein der Fluch des Himmels traf ihn wegen seiner Anmaßung. Er und seine Untertanen wurden von der Erde weggerissen, und seine glänzende Stadt, der Palast und die Gärten wurden unter einen steten Zauber gelegt, der sie jedem menschlichen Auge verbirgt, nur dass sie zu Zeiten gesehen werden, wenn man seiner Sünden unablässig eingedenk ist.«

»Diese Sage, o König, und die Wunder, die ich gesehen hatte, blieben meinem Gedächtnis stets gegenwärtig, und in spätern Jahren, als ich in Ägypten gewesen, und im Besitze des Wissens des weisen Salomo war, beschloss ich zurückzukehren, und den Garten des Irem wieder zu besuchen. So tat ich und fand ihn meinem gereifteren Blick erschlossen. Ich nahm von dem Palaste Sheddad's Besitz und brachte mehrere Tage in diesem kleinen irdischen Paradiese hin. Die Genien, die den Palast bewachen, waren meiner magischen Kraft untertan, und entdeckten mir die Zauber, durch welche der ganze Garten gewissermaßen ins Leben gerufen worden, und durch die er unsichtbar war. Solch einen Palast und Garten, o König, kann ich dir selbst hier auf dem Berge über der Stadt machen. Kenne ich nicht alle die geheimen Zaubersprüche? Und bin ich nicht im Besitz des Buches des Wissens Salomons des Weisen?«

»O weiser Sohn des Abu Ajeeb!«, rief Aben Habuz, vor Begierde zitternd: »Du bist in der Tat ein Reisender und hast wundervolle Dinge gesehen und gelernt! Verschaffe mir ein solches Paradies, und fordre jeden Lohn, wär' es auch die Hälfte meines Königreichs.«

»Ach!« versetzte der Andere: »Du weißt, ich bin ein alter Mann und ein Philosoph, und leicht zufriedengestellt; aller Lohn, welchen ich fordere, ist das erste Lasttier mit seiner Bürde, das in das magische Tor des Palastes eingehen wird.«

Der König bewilligte mit Freuden ein so mäßiges Begehren, und der Astrolog begann sein Werk. Auf dem Gipfel des Hügels, unmittelbar über seiner unterirdischen Einsiedelei, ließ er einen großen Torweg, welcher in die Mitte eines starken Turmes führte, errichten.

Außerhalb war eine Vorhalle mit einem hohen Bogen, und innerhalb desselben ein Tor, welches starke Türen schlossen. Auf den Schlusssteinen des Tores bildete der Astrologe mit eigener Hand die Gestalt eines großen Schlüssels ab; und auf den Schlussstein des äußern Bogens der Torhalle, welcher höher war als der des Tores, grub er eine riesige Hand ein. Dieses waren zwei mächtige Zaubermittel, über welche er viele Sprüche in einer unbekannten Sprache murmelte.

Als dieser Torweg fertig war, verschloss er sich zwei Tage in seinen astrologischen Saal, mit geheimen Beschwörungen beschäftigt; am dritten bestieg er den Hügel, und brachte den ganzen Tag auf dessen Gipfel zu. Spät in der Nacht kam er herab, und ging zu Aben Habuz. »Endlich, o König«, sagte er, »ist meine Arbeit vollendet. Auf dem Gipfel des Hügels steht einer der entzückendsten Paläste, die je der Kopf eines Menschen ersonnen, oder das Herz eines Menschen begehrt hat. Er umschließt kostbare Säle und Galerien, prächtige Gärten, kühle Brunnen und duftreiche Bäder; mit einem Wort, der ganze Berg ist in ein Paradies umgewandelt. Gleich dem Garten des Irem steht er unter dem Schirm eines mächtigen Zaubers, welcher ihn dem Auge und dem Forschen der Sterblichen, mit Ausnahme derer entzieht, welche im Besitz des Geheimnisses seines Talismans sind.«

»Genug!«, rief Aben Habuz vergnügt: »Morgen früh mit dem ersten Tageslicht wollen wir hinaufgehen, und Besitz nehmen.« Der glückliche König schlief diese Nacht nur sehr wenig. Kaum hatten die Strahlen der Sonne angefangen um den schneeigen Gipfel der Sierra Nevada zu spielen, als er sein Pferd bestieg, und, nur von wenigen auserwählten Dienern begleitet, einen steilen und engen Pfad emporstieg, der den Hügel her,aufführte. Neben ihm ritt auf einem weißen Zelter die gotische Prinzessin, deren ganzes Gewand von Juwelen funkelte, während ihre silberne Leier um ihren Hals hing. Der Astrologe schritt an der andern Seite des Königs und stützte sich auf seinen hieroglyphischen Stab, denn er bestieg nie ein Pferd.

Aben Habuz schaute auf, um die Türme des Palastes über sich glänzen, und die umlaubten Terrassen der Gärten die Höhe entlang ziehen zu sehen; allein es zeigte sich ihm nichts der Art. »Das ist das Geheimnis,« sagte der Astrolog, »und die Schutzwache des Ortes; man kann nichts entdecken, bis man den zaubergebannten Torweg überschritten hat, und in den Besitz des Ortes gesetzt ist.«

Als sie sich dem Torweg näherten, hielt der Astrolog an, und zeigte dem König die mystische Hand und den Schlüssel auf dem Tor und dem Bogen. »Das ist der Zauber«, sagte er, »welcher den Eingang in dieses Paradies bewacht. Bis jene Hand herabreicht, und diesen Schlüssel ergreift, wird weder menschliche Macht noch Zauberkraft dem Besitzer dieses Berges etwas anhaben können.«

Während Aben Habuz mit offnem Munde und stummer Verwunderung diese mystischen Zauber anstarrte, schritt der Zelter der Prinzessin weiter, und trug sie durch das Portal in die Mitte des Thorweges.

»Sieh«, rief der Astrologe, »meinen versprochenen Lohn – das erste Tier mit seiner Bürde, das in das magische Tor eingehen würde.«

Aben Habuz lächelte über diesen, wie er glaubte, scherzhaften Einfall des alten Mannes; als er aber sah, dass es Ernst sei, zitterte sein grauer Bart vor Unwillen.

»Sohn des Abu Ajeeb«, sagte er streng: »Welche Zweideutigkeit ist dies! Du kennst den Sinn meines Versprechens, das erste Lasttier mit seiner Bürde, welches in dieses Tor einschreiten würde. Nimm das stärkste Maultier in meinen Ställen, belade es mit dem Kostbarsten, was mein Schatz enthält, und es ist dein; aber wage es nicht, deine Gedanken zu ihr zu erheben, die die Freude meines Herzens ist.«

»Was sollen mir die Schätze«, sagte der Astrologe verächtlich: »Habe ich nicht das Buch Salomons des Weisen, und durch dieses den Schlüssel zu allen Schätzen der Erde? Die Prinzessin ist nach dem Vertrage mein; dein königliches Wort ist gegeben; ich spreche sie als mein Eigentum an.«

Die Prinzessin blickte stolz von ihrem Zelter nieder, und ein leichtes Lächeln der Verachtung kräuselte ihre rosige Lippe während dieses Streites zweier Graubärte um den Besitz der Jugend und Schönheit. Der Zorn des Königs besiegte seine Klugheit. »Elender Sohn der Wüste«, rief er, »du magst in vielen Künsten Meister sein; aber erkenne mich als deinen Meister und wage es nicht, mit deinem König zu scherzen.«

»Mein Meister?« wiederholte der Astrologe: »mein König? Der Beherrscher eines Maulwurfshügels will dessen Herrscher sein, der im Besitz von Salomons Zauber ist? Lebe wohl, Aben Habuz, herrsche über dein winziges Königreich, und schwärme in deinem Narrenparadiese; ich werde dich in meiner philosophischen Einsamkeit auslachen.«

Bei diesen Worten fasste er den Zügel des Zelters, stieß seinen Stab in die Erde, und sank mit der gotischen Prinzessin durch den Mittelpunkt des Torgangs. Der Boden schloss sich über ihm, und keine Spur verblieb von der Öffnung, durch welche er verschwunden war.

Aben Habuz war eine Weile von Staunen stumm. Als er sich erholt hatte, ließ er tausend Arbeiter mit Äxten und Spaten in den Boden graben, wo der Astrologe verschwunden war. Sie gruben und gruben, aber umsonst; der felsige Busen des Hügels widerstand ihren Werkzeugen, oder wenn sie ein wenig eingedrungen waren, füllte sich die Öffnung wieder so schnell, als sie gemacht worden war. Aben Habuz suchte den Eingang der Höhle am Fuße des Hügels, durch welchen man in den unterirdischen Palast des Astrologen gelangte; allein er war nirgends zu finden. Wo vorher ein Eingang gewesen, war jetzt die feste Fläche eines Urfelsen. Mit dem Verschwinden des Ibrahim Ebn Abu Ajeeb hörte auch die Wirkung seines Talismans auf. Der bronzene Reiter stand nun fest, sein Gesicht dem Hügel zuwendend, und mit dem Speer auf die Stelle deutend, durch welche der Astrolog verschwunden war, als ob dort der tödlichste Feind von Aben Habuz noch weilte.

Von Zeit zu Zeit konnte man den Klang von Musik und die Töne einer weiblichen Stimme schwach aus der Tiefe des Hügels heraufschweben hören, und ein Landmann brachte eines Tages dem König die Kunde, er habe in der vergangenen Nacht einen Spalt in den Felsen gefunden, durch den er gebrochen sei, bis er in einen unterirdischen Saal sah, in welchem der Astrologe auf einem prächtigen Diwan saß, schlummernd, und zu dem Klang der silbernen Leier der Prinzessin, die eine magische Gewalt über seine Sinne zu üben schien, nickend.

Aben Habuz suchte den Spalt in dem Fels, aber er war wieder geschlossen. Er erneuerte die Versuche, seinen Nebenbuhler auszugraben, aber alles vergebens. Der Zauber der Hand und des Schlüssels war zu mächtig, als dass ihn menschliche Gewalt hätte lösen können. Der Gipfel des Berges aber, wo der versprochene Palast und Garten gelegen, blieb eine nackte Öde; das gepriesene Elysium ward entweder durch Zauberei vor dem Auge verborgen, oder es war ein bloßes Märchen des Astrologen gewesen. Die Welt nahm gutmütig das letzte an, und viele nannten den Platz »des Königs Narrheit,« während andere ihn »des Narren Paradies« benamseten.

Um den Kummer des Aben Habuz zu erhöhen, machten die Nachbarn, welche er mit Trotz und Hohn behandelt, und, im Besitz seines schirmenden Reiters, nach Laune zu Grund gerichtet hatte, und die sahen, dass er nicht mehr im Besitz des Zaubers war, von allen Seiten Einfälle in sein Gebiet, und der Lebensrest des friedlichsten der Monarchen war ein Gewebe von Unruhen.

Endlich starb Aben Habuz und wurde begraben. Jahrhunderte sind seitdem vergangen. Die Alhambra ist auf dem merkwürdigen Berge erbaut worden, und verwirklicht in gewissem Grade die märchenhaften Freuden von Irem's Garten. Der bezauberte Torweg steht, indem ihn ohne Zweifel die magische Hand schirmt, noch vollständig, und bildet jetzt das Tor der Gerechtigkeit, den Haupt-Eingang zur Feste. Unter diesem Tor wohnt der Sage nach, der alte Astrolog in seinem unterirdischen Saal, und nickt auf seinem Diwan, von der Silber-Leier der Prinzessin eingewiegt.

Die alten Invaliden, welche die Wache an dem Tore haben, hören zuweilen in den Sommernächten die Töne, und nicken, der einschläfernden Kraft derselben weichend, ruhig auf ihren Posten. Ja, ein so schläfriger Einfluss beherrscht den Palast, dass man diese Wachen selbst bei Tag auf den Steinbänken der Torhalle nicken oder unter den nahen Bäumen schlafen sieht, sodass es in der Tat der schläfrigste Posten in der ganzen Christenheit ist. Alles das, sagt die alte Legende, wird von Jahrhundert zu Jahrhundert währen, die Prinzessin wird die Gefangene des Astrologen bleiben, und den Astrologen wird die Prinzessin in magischem Schlummer halten, bis zum letzten Tag, wenn die geheimnisvolle Hand nicht den gefeiten Schlüssel ergreift, und den ganzen Zauber dieses behexten Berges aufhebt.

Der Turm der Prinzessinnen.

Bei einem Abendspaziergange durch ein enges Tälchen hinauf, welches das Gebiet der Feste von dem des Generalife trennt, und von Feigenbäumen, Granaten und Myrten überschattet ist, fiel mir der romantische Anblick eines maurischen Turms in der äußern Mauer der Alhambra auf, der über die Baumwipfel emporstieg, und die rötlichen Strahlen der untergehenden Sonne zurückgab. Ein einziges Fenster in einer großen Höhe hatte die Aussicht auf das Tälchen. Während ich hinaufsah, blickte ein junges Frauenzimmer heraus, dessen Haare mit Blumen geschmückt waren. Sie hörte offenbar nicht der gemeinen Klasse des Volkes an, welche die alten Türme der Feste bewohnen; und ihre plötzliche romantische Erscheinung erinnerte mich an die Beschreibungen von gefangenen Schönheiten in den Feenmärchen. Diese fantastischen Ideenverbindungen wurden noch durch die Nachricht bestärkt, welche mir mein Begleiter Mateo gab, dass dieses der Turm der Prinzessinnen (la Torre de las

Infantas) sei, und so genannt werde, weil er, der Sage nach, die Wohnung der Töchter der maurischen Könige gewesen. Ich habe seitdem den Turm besucht. Man zeigt ihn in der Regel den Fremden nicht, obgleich er der Beachtung wert ist; denn das Innere steht, an Schönheit der Architektur und Zierlichkeit der Ausschmückung, keinem Teile des Palastes nach. Die Eleganz des mittlern Saals mit seinen Marmorbrunnen, seinen hohen Bögen und der reichen Deckenverzierung, die Arabesken und die Stuccoarbeiten des kleinen aber in schönen Verhältnissen gebauten und nur leider durch Zeit und Vernachlässigung sehr beschädigten Gemaches – alles stimmt mit der Geschichte überein, dass einst königliche Schönheiten hier geweilt.

Die kleine alte Feenkönigin, die unter der Treppe der Alhambra wohnt, und die Abend-Tertulias der Dame Antonia zuweilen besucht, erzählt manche wundersame Geschichte von drei maurischen Prinzessinnen, welche einst von ihrem Vater, einem tyrannischen König von Granada, in diesen Turm gesperrt, und denen nur nachts erlaubt worden war, in den Bergen umherzureiten, wo es bei Todesstrafe niemand wagen durfte, ihnen zu begegnen. Man kann sie, der Nachricht jener Frau zufolge, noch manchmal beim Vollmond an einsamen Plätzen die Bergseite entlang auf reich aufgezäumten Zeltern und von Edelsteinen funkelnd, reiten sehen; aber sie verschwinden, sobald man sie anredet.

Ehe ich aber das Weitere in Betreff dieser Prinzessinnen erzähle, wird der Leser begierig sein, etwas von der schönen Bewohnerin des Turmes mit den blumenbekränzten Locken, die aus dem hohen Fenster sah, zu erfahren. Es fand sich, dass sie seit kurzer Zeit die Gattin des würdigen Invaliden-Adjutanten war, der, obgleich ziemlich bejahrt, den Mut gehabt hatte, eine junge, dralle andalusische Maid an sein Herz zu nehmen. Möge der gute alte Caballero in seiner Wahl glücklich sein, und in dem Turm der Prinzessinnen einen sicherern Aufenthalt für weibliche Schönheit finden, als er sich in der Zeit der Mosleminen erwies, wenn man folgender Sage glauben darf!

Sage von den drei schönen Prinzessinnen.

In alten Zeiten herrschte ein maurischer König zu Granada, der Mahomed hieß, und dem seine Untertanen den Beinamen »el Haygari« oder den Linkischen gaben. Einige sagen, man habe ihn so genannt, weil er wirklich seine linke Hand besser zu brauchen verstand, als seine rechte; andere, weil er gewöhnlich alles an dem unrechten Ende angefangen, oder mit andern Worten, alles, womit er sich befasst, verpfuscht habe.

Gewiss ist es, er lebte stets in Trübsal, sei es nun aus Unglück oder Ungeschicklichkeit; dreimal wurde er vom Thron gestoßen, und rettete das eine Mal mit Not kaum sein Leben, indem er in der Verkleidung eines Fischers nach Afrika floh. Doch war er eben so tapfer, als ungeschickt, und schwang, obgleich linkshändig, seinen Säbel so wacker, dass er sich jedes Mal, kraft harten Kampfes, wieder auf den Thron schwang. Statt aber aus dem Unglück Weisheit zu lernen, wurde er halsstarriger, und sein linker Arm in Eigenwille gestärkt. Das öffentliche Unglück, das er so auf sich und sein Königreich brachte, kann man in den arabischen Jahrbüchern Granadas nachlesen; die gegenwärtige Sage hat es nur mit seinem häuslichen Leben zu tun.

Als dieser Mahomed eines Tags mit einer Schar seiner Höflinge den Fuß des Berges von Elvira entlang ritt, begegnete er einem Reiterhaufen, der von einem Streifzug in das Gebiet der Christen zurückkam. Sie führten einen langen Zug Maultiere, welche mit Beute und vielen Gefangenen beiderlei Geschlechts beladen waren; unter den letztern fiel dem König ein schönes, reich gekleidetes Fräulein auf, das weinend auf einem kleinen Zelter saß, und der tröstenden Worte einer Duenna, die neben ihr ritt, nicht achtete.

Der von ihrer Schönheit geblendete König erfuhr von dem Anführer der Schar, sie sei die Tochter des Alcalde einer Grenzfeste, welche während des Streifzugs überrumpelt und geplündert worden sei. Mahomed nahm sie als königlichen Anteil an der Beute in Anspruch, und ließ sie in seinen Harem in der Alhambra führen. Hier tat man alles Ersinnliche, um ihre Schwermut zu besänftigen, und der mehr und mehr verliebte König suchte sie zu seiner Gemahlin zu machen. Die spanische Maid wies erst seine Anträge zurück – er war ein Ungläubiger – er war der offene Feind ihres Landes – was noch schlimmer, er war bei Jahren.

Als der König sah, dass seine Bemühungen fruchtlos blieben, beschloss er, die Duenna, welche mit dem Fräulein gefangen genommen worden, für sich zu gewinnen. Sie war von Geburt eine Andalusierin, ihr christlicher Name ist aber vergessen worden, denn in den maurischen Sagen hat sie keinen andern Namen, als den der klugen Kadiga – und klug war sie in der Tat, wie ihre ganze Geschichte deutlich zeigt. Der maurische König hatte nicht sobald eine kurze geheime Unterredung mit ihr gehabt, so begriff sie auch schon das dringliche seiner Gründe, und unternahm es, seine Sache bei ihrer jungen Herrin zu führen.

»Ei was«, sagte sie, »wozu denn all dies Weinen und Jammern? Ist es nicht besser, die Gebieterin dieses schönen Palastes mit allen seinen Gärten und Brunnen zu sein, als sich in Eures Vaters alten Grenzturm einsperren zu lassen? Dass dieser Mahomed ein Ungläubiger ist, was tut dies zur Sache? Ihr heiratet ihn, nicht seine Religion, und wenn er ein wenig alt zu werden anfängt, so werdet ihr umso eher eine Witwe und Eure eigne Herrin sein; in jedem Falle seid Ihr in seiner Gewalt und müsst entweder eine Königin oder eine Sklavin sein. Wenn man in die Hände eines Räubers gefallen ist, so ist es besser, seine Ware um einen guten Preis abzusetzen, als sie sich mit Gewalt abnehmen zu lassen.«

Die Gründe der klugen Kadiga siegten. Die spanische Dame trocknete ihre Tränen, und wurde die Gattin Mahomed des Linkischen; sie bequemte sich sogar, dem Anscheine nach, zu dem Glauben ihres königlichen Gemahls; und ihre kluge Duenna bekannte sich alsbald zu den Lehren des Moslemim; in dieser Zeit erhielt letztere den arabischen Namen Kadiga, und die Erlaubnis, die Vertraute der Königin zu bleiben.

Zur gehörigen Zeit wurde der König zu dem stolzen und glücklichen Vater von drei liebenswürdigen Prinzessinnen gemacht, die alle drei zur selben Stunde das Licht der Welt erblickten; er mochte sich wohl Söhne gewünscht haben, tröstete sich aber mit dem Gedanken, dass drei auf einmal geborne Töchter etwas ganz hübsches für einen Mann von Jahren wäre, zumal für einen linkischen.

Wie es bei den moslemitischen Monarchen Sitte ist, berief er bei diesem glücklichen Begebnis seine Astrologen. Sie stellten die Nativität der drei Prinzessinnen und schüttelten die Köpfe. »Töchter, o König«, sagten sie, »sind immer ein unsicheres Gut; aber diese werden deine Wachsamkeit am meisten vonnöten haben, wenn sie in das mannbare Alter kommen; zu jener Zeit nimm sie unter deine Schwingen, und vertraue sie keinem andern Schutze.«

Mahomed der Linkische war seinen Höflingen als ein weiser König bekannt, und betrachtete sich gewiss selbst als einen solchen. Die Prophezeiung der Astrologen verursachte ihm nur wenig Unruhe, denn er baute auf seinen Scharfsinn, seine Töchter zu hüten, und das Schicksal zu überlisten.

Die dreifache Geburt war die letzte eheliche Trophäe des Monarchen; seine Gemahlin gebar ihm keine Kinder mehr und starb in wenigen Jahren, ihre jungen Töchter seiner Liebe und der Treue der klugen Kadiga vermachend.

Viele Jahre mussten noch verlaufen, ehe die Prinzessinnen jene Periode der Gefahr – das mannbare Alter – erreichen konnten. »Es ist aber gut, bei Zeiten vorsichtig sein«, sagte der schlaue König; und sonach beschloss er, sie in dem königlichen Schlosse Salobrenna erziehen zu lassen. Dies war ein stattlicher Palast, der gewissermaßen wie ein Kern in der Rinde einer mächtigen maurischen Festung und auf dem Gipfel eines Hügels lag, welcher das mittelländische Meer überblickte. Er war eine königliche Wohnung, in welcher die moslemitischen Monarchen diejenigen ihrer Verwandten, welche ihrer Sicherheit gefährlich schienen, eingesperrt hielten, und ihnen jede Art Wohlleben und Unterhaltung gestatteten, in deren Mitte sie ihr Leben in wollüstiger Trägheit hinbrachten.

Hier blieben die Prinzessinnen, von der Welt abgesondert, aber von Freuden umgeben und von Sklavinnen bedient, welche ihren Wünschen zuvorkamen. Sie hatten zu ihrer Erholung köstliche Gärten, voll der seltensten Blumen und Früchten, mit aromatischen Gebüschen und wohlriechenden Bädern. Von drei Seiten schaute das Schloss auf ein reiches Tal nieder, das mit dem mannigfaltigsten Anbau geziert, und von dem hohen Alpuxarra-Gebirg begrenzt war; auf der andern Seite zeigte es das weite sonnige Meer.

Die Prinzessinnen erwuchsen in dieser köstlichen Wohnung, unter einem glücklichen Klima und einem wolkenlosen Himmel zu wunderbarer Schönheit; allein, obgleich sie alle auf gleiche Weise erzogen wurden, gaben sie doch früh Zeichen einer großen Verschiedenheit des Charakters. Ihre Namen waren Zayda, Zorayda und Zorahayda; und so folgten sie in dem Alter, denn es waren genau drei Minuten zwischen ihrer Geburt.

Zayda, die Älteste, war von unerschrocknem Geist, und ging ihren Schwestern in allem voran, wie sie dies schon bei dem Eintritt in die Welt getan hatte. Sie war neugierig und wissenslustig, und sah gern allen Dingen auf den Grund.

Zorayda hatte ein großes Gefühl für Schönheit, was ohne Zweifel der Grund des Vergnügens war, das sie empfand, wenn sie ihr eigenes Bild in einem Spiegel oder einem Brunnen sah, so wie ihrer Vorliebe für Blumen, Juwelen und andern schönen Putz.

Was Zorahayda, die Jüngste betrifft, so war sie sanft und schüchtern und ungemein gefällig, zugleich besaß sie viel hingebende Zärtlichkeit, wie man aus der Menge ihrer Lieblingsblumen und Lieblingsvögel und andern Lieblingstieren ersah, die sie alle mit der zärtlichsten Sorgfalt pflegte. Auch ihre Unterhaltungen waren freundlicher Art, und es mischte sich ihnen etwas sinniges und träumerisches bei. Sie saß oft stundenlang auf einem Balkon und sah zu den funkelnden Sternen einer

Sommernacht empor, oder auf die See, die der Mond überglänzte, und in solchen Augenblicken reichte das Lied eines Fischers, von dem Strande schwach herauftönend, oder die Töne einer maurischen Flöte aus einer tanzenden Barke, hin, ihre Gefühle bis zur Verzückung zu steigern. Der kleinste Aufruhr der Elemente aber erfüllte sie mit Leidwesen, und ein Donnerschall reichte hin, sie in eine Ohnmacht zu versenken.

Jahre entschwanden in Wonne und Heiterkeit; die kluge Kadiga, der man die Prinzessinnen anvertraut hatte, war ihrer Pflicht treu, und weihte ihnen die unermüdlichste Sorgfalt.

Das Schloss Salobrenna war, wie gesagt, auf eine Anhöhe an der Seeküste gebaut. Eine der äußern Mauern lief an der Seite des Hügels hinab, bis sie einen abschüssigen Felsen erreichte, der über die See hinaushing, mit einem schmalen sandigen Pfad an seinem Fuß, den die spülenden Wogen küssten. Eine kleine Warte auf diesem Felsen war zu einem Pavillon eingerichtet worden, dessen vergitterte Fenster die Seeluft zuließen. Hier pflegten die Prinzessinnen die warmen Stunden des Mittags hinzubringen.

Die neugierige Zayda saß eines Tags an einem der Fenster des Pavillons, während ihre Schwestern, auf Ottomanen ruhend, ihre Siesta hielten. Ihre Aufmerksamkeit war von einer Barke, die mit abgemessenen Ruderschlägen die Küste entlang kam, in Anspruch genommen worden. Als sie näher kam, bemerkte sie, dass sie mit Bewaffneten bemannt war. Das Fahrzeug ankerte an dem Fuße des Turms; eine Anzahl maurischer Soldaten landete an dem schmalen Gestade; sie führten mehrere christliche Sklaven. Die neugierige Zayda weckte ihre Schwestern, und alle drei lugten vorsichtig durch die dichten Jalousien des Fensters, welche verhinderten, dass man sie sehen konnte. Unter den Gefangenen waren drei reich gekleidete spanische Ritter. Sie waren in der Blüte der Jugend und von edlem Ansehen; und die stolze Art ihres Benehmens, trotz der Ketten, mit denen sie beladen und der Feinde, von denen sie umgeben waren, verriet die Größe ihrer Seelen. Die Prinzessinnen schauten mit hoher atemloser Teilnahme. Da sie bisher in diesem Schlosse mit weiblicher Bedienung eingeschlossen waren, und von dem männlichen Geschlechte nichts gesehen hatten, als schwarze Sklaven oder die rauen Fischer am Seegestade, kann man sich nicht wundern, dass die Erscheinung von drei edeln Rittern in dem Stolze der Jugend und männlichen Schönheit eine Regung in ihren Herzen hervorbrachte.

»Hat je etwas Edleres die Erde betreten, als jener Ritter in Scharlach?«, rief Zayda, die älteste der Schwestern. »Seht, wie stolz er sich benimmt, als wären alle die um ihn seine Sklaven!«

»Aber schaut jenen in Grün!«, rief Zorayda: »welche Anmut! Welche Zierlichkeit! Welche Hoheit!«

Die holde Zorahayda sagte nichts, aber sie gab insgeheim dem Ritter im Grün den Vorzug.

Die Prinzessinnen wandten kein Auge ab, bis die Gefangenen aus dem Gesicht entschwanden; dann verhauchten sie schwere Seufzer, wendeten sich um, blickten einander einen Augenblick an, und setzten sich sinnig und nachdenkend auf ihre Ottomanen.

Die kluge Kadiga fand sie in dieser Lage; sie erzählten ihr, was sie gesehen hatten, und selbst das verwitterte Herz der Duenna erwärmte sich. »Arme Knaben!«, rief sie aus: »Ich bürge, das Herz mancher schönen und hochgebornen Dame seufzt in ihrem Heimatlande über ihre Gefangenschaft! Ach, meine Kinder, Ihr könnt Euch kaum denken, welches Leben diese Ritter in ihrer Heimat führen. Welch eine Pracht bei den Turnieren. Welche Ergebenheit gegen die Frauen, welches Liebeswerben und Ständchenbringen!«

Die Neugierde Zayda's war vollständig wach; sie war unersättlich in ihren Fragen und entlockte der Duenna die lebendigsten Gemälde der Szenen ihrer Jugendtage und ihres Heimatlandes. Die schöne Zorayda richtete sich empor, und betrachtete sich schlau in einem Spiegel, als die Rede auf die Reize der spanischen Frauen kam, während Zorahayda bei der Erwähnung der Mondschein-Serenaden einen schweren Seufzer unterdrückte.

Jeden Tag erneuerte die neugierige Zayda ihre Fragen, und jeden Tag wiederholte die kluge Duenna ihre Geschichten, denen ihre schönen Zuhörerinnen mit hoher Teilnahme, obgleich auch unter häufigen Seufzern, lauschten. Die kluge alte Frau fühlte zuletzt doch das Unheil, das sie anzustellen im Begriff war. Sie war daran gewöhnt, der Prinzessinnen nur wie Kinder zu gedenken; sie waren aber unmerklich unter ihren Augen herangereift, und blühten nun vor ihr als drei liebliche Prinzessinnen von mannbarem Alter. Es ist Zeit, dachte die Duenna, dem König Nachricht zu geben.

Mahomed der Linkische saß eines Morgens auf einem Diwan in einer der kühlen Hallen der Alhambra, als ein Sklave von der Feste Salobrenna als Bote der weisen Kadiga ankam, welche ihm zu dem Geburtstage seiner Töchter Glück wünschte. Der Sklave reichte ihm zu gleicher Zeit ein schönes Körbchen mit Blumen dar, in denen auf einer Unterlage von Wein- und Feigenlaub ein Pfirsich, eine Aprikose und eine Nektarine lag, mit ihrer Blüte, ihrem Pflaum und ihrer tauigen Lieblichkeit darauf, und alle in der frühen Zeit verführerischer Reife. Der König war in der morgenländischen Früchte- und Blumensprache erfahren, und erriet sogleich den Sinn dieses bildlichen Geschenkes.

»Also«, sagte er, »ist die bedeutungsvolle Zeit, welche die Astrologen andeuteten, gekommen; meine Töchter sind in einem mannbaren Alter. Was ist zu tun? Sie sind vor den Augen der Männer abgeschlossen; sie sind unter den Augen der klugen Kadiga: – alles sehr gut – doch aber sind sie nicht unter den Augen ihres Vaters, wie durch die Astrologen vorgeschrieben wurde; ich muss sie unter meine Schwingen nehmen, und darf sie keinem andern Schutze vertrauen.«

So sprach er und befahl, dass ein Turm in der Alhambra für ihre Aufnahme eingerichtet werden solle, worauf er an der Spitze seiner Wachen nach der Feste Salobrenna abreiste, um sie persönlich nach Hause zu geleiten.

Gegen drei Jahre waren vergangen, seit Mahomed seine Töchter gesehen hatte, und er konnte seinen Augen kaum trauen, als er die wunderbare Veränderung gewahrte, welche dieser kurze Zeitraum in ihrem Äußern hervorgebracht hatte. Sie hatte in diesem Zwischenraume die wundervolle Grenze im weiblichen Leben überschritten, welche das wilde, ungezähmte und gedankenlose Mädchen von dem blühenden, errötenden, nachdenkenden Weibe trennt. Es ist, wie wenn man aus den flachen, schalen, langweiligen Ebenen der Mancha in die üppigen Täler und schwellenden Hügel Andalusiens übergeht.

Zayda war groß und schön gebildet, und hatte eine stolze Haltung und ein durchdringendes Auge. Sie trat mit gemessenem und entschiedenem Schritte ein und machte Mahomed eine tiefe Verbeugung, ihn mehr als ihren Fürst, denn als ihren Vater behandelnd. Zorayda war von mittlerem Wuchse mit einem bezaubernden Blick und leichter Haltung und einer glänzenden Schönheit, welche durch den Beistand des Putztisches noch erhöht wurde. Mit einem Lächeln näherte sie sich ihrem Vater, küsste ihm die Hand, und grüßte ihn mit mehreren Strophen aus einem beliebten arabischen Dichter, was dem König große Freude machte. Zorahayda war scheu und schüchtern, kleiner als ihre Schwestern, und besaß eine Schönheit jener zarten, bittenden Art, die Liebe und Schutz sucht. Sie war wenig geeignet zu befehlen, wie ihre ältere Schwester, oder zu blenden, wie die zweite; sie war eher geschaffen, sich an die Brust männlicher Liebe zu schmiegen, sich darin festzusetzen, und glücklich zu werden. Mit schüchternem und fast wankendem Schritt trat sie an ihren Vater heran und würde seine Hand gefasst haben, um sie zu küssen, wenn sie nicht in sein Antlitz emporgesehen hätte; da sie bemerkte, dass ein väterliches Lächeln darauf glänzte, machte sich die Zärtlichkeit ihres Wesens Luft, und sie warf sich an seine Brust.

Mahomed der Linkische sah auf seine Töchter mit einem Gemisch von Stolz und Verlegenheit; denn während er über ihre Reize entzückt war, gedachte er der Prophezeiung der Astrologen. »Drei Töchter! Drei Töchter!« murmelte er wiederholt für sich: »und alle in mannbarem Alter! Das sind verführerische Hesperiden-Früchte, welche die Wache eines Drachen fordern.«

Er schickte sich zur Rückkehr nach Granada an, und wandte Herolde vor sich her, mit dem Befehl, niemand auf dem Weg, welchen er nehme, weilen, und bei dem Herannahen der Prinzessinnen alle Türen und Fenster schließen zu lassen. Als dies bestellt, brach er unter dem Geleite einer Schar schwarzer Reiter von scheußlichem Anblick, und in glänzende Rüstungen gehüllt, auf.

Die Prinzessinnen ritten, sorgfältig verschleiert auf weißen Zeltern mit samtenen Schabracken, welche mit Gold besetzt waren und auf dem Boden schleiften, neben dem König; die Gebisse und Steigbügel waren von Gold, und die seidnen Zügel mit Perlen und Edelsteinen geschmückt. Die Zelter waren mit kleinen Silberglocken behängt, welche, während sie zierlich dahinschritten, das harmonischeste Klingeln hören ließen. Wehe aber dem unglücklichen Wichte, welcher auf dem Weg zauderte, wenn er das Klingeln dieser Glöckchen hörte! – Die Wachen hatten Befehl, ihn ohne Gnade niederzuhauen.

Der Reiterzug näherte sich Granada, als er an den Ufern des Flusses Xenil eine kleine Schar mauerischer Soldaten, welche Gefangene führten, einholte. Es war für die Soldaten zu spät, aus dem Wege zu gehen; sie warfen sich daher mit ihren Gesichtern auf die Erde und befahlen ihren Gefangenen, ein Gleiches zu tun. Unter den Gefangenen waren dieselben drei Ritter, welche die Prinzessinnen vom Pavillon aus gesehen hatten. Sie hatten den Befehl entweder nicht verstanden, oder waren zu stolz, um ihm zu gehorchen, und blieben stehen, und betrachteten den Reiterzug, der sich näherte.

Der Zorn des Monarchen entbrannte bei diesem auffallenden Trotz gegen seine Befehle. Er zog seinen Säbel, sprengte vorwärts, und war im Begriff, einen linkshändigen Streich zu führen, der wenigstens einem der

Schauenden tödlich werden konnte, als die Prinzessinnen sich um ihn drängten, und um Gnade für die Gefangenen baten; selbst die furchtsame Zorahayda vergaß ihre Scheue und wurde beredt zu ihren Gunsten. Aufgehobenen Säbels hielt Mahomed ein, als der Führer der Wachen sich ihm zu Füssen warf. »Deine Majestät«, sagte er, »lasse sich zu keiner Tat verleiten, welche in dem ganzen Königreich große Ärgernis erregen könnte. Du siehst drei tapfere und edle spanische Ritter vor dir, welche, wie Löwen fechtend, im Kampf gefangen wurden; sie sind von hoher Geburt und können ein großes Lösegeld einbringen.« – »Genug!« sagte der König, »ich werde ihr Leben schonen, aber ihre Kühnheit bestrafen; – setzt sie in den roten Turm, und gebt ihnen schwere Arbeit.«

Mahomed machte einen seiner gewöhnlichen linkischen Streiche. In dem Tumult und der Erregung dieses stürmischen Auftritts waren die Schleier der drei Prinzessinnen zurückgefallen, und der Glanz ihrer Schönheit enthüllt worden; und durch die Verlängerung der Verhandlung hatte diese Schönheit Zeit gewonnen, ihre volle Wirkung zu tun. In jener Zeit verliebten sich die Leute viel schneller als jetzt, wie die alten Geschichten dartun; man darf sich daher nicht wundern, dass die Herzen der drei Ritter vollkommen gefesselt wurden, besonders da sich die Dankbarkeit zu ihrer Bewunderung gesellte; es ist jedoch etwas wunderbar, obschon darum nicht minder gewiss, dass jeder von ihnen in eine andere Schönheit verliebt war. Was die Prinzessinnen betrifft, so waren sie mehr denn je über die edle Haltung der Gefangenen erstaunt, und pflegten in ihren Herzen alles liebevoll, was sie von ihrer Tapferkeit und edlem Geblüt gehört hatten.

Die Reiter setzten ihren Weg fort; die drei Prinzessinnen ritten nachdenklich auf ihren klingelnden Zeltern entlang, und warfen zuweilen einen verstohlenen Blick zurück nach den christlichen Gefangenen, und die letztern wurden in ihr angewiesenes Gefängnis im roten Turm gebracht.

Die für die Prinzessinnen eingerichtete Wohnung war eine der zierlichsten, die man sich denken kann. Sie war in einem Turm, etwas abgesondert von dem Hauptpalaste der Alhambra, obgleich durch die Hauptmauer, welche den ganzen Gipfel des Hügels umgab, mit ihm verbunden. Auf der einen Seite überschaute man hier das Innere der Feste und blickte an dem Fuße des Turms auf einen kleinen mit den seltensten Blumen geschmückten Garten. Auf der andern Seite hatte man die Aussicht auf eine tiefe belaubte Schlucht, welche das Gebiet der Alhambra von dem des Generalife trennte. Das Innere des Turms war in kleine feenhafte Gemächer geteilt, welche schön in dem leichten arabischen Style ausgeschmückt waren, und einen hohen Saal umgaben, dessen gewölbte Decke fast bis zum Gipfel des Turms emporstieg. Die Wände und das Getäfel des Saals waren mit Arabesken und erhabener Arbeit, von Gold und glänzenden Farben funkelnd, geziert. In der Mitte des Marmorbodens war ein Alabasterbrunnen, der ringsum mit aromatischem Gesträuch und Blumen besetzt war, und einen Wasserstrahl emporsandte, welcher das ganze Gebäude kühlte, und einen lieblich sanften Ton verbreitete. Um den Saal hingen Käfige von Gold und Silberdraht, in welchen Singvögel von dem schönsten Gefieder so wie der süßesten Stimme waren.

Da die Prinzessinnen als stets fröhlich geschildert worden waren, solange sie das Schloss Salobrenna bewohnten, so erwartete der König, sie entzückt von der Alhambra zu sehen. Zu seiner Verwunderung aber fingen sie an, sich zu grämen, und melancholisch und unzufrieden mit allem um sie her zu werden. Die Blumen gaben ihnen keinen Duft, der Gesang der Nachtigall störte ihre Nachtruhe, und der Alabasterbrunnen mit seinem ewigen Getropf und Geplätscher, von Morgen bis zur Nacht und von der Nacht bis zum Morgen, brachte sie um alle Geduld.

Der König, der etwas mürrischer und tyrannischer Natur war, nahm dies anfangs sehr ungnädig auf; allein er bedachte, dass seine Töchter ein Alter erreicht hätten, wo der weibliche Geist sich ausdehnt, und seine Wünsche sich vermehren. »Sie sind keine Kinder mehr«, sagte er zu sich selbst: »Sie sind Jungfrauen geworden, und verlangen passende Gegenstände, welche sie anziehen.« Er ließ demnach alle Schneider, alle Juweliere, alle Gold- und Silberarbeiter in dem ganzen Zacatin von Granada in Anspruch nehmen, und die Prinzessinnen wurden mit Kleidern von Seide und Goldstoff und Brokat und Kasimir-Shawls und Halsbändern von Perlen und Diamanten und Ringen und Spangen und Armbändern und allen Arten von kostbaren Dingen überschüttet.

Allein es half alles nichts; die Prinzessinnen blieben blass und schmachtend inmitten ihres Putzes und sahen aus, wie drei verdorrende Rosenknospen, die an einem Stängel schmachten. Der König wusste nicht, was er tun sollte. Er hatte im Allgemeinen ein lobenswertes Vertrauen in sein eigenes Urteil und nahm nie Rat an. Die Launen und Einfälle drei mannbarer Töchter aber reichten hin, sagte er, den schlauesten Kopf zu verwirren. So nahm er zum ersten Mal in seinem Leben Rat zu Hilfe.

Die Person, an welche er sich wandte, war die erfahrne Duenna.

»Kadiga«, sagte der König, »ich weiß, du bist eine der klügsten Frauen der Welt, so wie eine der treuesten; aus diesen Gründen habe ich dich immer um meine Töchter gelassen. Väter können nicht zu genau zusehen, wem sie ein solches Vertrauen schenken; ich wünschte jetzt, dass du die geheime Krankheit ausfindig machtest, welche an den Prinzessinnen zehrt, und dass du auf Mittel sinnst, sie der Gesundheit und Freude zurückzugeben.«

Kadiga versprach unbedingten Gehorsam. In der Tat wusste sie mehr von der Krankheit der Prinzessinnen, als diese selbst. Sie schloss sich jedoch mit ihnen ein, und bemühte sich, in ihr Vertrauen sich einzuschmeicheln.

»Meine liebe Kinder«, sagte sie: »Warum seid ihr so betrübt und niedergeschlagen, an einem so schönen Orte, wo ihr alles habt, was das Herz wünschen kann?«

Die Prinzessinnen schauten gedankenlos im Zimmer umher und seufzten.

»Was wollt ihr denn mehr haben? Soll ich euch den wundervollen Papagei verschaffen, der alle Sprachen spricht und das Vergnügen von Granada ist?«

»Abscheulich!«, rief Prinzessin Zayda: »Ein hässlicher, kreischender Vogel, der Worte ohne Gedanken schnattert; man müsste hirnlos sein, solch eine Pest zu ertragen.«

»Soll ich nach einem Affen vom Felsen Gibraltars schicken, um euch durch seine Schwänke zu zerstreuen?«

»Ein Affe, pfui!«, rief Zorayda: »der abscheuliche Nachahmer des Menschen. Ich hasse das widerliche Tier.«

»Was sagt ihr zu dem berühmten schwarzen Sänger Casem, aus dem königlichen Harem von Marocco? Er soll eine Stimme haben, so schön, wie die eines Weibes.«

»Mich erschreckt der Anblick dieser schwarzen Sklaven«, sagte die zarte Zorahayda. »Überdies habe ich alle Freude an der Musik verloren.«

»Ach, mein Kind, ihr würdet nicht so sprechen«, sagte die alte Frau listig, »wenn ihr die Musik hörtet, die ich die letzte Nacht von den drei spanischen Rittern, denen wir auf unserer Reise begegneten, gehört hättet. Aber Himmel, Kinder, was gibt es denn, dass ihr so errötet und in solche Glut geratet?«

»Nichts, nichts, gute Mutter; bitte, fahre fort.«

»Gut; als ich gestern Abend an dem roten Turm vorbei kam, sah ich die drei Ritter, die nach ihrer Tagesarbeit ausruhten. Der eine spielte auf der

Gitarre – so schön! Und die andern sangen abwechselnd, und zwar so, dass selbst die Wachen wie Statuen oder bezauberte Männer aussahen. Allah verzeihe mir. Ich konnte nicht umhin, mich gerührt zu fühlen, als ich die Lieder meines Heimatlandes hörte. Und dann – drei so edle und schöne Jünglinge in Ketten und Sklaverei zu sehen!«

Hier konnte die gutmütige alte Frau sich der Tränen nicht erwehren.

»Vielleicht könntest du es einrichten, Mutter, dass wir diese drei Ritter sehen«, sagte Zayda.

»Ich glaube«, sagte Zorayda, »ein wenig Musik könnte uns ziemlich erheitern.«

Die schüchterne Zorahayda sagte nichts, aber sie schlang ihren Arm um Kadiga's Hals.

»Allah sei mit mir!«, rief die kluge alte Frau: »Was sagt ihr da, meine Kinder? Euer Vater ließ uns alle umbringen, wenn er so etwas hörte. Gewiss, diese Ritter sind sichtlich wohlerzogene und hochherzige Jünglinge; allein was hilft es? Sie sind die Feinde unseres Glaubens und ihr dürft nicht einmal ohne Abscheu an sie denken.«

Es ist eine bewundernswürdige Kühnheit in der weiblichen Willenskraft, besonders wenn sie mannbaren Alters sind, welche weder durch Gefahr noch durch Verbote eingeschüchtert wird. Die Prinzessinnen umringten ihre alte Duenna, und liebkoseten sie und baten und schworen, eine abschlägige Antwort würde ihre Herzen brechen.

Was konnte sie tun? Sie war ohne Frage die klügste alte Frau in der ganzen Welt und eine der treuesten Dienerinnen des Königs; aber konnte sie die Herzen von drei schönen Prinzessinnen brechen sehen, wegen des bloßen Geklimpers einer Gitarre? Überdies war sie, obgleich sie nun so lange unter den Mauren war und nach dem Beispiel ihrer Gebieterin als treue Geleiterin ihren Glauben geändert hatte, eine geborene Spanierin und trug die Sehnsucht nach dem Christentum in ihrem Herzen. So sah sie sich um, wie die Wünsche der Prinzessinnen zu befriedigen wären.

Die christlichen Gefangenen, die in dem roten Turme wohnten, standen unter der Aufsicht eines dickbärtigen, breitschultrigen Renegaten, Hussein Baba genannt, der in dem Rufe stand, die kitzligste Hand zu haben. Sie begab sich heimlich zu ihm, ließ ein großes Goldstück in seine Hand gleiten und sagte: »Hussein Baba, meine Herrinnen, die Prinzessinnen, welche in dem Turme eingeschlossen sind und aller Unterhaltung entbehren, haben von den musikalischen Talenten der drei spanischen Ritter gehört und möchten gern eine Probe ihrer Geschicklichkeit hören. Ich bin überzeugt, du bist zu gutherzig, um ihnen eine so unschuldige Freude zu versagen.«

»Wie? Damit mein Kopf über dem Tore meines eigenen Turmes grinst? Denn das wäre der Lohn, wenn es der König entdeckte.«

»Keine Gefahr der Art droht; die Sache lässt sich so einleiten, dass die Laune der Prinzessinnen befriedigt werden kann, ohne dass ihr Vater deshalb klüger wird. Du kennst die tiefe Schlucht außerhalb der Mauer, die unmittelbar unter dem Turme hinzieht. Lass dort die drei Christen arbeiten und in ihren Ruhestunden lass sie spielen und singen, als wär' es zu ihrer eignen Unterhaltung. Dadurch werden die Prinzessinnen imstande sein, sie von den Fenstern des Turmes zu hören und du darfst überzeugt sein, dass sie die Gefälligkeit reichlich belohnen.«

Als die gute alte Frau ihre Anrede schloss, drückte sie freundlich die raue Hand des Renegaten und ließ ein zweites Goldstück darin zurück.

Ihre Beredsamkeit war unwiderstehlich. Schon am nächsten Tag mussten die drei Ritter in der Schlucht arbeiten. Während der Mittagshitze saßen sie, während ihre Unglücksgefährten in dem Schatten schliefen und die Wache schlaftrunken auf ihrem Posten nickte, unter dem Laubwerk am Fuße des Turmes und sangen einen spanischen Rundgesang zur Begleitung der Gitarre.

Das Tälchen war tief, der Turm war hoch, aber ihre Stimmen erhoben sich vernehmlich in der Stille des Sommernachmittags. Die Prinzessinnen lauschten von ihrem Balkon; ihre Duenna hatte sie die spanische Sprache gelehrt und die Zärtlichkeit des Liedes rührte sie. Allein die kluge Kadiga war schrecklich betroffen. »Allah bewahre uns!«, rief sie: »Sie singen ein Liebesliedchen, das an euch gerichtet ist. Hat je ein Sterblicher solch eine Kühnheit gehört? Ich will zu dem Sklavenaufseher eilen und ihnen eine tüchtige Bastonade auswirken.«

»Wie? Die Bastonade solchen edeln Rittern und deshalb, weil sie so lieblich singen?« die drei Prinzessinnen schauderten bei diesem Gedanken. Bei allem ihrem tugendhaften Zorne war die gute alte Frau sehr versöhnlichen Charakters und leicht zu besänftigen. Außerdem schien die Musik einen wohltuenden Einfluss auf ihre junge Herrinnen gehabt zu haben. Eine rosige Glut färbte bereits ihre Wangen und ihre Augen fingen an zu funkeln. Sie machte daher keine ferneren Einwendungen gegen das Liebeslied der Ritter.

Als es vollendet war, blieben die Prinzessinnen eine Zeit lang stumm; endlich nahm Zorayda eine Laute auf und sang mit süßer, obgleich schwacher und bebender Stimme ein kleines arabisches Lied, dessen Refrain lautete: »Die Rose ist unter ihren Blättern versteckt, aber sie lauscht mit Vergnügen dem Gesang der Nachtigall.«

Von dieser Zeit an arbeiteten die Ritter fast täglich in dem Abhang. Der gewissenhafte Hussein Baba wurde immer nachsichtiger und schlief täglich lieber auf seinem Posten. Eine Zeit lang wurde eine Art Verkehr durch beliebte Gesänge und Romanzen unterhalten, welche sich gewissermaßen aufeinander bezogen und die Gefühle der Beteiligten aussprachen. Allmählich zeigten sich die Prinzessinnen auf dem Balkon, wenn sie dies tun konnten, ohne von den Wachen bemerkt zu werden. Sie unterhielten sich auch mit den Rittern durch Blumen, mit deren bildlicher Sprache sie wechselseitig bekannt waren: Die Schwierigkeiten ihres Verkehres erhöhte dessen Reiz und stärkte die Leidenschaft, die so seltsam entstanden war; denn die Liebe kämpft gern mit Schwierigkeiten und gedeiht am besten auf dem ärmlichsten Boden.

Die durch diesen geheimen Verkehr bewirkte Veränderung in den Blicken und dem Geiste der Prinzessinnen überraschte und erfreute den linkischen König; niemand aber war stolzer als die kluge Kadiga, die alles ihrer geschickten Anordnung zuschreiben zu dürfen glaubte.

Endlich wurde diese telegrafische Korrespondenz unterbrochen: Mehrere Tage hindurch ließen sich die Ritter nicht mehr in der Schlucht sehen. Die drei schönen Prinzessinnen sahen fruchtlos aus ihrem Turme. Fruchtlos neigten sie ihre schwanengleichen Hälse über den Balkon; fruchtlos sangen sie wie gefangene Nachtigallen aus ihren Käfigen: Nichts war von ihren christlichen Liebhabern zu sehen; nicht ein Laut antwortete aus dem Laubwerk. Die kluge Kadiga eilte nach Kundschaft aus und kam bald mit einem unruhevollen Gesichte zurück. »Ach, meine Kinder«, sagte sie, »ich sah, wohin dies alles führen würde; allein ihr wolltet euern Willen haben; ihr könnt nun eure Lauten an den Weiden aufhängen. Die spanischen Ritter sind von ihren Familien losgekauft worden; sie sind drunten zu Granada und rüsten sich zur Rückkehr in ihre Heimat.«

Diese Nachricht setzte die drei schönen Prinzessinnen in Verzweiflung. Die schöne Zayda war erzürnt über diese ihnen angetane Geringschätzung, indem sie so ohne ein Abschiedswort verlassen worden. Zorayda rang ihre Hände und weinte, und blickte in den Spiegel und wischte sich die Tränen weg und weinte von Neuem. Die holde Zorahayda lehnte sich auf den Balkon und weinte schweigend, und ihre Tränen fielen

Tropfen um Tropfen in die Blumen des Abhangs, auf dem die treulosen Ritter so oft gesessen.

Die kluge Kadiga tat alles, was sie konnte, um ihren Kummer zu mildern. »Tröstet euch, meine Kinder«, sagte sie: »Dies ist nichts, wenn ihr daran gewöhnt seid. Es geht in der Welt nicht anders. Ach, wenn ihr so alt sein werdet, wie ich, werdet ihr schon den Wert dieser Männer kennen. Ich steh' euch dafür, diese Ritter haben ihre Geliebten unter den Schönheiten Cordovas und Sevillas und werden bald unter ihren Balkons Nachtständchen bringen, und nicht mehr an die maurischen Schönheiten in der Alhambra denken. Tröstet euch deshalb, meine Kinder, und verbannt sie aus euern Herzen.«

Die ermunternden Worte der klugen Kadiga verdoppelten nur den Schmerz der drei Prinzessinnen, und zwei Tage lang waren sie untröstlich. Am Morgen des dritten trat die gute alte Frau in ihr Gemach, ganz außer sich vor Unwillen.

»Wer hätte sterblichen Menschen eine solche Frechheit zugetraut!«, rief sie, sobald sie Worte finden konnte, um ihre Gefühle auszudrücken: »Aber dies ist die Strafe, dass ich zur Täuschung eures würdigen Vaters die Hand lieh. Sprecht mir nicht mehr von euren spanischen Rittern.«

»Ei, was hat es gegeben, gute Kadiga?«, riefen die Prinzessinnen in atemloser Angst.

»Was es gegeben hat? – Verrat hat es gegeben; oder was fast eben so schlimm ist, Verrat ist mir zugemutet worden, mir, der redlichsten aller Untertanen, der treuesten aller Duennas. Ja, meine Kinder, die spanischen Ritter haben es gewagt, mich gewinnen zu wollen, euch zu überreden, mit ihnen nach Cordova zu flüchten und ihre Frauen zu werden.«

Hier bedeckte die treffliche alte Frau ihr Gesicht mit ihren Händen und gab dem heftigen Ausbruch des Kummers und Unwillens Raum. Die drei schönen Prinzessinnen wurden rot und blass, und blass und rot, und zitterten und blickten zu Boden und sahen scheu einander an, aber sie sagten nichts. Mittlerweile saß die alte Frau da und wiegte sich vorwärts in wilder Bewegung und brach dann und wann in den Ausruf aus: »dass ich eine solche Beleidigung erleben musste – ich, die treueste der Dienerinnen!«

Endlich näherte sich ihr die älteste Prinzessin, die den meisten Mut hatte und immer voran war, legte die Hand auf ihre Schulter und sagte: »Nun, Mutter, angenommen, wir wären gesonnen, mit diesen christlichen Rittern zu fliehen – ist so etwas unmöglich?«

Die gute alte Frau ließ plötzlich von ihrem Gram und blickte auf. »Möglich!« wiederholte sie: »Gewiss möglich ist es. Haben die Ritter nicht bereits Hussein Baba, den Renegaten und Anführer der Wache bestochen und den ganzen Plan gemacht? Aber dann – nur zu denken, euren Vater zu hintergehen? Euren Vater, der so viel Vertrauen in mich setzte.« Hier gab die würdige Frau einem neuen Ausbruch des Kummers Raum, wiegte sich wieder vorwärts und rückwärts und rang die Hände.

»Aber unser Vater hat nie Vertrauen in uns gesetzt«, sagte die älteste Prinzessin, »sondern hat uns Riegeln und Schlössern vertraut und als Gefangene behandelt.«

»Nun, das ist sehr wahr«, erwiderte die alte Frau, sich wieder ihrem Grame entschlagend: »Er hat euch freilich unvernünftig behandelt, dass er euch hier einschloss, die Blüte eures Lebens in einem langweiligen alten Turm zu vergeuden, wie Rosen, die man in einem Blumentopf verwelken lässt. Aber dann – aus eurem Geburtsland zu fliehen!«

»Und ist das Land, in das wir fliehen, nicht das Geburtsland unsrer Mutter, wo wir in Freiheit leben werden? Und wird nicht jede von uns, statt eines strengen alten Vaters, einen jungen Gatten haben?«

»Nun, auch das ist alles wahr; und euer Vater, ich muss es gestehen, ist etwas tyrannisch; aber dann – wieder in ihren Kummer verfallend – »wollt ihr mich zurücklassen, um seiner Rache zuerst bloß gestellt zu sein?«

»Keineswegs, meine gute Kadiga! Kannst du nicht mit uns fliehen?«

»Sehr wahr, mein Kind; und, die Wahrheit zu sagen, als ich die Sache mit Hussein Baba besprach, gab er mir sein Wort, für mich zu sorgen, wenn ich euch auf eurer Flucht begleiten wollte: aber dann überlegt es, Kinder, wollt ihr dem Glauben eures Vaters entsagen?«

»Der christliche Glaube war der ursprüngliche Glaube unserer Mutter«, sagte die älteste Prinzessin, »ich bin bereit, ihn anzunehmen, und gewiss, meine Schwestern auch.«

»Abermals recht!«, rief die alte Frau, sich erheiternd: »Er war der ursprüngliche Glaube eurer Mutter und bitterlich hat sie es an ihrem Todbette beklagt, dass sie ihm entsagt hatte. Da versprach ich ihr, für eure Seelen zu sorgen und freue mich zu sehen, dass ihr auf dem rechten Wege des Heils seid. Ja, meine Kinder, auch ich bin eine geborne Christin, bin eine Christin im Herzen geblieben und fest entschlossen, zu dem Glauben zurückzukehren. Ich habe von der Sache mit Hussein Baba gesprochen, der von Geburt ein Spanier ist und von einem Orte herstammt, der nicht weit von meiner Vaterstadt liegt. Auch er ist begierig, seine Heimat wiederzusehen und sich mit der Kirche zu versöhnen; und die Ritter haben versprochen, für uns, wenn wir geneigt wären, nach der Rückkehr in das Vaterland uns zu verehelichen, anständig zu sorgen.«

Mit einem Worte, es zeigte sich, dass diese äußerst kluge und vorsichtige alte Frau mit den Rittern und dem Renegaten Rat gepflogen und den ganzen Plan der Flucht verabredet hatte. Die älteste Prinzessin stimmte ihm sogleich bei, und ihr Beispiel bestimmte, wie gewöhnlich, den Entschluss ihrer Schwestern. Es ist wahr, die Jüngste zauderte, denn sie war zart und schüchtern und es bekämpften sich in ihrem Herzen kindliches Gefühl und jugendliche Leidenschaft: die letztere aber trug, wie gewöhnlich, den Sieg davon und mit stummen Tränen und erstickten Seufzern bereitete sie sich zur Flucht.

Der schroffe Hügel, auf welchem die Alhambra gebaut ist, hatte in alten Zeiten eine Menge unterirdischer Gänge, die durch die Felsen gehauen waren, und aus der Feste zu verschiedenen Teilen der Stadt und zu fernen Ausfallspforten an den Ufern des Darro und des Xenil führten. Sie waren zu verschiedenen Zeiten von den maurischen Königen als Mittel zur Flucht bei plötzlichen Empörungen oder als geheime Ausgänge bei Privat-Unternehmungen gebaut worden. Viele von ihnen sind jetzt kürzlich eingestürzt, während andere teils mit Schutt bedeckt, teils vermauert sind – Denkmäler der eifersüchtigen Vorsicht und der Kriegslist der maurischen Regierung. Durch eine dieser Gänge hatte Hussein Baba es unternommen, die Prinzessinnen zu einer Ausfallspforte jenseits der Mauer der Stadt zu führen, wo die Ritter mit schnellen Rossen bereit sein sollten, um die ganze Gesellschaft über die Grenze zu bringen.

Die anberaumte Nacht kam; der Turm der Prinzessinnen wurde, wie gewöhnlich, verschlossen und die Alhambra war in tiefen Schlaf begraben. Gegen Mitternacht lauschte die kluge Kadiga von dem Balkon eines Fensters, das in den Garten ging. Hussein Baba, der Renegat, war bereits unten und gab das verabredete Zeichen. Die Duenna befestigte das Ende einer Strickleiter an dem Balkon, ließ es in den Garten und stieg hinab. Die zwei Prinzessinnen folgten ihr klopfenden Herzens; als aber die Reihe an die jüngste Prinzessin, Zorahayda, kam, zauderte und bebte diese. Mehrere Male wagte sie es, den zarten kleinen Fuß auf die Leiter zu setzen und eben so oft zog sie ihn zurück, während ihr armes kleines Herz mehr und mehr zitterte, je länger sie zögerte. Sie warf einen kummervollen Blick zurück in das seidene Gemach; sie hatte darin freilich gelebt, wie ein Vogel in seinem Käfig; aber innerhalb desselben war sie sicher: Wer konnte ihr sagen, welche Gefahren ihr drohten, wenn sie in die weite Welt hinaus flatterte? Dann aber dachte sie an ihren edlen christlichen Geliebten und ihr kleiner Fuß war augenblicklich auf der Leiter; und plötzlich fiel ihr der Vater ein und sie bebte zurück. Aber vergeblich ist der Versuch, den Kampf in der Brust eines Wesens zu schildern, das so jung und zärtlich und liebend, aber so schüchtern und so unbekannt mit der Welt war.

Umsonst das Bitten der Schwestern, das Schelten der Duenna, das Fluchen des Renegaten unter dem Balkon, die holde kleine maurische Maid stand ungewiss und schwankend an dem Rande der Entweichung, von der Süße der Sünde gelockt, aber durch ihre Gefahren geschreckt.

Jeder Augenblick vermehrte die Gefahr der Entdeckung. Ein ferner Tritt wurde gehört. »Die Wachen machen die Runde«, rief der Renegat, »wenn wir zaudern, sind wir verloren. Prinzessin steigt alsbald nieder oder wir lassen euch zurück.«

Zorahayda war einen Augenblick in furchtbarer Erregung; dann machte sie mit verzweifeltem Entschluss die Strickleiter los und warf sie vom Balkon.

»Es ist entschieden!«, rief sie: »Die Flucht ist mir jetzt unmöglich. Allah geleite und segne euch, meine teuren Schwestern.«

Den zwei ältesten Prinzessinnen war der Gedanke, sie zurückzulassen, peinvoll und sie hätten gern gezögert, aber die Wache kam näher; der Renegat war wütend und sie wurden in aller Eile fort zu dem unterirdischen Gang gebracht. Sie tappten durch ein schauderhaftes Labyrinth, welches durch das Herz des Felsen gehauen war und erreichten glücklich und unentdeckt ein eisernes Tor, das sich außerhalb der Mauern öffnete. Hier empfingen sie die spanischen Ritter, als maurische Soldaten verkleidet, und von dem Renegaten angeführt.

Zorahayda's Anbeter war außer sich, als er hörte, dass sie sich geweigert habe, den Turm zu verlassen; allein es war keine Zeit mit Klagen zu verlieren. Die zwei Prinzessinnen nahmen ihre Sitze hinter ihren Liebhabern ein, die kluge Kadiga stieg hinter dem Renegaten auf und alle ritten in raschem Schritt nach der Richtung des Passes von Lope hin, der durch die Gebirge nach Cordova führt.

Sie waren noch nicht weit, als sie das Lärmen von Trommeln und Trompeten von den Zinnen der Alhambra hörten.

»Unsere Flucht ist entdeckt«, sagte der Renegat.

»Wir haben schnelle Rosse, die Nacht ist dunkel und wir können jeder Verfolgung zuvorkommen«, erwiderten die Ritter.

Sie gaben ihren Pferden die Sporen und flogen durch die Vega, Sie kamen an den Fuß des Elvira-Berges, der wie ein Vorgebirg in die Ebene hereinragt. Der Renegat hielt an und lauschte. »Bis jetzt«, sagte er, »ist uns noch keiner auf der Spur; wir werden die Gebirge glücklich erreichen.« Während er sprach, stieg auf der Zinne des Wartturms der Alhambra ein blasses Feuer in einer lichten Flamme auf.

»Verderben!«, rief der Renegat: »Dieses Feuer wird alle Wachen der Pässe in Bewegung setzen. Fort! Fort! Spornt wie toll – es ist keine Zeit zu verlieren.«

Sie stürzten fort – der Schall der Hufe ihrer Pferde hallte von Fels zu Fels wieder, als sie den Pfad entlang flogen, der an dem Felsberg von Elvira hinzieht. Während sie dahin sprengten, sahen sie, dass das blasse Feuer der Alhambra in allen Richtungen beantwortet ward; Licht auf Licht entflammte auf den Atalayas oder Warttürmen der Berge.

»Vorwärts, vorwärts!«, rief der Renegat unter manchem Fluch: »zur Brücke, ehe das Lärmzeichen dort gesehen wird.«

Sie kamen um den Vorsprung der Berge und sahen die berühmte Puente del Pinos, die einen wilden, oft von Christen- und Mosleminen-Blut gefärbten Fluss kreuzt. Zu ihrem Schrecken flammte der Turm an der Brücke von Lichtern und glänzte von bewaffneten Leuten. Der Renegat hielt sein Pferd an, erhob sich in den Steigbügeln und schaute einen Augenblick umher, dann winkte er den Rittern, verließ den Weg, ritt eine Zeit lang den Fluss entlang und stürzte dann in seine Wellen. Die Ritter mahnten die Prinzessinnen, sich an ihnen festzuhalten, und folgten dem Renegaten. Der rasche Strom riss sie eine Strecke abwärts und die Wogen brüllten um sie; allein die schönen Prinzessinnen hielten sich an ihren christlichen Rittern fest und ließen nie eine Klage hören. Die Ritter erreichten glücklich das jenseitige Ufer und wurden von dem Renegaten auf rauen und unbesuchten Wegen, und wilde Barrancos durch das Herz des Gebirgs geführt, sodass alle gewöhnlichen Pässe umgangen wurden. Mit einem Worte, es gelang ihnen, die alte Stadt Cordova zu erreichen, wo ihre Rückkehr in die Heimat und zu den Freunden mit großen Lustbarkeiten gefeiert wurde, denn sie gehörten zu den edelsten Familien. Die schönen Prinzessinnen wurden alsbald in den Schoss der Kirche aufgenommen, und nachdem sie in der gebührenden Form Bekennerinnen des Christentums geworden waren, wurden sie zu glücklichen Frauen gemacht.

In unserer Eile, die Flucht der Prinzessinnen durch den Strom und die Berge hinan zu schildern, vergaßen wir des Loses der klugen Kadiga zu gedenken. Sie hatte sich bei dem Fluge durch die Vega wie eine Katze an Hussein Baba geklammert, bei jedem Satze laut schreiend und dem bärtigen Renegaten manchen Fluch entlockend; als er sich aber anschickte, in den Fluss zu stürzen, kannte ihre Angst keine Grenzen. »Klammre dich fest an mich«, rief Hussein Baba: »Halte dich an meinem Gürtel und bange nicht.« Sie hielt sich mit beiden Händen an dem ledernen Gürtel fest, welcher den breitrückigen Renegaten umschloss; als er aber mit den Rittern auf dem Berggipfel anhielt, um Luft zu schöpfen, war die Duenna nicht mehr zu sehen.

»Was ist aus Kadiga geworden«, riefen die Prinzessinnen bestürzt.

»Allah allein weiß es!«, erwiderte der Renegat. »mein Gürtel ging inmitten des Flusses los und Kadiga wurde mit ihm stromabwärts gerissen. Der Wille Allahs geschehe! Aber es war ein gestickter Gürtel und von hohem Werte.«

Es war keine Zeit mit vergeblichem Bedauern zu verlieren; doch beweinten die Prinzessinnen den Verlust ihrer klugen Ratgeberin bitterlich. Diese treffliche alte Frau verlor jedoch nicht mehr als die Hälfte ihrer neun Leben: Ein Fischer, der etwas weiter stromabwärts seine Netze einzog, brachte sie aufs Land und war über seinen wunderbaren Fischfang nicht wenig erstaunt. Die Sage erzählt nicht, was ferner aus der klugen Kadiga geworden; gewiss ist es, dass sie ihre Klugheit dadurch beurkundete, dass sie sich nie wieder in das Bereich Mahomed's des Türkischen wagte.

Fast eben so wenig weiß man von dem Verhalten dieses scharfsinnigen Königs, als er die Flucht seiner Töchter und den Betrug entdeckte, den ihm die treueste der Dienerinnen gespielt hatte. Es war das einzige Mal, dass er jemand um Rat gefragt hatte, und man hörte später nie wieder, dass er sich einer ähnlichen Schwäche schuldig gemacht hätte. Er war jedoch sehr besorgt, die ihm bleibende Tochter, die keine Neigung zum Entweichen hatte, zu bewachen: Man glaubt freilich, sie habe es heimlich bereut, zurückgeblieben zu sein; man sah sie dann und wann sich auf die Zinnen des Turmes lehnen und traurig auf das Gebirg in der Richtung von Cordova schauen; und manchmal hörte man die Töne ihrer Laute klagende Lieder begleiten, in welchen sie, wie man sagte, den Verlust ihrer Schwestern und ihres Geliebten beklagte und ihr einsames Leben beweinte. Sie starb jung und wurde, dem allgemeinen Gerücht zufolge, in einem Gewölbe unter dem Turm begraben und ihr früher Tod gab Veranlassung zu mehr als einer märchenhaften Sage.

Besucher der Alhambra.

Es sind nun fast drei Monate vergangen, seit ich meine Wohnung in der Alhambra aufschlug; das Vorschreiten der Jahreszeit hat seitdem viele Veränderungen hervorgebracht. Als ich hier ankam, war alles in der Frische des Mais; das Laub der Bäume war noch zart und durchsichtig; die Granate hatte ihre glänzende hochrote Blüte noch nicht abgestreift; die Fruchtgärten am Xenil und Darro standen in voller Blüte; die Felsen waren mit wilden Blumen behangen und Granada schien vollkommen von einer Wildnis von Rosen umgeben, unter welchen unzählige Nachtigallen nicht nur nachts, sondern den ganzen Tag hindurch sangen.

Der vorrückende Sommer hat die Rosen welk und die Nachtigallen stumm gemacht, und das entferntere Land beginnt dürr und versengt auszusehen; aber unmittelbar um die Stadt und in den tiefen engen Tälern am Fuße der schneebekappten Berge herrscht eine ewige Grüne.

Die Alhambra hat Plätzchen, welche der zunehmenden Hitze des Sommers angepasst und unter denen die fast unterirdischen Badezimmer am merkwürdigsten sind. Diese bewahrten noch ihren alten orientalischen Charakter, obgleich die Spuren des Verfalls leider auch hier sichtbar werden. Am Eingang, der in einen kleinen, früher mit Blumen gezierten Hof führt, ist ein Saal, der nicht sehr geräumig, aber leicht und anmutig gebaut ist. Man kann ihn von einer kleinen Galerie übersehen, die von Marmorsäulen und maurischen Bogen getragen wird. Ein Alabaster-Brunnen in der Mitte des Pflasters hebt noch seine Wasserstrahlen empor, um den Ort zu kühlen. Auf jeder Seite sind tiefe Alkoven mit erhöhtem Boden, wo die aus dem Bade Kommenden sich auf üppige Kissen legten und durch den Duft der gewürzreichen Luft und die sanften Musiktöne von der Galerie in wollüstige Ruhe gewiegt wurden. Jenseits dieses Sälchens sind die inneren noch heimlicheren und abgeschlosseneren Zimmer, in welche das Licht nur durch kleine Öffnungen in die gewölbten Decken eindrang. Hier war das Allerheiligste der weiblichen Einsamkeit, wo die Schönheiten des Harems sich der Üppigkeit der Bäder überließen. Ein sanftes, mysteriöses Licht herrscht allum; die zerbrochenen Bäder sind noch da, so wie Spuren der alten Eleganz. Das durchgehends herrschende Schweigen und Dunkel hat diese Gemächer zum Lieblingsaufenthalt der Fledermäuse gemacht, welche während des Tages in den dunkeln Ecken und Winkeln nisten und, wenn sie aufgescheucht werden, geheimnisvoll in den dämmernden Zimmern umherfliegen, und das Verfallene und Verlassene derselben in einem unsäglichen Grade vermehren.

In diesem kühlen und zierlichen, obgleich verfallenen Raum, welcher die Frische und Abgeschlossenheit einer Grotte hat, brachte ich in der letzten Zeit die warmen Stunden hin und ging erst gegen Sonnenuntergang heraus; in der Nacht aber nahm ich in dem großen Wasserbehälter des Haupthofes ein Bad. Auf diese Weise war ich imstand, den erschlaffenden und entnervenden Einfluss des Klimas einigermaßen abzuwehren.

Aber mein Traum von absoluter Herrschaft ist zu Ende. Ich wurde kürzlich aus demselben durch den Knall von Feuergewehren aufgeschreckt, welcher an den Türmen widerhallte, als wenn das Schloss durch Überrumpelung genommen worden wäre. Als ich heraus eilte, fand ich einen alten Kavalier mit einer Anzahl Bedienten im Besitz des Gesandten-Saals. Er ist ein alter Graf, welcher aus seinem Palast zu Granada herausgekommen ist, um eine kurze Zeit der reineren Luft wegen in der Alhambra hinzubringen, und der, als ein alter und eingefleischter Jäger, bemüht war, seinen Appetit für das Frühstück zu schärfen, indem er von den Balkons Schwalben schoss. Es war ein harmloses Vergnügen, denn obgleich er durch die Raschheit seiner Leute im Laden der Gewehre in den Stand gesetzt war, ein lebhaftes Feuer zu unterhalten, konnte ich ihn doch nicht des Todes einer einzigen Schwalbe anklagen. Ja, die Vögel schienen selbst Freude an der Sache zu haben und seines Mangels an Geschick zu spotten, indem sie in Kreisen nahe an den Balkons umherschwärmten und beim Vorbeistreichen zwitscherten.

Die Ankunft dieses alten Herrn hat das Ansehen der Dinge einigermaßen geändert, aber auch Stoff zu angenehmen Betrachtungen gegeben. Wir haben schweigend die Herrschaft unter uns geteilt, gleich den letzten Königen von Granada, nur dass wir einen höchst freundschaftlichen Bund unterhalten. Er herrscht unbeschränkt über den Löwenhof und die anstoßenden Säle, während ich in friedlichem Besitz der Gebiete der Bäder und des kleinen Gartens der Lindaraxa bleibe. Wir nehmen unsere Mahlzeiten gemeinschaftlich unter den Arkaden des Hofes ein, wo die Brunnen die Luft abkühlen und sprudelnde Bächlein die Rinnen des Marmorbodens entlang laufen.

Am Abend sammelt sich ein häuslicher Kreis um den würdigen alten Herrn. Die Gräfin kömmt mit einer Lieblings-Tochter von ungefähr sechszehn Jahren aus der Stadt herauf. Sodann finden sich hier die Bediensteten des Grafen ein, der Kaplan, der Anwalt, der Schreiber, der Haushofmeister und andere Offizianten und Geschäftsleute seiner ausgedehnten Besitzungen. So hält er eine Art Privat-Hof, wo Alle zu seiner Unterhaltung beizutragen suchen, ohne ihr Vergnügen und ihre Selbstachtung zu opfern. Wahrlich, was man auch von dem spanischen Stolze sagen mag, dem geselligen oder häuslichen Leben bleibt er gewiss fern. Unter keinem Volke sind die Verhältnisse zwischen Verwandten herzlicher, zwischen Vorgesetzten und Untergebenen freier und natürlicher; in diesen Beziehungen hat das Leben in den Provinzen Spaniens vieles von der gerühmten Einfalt der alten Zeiten beibehalten.

Jedoch das anziehendste Glied dieser Familien-Gruppe ist die Tochter des Grafen, die reizende, obgleich fast kindliche kleine Carmen. Ihre Gestalt hat ihre Reife noch nicht erlangt, besitzt aber schon das ausgezeichnete Ebenmaß und die geschmeidige Grazie, welche in diesem Lande so vorherrschen. Ihre blauen Augen, ihre schöne Gesichtsfarbe, ihr blondes Haar sind in Andalusien ungewöhnlich und geben ihrem Wesen eine Milde und Holdseligkeit, welche mit dem gewöhnlichen Feuer der spanischen Schönen kontrastiert, aber mit der arglosen und vertrauensvollen Unschuld ihrer Sitten vollkommen übereinstimmt. Sie hat überdies die ganze eingeborne Geschicklichkeit und Gewandtheit ihrer bezaubernden Landsmänninnen und singt, tanzt, und spielt die Gitarre bewundernswürdig.

Der Graf gab wenige Tage nach seinem Einzuge in die Alhambra an seinem Namenstag ein kleines Fest, zu welchem er die Glieder seiner Familie und seines Haushalts um sich versammelte, während mehrere alte Diener von seinen entfernten Gütern kamen, um ihm ihre Verehrung zu beweisen und an dem guten Mahle teilzunehmen. Diesen patriarchalischen Geist, welcher den spanischen Adel zur Zeit seines Reichtums charakterisierte, hat mit ihrem Vermögen abgenommen; aber einige, die, wie der Graf, ihre alten Familiengüter noch besitzen, behalten ein wenig von der alten Sitte bei und lassen ihre Güter von der Nachkommenschaft müßiger Insassen überschwemmen und fast aufzehren. Zufolge dieser großartigen altspanischen Sitte, an welcher Edelmut und Nationalstolz gleich teilhaben, wurde ein veralteter Diener nie entlassen, sondern erhielt eine Anstellung für seine übrige Lebenszeit; ja, seine Kinder und Kindeskinder, und oft seine Verwandten, links und rechts, fielen allmählich der Familie zu. Daher waren die großen Paläste des spanischen Adels, welche ein solches Aussehen von leerem Prunke haben, wenn man ihre Ausdehnung mit der Mittelmäßigkeit und Spärlichkeit der Möbel vergleicht, in den goldenen Tagen Spaniens den patriarchalischen Sitten ihrer Besitzer zufolge durchaus notwendig. Sie waren wenig besser als große Kasernen für die erblichen Geschlechter von Anhängern, welche sich auf Kosten eines spanischen Edlen mästeten. Der würdige alte Graf, der in verschiedenen Teilen des Königreichs Güter hat, versicherte mich, dass manche derselben bloß die Scharen solcher dort eingenisteten Insassen ernährten, welche sich für berechtigt hielten, freie Wohnung auf dem Gute anzusprechen, weil es mit ihren Vorfahren seit mehreren Geschlechtern so gehalten worden.

Das Familien-Fest des Grafen unterbrach das gewöhnliche Stillleben der Alhambra; Musik und Gelächter hallte in ihren sonst so stillen Sälen wieder; Gruppen von Gästen unterhielten sich auf den Galerien und in den Gärten, und geschäftige Diener aus der Stadt eilten durch die Höfe und trugen Gerichte in die alte Küche, welche wieder von den Tritten der Köche und Mägde lebendig ward und vom ungewohnten Feuer erglänzte.

Das Fest, denn ein vollständiges spanisches Mittagessen ist ein Fest, wurde in dem schönen maurischen Saal gegeben, »La Sala de las dos Hermanas« (Saal der zwei Schwestern) genannt; die Tafel dröhnte unter der Fülle der Speisen und eine fröhliche Geselligkeit herrschte um den Tisch; denn obgleich die Spanier gewöhnlich ein enthaltsames Volk sind, so sind sie doch bei einem Feste vollkommne Schmauser. Für mich selbst war etwas eigentümlich Anziehendes darin, bei einem Mahle zu sitzen, das in den königlichen Sälen der Alhambra von dem Stellvertreter eines ihrer berühmtesten Eroberer gegeben wurde; denn der ehrwürdige Graf stammt, obgleich er selbst nicht kriegerischen Geistes ist, in grader Linie von dem »großen Feldherrn,« dem berühmten Gonsalvo de Cordova ab, dessen Schwert er in den Archiven seines Palastes zu Cordova aufbewahrt.

Als das Mahl geendigt war, begab sich die Gesellschaft in den Gesandtensaal. Hier trug jeder zur allgemeinen Unterhaltung bei, indem er irgendein Talent geltend machte; Singen, Improvisieren, Erzählen wundervoller Geschichten oder Tanzen zu dem allum herrschenden Talisman spanischer Freude, der Gitarre.

Die Seele und der Zauber der ganzen Gesellschaft jedoch war die reich begabte kleine Carmen. Sie übernahm eine Rolle in zwei oder drei Szenen aus spanischen Komödien und erwies ein hinreichendes dramatisches Talent; sie gab Nachahmungen beliebter italienischer Sängerinnen mit merkwürdigem und auffallendem Glück, und einer seltenen Schönheit der Stimme; sie ahmte die Dialekte, die Tänze und Balladen der Zigeuner und umwohnenden Landleute nach; tat aber alles mit einer Leichtigkeit, einer Zierlichkeit, einer Anmut und einer durchgehenden Niedlichkeit, welche vollkommen bezaubernd waren.

Jedoch der große Reiz ihrer Leistungen war ihr gänzliches Freisein von aller Anmaßung oder Ehrgeiz, sich zeigen zu wollen. Sie schien die Vielseitigkeit ihrer eigenen Talente nicht zu kennen, und ist in der Tat gewöhnt, sie nur zufällig, wie ein Kind, zur Unterhaltung des häuslichen Kreises zu üben. Ihr Beobachtungsgeist und ihr Takt müssen ungemein rasch und fein sei, denn sie hat ihr Leben in dem Schoss ihrer Familie hingebracht und kann nur zufällig und vorübergehend auf die mannigfaltigen Charaktere und Züge geblickt haben, welche sie in Augenblicken geselligen Frohsinns, wie der, von dem hier die Rede ist, aus dem Stegreife zum Besten gab. Mit Freude sieht man die Liebe und Bewunderung, mit welcher jeder aus dem Hause auf sie blickt; es wird nie, selbst nicht von den Bedienten, anders geheißen, als La Ninna, das Kind, eine Bezeichnung, welche, so angewendet, etwas eigentümlich liebliches und zärtliches in der spanischen Sprache hat.

Ich werde nimmer der Alhambra gedenken, ohne mich der lieblichen kleinen Carmen zu erinnern, wie sie in deren Marmorsälen in glücklicher und unschuldiger Lust spielte, zu dem Klang der maurischen Kastagnetten tanzte, oder den Silberton ihrer Stimme mit der Musik der Brunnen verschmolz.

Bei dieser festlichen Gelegenheit wurden viele seltsame und unterhaltende Sagen und Geschichten erzählt, von denen ich viele wieder vergessen habe; eine derselben aber fiel mir am meisten auf und ich will mich bemühen, dem Leser eine Unterhaltung zu bereiten.

Sage von dem Prinzen Ahmed al Kamel; oder der Liebespilger.

Es war einst ein maurischer König von Granada, welcher nur einen Sohn hatte, Ahmed genannt, dem seine Höflinge den Beinamen al Kamel, der Vollkommne, gaben, wegen der unbezweifelbaren Zeichen von Übervortrefflichkeit, welche sie schon in seiner Kindheit bei ihm bemerkten. Die Astrologen bestärkten sie in ihrer Ahnung, indem sie alle zu seinen Gunsten vorsagten, was zu einem vollkommnen Prinzen und einem glücklichen König gehörte. Eine Wolke nur ruhte auf seinem Schicksal und selbst diese war von rosiger Farbe. Er würde, hieß es, verliebten Charakters sein und durch diese zärtliche Leidenschaft in große Gefahren geraten; wenn er aber den Lockungen der Liebe bis zu seinem mannbaren Alter ferngehalten werden könnte, würden diese Gefahren abgewendet und sein späteres Leben eine ununterbrochene Bahn des Glückes sein.

Um alle Gefahren dieser Art abzuwenden, beschloss der König weise, den Prinzen in einer Einsamkeit erziehen zu lassen, wo er nie ein weibliches Antlitz sehen, ja, selbst den Namen Liebe nicht hören könnte. Zu diesem Ende baute er einen schönen Palast auf dem Gipfel des Hügels jenseits der Alhambra, inmitten entzückender Gärten, aber von hohen Mauern umgeben; dies ist in der Tat derselbe Palast, den man heut zu Tag unter dem Namen Generalife kennt. In diesem Palast wurde der junge Prinz eingesperrt und der Bewachung und dem Unterricht von Eben Bonabben übergeben, einem der gelehrtesten und ausgetrocknetsten der arabischen Weisen, der den größten Teil seines Lebens in Ägypten mit dem Studium von Hieroglyphen und mit Nachforschungen in den Gräbern und Pyramiden hingebracht hatte und mehr Reize in einer Mumie fand, als in den verführerischesten lebendigen Schönheiten. Der Weise erhielt den Befehl, den Prinzen in allen Arten von Kenntnissen zu unterrichten, eine ausgenommen – er sollte mit der Liebe gänzlich unbekannt bleiben. »Wende zu diesem Zweck jede Vorsicht an, die dir nötig scheint«, sagte der König, »allein bedenke, o Eben Bonabben, wenn mein Sohn etwas von diesem verbotenen Wissen lernt, solange er unter deiner Pflege ist, so sollst du mit deinem Kopfe dafür büßen.« Ein verwelktes Lächeln überflog das trockne Gesicht des weisen Bonabben bei dieser Drohung. »Möge dein königliches Herz so unbesorgt um deinen Sohn sein, wie das Meinige um meinen Kopf ist: Sehe ich wohl aus, wie jemand, der in der müßigen Liebe Unterricht gibt?«

Unter der wachsamen Sorge des Philosophen wuchs der Prinz in der Einsamkeit des Palastes und seiner Gärten auf. Er hatte schwarze Sklaven zur Bedienung – stumme Scheusale, die nichts von Liebe wussten, oder wenn es der Fall war, keine Worte hatten, es mitzuteilen. Seine geistige Ausbildung war die besondere Sorge Eben Bonabben's, der ihn in die tiefsinnige Weisheit Ägyptens einzuweihen suchte; allein darin machte der Prinz kleine Fortschritte und es war augenscheinlich, dass er keine Neigung zur Philosophie hatte.

Er war jedoch auffallend lenksam für einen jungen Prinzen, bereit jedem Rat zu folgen und von dem letzten Ratgeber stets geleitet. Er unterdrückte sein Gähnen und lauschte geduldig den langen und gelehrten Reden Eben Bonabben's, von welchem er ein wenig aus allen Zweigen des Wissens lernte und so sein zwanzigstes Jahr glücklich erreichte, ein Wunder prinzlicher Weisheit – allein mit der Liebe ganz unbekannt.

Um diese Zeit aber änderte sich das Benehmen des Prinzen. Er ließ seine Studien vollständig liegen und lief in dem Garten umher und saß nachdenkend an dem Rande der Brunnen. Unter seine verschiedene Befähigungen gehörte auch ein wenig Musik; sie nahm jetzt einen Teil seiner Zeit hin und eine Neigung für Poesie ward sichtbar. Der weise Eben Bonabben erschrak und bemühte sich, ihm diese müßigen Launen mit einem ernsten Vortrag über Algebra aus dem Kopfe zu bringen – allein der Prinz wandte sich mit Abscheu von dieser Wissenschaft. »Ich kann die Algebra nicht ausstehen«, sagte er: »Sie ist mir ein Gräuel. Ich muss etwas haben, das mir mehr zum Herzen spricht.«

Der weise Eben Bonabben schüttelte seinen trocknen Kopf bei diesen Worten. »Hier ist's mit der Philosophie aus«, sagte er: »Der Prinz hat entdeckt, dass er ein Herz hat. Er hielt seinen Zögling nun unter der sorgfältigsten Aufsicht und sah, dass die geheime Zärtlichkeit seines Herzens in Tätigkeit war und nur eines Gegenstandes bedurfte. Er wanderte in den Gärten des Generalife in einem Taumel der Gefühle umher, dessen Grund er nicht kannte. Zuweilen saß er in köstliche Träume verloren; dann pflegte er seine Laute zu ergreifen, und ihr die rührendsten Töne zu entlocken und dann warf er sie zur Seite und brach in Seufzer und Ausrufungen aus.

Stufenweise dehnte sich diese liebende Neigung auf unbelebte Gegenstände aus; er hatte seine Lieblingsblumen, die er mit zärtlichem Eifer pflegte; dann ward er mannigfachen Bäumen zugetan und vorzüglich an einen von anmutiger Form und schmachtendem Laub verschwendete er seine verliebte Inbrunst, indem er seinen Namen in seine Rinde schnitt, Blumen an seine Äste hängte und zu seinem Lobe Lieder sang, die er mit seiner Harfe begleitete.

Der weise Eben Bonabben war über diesen aufgeregten Zustand seines Zöglings erschreckt. Er sah ihn an dem Rand des verbotenen Wissens – der kleinste Wink konnte ihm das unglückliche Geheimnis enthüllen. Das Wohl des Prinzen und die Sicherheit seines eigenen Kopfes machten ihn zittern und er eilte, ihn den Verführungen des Gartens zu entziehen und schloss ihn in den höchsten Turm des Generalife ein. Dieser enthielt schöne Gemächer und hatte eine fast grenzenlose Aussicht, allein er lag weit über jener Atmosphäre der Schönen und jener bezaubernden Lauben, die den Gefühlen des allzu empfänglichen Ahmed so gefährlich waren.

Was war aber zu tun, um ihn mit diesem Zwange auszusöhnen und die trägen Stunden hinzubringen? Er hatte alle Arten angenehmer Kenntnisse erschöpft, und der Algebra durfte nicht erwähnt werden. Glücklicherweise war Eben Bonabben, als er in Ägypten reiste, in der Sprache der Vögel von einem jüdischen Rabbiner unterrichtet worden, welcher diese Wissenschaft in grader Linie von Salomon dem Weisen hatte, dem die Königin von Seba darin Unterricht gegeben hatte. Als eines solchen Studiums nur erwähnt wurde, funkelten die Augen des Prinzen vor Freude und er betrieb dasselbe mit einer solchen Wissbegier, dass er es so weit brachte, wie sein Lehrer.

Der Turm des Generalife war fortan keine Einsamkeit mehr; er hatte Gefährten zur Hand, mit denen er verkehren konnte. Seine erste Bekanntschaft war ein Habicht, welcher sein Nest in einer Spalte der hohen Zinnen gebaut hatte, von wannen er weit und breit nach Beute ausflog. Der Prinz fand aber wenig oder nichts, an ihm zu achten. Er war ein bloßer Pirate der Luft, großtuend und prahlerisch und sein Geschwätz drehte sich nur um Raub, Mut und verzweifelte Taten.

Seine nächste Bekanntschaft war eine Eule, ein mächtig weise aussehender Vogel, mit einem großen Kopf und starren Augen, der den ganzen Tag blinzelnd und glotzend in einem Mauerloche saß, aber des Nachts ausflog. Er machte große Ansprüche auf Weisheit, sprach etwas über Astrologie und den Mond und ließ Winke über geheime Wissenschaften fallen; allein er war der Metaphysik schmählich ergeben und der Prinz fand sein Geschwätz noch langweiliger als das des Eben Bonabben.

Dann fand sich eine Fledermaus, die den ganzen Tag an ihren Beinen in der dunkeln Ecke eines Gewölbes hing, aber mit dem Zwielicht im Schlarren-Stile ausflog. Sie hatte aber über alle Gegenstände nur Zwielichtsideen, verspottete Dinge, von denen sie nur unvollkommene Kenntnisse hatte, und schien an nichts Freude zu haben.

Außer diesen war auch eine Schwalbe da, von welcher der Prinz anfangs sehr eingenommen war. Sie hatte ein gutes Mundwerk, war aber ruhlos, lärmend und immer auf den Flügeln; selten blieb sie lange genug zu einer fortgesetzten Unterhaltung. Es fand sich zuletzt, dass sie eine bloße Schwätzerin war, die nur über die Oberfläche der Dinge hinstreifte, alles zu wissen vorgab, aber nichts gründlich wusste.

Dies waren die einzigen gefiederten Freunde, mit welchen der Prinz Gelegenheit hatte, die neu erlernte Sprache zu üben; der Turm war zu hoch, als dass die andern Vögel ihn hätten besuchen können. Er wurde seiner neuen Freunde bald müde, deren Unterhaltung so wenig zu seinem Kopfe und gar nicht zu seinem Herzen sprach; allmählich verfiel er wieder in seine Einsamkeit. Ein Winter verging, der Frühling erschloss alle seine Blüthen, sein Grün und seine duftige Süße und die glückliche Zeit kam, wo sich die Vögel paaren und ihre Nester bauen. Gleichsam in

Einem Augenblick erscholl ein allgemeiner Ausbruch von Gesang und Melodie in den Lauben und Gärten des Generalife und erreichte den Prinzen in der Einsamkeit seines Turmes. Von allen Seiten hörte er dasselbe allgemeine Wort – Liebe – Liebe – Liebe – in allen Tönen und Weisen singen und beantworten. Schweigend und verwirrt lauschte der Prinz. »Was mag diese Liebe sein«, dachte er, »von welcher die Welt so voll scheint und von der ich nichts weiß?« Er wandte sich an seinen Freund, den Habicht, um sich belehren zu lassen. Der wüste Vogel antwortete in verächtlichem Tone: »Du musst dich an die gemeinen friedlichen Vögel der Erde drunten wenden, welche geschaffen sind, uns Fürsten der Luft zur Beute zu dienen. Mein Gewerbe ist der Krieg und der Kampf meine Freude. Mit einem Worte, ich bin ein Krieger und weiß nichts von einem Dinge, das man Liebe heißt.«

Der Prinz wandte sich mit Abscheu von ihm und suchte die Eule in ihrem Loche auf. »Dies ist ein Vogel von friedlichen Sitten«, sagte er, »und kann wohl meine Frage beantworten.« So bat er dann die Eule um Auskunft, was diese Liebe sei, von welcher alle Vögel in den Gebüschen drunten sängen.

Die Eule aber nahm eine Miene beleidigter Würde an: »Meine Nächte«, sagte sie, »sind dem Studium und Forschen geweiht und meine Tage dem Nachdenken in meiner Zelle über alles, was ich gelernt habe. Was diese Singvögel betrifft, von denen du sprichst, so höre ich nie auf sie – ich verachte sie und ihre Worte. Allah sei gelobt, ich kann nicht singen; ich bin ein Philosoph und weiß nichts von diesem Dinge, das Liebe genannt wird.«

Der Prinz begab sich nun zu dem Gewölbe, wo seine Freundin, die Fledermaus, an den Beinen hing, und trug ihr dieselbe Frage vor. Die Fledermaus zog ihre Nase mit einem höchst verdrießlichen Ausdruck empor. »Warum störst du mich in meinem Morgenschlaf mit einer solchen müßigen Frage?« versetzte sie grämlich. »Ich fliege nur in der Dämmerung umher, wenn alle Vögel schlafen, und bekümmere mich nicht um ihr Treiben. Ich bin weder Vogel noch Säugetier und danke dem Himmel dafür. Ich habe sie alle als Schurken kennengelernt und hasse die einen, wie die andern. Mit einem Wort, ich bin ein Misanthrop – und weiß nichts von dem Ding, das Liebe genannt wird.«

Die letzte Zuflucht des Prinzen war jetzt die Schwalbe: Er suchte sie auf und hielt sie an, als sie eben die Zinnen des Turmes umkreiste. Die Schwalbe war, wie gewöhnlich, in einer mächtigen Eile und hatte kaum Zeit zu antworten. »Auf mein Wort«, sagte sie, »ich habe so viele öffentliche Geschäfte und muss so vielen Arbeiten obliegen, dass ich keine Zeit habe, über die Sache nachzudenken. Ich habe täglich tausend Besuche zu machen und tausend wichtige Geschäfte zu besorgen, sodass ich nicht einen Augenblick Muße für diese kleinen Sing-Sang-Geschichten habe. Mit einem Wort, ich bin ein Weltbürger – ich weiß nichts von dem Dinge, das Liebe genannt wird.« Bei diesen Worten schoss die Schwalbe in das Tal hinab und war augenblicklich aus dem Blicke verschwunden.

Der Prinz stand getäuscht und verwirrt da; aber seine Neugier war durch die Schwierigkeit, sie zu befriedigen, nur reger geworden. Während er in dieser Stimmung war, trat sein alter Hüter in den Turm. Der Prinz trat ihm lebendig entgegen. »O weiser Eben Bonabben«, rief er: »Du hast mir vieles Wissen der Erde enthüllt; aber es gibt einen Gegenstand, über den ich in der tiefsten Unwissenheit bin und gern belehrt wäre.«

»Mein Prinz hat nur die Frage vorzulegen und alles in dem beschränkten Kreise des Verstandes seines Dieners ist zu seinem Befehl.«

»So sage mir denn, du Ausbund von Weisheit, was ist das Wesen des Dinges, das man Liebe nennt?«

Der weise Eben Bonabben war wie von einem Donnerkeil getroffen. Er zitterte und erblasste und es war ihm, als säße sein Kopf ganz locker auf den Schultern.

»Was konnte meinen Prinzen zu einer solchen Frage verleiten? – wo mag er ein so müßiges Wort gehört haben?«

Der Prinz führte ihn an das Turmfenster. »Höre, o Eben Bonabben!«, sagte er. Der Weise lauschte. Die Nachtigall saß in einem Dickicht unten am Turm und sang ihrer geliebten Rose; aus jedem blühenden Zweig und jeder duftigen Laube stiegen melodische Töne empor und Liebe – Liebe – Liebe war der stets wiederkehrende Ton.

»Allah Akbar! Gott ist groß!« rief der weise Bonabben: »Wer kann sich anmaßen, dieses Geheimnis dem Herzen des Menschen vorenthalten zu wollen, wenn sich selbst die Vögel der Luft vereinigen, es zu verraten?«

Darauf wandte er sich zu Ahmed und sagte: »O mein Prinz! Schließe dein Ohr diesem verführerischen Klange! Verhülle deinen Geist diesem gefährlichen Wissen. Wisse, diese Liebe ist die Ursache der Hälfte aller Übel der unglücklichen Menschheit. Sie ist's, die Bitterkeit und Streit zwischen Brüdern und Freunden erzeugt, verräterischen Mord und verheerenden Krieg gebiert. Kummer und Sorgen, öde Tage und schlaflose Nächte sind ihr Gefolge. Sie zerstört die Blüte und vergiftet die Freuden der Jugend und bringt die Übel und die Wehen des vorzeitigen Alters herbei. Allah erhalte dich, mein Prinz, in gänzlicher Unwissenheit über dieses Ding, das Liebe genannt wird.«

Der weise Bonabben zog sich eilig zurück und ließ den Prinzen in nur noch größerer Verwirrung zurück. Vergebens versuchte er, sich die Sache aus dem Sinn zu schlagen; sie blieb stets oben auf in seinen Gedanken und quälte und erschöpfte ihn mit eiteln Vermutungen. »Gewiss«, sagte er sich, als er dem melodischen Gesang der Vögel lauschte: »Es ist kein Kummer in diesen Tönen: Alles scheint Zärtlichkeit und Freude! Wenn die Liebe so viel Unglück und Streit erzeugt, warum schmachten diese Vögel nicht in der Einsamkeit, oder zerreißen einander in Stücken, statt fröhlich in den Büschen umherzuflattern und miteinander in den Blumen zu spielen?« –

Er lag eines Morgens auf seinem Lager und sann über diesen unerklärlichen Gegenstand nach. Das Fenster seines Gemaches war offen, um den sanften Morgenwind hereinzulassen, der beladen mit dem Dufte der Orangenblüten aus dem Darrrotal herauf kam. Die Stimme der Nachtigall, stets die gewohnten Töne singend, wurde schwach gehört. Während der Prinz lauschte und seufzte, entstand ein plötzliches Rauschen in der Luft; eine schöne Taube, von einem Habicht verfolgt, schoss in das Fenster und fiel keuchend auf den Boden, während der Verfolger, seiner Beute bar, zu den Bergen hinüberstrich.

Der Prinz nahm den schwer atmenden Vogel auf, glättete sein Gefieder und koste ihn an seinem Busen. Als er ihn durch seine Liebkosungen beruhigt hatte, setzte er ihn in einen goldnen Käfig und bot ihm mit eigenen Händen das weißeste und schönste Weizenbrot und das reinste Wasser. Der Vogel aber wollte nichts fressen und saß schmachtend und gramvoll da und stieß jammernde Seufzer aus.

»Was fehlt dir?«, sagte Ahmed: »Hast du nicht alles, was dein Herz wünschen kann?«

»Ach, nein!«, erwiderte die Taube: »Bin ich nicht von dem Freunde meines Herzens getrennt, und noch dazu in der Frühlingszeit, der wahren Zeit der Liebe?«

»Der Liebe!« wiederholte Ahmed: »Ich bitte dich, mein hübsches Tierchen, kannst du mir sagen, was Liebe ist?«

»Zu gut kann ich dies, mein Prinz. Sie ist die Qual von einem, das Glück von zweien, der Streit und die Feindschaft von dreien. Sie ist ein Zauber, welcher zwei Wesen miteinander verbindet und sie durch köstliches Gleichgefühl vereinigt, ihr Zusammensein zum Glück, ihre Trennung zum Unglück machend. Gibt es kein Wesen, zu welchem du durch diese Bande zärtlicher Neigung hingezogen wirst?«

»Ich liebe meinen alten Lehrer, Eben Bonabben, mehr als irgendein anderes Wesen; allein er ist oft langweilig und ich fühle mich manchmal glücklicher ohne seine Gesellschaft.«

»Dies ist nicht das Gleichgefühl, welches ich meine. Ich spreche von der Liebe, dem großen Geheimnis und Prinzip des Lebens; der berauschenden Jugendlust, der nüchternen Freude des Alters. Blick hinaus, mein Prinz, und sieh, wie voller Liebe die ganze Natur in dieser glücklichen Jahreszeit ist. Jedes geschaffene Wesen hat seinen Gespielen; der unbedeutendste Vogel singt seiner Buhlin; selbst der Käfer wirbt um sein Weibchen im Staub, und jene Schmetterlinge, die du hoch über dem Turm flattern und in der Luft spielen siehst, sind glücklich in ihrer gegenseitigen Liebe. Ach, mein Prinz, hast du so viele der köstlichen Jugendtage verlebt, ohne etwas von Liebe zu wissen? Gibt es kein holdes Wesen des andern Geschlechtes – keine schöne Prinzessin oder liebliches Fräulein, die dein Herz gefesselt und deine Brust mit einem sanften Sturm süßer Pein und zärtlicher Wünsche erfüllt hat?«

»Ich fange an zu verstehen«, sagte der Prinz seufzend: »Solch einen Sturm habe ich mehr als einmal gefühlt, ohne den Grund zu kennen; – und wo soll in dieser öden Einsamkeit einen Gegenstand suchen, wie du ihn beschreibst?«

Die Unterhaltung wurde noch einen Augenblick fortgesetzt und die erste Liebeslektion des Prinzen war geschlossen.

»Ach«, sagte er, »wenn die Liebe wirklich eine solche Wonne, und ihre Unterbrechung solch ein Elend ist, so verhüte Allah, dass ich die Freude irgendeines ihrer Verehrer störe!« Er öffnete den Käfig, nahm die Taube heraus und trug sie, nachdem er sie zärtlich geküsst hatte, ans Fenster. »Gehe, glücklicher Vogel«, sagte er, »freue dich des Freundes deines Herzens in den Tagen der Jugend und der Frühlingszeit. Warum soll ich dich zum Mitgefangenen in diesem öden Turme machen, in welchem die Liebe nie eintreten kann?«

Die Taube öffnete ihre Flügel mit Entzücken, schoss mit einem Schwung in die Luft und senkte sich dann mit zischenden Fittichen in die blühenden Laubengehänge am Darro.

Der Prinz folgte ihr mit den Augen und gab nun bitterm Unwillen Raum. Das Singen der Vögel, das ihn sonst ergötzte, vermehrte jetzt seine Bitterkeit. Liebe! Liebe! Liebe! Ach, armer Jüngling, er verstand jetzt die Töne.

Seine Augen sprühten Feuer, als er den weisen Bonabben zuerst wieder sah. »Warum hast du mich in dieser tiefen Unwissenheit gelassen?«, rief er. »Warum ist mir das große Geheimnis und Prinzip des Lebens vorenthalten worden, in welchem ich das kleinste Insekt so bewandert finde? Sieh, die ganze Natur ist in einem Taumel der Lust. Jedes geschaffene Wesen erfreut sich seines Gespielen. Dies – dies ist die Liebe, in welcher ich unterrichtet sein wollte. Warum bin ich allein von ihren Freuden ausgeschlossen? Warum ist ein so großer Teil meiner Jugend ohne die Kenntnis ihrer Freuden vergeudet worden?«

Der weise Bonabben sah, dass alle fernere Zurückhaltung nutzlos war; denn der Prinz hatte die gefährliche und verbotene Kenntnis erlangt. Er enthüllte ihm daher die Vorhersagung der Astrologen und die Vorsicht, welche man bei seiner Erziehung angewendet hatte, um dies gedrohte Unheil abzuwenden. »Und nun, mein Prinz,« setzte er hinzu, »ist mein Leben in deinen Händen. Wenn dein Vater entdeckt, dass du die Leidenschaft der Liebe kennengelernt, während du unter meiner Aufsicht warst, so muss mein Kopf dafür büßen.«

Der Prinz war so vernünftig wie ein guter Teil junger Leute seines Alters und hörte gern auf die Vorstellungen seines Führers, da nichts gegen dieselben sprach. Überdies war er dem weisen Bonabben wirklich zugetan, und da er bis jetzt nur theoretisch von der Leidenschaft der Liebe unterrichtet war, so willigte er ein, die Kenntnis derselben lieber bei sich zu bewahren, als den Kopf des Philosophen in Gefahr zu bringen.

Seine Großmut sollte aber auf weitere Proben gestellt werden. Als er einige Morgen darauf auf den Zinnen des Turmes sinnend umherging, kreiste die Taube, der er die Freiheit wieder gegeben hatte, über ihm in der Luft und ließ sich furchtlos auf seine Schulter nieder.

Der Prinz drückte sie an sein Herz. »Glücklicher Vogel«, sagte er, »der sozusagen auf den Schwingen des Morgens zu den äußersten Teilen der Erde fliegen kann. Wo warst du, seit wir schieden?«

»In einem weiten Lande, mein Prinz, von wannen ich dir zum Lohn für meine Freiheit Nachricht bringe. In meinem wilden Flug, der über Berge und Ebenen dahin geht, hob ich mich in die Luft und sah unter mir einen köstlichen Garten mit allen Arten von Früchten und Blumen. Er lag in einer grünen Aue, an den Ufern eines schlängelnden Flusses; und in der Mitte des Gartens war ein prächtiger Palast. Ich ließ mich in eine der Baumgruppen nieder, um nach einem mühsamen Fluge auszuruhen. An dem Ufer unter mir war eine junge Prinzessin, in der ersten Lieblichkeit und Blüte ihrer Jahre. Sie war von weiblichen Dienerinnen, jung, wie sie, umgeben, die sie mit Blumenkronen und Kränzen schmückten; aber keine Blume des Feldes oder des Gartens konnte mit ihr an Holdseligkeit verglichen werden. Allein sie blühte hier in geheimem, denn der Garten war von hohen Mauern umgeben und kein Sterblicher durfte eintreten. Als ich diese schöne Maid sah, so jung, so unschuldig, so unbefleckt von der Welt, dachte ich, hier sei ein Wesen, das der Himmel geschaffen habe, meinem Prinzen Liebe einzuflößen.«

Die Erzählung war ein Feuerfunken in das brennbare Herz Ahmeds. All die stille Liebessehnsucht seines Wesens hatte plötzlich einen Gegenstand gefunden, und er fasste eine unermessliche Leidenschaft für die Prinzessin. Er schrieb einen in der leidenschaftlichsten Sprache abgefassten Brief, der seine glühende Liebe atmete, aber die unglückliche Gefangenschaft seiner Person beklagte, welche ihn abhielt, sie aufzusuchen und sich zu ihren Füßen zu werfen. Er legte Strophen voll der zärtlichsten und rührendsten Beredsamkeit bei; denn er war von Natur ein Dichter und von Liebe begeistert. Er überschrieb seinen Brief – »An die unbekannte Schönheit, von dem gefangenen Prinzen Ahmed;« er durchdüftete ihn mit Moschus und Rosen und gab ihn der Taube.

»Fort, treuester der Boten!«, sagte er. »Fliege über Berg und Tal, über Fluss und Ebene; ruhe nicht im Laub, setze deinen Fuß nicht auf die Erde, ehe du diesen Brief der Herrin meines Herzens gegeben hast.«

Die Taube schwebte hoch in die Luft empor, sie sah ihren Weg und schoss in einer graden Richtung davon. Der Prinz folgte ihr mit den Augen, bis sie ein bloßer Punkt an einer Wolke war und allmählich hinter einem Berg verschwand.

Tag um Tag harrte er auf die Rückkehr des Liebesboten, aber vergeblich. Er fing an, ihn der Vergesslichkeit anzuklagen, als eines Abends gegen Sonnenuntergang der treue Vogel in sein Gemach flatterte, zu seinen Füßen fiel und starb. Der Pfeil eines mutwilligen Bogenschützen hatte seine Brust durchbohrt, doch hatte er noch seine letzte Lebenskraft aufgeboten, um seine Botschaft auszurichten. Wie der Prinz sich kummervoll über diesen holden Martyr der Treue beugte, sah er eine Perlenschnur um seinen Hals, an welche unter dem Flügel ein kleines Bild in Email befestigt war. Es stellte eine holde Prinzessin, in der ersten Blüte des Lebens, dar. Es war ohne allen Zweifel die unbekannte Schönheit des Gartens; aber wer und wo war sie – wie hatte sie seinen Brief aufgenommen und wurde dieses Gemälde als ein Zeichen ihrer Billigung seiner Leidenschaft gesendet? Unglücklicherweise ließ der Tod der treuen Taube alles in Geheimnis und Zweifel.

Der Prinz blickte auf das Gemälde, bis seine Augen in Tränen schwammen. Er drückte es an seine Lippen, an sein Herz; er saß Stunden lang, und betrachtete es, fast in einem Todeskampf der Zärtlichkeit. »Schönes Bild!«, sagte er: »ach, du bist nur ein Bild! Aber deine tauigen Augen glänzen zärtlich auf mich; diese rosigen Lippen scheinen Ermutigung auszusprechen. Eitle Träume! Haben sie nicht einem glücklichern Nebenbuhler eben so gelächelt? Aber wo in der weiten Welt kann ich hoffen, das Original zu finden? Wer weiß, welche Gebirge, welche Reiche uns trennen, – welche Unfälle eintreten können! Vielleicht sammeln sich jetzt, eben jetzt Anbeter um sie, während ich als ein Gefangener hier in einem Turme sitze, und meine Zeit mit der Anbetung eines gemalten Schattens verliere.«

Der Entschluss des Prinzen Ahmed war gefasst. »Ich will aus diesem Palaste fliehen«, sagte er, »der ein verhasstes Gefängnis geworden ist, und will als ein Liebespilger diese unbekannte Prinzessin in der ganzen Welt suchen.«

Während des Tags, wenn alles wach war, aus dem Turm zu fliehen, war schwierig; aber des Nachts war der Palast nur unbedeutend bewacht, denn niemand fürchtete irgendeinen Versuch der Art von dem Prinzen, der immer in seiner Gefangenschaft sich so leidend verhielt. Wie aber sollte er sich bei dieser nächtlichen Flucht zurechtfinden, da er die Gegend nicht kannte? Die Eule fiel ihm ein, die gewöhnt war, des Nachts umherzustreifen, und jeden Nebenweg, jeden geheimen Gang kennen musste. Er suchte sie in ihrer Einsiedelei auf, und fragte sie hinsichtlich ihrer Kenntnis des Landes. Darauf nahm die Eule ein mächtig wichtiges Wesen an, und sagte: »Du musst wissen, o Prinz, dass wir Eulen von einer sehr alten und ausgebreiteten Familie sind, obgleich sie vielleicht etwas in Verfall kam, und dass wir in allen Teilen Spaniens zertrümmerte Schlösser und Paläste besitzen. Es ist kaum ein Turm auf diesen Bergen, oder eine Feste in den Ebenen, oder eine alte Burg in der Stadt, in welcher nicht irgendein Oheim oder ein Vetter wohnt; indem ich nun diese meine zahlreiche Verwandtschaft zu besuchen die Runde machte, habe ich in jede Ecke und in jeden Winkel geschaut, und mich mit allen Geheimnissen des Landes vertraut gemacht.« Der Prinz war überfroh, die Eule in der Ortskunde so tief bewandert zu finden, und vertraute ihr nun seine zärtliche Leidenschaft und seine beabsichtigte Entweichung an, und drang in sie, ihn auf der Reise zu begleiten, und mit ihrem Rat zu unterstützen.

»Wahrlich!«, sagte die Eule mit einem unfreundlichen Blicke: »Bin ich ein Vogel, der sich mit Liebeshändeln befasst? Ich, deren Zeit dem Nachdenken und dem Mond geweiht ist?«

»Sei nicht bös, höchst ehrwürdige Eule,« versetzte der Prinz, »entziehe dich eine Weile dem Mond und dem Nachdenken, und sei mir bei meiner Flucht behilflich, und du sollst haben, was dein Herz wünschen kann.«

»Das habe ich bereits«, sagte die Eule, »einige Mäuse reichen für meinen frugalen Tisch hin, und diese Mauerhöhle ist geräumig genug für meine Studien, und was verlangt ein Philosoph, wie ich, mehr?«

»Bedenke, weiseste Eule! Während du in deiner Zelle die Augen verdrehst und den Mond anstarrst, gehen alle deine Geistesgaben für die Welt verloren. Ich werde eines Tages gebietender Fürst und kann dich zu irgendeiner Stelle von Ehre und Rang befördern.«

Obschon der Vogel ein Philosoph und über die gewöhnlichen Bedürfnisse des Lebens erhaben war, so war er doch nicht ohne Ehrgeiz; so wurde er denn endlich dahin gebracht, mit dem Prinzen zu fliehen, und sein Führer und Mentor bei dieser Pilgerschaft zu werden.

Die Pläne eines Liebhabers sind schnell ausgeführt. Der Prinz nahm alle seine Juwelen zusammen, und verbarg sie zur Bestreitung der Reisekosten in seinem Gewand. Noch in dieser Nacht ließ er sich an seiner Schärpe von einem Balkon des Turms, kletterte über die Außenmauer des Generalife, und entfloh, von der Eule geführt, noch vor Anbruch des Morgens in das Gebirge.

Er hielt mit seinem Führer Rat über seinen künftigen Weg.

»Wenn ich raten darf«, sagte die Eule, »so empfehle ich, nach Sevilla zu gehen. Du musst wissen, dass ich vor vielen Jahren einen Oheim besuchte, einen Vogel von hohem Rang und Ansehen, der dort in einem zerfallenen Winkel des Alcazar wohnt. Bei meinen nächtlichen Streifereien über der Stadt bemerkte ich häufig ein Licht, das in einem einsamen Turme brannte. Endlich ließ ich mich auf die Zinnen nieder, und fand, dass es von der Lampe eines arabischen Zauberers ausging; er war von seinen magischen Büchern umgeben, und auf seiner Schulter saß sein Vertrauter, ein alter Rabe, der mit ihm aus Ägypten gekommen war. Ich bin mit diesem Raben bekannt, und schulde ihm einen großen Teil der Kenntnisse, die ich besitze. Der Zauberer ist seitdem gestorben, aber der Rabe bewohnt den Turm noch, denn diese Vögel haben ein wunderbar langes Leben. Ich rate dir, o Prinz, diesen Raben aufzusuchen, denn er ist ein Wahrsager und Beschwörer und treibt die Schwarzkunst, derentwegen alle Raben, und besonders die Ägyptens, berühmt sind.«

Die Weisheit dieses Rates drang sich dem Prinzen auf, und er nahm demnach seinen Weg nach Sevilla. Seinem Gefährten zu Gefallen reiste er nur des Nachts und hielt während des Tags in irgendeiner dunkeln Höhle oder zerfallenen Warte an, denn die Eule kannte jeden Schlupfwinkel dieser Art, und hatte einen höchst antiquarischen Geschmack an Ruinen.

Endlich erreichten sie eines Morgens bei Tagesanbruch die Stadt Sevilla, wo die Eule, welche den Glanz und das Lärmen der überfüllten Straßen hasste, vor dem Tore anhielt, und ihre Wohnung in einem hohlen Baume nahm.

Der Prinz trat in das Tor und fand alsbald den magischen Turm, der über die Häuser der Stadt emporstieg, wie ein Palmbaum sich über das Buschwerk der Wüste erhebt; es war in der Tat derselbe Turm, der heute noch steht, und als die Giralda, der berühmte maurische Turm von Sevilla, bekannt ist.

Der Prinz stieg auf einer hohen Wendeltreppe zu den Zinnen des Turms empor, wo er den kabalistischen Raben fand – einen alten, geheimnisvollen, grauköpfigen Vogel, mit struppigem Gefieder, und mit einer Haut über dem Auge, welche ihm den starren Blick eines Gespenstes gab. Er saß auf dem einen Bein, drehte seinen Kopf auf die eine Seite, und prüfte mit dem einen ihm bleibenden Auge eine Figur, welche auf das Pflaster gezeichnet war.

Der Prinz näherte sich ihm mit der Ehrfurcht und Scheu, welche ihm sein ehrwürdiges Aussehen und seine übernatürliche Weisheit einflößte. »Vergib mir, alter und nächtlich weiser Rabe«, rief er aus, »wenn ich einen Augenblick diese Studien, welche die Bewunderung der Welt ausmachen, unterbreche. Du siehst einen Jünger der Liebe vor dir, welcher gern deinen Rat hören möchte, wie er zu dem Gegenstand seiner Leidenschaft gelangen könnte.«

»Mit andern Worten«, sagte der Rabe mit einem bedeutungsvollen Blick, »du willst meine Geschicklichkeit in der Chiromantie erproben. Komm, zeige mir deine Hand, und lass mich die geheimnisvollen Glückslinien entziffern.«

»Entschuldige,« versetzte der Prinz, »ich komme nicht, in die Beschlüsse des Schicksals zu schauen, die Allah vor dem Auge der Sterblichen verhüllt hat; ich bin ein Pilger der Liebe und will nur den Faden zu dem Gegenstand meiner Pilgerschaft finden.«

»Und kannst du in dem liebereichen Andalusien um einen Gegenstand verlegen sein?«, sagte der alte Rabe, mit seinem einen Auge ihn anschielend; »vor allem kannst du in dem üppigen Sevilla in Verlegenheit sein, wo schwarzäugige Mägdlein die Zambra unter allen Orangen tanzen?«

Der Prinz errötete, und staunte einigermaßen, einen alten Vogel, mit der einen Kralle im Grabe, so locker sprechen zu hören. »Glaube mir«, sagte er ernst, »ich bin auf keiner so leichten und lustigen Fahrt, wie du mir zumutest. Die schwarzäugigen Mägdlein Andalusiens, die unter den Orangen des Guadalquivir tanzen, kümmern mich nicht. Ich suche eine unbekannte aber makellose Schönheit, das Vorbild zu diesem Gemälde; und ich bitte dich, höchst mächtiger Rabe, sage mir, wenn es in dem Umfang deines Wissens und in dem Bereich deiner Kunst liegt, wo ich sie finden kann.«

Der grauköpfige Rabe fand sich durch den Ernst des Prinzen getroffen.

»Was weiß ich«, erwiderte er trocken, »von Jugend und Schönheit? Meine Besuche gelten dem Alten und Verwitterten, nicht dem Frischen und Schönen. Des Schicksals Bote bin ich und krächze das Zeichen des Todes von der Schornsteinspitze, und schlage meine Flügel an des Kranken Fenster. Du musst anderswo Nachrichten über deine unbekannte Schönheit suchen.«

»Und wo anders soll ich suchen, als bei den Söhnen der Weisheit, die im Buche des Verhängnisses bewandert sind? Ich bin ein Königssohn, von den Sternen zu einem geheimnisvollen Unternehmen, von welchem das Schicksal von Reichen abhängen kann, bestimmt und ausgesendet.«

Als der Rabe hörte, dass es eine Sache von der höchsten Wichtigkeit sei, an welche sich die Teilnahme der Sterne knüpfe, änderte er Sprache und Benehmen, und lauschte der Geschichte des Prinzen mit hoher Aufmerksamkeit. Als dieser geschlossen hatte, versetzte er: »Was diese Prinzessin betrifft, so kann ich selbst dir keine Nachricht geben, denn ich fliege nur um die Gärten und Lauben der Frauen; allein gehe nach Cordova, suche den Palmbaum des großen Abderahman auf, der in dem Hofe der Hauptmoschee steht; am Fuße desselben wirst du einen berühmten Reisenden finden, der alle Länder und Höfe besucht hat, und ein Liebling bei Königinnen und Prinzessinnen war. Er wird dir Kunde über den Gegenstand deines Nachforschens geben.«

»Vielen Dank für diesen köstlichen Nachweis«, sagte der Prinz; »lebe wohl, ehrwürdigster Zauberer.«

»Lebe wohl, Pilger der Liebe«, sagte der Rabe trocken, und begann wieder über die Figur nachzugrübeln.

Der Prinz verließ sofort Sevilla, suchte seinen Reisefährten, der noch in dem hohlen Baum die Augen verdrehte, und reiste nach Cordova ab.

Hängenden Gärten, Orangen- und Citronen-Wäldchen entlang, welche das schöne Guadalquivirtal überschauen, nahten sie der Stadt. Als sie an dem Tore ankamen, flog die Eule in ein dunkles Loch in der Mauer hinauf, und der Prinz ging weiter, um den Palmbaum aufzusuchen, den der große Abderahman in uralten Zeiten gepflanzt hatte. Er stand in der Mitte des Hofes der großen Moschee, über Orangen- und Zypressenbäume hervorragend. Derwische und Fakire saßen in Gruppen unter den Säulen des Hofes, und viele der Gläubigen verrichteten ihre Reinigungen an dem Brunnen, bevor sie die Moschee betraten.

Am Fuße des Palmbaums war eine Menge Menschen versammelt, und lauschte den Worten eines Redners, der mit großer Geläufigkeit zu sprechen schien. »Dieser muss«, sagte der Prinz zu sich, »der berühmte Reisende sein, der mir Nachrichten von der unbekannten Prinzessin geben soll.« Er mischte sich in die Menge, sah aber zu seinem Erstaunen, dass sie alle einem Papageien zuhörten, welcher mit seinem hellgrünen Rock, seinem vorwitzigen Auge und seiner bündigen Kopfschleife das Ansehen eines Vogel hatte, der mit sich selbst im vortrefflichen Vernehmen stand.

»Wie kömmt es«, sagte der Prinz zu einem der Umstehenden, »dass so viele ernste Männer an der Geschwätzigkeit eines schnarrenden Vogels Gefallen finden können?«

»Ihr wisst nicht, von wem Ihr sprecht«, sagte der Andere; »dieser Papagei ist der Abkömmling des berühmten persischen Papageis, berühmt wegen seiner Erzählergabe. Er hat alle Weisheit des Morgenlandes an der Spitze seiner Zunge und kann Gedichte eben so schnell hersagen, als er sprechen kann. Er hat viele fremde Höfe besucht, wo man ihn als ein Orakel der Gelehrsamkeit angesehen hat. Er war auch der allgemeine Liebling des schönen Geschlechtes, welches eine ungemeine Bewunderung für gelehrte Papageien hat, die Gedichte hersagen können.«

»Genug!«, sagte der Prinz; »ich will eine geheime Unterredung mit diesem großen Reisenden haben.«

Er bemühte sich um eine geheime Zwiesprache und setzte die Ursache seiner Wanderschaft auseinander. Er hatte dieselbe kaum genannt, als der Papagei in ein trocknes, heischeres Lachen ausbrach, das ihm Tränen in die Augen lockte. »Entschuldige meine Heiterkeit«, sagte er; »aber ich muss immer lachen, wenn ich von Liebe reden höre.«

Der Prinz war über diese unzeitige Heiterkeit unwillig und sagte: »Ist die Liebe nicht das große Geheimnis der Natur, das geheime Prinzip des Lebens, das allgemeine Band des Gleichgefühls?«

»Larifari!«, rief der Papagei ihn unterbrechend; »sage mir nur, woher du dieses sentimentale Kauderwelsch hast? Glaube mir, die Liebe ist ganz außer Cours; man hört in Gesellschaft schöner Geister und feingebildeter Leute nicht mehr von ihr reden.«

Der Prinz gedachte der ganz verschiedenen Sprache seiner Freundin, der Taube, und seufzte. Aber, dachte er, dieser Papagei hat am Hofe gelebt; er ahmt das Wesen eines geistreichen und feinen Herrn nach; er weiß nichts von dem Dinge, das Liebe genannt wird. Da er das Gefühl, welches sein Herz erfüllte, nicht mehr dem Spotte preisgeben wollte, richtete er seine Nachforschungen auf den unmittelbaren Grund seines Besuches.

»Sage mir,« sprach er, »hochgebildeter Papagei, der du allenthalben zu den geheimsten Lauben der Schönheit Zutritt hattest, begegnete dir während deiner Reise das Vorbild zu diesem Porträt?«

Der Papagei nahm das Gemälde in seine Krallen, neigte den Kopf hin und her, und betrachtete es neugierig bald mit dem bald mit jenem Auge. »Auf meine Ehre«, sagte er, »ein sehr schönes Gesicht; sehr schön; allein man sieht so viele schöne Frauengesichter auf seinen Reisen, dass man sich kaum – doch halt! – Ei, ei! Ich muss es noch einmal ansehen – ohne alle Frage, es ist die Prinzessin Aldegonda; wie konnte ich ein Wesen vergessen, das ich so ungemein hochhielt?«

»Die Prinzessin Aldegonda?« wiederholte der Prinz, »und wo kann man sie finden?«

»Langsam, langsam!«, sagte der Papagei; »sie ist leichter zu finden, als zu bekommen. Sie ist die einzige Tochter des christlichen Königs, der zu Toledo herrscht, und man hat sie bis zu ihrem siebzehnten Geburtstag von der Welt abgeschlossen, wegen einer Prophezeiung dieser zudringlichen Bursche, der Astrologen. Du kannst ihrer nicht ansichtig werden – kein Sterblicher kann sie sehen. Ich bin vor sie gelassen worden, um sie zu unterhalten, und versichere dich auf das Wort eines Papageis, der die Welt gesehen hat, ich habe schon mit viel einfältigeren Prinzessinnen gesprochen.«

»Ein Wort im Vertrauen, mein lieber Papagei«, sagte der Prinz; »ich bin der Erbe eines Königreichs und werde eines Tags einen Thron einnehmen. Ich sehe, du bist ein Vogel von Talent und kennst die Welt. Hilf mir in den Besitz dieser Prinzessin, und ich werde dich zu einer ausgezeichneten Stelle am Hofe befördern.«

»Von ganzem Herzen«, sagte der Papagei; »aber lass es, wenn möglich, ein Faulamt sein, denn wir schönen Geister haben gegen das Arbeiten einen großen Widerwillen.«

Die Übereinkunft wurde alsbald getroffen. Der Prinz verließ Cordova durch dasselbe Tor, durch welches er gekommen war, rief die Eule aus dem Mauerloch, stellte sie seinem neuen Reisegenossen als eine Mitgelehrte vor, und man trat nun die Reise an.

Es ging bei Weitem nicht so schnell, als die Ungeduld des Prinzen es wünschte; allein der Papagei war an das vornehme Leben gewöhnt, und hatte es nicht gern, dass man ihn früh morgens störte. Auf der andern Seite schlief die Eule gern um Mittag und verlor viele Zeit mit ihren langen Siestas. Auch war ihr antiquarischer Geschmack hinderlich; denn sie bestand darauf, bei jeder Ruine anzuhalten, und sie zu beschauen, und hatte lange märchenhafte Geschichten von jedem alten Turm und jedem Schlosse in dem Lande zu erzählen. Der Prinz hatte gehofft, sie und den Papagei, beide Vögel von Gelehrsamkeit, würden in ihrer gegenseitigen Gesellschaft Freude finden, allein er hatte sich nie mehr geirrt. Sie waren ewig im Streit. Der eine war ein Schöngeist, der andere ein Philosoph. Der Papagei zitierte Poesien, kritisierte neue Lesearten, und war über kleine Punkte der Gelehrsamkeit beredt; die Eule behandelte alles dies Wissen als nichtig und fand an nichts Geschmack, als an Metaphysik. Dann sang der Papagei Lieder, wiederholte gute Einfälle, und riss Witze auf seinen feierlichen Nachbarn, und lachte schmählich über seine eignen Späße; welches ganze Benehmen die Eule als einen empfindlichen Eingriff in ihre Würde ansah, und schmollte, zürnte und sich erboste, und einen ganzen langen Tag stumm blieb.

Der Prinz beachtete die Zänkereien seiner Gefährten nicht, da er in den Träumen seiner eignen Phantasie und der Betrachtung des Porträts der schönen Prinzessin verloren war. Auf diese Weise reisten sie durch die rauen Pässe der Sierra Morena, über die sonnenverbrannten Ebenen der Mancha und Kastiliens und die Ufer des goldnen Tajo entlang, der seine zauberischen Irrwege durch halb Spanien und Portugal windet. Endlich kamen sie zu einer festen Stadt mit Mauern und Türmen, die auf einen felsigen Bergvorsprung gebaut war, um dessen Fuß der Tajo mit lärmender Heftigkeit kreiste.

»Sieh«, rief die Eule, »die alte und berühmte Stadt Toledo, eine wegen ihrer Altertümer berühmte Stadt. Sieh diese ehrwürdigen Dome und

Türme, grau von der Zeit und mit sagenreicher Größe umgeben, die Szene des Nachdenkens so vieler meiner Ahnen.«

»Still!«, rief der Papagei, ihr feierliches antiquarisches Entzücken unterbrechend. »Was gehen uns Altertümer und Sagen und deine Ahnen an? Sieh das, woran hier mehr liegt – sieh die Wohnung der Jugend und Schönheit – sieh endlich, o Prinz, die Wohnung deiner lange gesuchten Prinzessin.«

Der Prinz sah in der von dem Papagei angezeigten Richtung und erblickte in einer herrlichen grünen Aue an den Ufern des Tajo einen stattlichen Palast, der aus dem Laubwerk eines köstlichen Gartens emporstieg. Der Ort stimmte ganz genau mit der Beschreibung zusammen, welche ihm die Taube gegeben hatte. Er sah mit klopfendem Herzen hin. »Vielleicht«, dachte er, »spielt die schöne Prinzessin in diesem Augenblick unter jenen schattigen Laubengängen, oder durchschreitet mit zartem Tritte jene schöne Terrassen, oder ruht unter jenen hohen Dächern!« Als er genauer hinsah, bemerkte er, dass die Gartenmauern sehr hoch waren, sodass sie jedem Zugang trotzten, während Scharen bewaffneter Wachen um sie kreisten.

Der Prinz wendete sich zu dem Papageien: »Vollkommenster aller Vögel,« sagte er, »du hast die Gabe der menschlichen Rede. Eile in jenen Garten, suche das Idol meiner Seele, und sage ihr, Prinz Ahmed, ein Liebespilger, und von den Sternen geführt, sei, sie suchend, an den blumigen Ufern des Tajo angekommen.«

Stolz auf seine Gesandtenrolle flog der Papagei dem Garten zu, schwang sich über seine hohen Mauern, schwebte eine Zeit lang über die Gänge und Alleen desselben, und ließ sich auf dem Balkon eines Pavillons, der auf den Fluss ging, nieder. Hier sah er, als er durch ein Fenster blickte, die Prinzessin auf ein Lager hingegossen, und das Auge auf ein Papier geheftet, während Tränen sich sachte über ihre blassen Wangen herabstahlen.

Der Papagei putzte seine Flügel einen Augenblick, machte seinen hellgrünen Rock zurecht, hob seine Kopfschleife, und setzte sich mit einem zierlichen Wesen neben ihr nieder; dann nahm er einen zärtlichen Ton an und sagte: »Trockne deine Tränen, schönste der Prinzessinnen, ich komme, deinem Herzen Trost zu bringen.«

Die Prinzessin erschrak, als sie eine Stimme neben sich hörte, drehte sich aber um, und da sie nichts sah, als einen kleinen grünröckigen Vogel, der sich vor ihr neigte und beugte, sagte sie: »ach, welchen Trost kannst du geben, da ich sehe, dass du nur ein Papagei bist?«

Den Papagei ärgerte diese Frage. »Ich habe zu meiner Zeit manche holde Dame getröstet«, sagte er. »Doch nichts davon. Jetzt komme ich als Gesandter eines königlichen Prinzen. Wisse, dass Ahmed, der Prinz von Granada, hier angekommen ist, dich zu suchen, und dass er eben jetzt auf den blumigen Ufern des Tajo gelagert ist!«

Die Augen der schönen Prinzessin funkelten bei diesen Worten heller, als die Diamanten in ihrer kleinen Krone. »O lieblichster der Papageien«, rief sie, »wonnig sind in der Tat deine Nachrichten, denn ich war zag und verdrüsslich, und fast todkrank aus Ungewissheit über Ahmeds Treue. Begib dich zurück, und sag ihm, die Worte seines Briefes seien in mein Herz gegraben, und seine Gedichte seien die Nahrung meiner Seele gewesen. Sag ihm aber auch, er müsse sich rüsten, seine Liebe durch die Kraft der Waffen zu bewähren; morgen ist mein siebenzehnter Geburtstag, wo der König, mein Vater, ein großes Turnier hält; mehrere Prinzen werden in den Schranken erscheinen, und meine Hand wird der Preis des Siegers sein.«

Der Papagei machte sich, durch das Gebüsch rauschend, davon, und flog zu dem Prinzen zurück. Das Entzücken Ahmeds, das Original seines angebeteten Porträts gefunden zu haben, und sie hold und treu zu wissen, begreifen nur die begünstigten Sterblichen, welche das Glück gehabt haben, Tagträume verwirklicht und Schatten in Wesenheit verwandelt zu sehen. Aber Eines mäßigte noch sein Entzücken – dieses bevorstehende Turnier. In der Tat, die Ufer des Tajo glänzten schon von Waffen und hallten von den Trompeten der vielen Ritter wieder, die mit stolzem Gefolge Toledo entgegen zogen, um dem Feste beizuwohnen. Derselbe Stern, der das Schicksal des Prinzen lenkte, hatte auch über das der Prinzessin bestimmt, und bis zu ihrem siebenzehnten Jahre war sie von der Welt abgeschlossen gewesen, um sie vor der zärtlichen Leidenschaft zu bewahren. Der Ruf von ihren Reizen war aber durch diese Abschließung eher erhöht als verdunkelt worden. Mehrere mächtige Fürsten hatten sich um ihre Hand beworben; ihr Vater, ein König von wunderbarer Schlauheit, wollte sich keine Feinde machen, indem er für einen derselben entschied, und verwies sie auf die Entscheidung durch die Waffen. Unter den Mitbewerbern waren mehrere wegen ihrer Kraft und Tapferkeit berühmt. Welch ein Zustand für den unglücklichen Ahmed, der nicht mit Waffen versehen und in den Künsten des Rittertums nicht geübt war. »Unseliger Prinz, der ich bin«, sagte er, »dass ich in der Abgeschiedenheit unter den Augen eines Philosophen auferzogen wurde! Was nützen mir nun Algebra und Philosophie in Liebesangelegenheiten? Ach, Eben Bonabben, warum hast du es versäumt, mich in dem Gebrauch der Waffen zu unterrichten?« Bei diesen Worten brach die Eule ihr Schweigen und ließ ihrer Rede einen Ausruf vorangehen, denn dieser Vogel war ein frommer Muselmann.

»Allah Akbar! Gott ist groß!« rief sie. »In seinen Händen sind alle geheimen Dinge – er allein regiert das Geschick der Prinzen! – Wisse, o Prinz, dass dieses Land voller Geheimnisse ist, welche nur denen erschlossen sind, die, wie ich, im Dunkeln nach den Wissenschaften tappen können. Wisse, dass in den benachbarten Bergen eine Höhle ist; in dieser Höhle nun ist ein eiserner Tisch, und auf diesem eisernen Tisch liegt eine vollständige magische Rüstung, und neben dem Tisch steht ein bezaubertes Pferd, was alles viele Geschlechter hindurch dort abgeschlossen ist.«

Der Prinz war außer sich vor Staunen, während die Eule, mit ihren großen runden Augen blinzelnd, und ihre Hörner spitzend, fortfuhr.

»Vor vielen Jahren begleitete ich meinen Vater bei einer Reise durch seine Besitzungen in diese Gegenden, und wir übernachteten in jener Höhle, und so wurde ich mit dem Geheimnis bekannt. Es ist eine Sage in unserer Familie, welche ich von meinem Großvater hörte, als ich nur erst ein kleines Eulchen war, diese Rüstung gehöre einem maurischen Zauberer, der sich in die Höhle geflüchtet, als Toledo von den Christen eingenommen worden, und dort gestorben war, Roß und Wehr unter einem Zauberbann lassend, dass nur ein Moslem sie gebrauchen solle, und dieser nur von Sonnenaufgang bis zum Mittag. Wer sie aber während dieser Zeit gebraucht, werde jeden Gegner besiegen.«

»Genug! Lass uns diese Höhle aufsuchen!« rief Ahmed.

Von seinem sagenreichen Begleiter geführt, fand der Prinz die Höhle, welche in einer der wildesten Schluchten dieser Felsklippen waren, die um Toledo aufsteigen; nur das mausende Auge einer Eule oder eines Antiquars hätte den Eingang finden können. Eine Totenlampe mit nie sich verzehrendem Öl verbreitete ein feierliches Licht in der Höhle. Auf einem eisernen Tisch in der Mitte der Höhle lag die magische Rüstung, die Lanze war daran gelehnt, und darneben stand ein arabisches Roß, zum Kampfe aufgezäumt, aber regungslos wie eine Statue. Die Rüstung war glänzend und hell, wie sie in früherer Zeit geleuchtet hatte; das Roß in einem so guten Zustand, als käm es eben von der Weide, und als Ahmed seine Hand auf seinen Hals legte, stampfte es den Boden, und ließ ein lautes Wiehern der Freude hören, welches die Wände der Höhle erschütterte. So stattlich mit Roß und Waffen versehen, beschloss der Prinz, sich dem Kampfe in dem bevorstehenden Turnier zu stellen.

Der entscheidende Morgen kam. Die Schranken für den Kampf waren in der Vega oder Ebene grade unter den auf Klippen erbauten Mauern Toledos hergerichtet, und Bühnen und Galerien mit reichen Tapeten bedeckt, und durch seidene Dächer vor der Sonne geschützt, für die Zuschauer erbaut. Auf diesen Galerien waren alle Schönheiten des Landes versammelt, während unten schmucke Ritter mit ihren Pagen und Knappen prunkten; hier stachen vorzüglich die Prinzen hervor, welche in dem Turnier kämpfen sollten. Alle Schönheiten des Landes aber wurden verdunkelt, als die Prinzessin Alvegonda in dem königlichen Zelt erschien, und sich zum ersten Mal den Blicken einer bewundernden Welt darstellte. Ein Murmeln des Staunens über ihre unvergleichliche Schönheit lief durch die Menge, und die Prinzen, welche sich bloß auf den Ruf ihrer gerühmten Reize um ihre Hand beworben hatten, entbrannten jetzt in zehnfacher Glut für den Kampf.

Die Prinzessin aber sah traurig aus. Ihre Wangen erblassten und röteten sich, und ihr Auge irrte mit einem ruhelosen und unzufriedenen Ausdruck über die schmucken Scharen der Ritter hin. Die Trompeten sollten eben zum Kampfe rufen, als der Herold die Ankunft eines fremden Ritters ankündigte, und Ahmed sich den Schranken näherte. Ein gestählter Helm, mit Edelsteinen besetzt, erhob sich über seinem Turban; sein Panzer war mit Gold ausgelegt; Säbel und Dolch waren aus den Werkstätten von Fez und funkelten von kostbaren Steinen. Ein runder Schild hing an seiner Schulter, und in seiner Hand trug er die mit Zauberkraft begabte Lanze. Die Decke seines Arabers war reich gestickt, und fiel bis zum Boden nieder, und das stolze Tier bäumte sich und schnobberte die Luft und wieherte vor Freude, die Kampfreihen noch einmal zu sehen. Die stolze und anmutige Haltung des Prinzen fesselte jedes Auge, und als man ankündigte, dass er sich den »Liebespilger« nenne, wurde eine allgemeine Unruhe und Bewegung unter den schönen Fräuleins auf den Galerien bemerklich.

Als Ahmed sich aber an den Schranken darstellte, schlossen sich diese vor ihm; nur Prinzen, hieß es, würden zum Kampfe zugelassen. Er nannte seinen Namen und Rang. »Noch schlimmer!« Er war ein Moslem und konnte an einem Turnier nicht teilnehmen, dessen Preis die Hand einer christlichen Prinzessin war.

Die prinzlichen Bewerber umringten ihn mit stolzen und drohenden Mienen; und einer von unverschämtem Benehmen und herkulischer Gestalt verlachte höhnisch seine leichte und jugendliche Form und spottete über seinen Liebes-Beinamen. Der Zorn des Prinzen war rege. Er forderte seinen Nebenbuhler zum Kampfe heraus. Sie stellten sich an, umkreisten sich, und begannen den Kampf; und bei der ersten Berührung der magischen Lanze war der sennige Spötter aus dem Sattel geworfen. Der Prinz hätte jetzt gern eingehalten – aber ach, er hatte es mit einem dämonischen Pferd und gleichen Waffen zu tun – wenn sie einmal im Kampfe waren, konnte nichts sie zügeln. Das arabische Roß schoss in das dichteste Gedräng; die Lanze warf alles, was ihr vorkam, nieder; der sanfte Prinz wurde wie toll auf dem Kampfplatz umhergerissen, und bedeckte ihn mit hoch und niedrig, adlig und schlicht, und betrübte sich über seine eignen unfreiwilligen Heldentaten. Der König stürmte und wütete über diese Schmach an seinen Untertanen und Gästen. Er ließ alle seine Wachen ausziehen – so schnell sie herankamen, wurden sie aus dem Sattel geworfen. Der König warf seine Staatsgewänder ab, ergriff Schild und Lanze, und ritt heraus, den Fremdling mit der Gegenwart der Majestät selbst zu schrecken. Ach! Es erging der Majestät nicht besser, als dem Pöbel – das Roß und die Lanze achtete der Personen nicht, und zu Ahmeds Betrübnis wurde er in vollem Lauf gegen den König getragen, und in einem Augenblick waren die königlichen Fersen in der Luft, und die Krone rollte in den Staub.

In diesem Augenblick erreichte die Sonne die Mittagshöhe; der magische Bann nahm seine Kraft zurück; der Araber durchflog die Bahn, setzte über die Schranken, stürzte in den Tajo, schwamm durch dessen wilde Strömung, trug den Prinzen atemlos und außer sich in die Höhle, und stand wieder neben dem eisernen Tische wie eine Statue. Der Prinz stieg recht froh ab, und legte die Rüstung an ihre Stelle, um der ferneren Bestimmungen des Schicksals zu harren. Dann setzte er sich in der Höhle nieder, und dachte über den verzweifelten Zustand nach, in welchen ihn dieses teuflische Roß und die Waffen gebracht hatten. Er durfte es nicht wagen, sich zu Toledo sehen zu lassen, nachdem er eine solche Schmach über dessen Ritterschaft gebracht, und dessen König so schwer beleidigt hatte. Und was dachte wohl die Prinzessin von einem so rohen und stürmischen Beginnen? Voller Unruhe sandte er seine gefiederten Boten aus, um Nachrichten zu sammeln. Der Papagei begab sich an alle öffentlichen Orte und besuchten Plätze der Stadt und kehrte bald mit einer Menge Geplauder zurück. Ganz Toledo war in Bestürzung. Die Prinzessin war ohnmächtig in den Palast getragen worden; das Turnier hatte in Verwirrung geendigt; alle Welt sprach von der plötzlichen Erscheinung, den wunderbaren Taten und dem sonderbaren Verschwinden des Moslem-Ritters. Einige erklärten ihn für einen maurischen Zauberer; Andere hielten ihn für einen Teufel, der menschliche Gestalt angenommen, während Andere Sagen von bezauberten Kämpen, die in den Höhlen der

Berge versteckt seien, erzählten und glaubten, es könne einer derselben gewesen sein, der plötzlich aus seiner Höhle losgebrochen sei. Alle waren darüber eins, dass kein gewöhnlicher Sterblicher solche Wunder verrichten oder solche vollkommene und tapfere christliche Ritter aus dem Sattel heben könnte.

Des Nachts flog die Eule fort, schwebte über der nächtlichen Stadt und setzte sich auf die Dächer und Schornsteine. Dann nahm sie ihren Weg empor zu dem königlichen Palast, der auf der felsigen Höhe von Toledo stand, und schlich um seine Zinnen und Terrassen, an jeder Spalte lauschend und mit ihren dicken glotzigen Augen in jedes Fenster, wo ein Licht war, schielend, sodass ein oder zwei Staatsfräulein in Ohnmacht fielen. Aber erst, als die graue Dämmerung über die Berge schaute, kehrte sie von ihrer nächtlichen Wanderung zurück und erzählte dem Prinzen, was sie gesehen hatte.

»Während ich um einen der höchsten Türme des Palastes strich«, sagte sie, »sah ich durch ein Fenster eine schöne Prinzessin. Sie war auf ein Lager gelehnt, Dienerinnen und Ärzte um sie, allein sie wollte nichts von ihrem Dienste und ihrer Hilfe wissen. Als sie weg waren, sah ich, wie sie einen Brief aus ihrem Busen zog, ihn las und küsste und in laute Klagen ausbrach, worüber ich, so sehr ich auch Philosoph bin, nicht anders als gerührt sein konnte.«

Ahmeds zärtliches Herz betrübten diese Nachrichten sehr. »Zu wahr waren deine Worte, o weiser Eben Bonabben«, rief er. »Sorge und Kummer und schlaflose Nächte sind das Los der Liebenden. Allah bewahre die Prinzessin vor dem verderblichen Einfluss dieses Dings, das Liebe genannt wird.«

Fernere Kunde aus Toledo bestätigte die Nachricht der Eule. Die Stadt war eine Beute der Unruhe und der Verwirrung. Die Prinzessin war in den höchsten Turm des Palastes gebracht worden, und jeder Zugang zu demselben wurde streng bewacht. Mittlerweile hatte eine verzehrende Schwermut sich ihrer bemächtigt, deren Grund niemand erraten konnte – sie wies jede Nahrung von sich und wendete ihr Ohr jedem Trost ab. Die geschicktesten Ärzte hatten vergeblich ihre Kunst versucht; man glaubte, irgendein Zauber sei an ihr geübt worden, und der König ließ öffentlich bekannt machen, wer sie heilen könne, sollte den reichsten Juwel in dem königlichen Schatze erhalten.

Als die Eule, die träumerisch in einer Ecke saß, von dieser Bekanntmachung hörte, rollte sie ihre großen Augen und blickte geheimnisvoller denn je.

»Allah Akbar!«, rief sie: »glücklich der Mann, dem diese Heilung gelingt, wenn er nur weiß, was er in dem königlichen Schatz wählen soll.«

»Was meinst du, höchst ehrenwerte Eule?«, sagte Ahmed.

»Höre, o Prinz, was ich dir berichten will. Wir Eulen, musst du wissen, bilden eine gelehrte Gilde und sind dunkelm und ständigem Forschen sehr ergeben. Während meiner letzten nächtlichen Streiferei um die Dome und Türme Toledos, entdeckte ich eine Gesellschaft antiquarischer Eulen, welche ihre Zusammenkünfte in einem großen gewölbten Turm halten, wo der königliche Schatz aufbewahrt wird. Hier besprachen sie die Gestalten und Inschriften und Zeichen auf alten Gemmen und Juwelen, auf goldenen und silbernen Gefäßen, welche, Beweise des Geschmacks aller Länder und Zeiten, in dem Schatz aufgehäuft sind; am eifrigsten aber behandelten sie gewisse Reliquien und Zaubermittel, welche seit den Zeiten Roderichs des Goten in der Schatzkammer lagen. Unter diesen war ein Kistchen von Sandelholz, welches durch Stahlbande von orientalischer Arbeit geschlossen und mit mystischen nur wenigen Gelehrten bekannten Charakteren überschrieben war. Dieses Kistchen und seine Inschrift hatte die Gesellschaft mehrere Sitzungen beschäftigt und viele lange und ernste Streitigkeiten herbeigeführt. Zur Zeit meines Besuches saß eine sehr alte Eule, die neulich aus Ägypten gekommen war, auf dem Deckel des Kistchens und hielt über die Inschrift einen Vortrag, in welchem sie bewies, das Kistchen enthalte den seidnen Teppich von dem Throne Salomons des Weisen, der ohne Zweifel von den Juden, welche sich nach dem Sturz von Jerusalem nach Toledo geflüchtet hatten, mitgebracht worden sei.«

Als die Eule ihre antiquarische Rede geschlossen hatte, blieb der Prinz eine Zeit lang in Gedanken verloren. »Ich habe«, sagte er, »von dem weisen Eben Bonabben von den wunderbaren Eigenschaften dieses Talismans gehört, welcher bei dem Falle Jerusalems verschwand und für das menschliche Geschlecht verloren zu sein schien. Ohne Zweifel bleibt er für die Christen von Toledo ein geschlossenes Geheimnis. Wenn ich in den Besitz dieses Teppichs kommen kann, ist mein Glück gewiss.«

Am nächsten Tage legte der Prinz seine reiche Tracht beiseite und kleidete sich in das einfache Gewand eines Arabers der Wüste. Er gab seinem Gesicht eine dunkle Farbe und niemand hätte in ihm den glänzenden Krieger erkannt, der so viel Bewunderung und Unheil bei dem Turnier veranlasst hatte. Den Stab in der Hand, an der Seite die Tasche und eine kleine Hirtenpfeife, begab er sich nach Toledo, stellte sich an dem Tore des königlichen Palastes dar und kündigte sich als einen Mitbewerber um den Lohn an, der für die Wiederherstellung der Prinzessin geboten worden. Die Wachen wollten ihn mit Schlägen wegtreiben und sagten: »Was vermag ein herumziehender Araber, wie du, in einem Falle, an welchem die Gelehrtesten des Landes scheiterten?« Aber der König hörte den Lärm und befahl, den Araber vor ihn zu bringen.

»Mächtigster König«, sagte Ahmed, »du siehst einen Beduinen vor dir, der den größten Teil seines Lebens in den Einöden der Wüste hingebracht hat. Es ist bekannt, dass diese Einöden von Dämonen und bösen Geistern besucht werden, die uns arme Hirten bei unserer einsamen Wachen befangen, in unsere Schafe und Herden fahren und zuweilen selbst das geduldige Kamel wütend machen; gegen diese ist unser Zauber die Musik und wir haben alte Weisen, welche von Geschlecht zu Geschlecht auf uns kamen, und die wir singen und pfeifen, um diese bösen Geister zu vertreiben. Ich gehöre einem begabten Stamme an und besitze diese Kraft in ihrer vollsten Stärke. Wenn ein böser Einfluss dieser Art deine Tochter bezaubert hat, so setze ich meinen Kopf zum Pfand, dass ich diesen Bann löse.«

Der König war ein Mann von Verstand und wusste, welche wunderbare Geheimnisse diese Araber besaßen; die zuversichtliche Sprache des Prinzen erfüllte ihn daher mit Hoffnung. Er führte ihn sogleich zu dem hohen, durch mehrere Türen vermachten Turm, auf dessen höchster Höhe das Gemach der Prinzessin war. Die Fenster gingen auf einen Gang mit Geländern und hatten die Aussicht auf Toledo und die Umgegend. Die Fenster waren verhängt, denn die Prinzessin lag drinnen, die Beute eines verzehrenden Kummers, der jede Erleichterung von sich wies.

Der Prinz setzte sich auf den Gang und blies auf seiner Hirtenpfeife mehrere wilde arabische Weisen, die er von seinen Dienern in dem Generalife zu Granada gelernt hatte. Die Prinzessin blieb gefühllos und die Doctoren, die zugegen waren, schüttelten ihre Köpfe, und lächelten ungläubig und verächtlich. Endlich legte der Prinz die Pfeife beiseite und sang in einer einfachen Melodie die Liebesverse, durch welche er in dem Briefe seine Leidenschaft erklärt hatte.

Die Prinzessin erkannte die Worte – eine rasche Freude stahl sich in ihr Herz; sie erhob ihr Haupt und lauschte; Tränen brachen aus ihren Augen und strömten über ihre Wangen nieder; ihr Busen hob sich und fiel in dem Aufruhr der Gefühle. Sie hätte gern begehrt, dass der Sänger vor sie gebracht werde, aber jungfräuliche Scheu hielt sie zurück. Der König erriet ihren Wunsch und auf seinen Befehl wurde Ahmed in das Gemach geführt. Die Liebenden waren klug; sie wechselten nur Blicke, aber diese Blicke sprachen unendlich viel. Der Triumph der Musik war nie vollständiger. Die Rose kehrte auf die sanfte Wange der Prinzessin zurück, die Frische auf ihre Lippen und das tauige Licht in ihre schmachtenden Augen.

Alle anwesenden Ärzte starrten einander verwundert an. Der König betrachtete den arabischen Sänger mit einem Gemisch von Bewunderung und Ehrfurcht. »Wunderbarer Jüngling!«, rief er aus, »du sollst fortan der erste Arzt meines Hofes sein und kein anderes Rezept will ich brauchen als deinen Gesang. Für jetzt empfange deinen Lohn, den kostbarsten Juwel in meiner Schatzkammer.«

»O König«, versetzte Ahmed: »Ich setze keinen Wert auf Silber, Gold oder Edelstein. Eine Reliquie hast du in deiner Schatzkammer, welche von den Moslemin, denen einst Toledo gehörte, herstammt – ein Kistchen von Sandelholz, welches einen seidenen Teppich enthält: gib mir dieses Kistchen und ich bin zufrieden.«

Alle Anwesenden staunten über die Genügsamkeit des Arabers; dies war noch mehr der Fall, als das Kistchen von Sandelholz gebracht und der Teppich hervorgezogen wurde. Er war von schöner grüner Seide, mit hebräischen und chaldäischen Charakteren bedeckt. Die Hofärzte blickten einander an, zuckten die Schultern und lächelten über die Einfalt dieses neuen Arztes, der sich mit einem so elenden Lohn begnügte.

»Dieser Teppich«, sagte der Prinz, »deckte einst den Thron Salomons des Weisen; er ist wert, dass man ihn zu Füßen der Schönheit legt.«

Bei diesen Worten breitete er ihn auf dem Gang, unter einer Ottomanne aus, die für die Prinzessin gebracht worden war; dann setzte er sich ihr zu Füßen und sagte:

»Wer wird hindern, was in dem Buche des Schicksals geschrieben steht? Seht, die Weissagung der Astrologen ist erfüllt. Wisse, o König, dass deine Tochter und ich uns lange insgeheim liebten. Sieh in mir den Liebespilger.«

Diese Worte waren kaum von seinen Lippen, als der Teppich sich in die Luft erhob und den Prinzen und die Prinzessin entführte. Der König und die Ärzte blickten ihm mit offenem Munde und weit geöffneten Augen nach, bis er ein kleiner Fleck an der weißen Brust einer Wolke wurde und dann an dem blauen Himmelsgewölbe verschwand.

Der König war in Wut und ließ seinen Schatzmeister kommen: »Wie kömmt es,« rief er, »dass du einen Ungläubigen in den Besitz eines solchen Talismans kommen ließest?«

»Ach, Herr, wir kannten seine Kraft nicht und konnten die Inschriften auf dem Kistchen nicht entziffern. Wenn es wirklich der Teppich des Throns des weisen Salomon ist, so besitzt er magische Kraft und kann seinen Besitzer von Ort zu Ort durch die Luft tragen.«

Der König sammelte ein mächtiges Heer und brach nach Granada auf, die Flüchtigen verfolgend. Der Weg war lang und mühselig. Auf der Vega ließ er haltmachen und schickte einen Herold ab, um die Rückgabe seiner Tochter zu verlangen. Der König selbst kam ihm mit seinem ganzen Hof entgegen. In dem König sah er den leibhaften Sänger, denn Ahmed war nach dem Tode seines Vaters König geworden und die schöne Aldigonda war seine Sultanin.

Der christliche König war leicht zufriedengestellt, als er sah, dass seine Tochter ihren Glauben beibehalten hatte: nicht als wenn er besonders fromm gewesen wäre; aber die Religion ist immer ein Gegenstand des Stolzes und der Etikette bei den Fürsten. Statt blutigen Schlachten folgten sich jetzt Feste und Ergötzlichkeiten, nach welcher der König sich ganz vergnügt nach Toledo zurückbegab, und das junge Paar eben so glücklich als weise in der Alhambra zu regieren fortfuhr.

Es muss bemerkt werden, dass die Eule und der Papagei gesondert dem Prinzen in kleinen Tagreisen nach Granada folgten; jene reiste bei Nacht und hielt in den verschiedenen erblichen Besitzungen ihrer Familie an; dieser glänzte in den fröhlichen Kreisen jeder Stadt und Burg, die er auf seiner Reise berührte.

Ahmed vergalt die Dienste dankbar, die sie ihm bei seiner Pilgerschaft geleistet. Er machte den Weisheitsvogel zu seinem ersten Minister, den Papagei zu seinem Zeremonienmeister. Es ist unnötig zu bemerken, dass nie ein Land weiser regiert oder ein Hof mit pünktlicherer Sorgfalt in Ordnung gehalten wurde.

Sage von des Mauren Vermächtnis.

In der Festung der Alhambra, vor dem königlichen Palast, ist eine breite, offene Esplanade, welche der Platz der Zisternen (La Plaza de los Algibes) genannt wird, weil sie von Wasserbehältern, die vor dem Auge verborgen sind und noch aus der Zeit der Mauren herstammen, untergraben ist. In der einen Ecke dieses Platzes ist ein maurischer Brunnen, der bis zu erstaunlicher Tiefe in den lebendigen Fels gehauen und dessen

Wasser so kalt wie Eis und so klar, wie Kristall ist. Die von den Mauren gebauten Brunnen sind stets in Ansehen, denn es ist bekannt, welche Mühe sie sich gaben, um zu den reinsten und besten Quellen und Brunnen durchzudringen. Der, von dem wir hier reden, ist in ganz Granada berühmt, da die Wasserträger, bald mit großen Wassergefäßen auf ihren Schultern, bald Esel mit irdenen Krügen vor sich hertreibend, die steilen buschigen Zugänge der Alhambra, vom frühesten Morgen bis zur späten Abendzeit, auf- und absteigen.

Brunnen und Quellen waren immer, seit den Tagen der hl. Schrift, als Plauderplätze in den heißen Himmelsstrichen bekannt und an dem fraglichen Brunnen wird den lieben langen Tag von den Invaliden, den alten Weibern und anderm neugierigen, nichtstuerischen Volk der Festung ein ständiger Klub gehalten; sie sitzen da auf den steinernen Bänken, unter einem über den Brunnen gedeckten Dache, um die Zolleinnehmer vor der Sonne zu schützen und beschwatzen die Vorfälle der Festung und fragen jeden Wasserträger, der da kömmt, über die Stadtneuigkeiten, und machen lange Betrachtungen über alles, was sie sehen und hören. Zu jeder Stunde des Tags sieht man zaudernde Weiber und müßige Mägde hier mit dem Krug in der Hand oder auf dem Kopf weilen, um den Schluss des endlosen Gewäsches dieser Ehrenleute zu hören.

Unter den Wasserträgern, welche einst zu diesem Brunnen kamen, war ein starker, breitschultriger, krummbeiniger kleiner Kerl, namens Pedro Gil, den man aber der Kürze wegen Peregil hieß. Als Wasserträger war er natürlich ein Gallego, oder Gallicier. Die Natur scheint Geschlechter von Menschen, wie von Tieren, für verschiedene Arten von Plackerei geschaffen zu haben. In Frankreich sind alle Schuhputzer Savoyarden, alle Türhüter Schweizer – und in den Tagen der Reifröcke und des Haarpuders konnte niemand eine Sänfte gehörig in Gang bringen, als ein langbeiniger Irländer. So sind in Spanien die Wasser- und Lastträger sämtlich stämmige kleine Leute aus Gallicien. Niemand sagt: »Schafft mir einen Träger«, – sondern »ruft einen Gallego.«

Um von dieser Abschweifung zurückzukommen: Peregil der Gallego hatte sein Geschäft bloß mit einem großen irdenen Krug angefangen, den er auf seiner Schulter trug; allmählich hob er sich in der Welt und war imstand, sich einen Gehilfen von einer entsprechenden Klasse von Tieren anzuschaffen – nämlich einen starken, zottelhaarigen Esel. Auf jeder Seite dieses langöhrigen Adjutanten waren in einer Art Korb seine Wasserkrüge, auf welchen Feigenblätter lagen, um sie vor der Sonne zu bedecken. Es gab keinen fleißigeren Wasserträger in ganz Granada, und auch keinen fröhlichern. Die Straßen hallten von seiner lustigen Stimme wieder, während er seinem Esel nachtrabte und das gewöhnliche Sommerlied sang, das man in allen spanischen Städten hört; »Quien quiere agua – agua mas fria que la nieve?« – Wer will Wasser – Wasser kälter als Schnee? Wer will Wasser von Brunnen der Alhambra, kalt wie Eis und klar wie Kristall. Wenn er einem Kunden das klare Glas darreichte, hatte er stets ein freundliches Wort zur Hand, das zum Lächeln zwang, und wenn es vielleicht eine hübsche Dame oder eine schmucke Maid mit Grübchen in den Wangen war, geschah es stets mit einem schlauen Lächeln und einem Kompliment über ihre Schönheit, das unwiderstehlich war. So war Peregil der Gallego in ganz Granada als einer der höflichsten, lustigsten und glücklichsten Menschen bekannt. Aber es ist nicht alles Gold, was glänzt und der hat nicht das leichteste Herz, der am lautesten singt und am meisten scherzt. Bei allem diesem vergnügten Äußern hatte der ehrliche Peregil seine Not und Sorgen. Er hatte einen großen Haufen zerlumpter Kinder zu ernähren, die hungrig und lärmend waren, wie ein Nest voll junger Schwalben, und ihn jeden Abend bei seiner Rückkehr mit ihrem Geschrei nach Brot umringten. Er hatte auch eine Gehilfin, aber er hatte nichts weniger als Hilfe von ihr. Sie war vor ihrer Heirat eine Dorfschönheit gewesen – berühmt wegen ihrer Geschicklichkeit, den Bolero zu tanzen und die Kastagnetten zu rühren; und sie behielt ihre früheren Liebhabereien bei, vergeudete den mühsamen Erwerb des ehrlichen Peregil in Putz und nahm sogar den Esel in Beschlag, um Lustpartien auf das Land zu machen, so oft ein Sonntag oder Festtag oder einer der zahllosen Feiertage kam, die in Spanien sozusagen häufiger sind als die Tage der Woche. Bei allem dem war sie auch ein wenig von einer Schlumpe, etwas mehr von einer Faulenzerin und vor allem eine Klatsche von der ersten Sorte, die ihr Haus, ihren Haushalt und alles Übrige vernachlässigte, um in den Häusern ihrer geschwätzigen Nachbarn herumzufahren.

Er aber, der dem geschornen Lamme den Wind zumisst, passt auch das Ehestandsjoch dem sich beugenden Nacken an. Peregil ertrug alle die schweren Lasten von Weib und Kindern mit so mildem Sinne, wie sein Esel die Wasserkrüge, und obgleich er seine Ohren wohl für sich schüttelte, wagte er es doch nie, die Haushaltungstugenden seines schlumpigen Weibchens in Zweifel zu ziehen.

Er liebte seine Kinder auch, wie eine Eule ihre Eulchen liebt, weil sie in ihnen ihr eigenes Bild vervielfältigt und verewigt sieht; denn es war eine starke, breitschultrige, krummbeinige kleine Brut. Die größte Freude des ehrlichen Peregil aber war, wenn er sich zuweilen einen Feiertag machen konnte und einige Maravedis auszugeben hatte, das ganze Nest mit sich hinauszunehmen – einige auf dem Arm, einige an seinem Rockschoß hängend, und einige ihm auf den Fersen nachtrabend – um sie in den Gärten der Vega zu bewirten, während seine Frau mit ihren Feiertags-Freundinnen in den Angosturas des Darro tanzte.

Es war spät in einer Sommernacht, und die meisten Wasserträger hatten sich schon aus den Straßen entfernt. – Der Tag war ungewöhnlich heiß gewesen; die Nacht war eine jener köstlichen Mondscheinnächte, welche die Bewohner der südlichen Länder einladen, sich für die Hitze und Untätigkeit des Tages zu entschädigen, indem sie im Freien bleiben und die gemäßigte Milde der Luft bis nach Mitternacht genießen. Es waren daher noch Leute heraus, die Wasser forderten. Peregil dachte als ein besonnener, arbeitsamer, kleiner Vater an seine hungrigen Kinder und sagte zu sich: Noch einen Gang zum Brunnen, um einen Puchero für die Kleinen auf den Sonntag zu verdienen. Bei diesen Worten schritt er mutig den steilen Pfad zu der Alhambra hinan, sang unterwegs und gab dann und wann seinem Esel einen tüchtigen Schlag mit seinem Prügel in die Seite, entweder als Takt zu dem Lied oder als Ermunterung für das Tier; denn tüchtige Schläge dienen bei allen Lasttieren Spaniens statt des Hafers.

Als er an den Brunnen kam, fand er ihn von allen verlassen, einen einsamen Fremden in maurischem Gewand ausgenommen, der auf der Steinbank im Mondschein saß. Peregil hielt erst an und betrachtete ihn mit Staunen, das nicht ganz ohne Furcht war; aber der Maure winkte ihm mit schwacher Hand, sich zu nähern und sagte: »Ich bin schwach und krank; hilf mir in die Stadt zurück und ich will dir das doppelte von dem bezahlen, was du mit deinen Wasserkrügen verdient hättest.«

Das biedere Herz des kleinen Wasserträgers war bei dieser Bitte des Fremden von Mitleid durchdrungen. »Gott verhüte«, sagte er, »dass ich einen Lohn oder eine Gabe für eine Handlung der Menschlichkeit verlange.« Er half also dem Mauren auf seinen Esel und zog langsam nach Granada hinab; der arme Moslem war so schwach, dass er ihn auf dem Tiere halten musste, damit er nicht herabfiel.

Als sie in die Stadt kamen, fragte der Wasserträger, wohin er ihn führen solle. »Ach«, sagte der Maure schwach, »ich habe weder Haus noch Wohnung; ich bin ein Fremdling in dem Lande. Lass mich mein Haupt diese Nacht unter deinem Dache niederlegen und du sollst reichlich belohnt werden.«

Der ehrliche Peregil sah sich auf diese Art unerwartet mit einem ungläubigen Gast belastet, war aber zu menschlich, um einem Manne, der in einer so verlassenen Lage war, ein Nachtlager zu versagen; er führte den Mauren daher in seine Wohnung. Die Kinder, die wie gewöhnlich, wenn sie den Tritt des Esels hörten, mit offnem Mund herauskamen, liefen erschreckt zurück, als sie den beturbanten Fremden sahen, und versteckten sich hinter ihre Mutter. Die letztere schritt unerschrocken heraus, wie eine gluckende Henne vor ihrer Brut, wenn ein verlaufener Hund naht.

»Welchen ungläubigen Gefährten«, sagte sie, »bringst du in dieser späten Stunde in das Haus, um die Augen der Inquisition auf uns zu ziehen?«

»Sei ruhig, Frau!«, sagte der Gallego: »Es ist ein armer, kranker Fremdling, ohne Freund und Obdach; wirst du ihn abweisen, dass er auf der Straße sterbe?«

Das Weib hätte sich noch gesträubt, denn obgleich sie in einer elenden Hütte lebte, so war sie doch eine eifrige Kämpferin für den Kredit ihres Hauses; aber der kleine Wasserträger war dieses Mal hartnäckig und wollte sich nicht unter das Joch beugen. Er half dem armen Moslem absteigen und breitete eine Matte und ein Schafsfell für ihn in dem kühlsten Teil des Hauses auf den Boden – ein besseres Bett konnte seine Armut nicht bieten.

Nach einer kleinen Weile bekam der Maure die heftigsten Krämpfe, die aller hilfreichen Geschicklichkeit des einfachen Wasserträgers trotzten. Das Auge des armen Kranken sprach seine Erkenntlichkeit aus. In einem schmerzfreien Augenblick rief er ihn an seine Seite und sagte mit leiser Stimme zu ihm: »Mein Ende, fürchte ich, ist nahe. Wenn ich sterbe, vermache ich dir diese Kapsel als Lohn für deine Güte.« Bei diesen Worten öffnete er seinen Albornoz oder das Überkleid und zeigte eine kleine Kapsel von Sandelholz, die mit einem Riemen um seinen Leib gebunden war. »Gott gebe, mein Freund,« versetzte der würdige kleine Gallego, »dass Ihr viele Jahre lebt, um euch eures Schatzes zu erfreuen, welcher Art er auch sein mag.« Der Mann schüttelte den Kopf; er legte seine Hand auf die Kapsel und schien noch etwas in Bezug auf dieselbe sagen zu wollen, aber seine Krämpfe kamen mit erhöhter Heftigkeit zurück und nach einer kurzen Weile starb er.

Des Wasserträgers Weib war jetzt wie wahnsinnig. »Das kömmt von deiner törichten Gutmütigkeit«, sagte sie, »die dich immer ins Unglück stürzt, um Andern zu helfen. Was wird aus uns werden, wenn man diese Leiche in unserm Hause findet? Man wird uns als Mörder ins Gefängnis stecken, und wenn wir mit dem Leben davon kommen, so werden uns die Advokaten und Gerichtsdiener zu Grund richten.«

Der arme Peregil war in gleicher Unruhe und bereute es beinahe, eine gute Tat getan zu haben. Endlich durchkreuzte ihn ein Gedanke. »Es ist noch nicht Tag«, sagte er, »und ich kann die Leiche aus der Stadt bringen und sie in dem Sand an den Ufern des Xenil begraben. Niemand sah den Mauren in unser Haus kommen und niemand soll etwas von seinem Tode erfahren.«

Wie gesagt, so getan. Die Frau half ihm. Sie wickelten die Leiche des unglücklichen Moslem in die Matte, auf welcher er gestorben war, legten sie über den Esel und Peregil zog mit ihr an das Ufer des Flusses.

Zum Unglück wohnte dem Wasserträger gegenüber ein Barbier, Namens Pedrillo Pedrugo, einer der neugierigsten, schwatzhaftesten und boshaftesten seiner klatschhaften Zunft. Es war ein wieselköpfiger, spinnenbeiniger Schurke, geschmeidig und zutunlich; der berühmte Barbier von Sevilla konnte ihn in umfassender Kenntnis der Angelegenheiten Anderer nicht übertreffen und er konnte nicht mehr bei sich behalten, wie ein Sieb. Man sagte, er schliefe immer nur mit einem Auge und habe ein Ohr unbedeckt, sodass er selbst im Schlaf alles hören und sehen konnte, was vorging. So viel ist gewiss, er war eine Art von Läster-Chronik für die Neuigkeitssüchtigen von Granada und hatte mehr Kunden als alle übrigen Barbiere der Stadt.

Dieser ruhelose Barbier hörte den Peregil zu einer ungewöhnlichen Stunde der Nacht ankommen; auch vernahm er das Geschrei von Weib und Kindern. Alsobald steckte er auch seinen Kopf aus dem kleinen Fenster, das ihm als eine Art Luke diente, und sah seinen Nachbarn einem Manne in maurischem Gewand in seine Wohnung helfen. Dies war ein so auffallendes Ereignis, dass Pedrillo diese Nacht nicht eine Minute schlief. Alle fünf Minuten war er an seiner Luke und gab auf das Licht acht, das durch die Spalten der Türe des Nachbars flimmerte, und sah vor Anbruch des Tags Peregil mit seinem ungewöhnlich beladenen Esel abziehen.

Der neugierige Barbier war außer sich; er schlüpfte in seine Kleider, stahl sich schweigend fort und folgte in einiger Entfernung dem Wasserträger, wo er ihn denn auf dem Sandufer des Xenil eine Grube graben und etwas in dieselbe verscharren sah, das wie die Leiche eines Menschen aussah.

Der Barbier eilte nach Haus, polterte in seiner Bude umher und warf alles Drunter und Drüber, bis der Tag kam. Jetzt nahm er das Becken unter den Arm und eilte in das Haus seines täglichen Kunden, des Alcalde.

Der Alcalde war eben aufgestanden. Pedrillo Pedrugo setzte ihm einen Stuhl, band ihm eine Serviette um den Hals, steckte ihm ein Becken mit heißem Wasser unter das Kinn und fing an, ihm den Bart mit den Fingern zu erweichen.

»Seltsame Vorfälle!«, sagte Pedrugo, der zumal den Neuigkeitskrämer und den Barbier spielte: –»Seltsame Vorfälle! Raub – Mord – und Begräbnis – alles in einer Nacht.«

»Holla! – Wie? Was sagt Ihr da?«, rief der Alcalde.

»Ich sage,« versetzte der Barbier und rieb dem Würdenträger ein Stück Seife über die Nase und den Mund, denn ein spanischer Barbier verachtet es, einen Pinsel zu brauchen – »ich sage, Peregil der Gallego hat einen maurischen Muselmann in dieser gebenedeiten Nacht beraubt, gemordet und begraben. Maldita sea la noche verflucht sei die Nacht!«

»Aber wie habt Ihr das alles erfahren?«, fragte der Alcalde.

»Habt Geduld, Sennor, und Ihr sollt alles hören«, erwiderte Pedrillo, nahm ihn bei der Nase und ließ das Rasiermesser über seine Wange gleiten. Er erzählte dann alles, was er gesehen hatte und machte beide Operationen zu gleicher Zeit ab, indem er ihm den Bart abkratzte, sein Kinn wusch, uns ihn mit einer schmutzigen Serviette abtrocknete, während er den Moslem beraubte, mordete und begrub.

Nun begab es sich, dass der Alcalde einer der hochfahrendsten und zugleich einer der habsüchtigsten und schlechtesten Filze in ganz Granada war. Jedoch konnte nicht geleugnet werden, dass er einen hohen Wert auf die Gerechtigkeit setzte, denn er verkaufte sie nach ihrem Gewichte in Gold. Er dachte sich, der vorliegende Fall sei ein Raubmord; ohne Zweifel habe es reiche Beute dabei abgesetzt; wie war diese in die rechtmäßige Hand des Gerichtes zu bringen? – denn den Verbrecher bloß zu ertappen – das hieß nur den Galgen füttern: – aber den Raub ertappen – das hieß den Richter bereichern und dies war, seiner Ansicht nach, der große Zweck der Gerechtigkeit. So dachte er und rief seinen treuesten Aguazil – einen ausgetrockneten, hungrig aussehenden Schurken, nach der Sitte seines Standes in die altspanische Tracht gekleidet, einen breiten schwarzen Hut nach allen Seiten aufgestülpt; ein sauberer Kragen; ein kleiner schwarzer Mantel von den Schultern flatternd; alte schwarze Unterkleider, welche seine schwanke, drähterne Gestalt noch mehr hervorhoben, während er in seiner Hand einen dünnen weißen

Stab trug, das gefürchtete Abzeichen seines Amtes. Der Art war der gesetzliche Spürhund, von der alten spanischen Zucht, den er auf die Spuren des unglücklichen Wasserträgers hetzte; und der Art war seine Eile und Zuversicht, dass er dem armen Peregil auf den Fersen war, ehe er noch sein Haus erreichte, und ihn und seinen Esel vor den Spender der Gerechtigkeit brachte.

Der Alcalde warf einen seiner fürchterlichsten Blicke auf ihn. »Hörst du, Verbrecher!«, brüllte er in einem Ton, dass dem armen Gallego die Knie aneinander klapperten. – »Hörst du, Verbrecher, du brauchst deine Schuld nicht zu leugnen, ich weiß bereits alles. Ein Galgen ist der beste Lohn für das Verbrechen, das du begangen hast; aber ich bin mitleidig und lasse gern mit mir reden. Der Mann, den du in deinem Hause ermordet hast, war ein Maure, ein Ungläubiger, ein Feind unserer Religion. Ohne Zweifel hast du ihn in einem Anfall religiösen Eifers totgeschlagen. Ich will daher nachsichtiger sein; gib die Habe heraus, welche du ihm genommen hast und wir wollen die Sache vertuschen.«

Der arme Wasserträger rief alle Heilige als Zeugen seiner Unschuld an; aber ach, keiner von ihnen kam; und wenn sie gekommen wären, der Alcalde hätte alle Heilige des Kalenders Lügen gestraft. Der Wasserträger erzählte die ganze Geschichte von dem sterbenden Mauren mit der ungeschmückten Einfachheit der Wahrheit; aber alles war umsonst. »Wirst du darauf bestehen«, fragte der Richter, »dass dieser Moslem weder Gold noch Juwelen hatte, welche ein Gegenstand deiner Habgier waren?«

»So gewiss ich selig zu werden hoffe, Eure Gnaden,« versetzte der Wasserträger: »Er hatte nichts als eine kleine Kapsel von Sandelholz, die er mir als Lohn für meine Dienste vermachte.«

»Eine Kapsel von Sandelholz? Eine Kapsel von Sandelholz?« rief der Alcalde und seine Augen funkelten bei den Gedanken an Edelsteine. »Und wo ist diese Kapsel? Wo hast du sie versteckt?«

»Euer Gnaden zu dienen«, sagte der Wasserträger, »sie ist in einem der Körbe meines Esels und steht Euer Gnaden herzlich gern zu Diensten.«

Er hatte diese Worte kaum gesprochen, so schoss der treffliche Aguazil schon fort und erschien in einem Augenblick wieder mit der geheimnisvollen Kapsel von Sandelholz. Der Alcalde öffnete sie mit hastiger und zitternder Hand; alles drängte sich herzu, um die Schätze zu sehen, welche sie, wie man hoffte, enthielt, als, zu ihrem Missmut, sich nichts als eine Pergamentrolle mit arabischen Buchstaben bedeckt, und ein Stück von einer Wachskerze zeigte.

Wenn nichts durch die Überführung eines Gefangenen zu gewinnen ist, so ist die Gerechtigkeit, in Spanien sogar, manchmal unparteiisch. Als sich der Alcalde von seinem Verdruss erholt hatte, und sah, dass wirklich nichts Namhaftes in der Kapsel war, hörte er leidenschaftslos auf die Auseinandersetzung des Wasserträgers, welche durch das Zeugnis seiner Frau bekräftigt ward. So von seiner Unschuld überzeugt, entließ er ihn aus seiner Haft; ja, er erlaubte ihm sogar, sein maurisches Vermächtnis, die Kapsel von Sandelholz und deren Inhalt als wohlverdienten Lohn für seine Dienste mit nach Hause zu nehmen; aber den Esel behielt er an Geldes statt für Kosten und Gebühren.

Da war denn der unglückliche kleine Gallego wieder in die Notwendigkeit versetzt, sein eigner Wasserträger zu werden und mit einem großen irdenen Krug auf seiner Schulter zu dem Brunnen der Alhambra herauf zu keuchen.

Wenn er sich in der Hitze eines Sommernachmittags die Höhe heraufarbeitete, verließ ihn seine gewöhnliche gute Laune. »Verdammter Alcalde!«, rief er dann wohl aus: »der einem armen Mann die Mittel seines Unterhalts, den besten Freund raubte, den er auf der Welt hatte.« Und dann brach, bei der Erinnerung an den geliebten Gefährten seiner Mühen, die ganze Zärtlichkeit seines Wesens hervor. »Ach, Esel meines Herzens!«, rief er aus, indem er seinen Krug auf einen Stein stellte und sich den Schweiß von der Stirne wischte – »ach, Esel meines Herzens! Ich weiß es gewiss, du denkst an deinen alten Herrn! Ich weiß es gewiss, du vermissest die Wasserkrüge – armes Tier!«

Um seinen Kummer zu vermehren, empfing ihn seine Frau, wenn er nach Hause kam, mit Murren und Greinen; sie hatte nun offenbar den Vorteil über ihn, denn sie hatte ihn gewarnt, die edle Handlung der Gastfreundschaft, welche all dieses Unheil über sie brachte, nicht zu üben; und als eine kluge Frau nahm sie jede Gelegenheit wahr, ihm ihren überlegeneren Scharfsinn vorzuhalten. Wenn ihre Kinder kein Brot hatten oder ein neues Kleid brauchten, sagte sie wohl höhnisch – »geht zu euerm Vater – er ist der Erbe des Königs Chico von der Alhambra – sagt ihm, er solle euch mit der Büchse des Mauren helfen.«

Wurde je ein armer Erdenmensch so arg gestraft, weil er eine gute Tat vollbracht hatte? Der unglückliche Peregil war an Leib und Seele niedergeschlagen, dennoch ertrug er den Hohn seiner Frau mit Gelassenheit. Endlich aber, eines Abends, als er nach saurer Tagesarbeit heimkehrte, und sie ihn wieder in der gewöhnlichen Weise aushöhnte, verlor er alle Geduld. Er wagte es nicht, sie es entgelten zu lassen, aber sein Auge ruhte auf der Kapsel von Sandelholz, die mit halb offenem Deckel, als spotte sie über seine Not, auf einem Brette lag. Er ergriff sie und warf sie zornig auf den Boden. »Verflucht der Tag«, rief er, »an welchem ich dich zuerst erblickte und deinen Besitzer unter meinem Dache aufnahm!«

Als das Kistchen auf den Boden fiel, öffnete sich der Deckel weit und die Pergamentrolle fiel heraus. Peregil betrachtete die Rolle eine Zeit lang in düsterem Schweigen. Endlich sammelte er seine Gedanken – »wer weiß,« dachte er, »vielleicht ist diese Schrift nicht unwichtig, da der Maure sie so sorgfältig bewahrte?« Er nahm sie daher und steckte sie an seine Brust; und als er am nächsten Morgen Wasser in den Straßen ausrief, blieb er an dem Laden eines Mauren stehen, eines Eingebornen von Tangiers, der Wohlgerüche und andere Kleinigkeiten verkaufte, und bat ihn, ihm den Inhalt zu erklären.

Der Maure las die Rolle aufmerksam, strich dann den Bart und lächelte. »Diese Handschrift«, sagte er, »enthält eine Zauberformel, um verborgene Schätze, welche gebannt liegen, aufzufinden. Es heißt, sie habe eine solche Kraft, dass die stärksten Riegel und Bande, ja selbst Demantfelsen ihr weichen müssen.«

»Pah«, sagte der kleine Gallego, »was nützt mir das alles? Ich bin kein Beschwörer und weiß nichts von begrabenen Schätzen.« Bei diesen Worten nahm er seinen Wasserkrug auf die Schulter, ließ die Rolle in den Händen des Mauren und machte seine gewöhnliche Runde.

Als er aber am Abend in der Dämmerstunde an dem Brunnen der Alhambra ausruhte, fand er eine Gesellschaft von Plaudertaschen versammelt, deren Unterhaltung, wie das in diesen abendlichen Stunden nicht ungewöhnlich ist, sich um alte Märchen und Sagen von übernatürlichen Ereignissen drehte. Da sie alle arm wie Ratten waren, verweilten sie mit Vorliebe bei dem viel beliebten Stoffe – bei bezauberten Schätzen, welche die Mauren in verschiedenen Teilen der Alhambra zurückgelassen. Vor allem stimmten sie in dem Glauben überein, es lägen tief in der Erde unter dem Turm der sieben Stockwerke große Schätze verborgen.

Diese Geschichten machten einen ungewöhnlichen Eindruck auf den Geist des guten Peregil und senkten sich tiefer und tiefer in seine Gedanken, als er durch die dunkeln Pfade einsam zurückkehrte. »Wenn denn doch wirklich ein Schatz unter diesem Turme begraben läge – und wenn die Rolle, die ich bei dem Mauren gelassen habe, mich in den Stand setzte, sie zu heben!« In der plötzlichen Verzückung dieses Gedankens hätte er beinahe seinen Wasserkrug fallen lassen.

Er wälzte sich diese Nacht ruhelos in seinem Bette und konnte vor allen den Gedanken, die sein Gehirn umtrieben, nicht einen Augenblick schlafen. Mit dem frühen Morgen eilte er in die Bude des Mauren und erzählte ihm alles, was ihm in dem Kopf herumgegangen war. »Ihr könnt Arabisch lesen«, sagte er: »Lasst uns miteinander in den Turm gehen und die Wirkung der Zauberformel versuchen; schlägt es fehl, so sind wir nicht schlimmer daran, als vorher; gelingt es, so teilen wir den ganzen Schatz, den wir finden, in gleiche Teile.«

»Halt,« versetzte der Moslem: »Die Schrift allein reicht nicht hin; sie muss um Mitternacht, bei dem Licht einer Kerze gelesen werden, welche auf besondere Art zusammengesetzt und hergerichtet, und wozu das Erforderliche nicht in meinem Bereiche ist. Ohne diese Kerze ist die Rolle von keinem Nutzen.«

»Kein Wort mehr!«, rief der kleine Gallego: »Ich habe eine solche Kerze zur Hand und werde sie den Augenblick herbringen.« Damit eilte er nach Haus und kam bald mit dem Ende der gelben Wachskerze zurück, die er in der Kapsel gefunden hatte.

Der Maure fühlte und roch daran. »Hier sind seltne und kostbare Wohlgerüche mit diesem gelben Wachse verbunden«, sagte er. »Dies ist die Art Kerze, wie sie in der Rolle bezeichnet ist. Solange sie brennt, werden die stärksten Mauern und geheimsten Höhlen offenbleiben. Aber wehe dem, der wartet, bis sie verloschen ist. Er bleibt verzaubert bei dem Schatze.«

Sie kamen nun überein, den Zauber noch in derselben Nacht zu versuchen. Als daher in später Stunde sich nichts mehr regte, als Eulen und Fledermäuse, bestiegen sie die waldbewachsene Anhöhe der Alhambra und näherten sich dem schauerlichen Turm, der von Bäumen umbuscht und durch so viele Sagen furchtbar gemacht worden ist. Bei dem Lichte einer Laterne tappten sie sich durch Büsche und über Steine zum Tor eines Gewölbes unter dem Turme fort. Mit Furcht und Zittern stiegen sie eine in den Felsen gehauene Treppe hinab. Sie führte zu einer leeren, feuchten und öden Kammer, aus welcher eine zweite Treppe in ein tieferes Gewölbe ging. Auf diese Art stiegen sie vier verschiedene Treppen hinab, welche in eben so viele Gewölbe, eines unter dem andern, führten; aber der Boden des vierten war fest; und obgleich der Sage nach noch drei Gewölbe tiefer unten waren, so war es doch, wie man behauptete, unmöglich, weiter einzudringen, da ein starker Zauber diese untere Teile verschloss. Die Luft dieses Gewölbes war feucht und kalt und roch nach Erde und das Licht verbreitete nur einen schwachen Strahl. In atemloser Ungewissheit standen sie eine Zeit lang hier, bis sie die Glocke des Wachtturms schwach zwölf schlagen hörten; nun zündeten sie die Wachskerze an, welche einen Geruch von Myrrhen, Weihrauch und Storax verbreitete.

Der Maure begann schnell zu lesen. Er hatte kaum geendigt, als ein Geräusch wie unterirdischer Donner entstand. Die Erde bebte, der Boden tat sich auf, und zeigte eine Treppe. Zitternd und bebend stiegen sie hinab und sahen sich bei dem Licht der Laterne in einem andern mit arabischen Inschriften bedeckten Gewölbe. In der Mitte stand eine große Kiste, welche mit sieben Stahlbanden befestigt war, und an deren Enden zwei bezauberte Mauren in voller Rüstung aber regungslos wie eine Statue saßen, denn sie waren in der Gewalt des Bannes. Vor der Kiste standen mehrere mit Gold und Silber und Edelsteinen gefüllte Krüge. In den größten derselben steckten sie ihre Arme bis zum Ellbogen und holten sich mit jedem Griffe händevoll breite gelbe Stücke maurischen Goldes oder Spangen und Schmuck desselben kostbaren Metalls, während manchmal ein Halsband von orientalischen Perlen sich an ihre Finger hängte. Stets bebten und atmeten sie fieberartig, während sie ihre Taschen mit der Beute füllten; und manchen furchtsamen Blick warfen sie auf die bezauberten Mauren, die bewegungslos und grimmig da saßen, und sie mit starren Augen ansahen. Endlich fasste sie bei einem eingebildeten Geräusch ein panischer Schrecken und sie stürzten beide, einer über den andern stolpernd, die Treppe hinauf, in das obere Gemach, warfen die Wachskerze um, und verlöschten sie, und der Boden schloss sich wieder mit einem donnernden Schall.

Von Furcht erfüllt standen sie nicht eher still, als bis sie sich aus dem Turm herausgetappt hatten, und die Sterne durch die Bäume glänzen sahen. Jetzt setzten sie sich auf das Grab und teilten den Fund, entschlossen, für jetzt mit dieser bloßen oberflächlichen Untersuchung der Krüge sich begnügen zu wollen, aber in einer künftigen Nacht wieder zu kommen, und sie bis auf den Grund zu leeren. Damit einer des andern sicher wäre, teilten sie die Zaubermittel unter sich; der eine behielt die Rolle, der andere die Kerze; als dies getan war, brachen sie mit leichten Herzen und wohlgespickten Taschen nach Granada auf.

Als sie den Hügel hinabstiegen, flüsterte der verschlagene Maure dem einfachen kleinen Wasserträger ein Wort des Rates zu.

»Freund Peregil«, sagte er, »dieser ganze Handel muss ein tiefes Geheimnis bleiben, bis wir uns den ganzen Schatz zugeeignet, und ihn in gute Verwahrung gebracht haben. Wenn der Alcalde auch nur eine Silbe davon erfährt, sind wir verloren.«

»Gewiss«, versetzte der Gallego, »nichts kann wahrer sein.«

»Freund Peregil«, sagte der Maure, »du bist ein kluger Mann und wirst gewiss ein Geheimnis für dich behalten können; aber du hast eine Frau.«

»Kein Wort soll sie davon erfahren«, erwiderte der Wasserträger barsch.

»Genug«, sagte der Maure; »ich verlasse mich auf deine Klugheit und dein Wort.«

Nie war ein Wort bestimmter und redlicher gegeben worden; welcher Mann kann aber vor seiner Frau ein Geheimnis behalten? Gewiss keiner, wie Peregil, der Wasserträger, der einer der liebevollsten und gutmütigsten Ehemänner war. Als er nach Hause kam, fand er seine Frau, die gedankenvoll in einem Winkel saß. »Ganz recht«, rief sie, als er eintrat; »endlich bist du da, nachdem du bis in diese Stunde der Nacht Umherschwärmtest. Mich wundert, dass du nicht wieder einen Mauren als Hausgenossen heimgebracht hast.« Darauf brach sie in Tränen aus, rang ihre Hände, und schlug sich die Brust. »Unglückliche Frau, die ich bin«, rief sie, »was soll aus mir werden? Mein Haus von Advokaten und Alguazils beraubt und geplündert; mein Mann ein Taugenichts, der kein Brot mehr für seine Familie heimbringt, sondern mit ungläubigen Mauren Tag und Nacht herumstreicht? O meine Kinder! Meine Kinder! Was wird aus uns werden? Wir werden alle in den Straßen betteln gehen müssen!«

Der ehrliche Peregil ward durch den Gram seiner Frau so gerührt, dass er sich nicht enthalten konnte, auch zu schluchzen. Sein Herz war so voll wie seine Tasche und musste sich ausschütten. Er steckte seine Hand in die letztere, tat drei oder vier dicke Goldstücke heraus, und ließ sie in ihren Busen gleiten. Die arme Frau war starr vor Staunen und wusste nicht, was dieser goldne Regen bedeuten sollte. Ehe sie sich von ihrem Staunen erholen konnte, zog der kleine Gallego eine goldene Kette hervor, und ließ sie vor ihr baumeln, während er vor Freude sprang, und den Mund von einem Ohr zum andern aufriss.

»Die Heilige Jungfrau schirme uns!«, rief die Frau.«Was hast du getan, Peregil? Du hast doch nicht Raub und Mord begangen?«

Dieser Gedanke war der armen Frau kaum durch den Kopf geflogen, so war er auch schon Gewissheit bei ihr. Sie sah schon einen Kerker und einen Galgen vor sich, und einen kleinen krummbeinigen Gallego, der an demselben aufgehängt war; und von den durch ihre Phantasie heraufbeschwornen Schauern überwältigt, verfiel sie in Krämpfe.

Was sollte der arme Mann tun? Er hatte kein anderes Mittel, seine Frau zu beruhigen, und die Trugbilder ihrer Phantasie zu verscheuchen, als dass er ihr die ganze Geschichte seines Glückes erzählte. Er tat dies jedoch nicht eher, als bis er ihr das feierliche Versprechen abgedrungen hatte, keinem lebenden Wesen ein Wort von der ganzen Sache zu erzählen.

Es würde unmöglich sein, ihre Freude zu beschreiben. Sie schlang ihre Arme um den Hals ihres Gatten und erstickte ihn bald mit ihren Liebkosungen. »Jetzt, Frau«, rief der kleine Mann mit offener Freude, »was sagst du jetzt zu dem Vermächtnis des Mauren! Fortan schilt mich nicht mehr, wenn ich einem unglücklichen Mitmenschen beistehe!«

Der ehrliche Gallego legte sich auf seine Schafpelz-Matte, und schlief so gesund, wie auf einem Flaumbett. Nicht so seine Frau! Sie schüttelte den ganzen Inhalt seiner Taschen auf die Matte und zählte die ganze Nacht Goldstücke von arabischem Gepräg, probierte Halsbänder und Ohrringe, und dachte, wie sie eines Tages aussehen würde, wenn sie sich ihrer Schätze erfreuen dürfte.

Am nächsten Morgen nahm der ehrliche Gallego ein dickes Goldstück und ging damit in die Bude eines Juwelenhändlers auf dem Zacatin, um es zum Kauf anzubieten, indem er vorgab, er habe es in den Trümmern der Alhambra gefunden. Der Juwelier sah, dass es eine arabische Umschrift hatte, und von dem reinsten Golde war; er bot aber nur den dritten Teil des Wertes, womit der Wasserträger vollkommen zufrieden war. Peregil kaufte jetzt neue Kleider für seine kleine Herde, sowie alle Arten von Spielsachen und reichen Vorrat für ein tüchtiges Mahl, worauf er heimkehrte, und alle seine Kinder um sich her tanzen ließ, während er, der glücklichste Vater, in ihrer Mitte hüpfte!

Die Frau des Wasserträgers hielt ihr Versprechen zu schweigen, mit erstaunlicher Pünktlichkeit. Anderthalb Tage ging sie mit geheimnisvollem Blick und einem Herzen, das zum Bersten voll war, umher, aber sie schwieg, obgleich sie von ihren Gevatterinnen umgeben war. Es ist wahr, sie konnte es nicht verwinden, sich etwas Ansehen zu geben, entschuldigte ihre zerrissenen Kleider, sprach von dem Bestellen eine Basquinna, besetzt mit goldenen Borten und Korallen und einer neuen Spitzen-Mantilla. Sie ließ auch Winke von der Absicht ihres Mannes fallen, sein Gewerbe als Wasserträger aufgeben zu wollen, da es nicht mehr ganz zu seinen Gesundheitsumständen passe. Sie glaubte wirklich, sie würden sich alle den Sommer auf das Land zurückziehen, wo die Kinder die Bergluft genießen könnten, denn es sei unmöglich, in der heißen Jahreszeit die Stadt zu bewohnen.

Die Nachbarinnen starrten einander an, und glaubten, die arme Frau habe ihren Verstand verloren; und ihr aufgeblasenes Wesen, ihr Schöntun und ihre vornehmen Ansprüche waren der allgemeine Gegenstand des Spottes und der Belustigung ihrer Freundinnen, sobald sie ihnen den Rücken gewendet hatte.

Wenn sie jedoch draußen zurückhaltend war, so entschädigte sie sich zu Haus, und legte eine Schnur reicher orientalischer Perlen um ihren Hals, maurische Spangen um ihre Arme und einen Schmuck von Diamanten um ihre Haare, und segelte in der Stube rückwärts und vorwärts in ihren schlumpigen Fetzen und stand dann und wann still, um sich in einem Stück zerbrochenen Spiegelglases zu betrachten. Ja, in dem Drange ihrer albernen Eitelkeit konnte sie einmal nicht widerstehen, sich an dem Fenster zu zeigen, um sich des Eindrucks ihres Putzes auf die Vorübergehenden zu erfreuen.

Das Unglück wollte aber, dass Pedrillo Pedrugo, der zudringliche Barbier, in diesem Augenblicke müßig in seiner Bude auf der entgegengesetzten Seite der Straße saß, als das Funkeln eines Diamants sein Auge traf. Augenblicks war er an seiner Luke und sah die schlumpige Frau des Wasserträgers in der Pracht einer morgenländischen Braut herausgeputzt. Er hatte nicht sobald ein genaues Verzeichnis ihres Schmuckes aufgenommen, so flog er auch schon in aller Hast zu dem Alcalde. Nach einer kleinen Weile war der hungrige Alguazil wieder auf der Spur; und ehe der Tag vorüber war, wurde der unglückliche Peregil wieder vor den Richter geschleppt.

»Wie ist's, Schurke!«, rief, der Alcalde mit einer fürchterlichen Stimme. »Du sagtest mir, der in deinem Hause verstorbene Ungläubige habe nichts als ein leeres Kistchen hinterlassen, und jetzt höre ich, deine Frau stolziere in ihren Lumpen herum, mit Perlen und Diamanten geschmückt. Elender, der du bist! Bereite dich, die Beute deines unglücklichen Opfers herauszugeben, und an dem Galgen zu baumeln, der bereits müde ist, länger auf dich zu warten.«

Der erschrockene Wasserträger fiel auf seine Knie und gab eine vollständige Erzählung von der wunderbaren Art, auf welche er zu seinem Reichtum gekommen war. Der Alcalde, der Alguazil und der neugierige Barbier lauschten mit offenen Ohren auf dieses arabische Märchen von bezauberten Schätzen. Der Alguazil wurde abgeschickt, den Mauren herzubringen, der bei der Beschwörung zugegen gewesen. Der Moslem trat ein, halb außer sich vor Schrecken, sich in den Händen der Harpien der Gerechtigkeit zu sehen. Als er den Wasserträger mit seinen Schafsaugen und den niedergeschlagenen Mienen dastehen sah, begriff er alles. »Elendes Tier«, sagte er, als er an ihm vorüberging, »habe ich dich nicht vor dem Plaudern deiner Frau gewarnt?«

Die Geschichte des Mauren stimmte genau zu der seines Genossen; aber der Alcalde stellte sich hartgläubig und drohte mit Gefängnis und strenger Untersuchung.

»Langsam, guter Sennor Alcalde«, sagte der Muselmann, der unterdessen seine gewöhnliche Verschlagenheit und Selbstbeherrschung wieder erlangt hatte. »Lasst uns die Gaben des Glücks nicht durch Streit um sie vergeuden. Niemand weiß von dieser Sache etwas als wir – bewahren wir das Geheimnis. Es sind Schätze genug in der Höhle, uns alle zu bereichern. Versprecht eine gewissenhafte Teilung, und alles soll bekannt werden – verweigert sie, und die Höhle wird für immer geschlossen bleiben.«

Der Alcalde beriet sich heimlich mit dem Alguazil. Der letztere war ein alter Fuchs in seinem Gewerbe. »Versprecht alles«, sagte er, »bis ihr im Besitz des Schatzes seid. Ihr könnt dann das Ganze nehmen; und wenn er und sein Mitfrevler zu murren wagen, so droht ihnen mit dem Scheiterhaufen und dem Pfahl als Ungläubige und Hexenmeister.«

Dem Alcalde gefiel der Rat. Er glättete seine Stirne und sagte, zu dem Mauren gewendet: »Diese Geschichte ist wunderbar und mag wahr sein – aber ich muss mich mit eignen Augen davon überzeugen. Noch in dieser Nacht müsst ihr die Beschwörung in meiner Gegenwart wiederholen. Wenn wirklich ein solcher Schatz da ist, wollen wir ihn freundschaftlichst unter uns teilen, und nicht ferner von der Sache sprechen; habt ihr mich aber getäuscht, so erwartet von mir keine Gnade. Mittlerweile müsst ihr im Gefängnis bleiben.«

Der Maure und der Wasserträger stimmten diesen Bedingungen freudig bei, zufrieden, dass der Ausgang die Wahrheit ihrer Worte bewähren würde.

Gegen Mitternacht machte sich der Alcalde, begleitet von dem Alguazil und dem zutunlichen Barbier, alle gut bewaffnet, in aller Stille auf den Weg. Sie führten den Mauren und den Wasserträger als Gefangene und hatten sich den starken Esel des letztern noch zugesellt, um ihm den gehofften Schatz aufzubürden. Ohne bemerkt zu werden, kamen sie an den

Turm, banden den Esel an einen Feigenbaum, und stiegen in das vierte Gewölbe des Turmes hinab.

Die Rolle wurde hervorgeholt, die gelbe Wachskerze angezündet, und der Maure las die Beschwörungsformel. Die Erde bebte wie früher, der Boden öffnete sich mit einem donnernden Schall, und die schmale Treppe ward sichtbar. Der Alcalde, der Aguazil und der Barbier waren schreckenbleich und konnten nicht so viel Mut finden, hinabzusteigen. Der Maure und der Wasserträger traten in das untere Gewölbe und fanden die zwei Mauren stumm und regungslos, wie früher, dasitzen. Sie hoben zwei große mit Goldmünzen und kostbaren Steinen gefüllte Gefäße weg. Der Wasserträger schleppte sie, einen nach dem andern, auf seinen Schultern hinauf; obgleich er aber ein senniger kleiner Mann und an das Tragen von Lasten gewöhnt war, wankte er doch unter ihrem Gewichte, und fand, als er sie auf den beiden Seiten seines Esels befestigt hatte, dass sie so viel ausmachten, als sein Esel nur tragen konnte.

»Lasst uns für jetzt zufrieden sein«, sagte der Maure, »wir haben hier so viel Kostbares, als wir ohne bemerkt zu werden, fortschaffen können, und genug, um uns alle so reich zu machen, als das Herz es nur verlangen kann.«

»Ist der Schatz noch nicht ganz in unsern Händen?«, fragte der Alcalde.

»Das Kostbarste«, sagte der Maure, »ist noch zurück – eine große mit Stahlbanden geschlossene Kiste, mit Perlen und Edelsteinen angefüllt.«

»Wir müssen diese Kiste haben, es koste, was es wolle«, rief der habsüchtige Alcalde.

»Ich werde nicht mehr hinabgehen«, sagte der Maure verdrießlich; »genug ist genug für einen Vernünftigen – mehr ist überflüssig.«

»Und ich«, sagte der Wasserträger, »werde keine Last mehr herauftragen, meines armen Esels Rücken zu brechen.«

Da der Alcalde Befehle, Drohungen und Bitten gleich vergeblich fand, wendete er sich zu seinen Getreuen. »Helft mir«, sagte er, »die Kiste heraufbringen, und ihr Inhalt soll unter uns geteilt werden.« Bei diesen Worten stieg er die Treppen hinab, und zitternd und widerstrebend folgten ihm der Alguazil und der Barbier.

Der Maure sah sie kaum in der Tiefe, so verlöschte er die gelbe Kerze; der Boden schloss sich mit dem gewöhnlichen Schall, und die drei Helden blieben im Schoss der Erde vergraben.

Er eilte jetzt die verschiedenen Treppen herauf und holte erst Atem, als er unter freiem Himmel war. Der kleine Wasserträger folgte ihm so schnell, als es seine kurzen Beine gestatteten.

»Was hast du getan«, rief Peregil, sobald er Atem geholt hatte. »Der Alcalde und die andern zwei sind in dem Gewölbe eingeschlossen.«

»Es ist der Wille Allahs!«, sagte der Maure fromm.

»Und willst du sie nicht wieder befreien?«, fragte der Gallego.

»Gott bewahre!« versetzte der Maure, und strich den Bart. »Es steht in dem Buche des Schicksals geschrieben, sie sollen verzaubert bleiben, bis irgendein künftiger Abenteurer den Bann bricht. Der Wille Gottes geschehe.« Mit diesen Worten schleuderte er das Ende der Wachskerze weit weg in das dunkle Dickicht des Tales.

Jetzt war nicht mehr zu helfen, und der Maure und der Wasserträger schritten daher mit dem reich beladenen Esel der Stadt zu. Der gute Peregil konnte sich nicht enthalten, seinen langohrigen Arbeitsgenossen, den er so aus den Krallen der Gerechtigkeit gerettet sah, zu streicheln und zu küssen, und es steht wirklich dahin, was dem einfachen kleinen Burschen in dem Augenblick mehr Freude machte, das Gewinnen des Schatzes oder das Wiederfinden des Esels.

Die zwei Glücksbrüder teilten ihre Beute freundschaftlich und redlich, nur dass der Maure, der einige Liebhaberei an Flitterstaat hatte, es zu machen wusste, dass die Perlen, Edelsteine und anderer Tand stets auf seinen Haufen kamen; aber dann gab er dem Wasserträger immer statt der kostbaren Edelsteine gediegenes Gold, fünfmal so groß, womit der letztere herzlich zufrieden war. Sie waren bedacht, sich keinen Unannehmlichkeiten auszusetzen, sondern begaben sich in andere Länder, um sich ihres Reichtums zu erfreuen. Der Maure kehrte nach Afrika in seine Vaterstadt Tetuan zurück, und der Gallego eilte mit Frau und Kindern und seinem Esel nach Portugal. Hier wurde er unter dem Schutz und Schirm seiner Frau ein Mann von einiger Wichtigkeit; denn sie sorgte, dass der lange Körper und die kurzen Beine des würdigen kleinen Mannes mit Wams und Hosen geschmückt wurden, setzte ihm einen Federhut auf, steckte ihm ein Schwert an die Seite, und hieß ihn seinen vertraulichen Namen Peregil mit dem wohlklingendern Titel Don Pedro Gil vertauschen. Seine Nachkommenschaft wuchs gedeihlich und fröhlichen Herzens heran, während Sennora Gil von Kopf bis zu den Füßen befranst, bespitzt und betroddelt, an allen Fingern Ringe, das Muster einer schlumpigen Mode- und Putzdame wurde.

Was den Alcalden und seine Treuen betrifft, so blieben sie unter dem großen Turm der sieben Stockwerke vergraben und bleiben dort heute noch festgebannt. Wenn es jemals in Spanien an kupplerischen Barbieren, gaunerhaften Alguazils und bestechlichen Alcaldes fehlt, kann man sie suchen; wenn sie aber so lange mit ihrer Erlösung warten sollen, so droht ihre Bezauberung bis zum Jüngsten Tag zu währen.

Sage von der Rosa der Alhambra; oder der Page und der Geierfalk.

Nachdem die Mauren Granada übergeben hatten, war diese herrliche Stadt eine Zeit lang der Lieblingsaufenthalt der spanischen Könige, bis sie durch aufeinander folgende Erdbeben, welche viele Häuser niederstürzten und die alten moslemitischen Türme bis in ihre Tiefe erschütterten, von hier verscheucht wurden.

Viele, viele Jahre vergingen nun, während welchen Granada selten von einem königlichen Gaste beehrt wurde. Die Paläste des Adels standen leer und verschlossen; und die Alhambra saß, wie eine vernachlässigte Schönheit, traurig und verlassen in den der Pflege beraubten Gärten. Der Turm der Prinzessinnen, einst der Aufenthalt der drei schönen maurischen Königstöchter teilte die allgemeine Verwüstung; und die Spinne spann ihr Gewebe über die vergoldete Decke und Fledermäuse und Eulen nisteten in den Gemächern, welche die Gegenwart Zayda's, Zorayda's und Zorahayda's verschönert hatte. Die Vernachlässigung dieses Turmes mag zum Teil den abergläubischen Ansichten der Bewohner zugeschrieben sein. Das Gerücht ging, der Geist der jungen Zorahayda, welche in diesem Turm starb, werde oft beim Mondschein gesehen, wie er neben den Brunnen in dem Saale sitze oder trauernd um die Zinnen wandle und die Klänge ihrer Silberlaute hätten Wanderer, die durch die Schlucht kamen, oft um Mitternacht gehört.

Endlich erhielt Granada wieder königlichen Besuch. Es ist allbekannt, dass Philipp V. der erste Bourbon war, der den spanischen Szepter führte. Es ist allbekannt, dass er Elisabetha oder Isabella (denn es ist dasselbe) die schöne Prinzessin von Parma in zweiter Ehe heiratete; und es ist allbekannt, dass durch diese Kette von Begebnissen ein französischer Prinz und eine italienische Prinzessin sich zusammen auf den spanischen Thron setzten. Zum Empfange dieses hohen Paares wurde die Alhambra eingerichtet und in aller Eile ausgeschmückt. Die Ankunft des Hofes änderte das ganze Aussehen des kürzlich noch öden Palastes. Der Klang der Trommeln und Trompeten, das Stampfen der Rosse in den Zugängen und äußern Höfen, der Glanz der Waffen, das Flattern der

Fahnen um Warte und Zinnen rief den alten und kriegerischen Ruhm der Feste zurück. Ein milderer Geist herrschte jedoch in dem königlichen Palaste. Hier rauschten seidne Gewänder und klang der vorsichtige Tritt und die leise Stimme der ehrerbietigen Höflinge in den Vorzimmern; in den Gärten wandelten Pagen und Staatsfräulein und aus offenen Fenstern stahl sich der Klang der Musik.

In dem Gefolge der Monarchen befand sich ein Lieblingspage der Königin, Namens Ruyz de Alarcon. Wenn man ihn den Lieblingspagen der Königin nennt, so heißt dies ihm eine Lobrede halten, denn Alle im Gefolge der schönen Elisabeth waren durch Anmut, äußern Reiz und geistige Gaben ausgezeichnet. Er hatte eben sein achtzehntes Jahr erreicht, war leichten, geschmeidigen Wuchses und anmutig wie ein junger Antinous. Gegen die Königin war er ganz Ehrerbietung und Unterwürfigkeit, in seinem Herzen aber war er ein spitzbübischer Gelbschnabel, eigensinnig und von den Damen am Hofe verwöhnt und wusste mit den Frauen weit besser umzugehen, als seine Jahre erwarten ließen.

Dieser Page streifte eines Morgens in den Lustwäldchen des Generalife, welche das Gebiet der Alhambra überschauen, müßig umher. Er hatte zu seiner Unterhaltung einen Lieblings-Geierfalken der Königin mit sich genommen. Bei seinem Umherschlendern sah er einen Vogel aus dem Gebüsch aufstiegen, nahm dem Falken die Haube ab und ließ ihn fliegen. Der Falke schwang sich hoch in die Luft, stieß auf seinen Raub, und schoss, da er ihn verfehlte, taub gegen den Ruf des Pagen, davon. Der letztere folgte dem flüchtigen Vogel auf seinem launenhaften Fluge mit den Augen, bis er sah, dass er auf den Zinnen eines einsamen und entfernten Turms in den äußern Mauern der Alhambra, an dem Rand eines Abhangs erbaut, der die königliche Feste von dem Gebiete des Generalife trennte, sich niederließ. Es war in der Tat der »Turm der Prinzessinnen.«

Der Page stieg in die Schlucht hinab und näherte sich dem Turm, aber dieser hatte keinen Eingang von dem Tälchen und seine große Höhe machte jeden Versuch, ihn zu ersteigen, vergeblich. Er machte daher, indem er eines der Tore der Feste suchte, einen weiten Umweg gegen die innerhalb der Mauern gelegene Seite des Turms.

Vor dem Turm lag ein Garten, von einem Zaun von Schilf umschlossen, der mit Myrten überhangen war. Der Page öffnete ein Pförtchen und ging durch Blumenbeete und Rosengebüsch zu der Türe. Sie war verschlossen und verriegelt. Eine Ritze in der Türe ließ ihn in das Innere blicken und er sah einen kleinen maurischen Saal mit Wänden in Stuccoarbeit, leichten Marmorsäulen und einem Alabasterbrunnen, den Blumen umgaben. In der Mitte hing ein vergoldeter Käfig mit einem Singvogel, darunter lag auf einem Stuhle eine gesprenkelte Katze, darneben eine Seidenwinde und andere Gegenstände weiblicher Arbeit, und eine Gitarre, mit Bändern geziert, war an den Brunnen gelehnt.

Ruyz de Alarcon staunte über diese Spuren weiblicher Zierlichkeit und Anmut in einem einsamen und wie er geglaubt hatte, verlassenen Turm. Sie erinnerten ihn an die in der Alhambra gängen Märchen von bezauberten Sälen und die gesprenkelte Katze sollte wohl eine bezauberte Prinzessin sein.

Er klopfte leise an der Türe. Ein schönes Gesicht schaute oben aus einem kleinen Fenster, zog sich schnell aber wieder zurück. Er wartete in der Hoffnung, die Türe würde geöffnet werden; aber sein Harren war umsonst; kein Fußtritt war drinnen zu hören – alles war stumm. Hatten ihn seine Augen getäuscht oder war die holde Erscheinung die Fee des Turms? Er klopfte wieder und härter. Nach einer kleinen Weile blickte das strahlende Gesichtchen wieder heraus; es war das eines blühenden fünfzehnjährigen Mädchens.

Der Page nahm augenblicklich seine mit Federn geschmückte Mütze ab und bat in dem höflichsten Tone um die Erlaubnis, den Turm besteigen zu dürfen, um seinen Falken zu holen.

»Ich darf die Türe nicht öffnen, Sennor«, erwiderte das kleine Mädchen errötend, »meine Tante hat es verboten.«

»Ich bitte Euch, schöne Maid – es ist der Lieblingsfalke der Königin: Ich darf ohne ihn nicht in den Palast zurückkehren.«

»Ihr seid also einer der Hofkavaliere?«

»So ist's schöne Maid; allein ich werde um die Gunst der Königin und um meine Stelle kommen, wenn ich den Falken verliere.«

»Santa Maria! Vor euch Hofkavalieren hat mir meine Tante ganz absonderlich befohlen, die Türe zu verriegeln.«

»Ohne Zweifel vor schlechten Kavalieren; aber ich bin kein solcher, sondern ein einfacher, harmloser Page, der unglücklich und elend sein wird, wenn ihr die kleine Bitte nicht gewährt.«

Das Unglück des Pagen rührte das Herz des kleinen Mädchens. Es wäre doch gar zu Schade gewesen, wenn er durch die Verweigerung einer so unbedeutenden Bitte um seine Stelle gekommen wäre. Er konnte auch gewiss keines jener gefährlichen Wesen sein, welche ihre Tante als eine Art Kannibalen, stets bereit, gedankenlose Mädchen zu ihrem Raub zu machen, geschildert hatte; er war sanft und bescheiden und stand so bittend da, die Mütze in der Hand, und sah so schön aus.

Der schlaue Page sah, dass die Besatzung zu wanken anfing und verdoppelte seine Bitten in so rührenden Ausdrücken, dass es nicht in der Natur sterblicher Mädchen gewesen wäre, ihn abzuweisen; so kam denn die kleine errötende Wächterin des Turmes herab und öffnete die Türe mit bebender Hand; und wenn der Page bei dem flüchtigen Anschaun ihres Gesichtes vom Fenster herab entzückt war, so wurde er, als die ganze Gestalt sich ihm darstellte, bezaubert, hingerissen.

Ihr andalusisches Leibchen und die hübsche Basquinna hoben das volle aber zarte Ebenmaß ihrer Gestalt hervor, die ihre jungfräuliche Ausbildung kaum erreicht hatte. Ihr glänzendes Haar war auf der Stirn mit gewissenhafter Genauigkeit geteilt und, dem allgemeinen Gebrauch des Landes zufolge, mit einer frisch gepflückten Rose geschmückt. Es ist wahr, ihr Gesicht war von der Glut einer südlichen Sonne etwas gebräunt, aber dies diente nur, die reiche Blüte ihrer Wangen zu zeigen und den Glanz ihrer schmelzenden Augen zu erhöhen.

Ruyz de Alarcon sah alles dies auf einen Blick, denn es kam ihm nicht zu, zu zögern; er murmelte nun seinen Dank und sprang leicht die Wendeltreppe hinauf, um nach seinem Falken zu sehen.

Bald kam er, den flüchtigen Vogel auf seiner Faust, zurück. Das Mädchen hatte sich indessen an den Brunnen im Saal gesetzt und wand Seide; aber in ihrer Erregung ließ sie die Winde auf die Erde fallen. Der Page sprang herzu und hob sie auf, ließ sich anmutig auf die Knie nieder und bot sie ihr dar; aber er fasste die darnach langende Hand und drückte einen glühenderen und inbrünstigeren Kuss darauf, als er je der schönen Hand seiner Gebieterin aufgedrückt hatte.

»Ave Maria, Sennor!«, rief das Mädchen, vor Verwirrung und Überraschung noch höher errötend, denn sie war nie auf diese Weise begrüßt worden.

Der bescheidene Page entschuldigte sich tausendmal und versicherte sie, dies sei bei Hofe die Weise, die tiefste Ehrfurcht und Achtung auszudrücken.

Ihr Zorn, wenn sie ja zornig war, wurde leicht besänftigt; allein ihre Erregung und Verlegenheit blieb und sie saß da, höher und höher errötend, die Augen auf ihre Arbeit niedergeschlagen und den Seidenfaden, den sie aufwinden wollte, verwirrend.

Der listige Page sah die Verwirrung in dem feindlichen Lager und hätte gern davon Gewinn gezogen, aber die schönen Reden, die er hören lassen wollte, starben ihm auf den Lippen und seine Artigkeitsversuche waren linkisch und ohne Erfolg; und zu seinem Befremden fand sich der gewandte Page, der mit solcher Anmut und Ungezwungenheit mit den klügsten und erfahrendsten Hofdamen verkehrt hatte, vor einem einfachen fünfzehnjährigen Mädchen beschämt und verblüfft.

Das kunstlose Mädchen hatte in der Tat in ihrer Bescheidenheit und Unschuld einen bessern Schirm, als in den Riegeln und Schlössern, welche ihre sorgsame Tante vorgeschrieben hatte. Aber wo ist die weibliche Brust, die gegen das erste Flüstern der Liebe gestählt ist? Das kleine Mädchen verstand bei aller ihrer Kunstlosigkeit alles, was die stotternde Zunge des Pagen nicht auszudrücken imstande war und ihr Herz zitterte, als sie zum ersten Mal einen Liebhaber – und einen solchen Liebhaber, zu ihren Füßen sah.

Die Schüchternheit des Pagen war zwar ungeheuchelt, aber nur kurz, und er erlangte seine gewöhnliche Ruhe und sein Selbstbewusstsein wieder, als in der Ferne eine gellende Stimme gehört ward.

»Meine Tante kömmt aus der Messe zurück«, rief das Mädchen erschreckt: »Ich bitte Sennor, entfernt Euch!«

»Nicht eher, als bis Ihr mir die Rose in eurem Haar als Andenken gebt.«

Sie machte die Rose hastig aus ihrem Rabenhaare los. »Nehmt«, sagte sie, verwirrt und errötend, »aber geht, ich bitte.«

Der Page nahm die Rose und bedeckte zu gleicher Zeit die schöne Hand, welche sie gab, mit Küssen. Dann steckte er die Blume auf seine Mütze, nahm den Falken auf seine Faust und sprang durch den Garten fort, das Herz der holden Jacinta mit sich nehmend.

Als die wachsame Tante in den Turm kam, bemerkte sie die Bewegung ihrer Nichte und eine Art Unordnung in dem Saal; allein ein erklärendes Wort genügte. »Ein Geierfalke hatte seinen Raub bis in den Saal verfolgt.«

»Gott sei uns gnädig! Ein Falke, der in den Turm fliegt! Hat man je von einem so frechen Tiere gehört! Ei, unser Vogel im Käfig ist nicht mehr sicher.«

Die wachsame Fredegonda war eine der vorsichtigsten alten Jungfern. Sie hatte einen gehörigen Schrecken und passendes Misstrauen in das, was sie »das entgegengesetzte Geschlecht« nannte, Gefühle, die durch ein langes unverheiratetes Leben noch gesteigert worden waren. Nicht als wenn die gute Frau je durch die Tücken der Männer gelitten hätte, die Natur hatte ihr eine Schutzwehr in das Gesicht geprägt, welches jedes Eindringen in ihr Gebiet abhielt; aber die Frauen, die am wenigsten Grund haben, für sich besorgt zu sein, sind am ersten bereit, reizendere Bekanntinnen streng zu bewachen.

Die Nichte war die Waise eines Offiziers, der im Kriege gefallen war. Sie war in einem Kloster erzogen und neulich aus ihrem heiligen Asyl geholt und unter die unmittelbare Aufsicht ihrer Tante gegeben worden, unter deren schirmender Pflege sie in der Einsamkeit aufwuchs, wie die sich öffnende Rose unter einem Dornbusch erblüht. Diese Vergleichung ist nicht ganz zufällig; denn, die Wahrheit zu sagen, ihre Frische und sich entfaltende Schönheit hatte selbst in dieser Abgeschlossenheit das öffentliche Auge auf sich gezogen und das umwohnende Landvolk hatte ihr mit der dem Andalusier eignen poetischen Ausdrucksweise den Namen »die Rose der Alhambra« gegeben.

Die bedächtige Tante fuhr fort, über die verführerische kleine Nichte so lange die treueste Wache zu halten, als der Hof zu Granada weilte, und sie schmeichelte sich, dass ihre Wachsamkeit erfolgreich sei. Es ist wahr, die gute Frau wurde dann und wann über das Klimpern von Gitarren und das Singen von Liedchen, die leise aus dem mondbeglänzten Gebüsch unten am Turme heraufklangen, mürsch und ärgerlich; aber sie ermahnte dann stets ihre Nichte, das Ohr gegen solche eitle Singerei zu schließen, indem sie sie versicherte, dies sei einer der Kunstgriffe des »entgegengesetzten Geschlechtes,« durch welche einfache Mädchen oft in ihr Verderben gelockt würden. Ach! Was vermag bei einem einfachen Mädchen eine trockne Predigt gegen ein Mondschein-Ständchen.

Endlich hob König Philipp seinen Aufenthalt zu Granada auf und reiste plötzlich mit seinem ganzen Gefolge ab. Die wachsame Fredegonda gab auf den königlichen Zug acht, wie er aus dem Tor der Gerechtigkeit herauskam und den großen Weg, der in die Stadt führt, hinabging. Als die letzte Fahne aus ihrem Auge entschwand, wendete sie sich freudig zu dem Turm, denn alle ihre Sorgen waren vorüber. Zu ihrem Staunen scharrte ein leichtes arabisches Pferd den Boden am Gartenpförtchen: – zu ihrem Schrecken sah sie durch das Rosengebüsch einen Jüngling in buntschmuckem Kleid zu den Füßen ihrer Nichte. Bei dem Schall von Fußtritten bot er ihr ein zärtliches Lebewohl, sprang leicht über den Myrten- und Schilfzaun, schwang sich auf sein Roß und war augenblicklich verschwunden.

Die zärtliche Jacinta verlor in der Heftigkeit ihres Kummers jeden Gedanken an den Unwillen ihrer Tante. Sie stürzte sich in ihre Arme und brach in Seufzer und Tränen aus.

»Ay de mi!«, rief sie: »Er ist fort! – er ist fort! – er ist fort! – und ich werde ihn nie wieder sehen!«

»Fort? – Wer ist fort? Was war dies für ein Jüngling, den ich zu deinen Füßen sah?«

»Ein Page der Königin, Tante, der mir Lebewohl gesagt hat.«

»Ein Page der Königin, Kind!« wiederholte die wachsame Fredegonda schwach: »Und wann wurdest du mit einem Pagen der Königin bekannt?«

»Am Morgen, an welchem der Geierfalke in den Turm kam. Es war der Königin Geierfalke – er suchte ihn bei uns.«

»O albernes, albernes Mädchen! Wisse, dass es keine Geierfalken gibt, die halb so gefährlich sind, wie diese jungen windigen Pagen, und grade so einfältige Vögel, wie du einer bist, fassen sie am ersten mit ihren Krallen.«

Die Tante war anfangs unwillig, als sie erfuhr, dass, trotz ihrer gerühmten Wachsamkeit, ein zärtlicher Verkehr von dem jungen Liebespaar fast unter ihren Augen unterhalten worden war; als sie aber fand, dass ihre arglose Nichte, obgleich sie so, ohne den Schutz von Riegel und Schloss, den Ränken des entgegengesetzten Geschlechtes ausgesetzt war, die Feuerprobe unversengt bestanden hatte, tröstete sie sich mit der Überzeugung, dass solches nur den keuschen und vorsichtigen Grundsätzen zuzuschreiben sei, in welche sie sich sozusagen bis an die Lippen getaucht hatte.

Während die Tante diese lindernde Salbe auf ihren Stolz legte, erinnerte sich die Nichte der oft wiederholten Schwüre der Treue des Pagen. Aber was ist die Liebe des rastlosen, umstreifenden Mannes? Ein irrer Strom, der eine Zeit lang mit jeder Blume an seinem Ufer tändelt, dann dahinfließt und sie alle in Tränen zurücklässt.

Tage, Wochen, Monden vergingen und keine Kunde kam von dem Pagen. Die Granate reifte, die Rebe bot ihre Frucht, die Herbstregen stürzten in Strömen von den Bergen nieder; die Sierra Nevada umkleidete sich mit ihrem schneeigen Mantel und die Winterstürme heulten durch die Säle der Alhambra – immer kam er nicht. Der Winter verging. Wieder brach der muntere Frühling hervor, von Gesang, Blüthen und duftigen Zephiren begleitet; der Schnee schmolz auf den Bergen, bis keiner mehr blieb, als der auf dem luftigen Gipfel der Nevada, der durch die warme Sommerluft glänzte. Aber immer ließ sich nichts von dem vergesslichen Pagen hören.

Unterdessen wurde die arme kleine Jacinta blass und gedankenvoll. Sie gab ihre früheren Beschäftigungen und Vergnügen auf, ihre Seide lag verwirrt da, die Gitarre unbezogen, ihre Blumen wurden vergessen, die Töne ihres Vogels überhört und ihre, sonst so glänzenden Augen waren von heimlichem Weinen getrübt. Wenn irgendeine Einsamkeit geeignet ist, die Leidenschaft eines liebessiechen Mädchens zu nähren, so ist es ein Ort wie die Alhambra, wo alles dazu beiträgt, zärtliche und romantische Träumereien zu erzeugen. Sie ist ein wahres Paradies für Liebende: wie traurig daher, in einem solchen Paradies allein zu sein – und nicht nur allein, sondern verlassen.

»Ach, albernes Kind,« – sagte wohl die gesetzte und unbefleckte Fredegonda, wenn sie ihre Nichte in ihrer trüben Laune sah: »Habe ich dich nicht vor den Listen und Tücken dieser Männer gewarnt? Was konntest du aber auch von dem Abkömmling einer stolzen und ehrgeizigen Familie erwarten? – du, eine Waise, der Sprössling eines gesunkenen und verarmten Geschlechtes? Sei überzeugt, wenn der Jüngling auch treu wäre, würde sein Vater, einer der stolzesten Edeln am Hofe, seine Verbindung mit einem so niedrigen und armen Wesen, wie du bist, untersagen. Fasse daher Mut und scheuche diese eiteln Gedanken aus deinem Kopfe.«

Die Worte der unbefleckten Fredegonda dienten nur, die Schwermut ihrer Nichte zu vermehren, aber sie suchte ihr im Stillen nachzuhängen. Als sich einst spät in einer Sommernacht ihre Tante zur Ruhe begeben hatte, blieb sie allein in dem Saale des Turms an dem Alabaster-Brunnen sitzen. Hier hatte der treulose Page zuerst gekniet und ihre Hand geküsst; hier hatte er ihr so oft ewige Treue geschworen. Des armen kleinen Mädchens Herz war übervoll von traurigen und zärtlichen Erinnerungen, ihre Tränen begannen zu fließen und fielen langsam, Tropfen um Tropfen, in den Brunnen. Allmählich bewegte sich das Wasser, sprudelte auf, wogte hin und her, bis eine weibliche Gestalt, reich in maurische Gewänder gekleidet, sich langsam emporhob.

Jacinta erschrak so, dass sie aus dem Saal floh und nicht mehr zurückzukehren wagte. Am nächsten Morgen erzählte sie ihrer Tante, was sie gesehen hatte, aber die gute Frau betrachtete es für ein Schattenbild ihres beunruhigten Geistes oder dachte, sie sei eingeschlafen und habe an dem Brunnen geträumt. »Du hast an die Geschichte der drei maurischen

Prinzessinnen gedacht, welche einst in diesem Turme wohnten«, fuhr sie fort, »und dies ging in deine Träume über.«

»Welche Geschichte, Tante? Ich weiß nichts davon.«

»Du hast gewiss von den drei Prinzessinnen, Zayda, Zorayda und Zorahayda gehört, welche von dem König ihrem Vater in diesen Turm gesperrt wurden und mit drei christlichen Rittern zu fliehen beschlossen. Die zwei erstern flohen auch wirklich, aber die dritte verließ der Mut und man sagt, sie sei in diesem Turme gestorben.«

»Ich erinnere mich jetzt davon gehört zu haben«, sagte Jacinta; »ja, ich habe über das Schicksal der holden Zorahayda oft geweint.«

»Wohl magst du über ihr Schicksal weinen«, fuhr die Tante fort; »denn Zorahayda's Geliebter war dein Vorfahr. Er trauerte lange um seine maurische Liebe, aber die Zeit heilte ihn von seinem Gram und er heiratete eine spanische Dame, von welcher du abstammst.«

Jacinta dachte über diese Worte nach. »Was ich gesehen habe, ist kein Hirngespinst«, sagte sie zu sich, »ich weiß es gewiss. Wenn es in der Tat der Geist der holden Zorahayda ist, der, wie ich höre, in diesem Turme wandert, – wovor sollte mir bangen? Ich will heute Nacht am Brunnen bleiben – vielleicht zeigt sie sich mir noch einmal.«

Gegen Mitternacht, als alles ruhig war, setzte sie sich wieder in den Saal. Wie die Glocke in dem fernen Wartturm der Alhambra die Stunde der Mitternacht verkündete, bewegte sich das Wasser des Brunnens wieder, es sprudelte und wogte, bis das maurische Weib wieder emporstieg. Sie war jung und schön; ihr Kleid war reich an Juwelen und in der Hand hielt sie eine silberne Laute; Jacinta zitterte und war einer Ohnmacht nahe; aber die sanfte und klagende Stimme der Erscheinung und der liebliche Ausdruck ihres blassen schwermütigen Gesichts beruhigten sie.

»Tochter der Sterblichen«, sagte sie, »was fehlt dir? Warum trüben deine Tränen meinen Brunnen und stören deine Seufzer und Klagen die friedlichen Wachen der Nacht?«

»Ich weine über die Treulosigkeit eines Mannes und klage um mein einsames und verlassenes Los.«

»Tröste dich; deine Sorgen können noch ein Ende finden. Du siehst eine maurische Prinzessin vor dir, welche, wie du, in ihrer Liebe unglücklich war. Ein christlicher Ritter, dein Ahnherr, gewann mein Herz und würde mich in sein Heimatland und in den Schoß seiner Kirche gebracht haben. In meinem Herzen war ich eine Bekehrte, aber mir fehlte ein Mut, der meinem Glauben gleich gewesen wäre, und ich zauderte, bis es zu spät war. Deswegen haben die bösen Geister Gewalt über mich und ich bleibe in diesen Turme gebannt, bis ein reiner Christ den Zauber bricht. Willst du dies unternehmen?«

»Ich will«, antwortete das Mädchen zitternd.

«So komm hierher und fürchte nichts; tauche deine Hand in den Brunnen, besprenge mich mit dem Wasser und taufe mich nach der Sitte deines Glaubens; so wird der Zauber vernichtet werden und mein irrer Geist Ruhe finden.«

Das Mädchen näherte sich wankenden Schrittes, tauchte ihre Hand in den Brunnen, nahm Wasser in die hohle Hand und sprengte es über das blasse Antlitz der Erscheinung.

Diese lächelte mit unaussprechlicher Milde. Sie ließ ihre Silberlaute zu Jacinta's Füßen fallen, faltete ihre weißen Arme über ihrem Busen und verschwand; es war bloß, als wenn ein Schauer von Tautropfen in den Brunnen gefallen wäre.

Voll Staunen und Schrecken verließ Jacinta den Saal. Sie schloss diese Nacht kaum ein Auge, und als sie mit Tagesanbruch aus einem beunruhigten Schlaf erwachte, schien ihr das Ganze einem Fiebertraum ähnlich. Als sie aber in den Saal hinabging, zeigte sich die Wahrheit der Erscheinung, denn sie sah neben dem Brunnen die Silberlaute im Morgensonnenschein glänzen.

Sie eilte zu ihrer Tante, um ihr alles zu erzählen, was ihr begegnet war, und forderte sie auf, die Laute als Beweis der Wirklichkeit ihrer Erzählung zu betrachten. Wenn die gute Frau ja noch einige Zweifel hatte, so wurden diese zerstreut, als Jacinta das Instrument berührte, denn sie entlockte demselben so hinreißende Töne, dass selbst die eisige Brust der unbefleckten Fredegonda, diese Region ewigen Winters, auftaute und sich freudig erschloss. Nur eine übernatürliche Musik konnte eine solche Wirkung hervorbringen.

Die außerordentliche Macht der Laute wurde täglich bemerkbarer. Der Wanderer, der an dem Turme vorbeikam, blieb in atemlosem Entzücken sozusagen festgezaubert. Selbst die Vögel sammelten sich auf den benachbarten Bäumen, und lauschten, ihrer eignen Lieder vergessend, in stummem Entzücken.

Das Gerücht verbreitete die Neuigkeit bald weiter. Die Bewohner Granadas strömten zu der Alhambra, um einige Töne der herrlichen Musik zu erhaschen, die um den Turm der Prinzessinnen erscholl.

Die liebliche kleine Künstlerin wurde endlich ihrer Einsamkeit entrückt. Die Reichen und Mächtigen des Landes stritten sich, sie zu bewirten und mit Ehren zu überhäufen, oder vielmehr sich den Zauber ihrer Laute zu sichern, um die Modewelt in Scharen in ihre Säle zu locken. Wohin sie ging, hielt ihre sorgsame Tante die Wache eines Drachen an ihrer Seite und schreckte den Strom verliebter Bewunderer, die entzückt an ihrem Gesange hingen, zurück. Die Sage von ihrer wundervollen Gabe ging von Stadt zu Stadt. Malaga, Sevilla, Cordova – alle wurden nach und nach in den Strudel hineingerissen und man sprach in ganz Andalusien von nichts mehr, als von der schönen Künstlerin der Alhambra. Wie konnte es auch bei einem so musikalischen und verliebten Volke, wie die Andalusier, anders kommen, – da die Macht der Laute magisch und die Künstlerin von Liebe begeistert war? –

Während ganz Andalusien so musiktoll war, herrschte an dem spanischen Hofe eine ganz andere Stimmung. Philipp V. war, wie wohl bekannt ist, ein unglücklicher Hypochondrist und allen Arten von Grillen unterworfen. Manchmal blieb er wochenlang im Bette und ächzte in eingebildeten Schmerzen. Ein anderes Mal bestand er darauf, dem Thron entsagen zu wollen: zum großen Ärger seiner königlichen Gemahlin, die für den Glanz des Hofes und die Glorie einer Krone eine ziemliche Neigung hatte und den Szepter ihres kindischen Gemahls mit kluger und fester Hand führte.

Nichts zeigte sich wirksamer, die königlichen Schwindel zu verscheuchen, als die Macht der Musik; der König sorgte daher, die besten Sänger und Tonkünstler zur Hand zu haben, und behielt den berühmten italienischen Sänger Farinelli als eine Art königlichen Leibarztes bei Hofe.

In dem Augenblicke jedoch, von welchem wir sprechen, hatte sich in dem Kopf dieses weisen und erlauchten Bourbons eine Grille festgesetzt, welche alle frühere Einfälle übertraf. Nach einer langen eingebildeten Krankheit, die allen Arien Farinelli's und den Beratungen eines ganzen Orchesters von Hofgeigern Trotz bot, gab der Monarch in Gedanken den Geist auf und hielt sich für maustot.

Dies wäre ziemlich harmlos, ja, selbst der Königin und den Höflingen ganz gelegen gewesen, wenn er sich bequemt hätte, in der für einen Toten passenden Ruhe zu bleiben. Zu ihrer Qual bestand er aber darauf, die Leichenzeremonien mit sich vorgenommen sehen zu wollen und begann zu ihrer unaussprechlichen Verwirrung, ungeduldig zu werden und über ihre Nachlässigkeit und Geringschätzung, ihn so lange unbegraben zu lassen, bitter zu schelten. Was war zu tun? Den bestimmten

Befehlen des Königs nicht zu gehorchen, war in den Augen der dienstwilligen Höflinge eines pünktlichen Hofes scheußlich – aber ihnen zu gehorchen und ihn lebendig zu begraben, wäre offenbarer Königsmord gewesen.

Mitten in dieser fürchterlichen Verlegenheit erreichte das Gerücht von einer Künstlerin, die ganz Andalusien den Kopf verdrehte, den Hof. Die Königin sandte in aller Eile Boten ab, sie nach Sanct Ildefonso zu bescheiden, wo damals der Hof residierte.

Als einige Tage darauf die Königin mit ihren Staatsdamen in jenen prächtigen Gärten lustwandelte, welche mit ihren Gängen, Terrassen und Brunnen den Ruhm von Versailles auszustechen bestimmt waren, wurde die weit berühmte Künstlerin vor sie geführt. Die königliche Elisabeth blickte erstaunt auf das jugendliche und anspruchslose Äußere des kleinen Wesens, welches der Welt den Kopf verrückte. Sie war in ihrer malerischen andalusischen Tracht, hielt ihre Silberlaute in der Hand und stand mit bescheiden gesenkten Augen, aber in einer Einfachheit und Frische der Schönheit da, welche in ihr stets noch »die Rose der Alhambra« ankündigte.

Wie gewöhnlich war sie von der immer wachsamen Fredegonda begleitet, welche der wissbegierigen Königin die ganze Geschichte ihrer Abstammung und Herkunft erzählte. Wenn die hohe Elisabeth von Jacinta's Äußerem freundlich angesprochen worden war, so freute sie sich noch mehr, als sie erfuhr, dass sie aus einem verdienten obgleich herabgekommenen Geschlechte stammte und dass ihr Vater im Dienste der Krone als braver Krieger gefallen war. »Wenn dein Talent deinem Rufe gleich kömmt«, sagte sie, »und du diesen bösen Geist bannen kannst, der in deinem Könige wohnt, so soll fortan dein Glück meine Sorge sein und Ehren und Reichtum werden dich erwarten.«

Ungeduldig, ihre Geschicklichkeit zu erproben, begab sie sich alsbald in das Gemach ihres launenvollen Gemahls.

Durch Reihen von Wachen und Scharen von Höflingen folgte Jacinta mit gesenktem Auge. Sie kamen endlich in ein großes Gemach, das schwarz ausgelegt war. Die Fenster waren geschlossen, um kein Taglicht eindringen zu lassen: Eine Anzahl gelber Wachskerzen auf silbernen Leuchtern verbreiteten ein düsteres Licht und zeigten schwach die Gestalten von Dienern in Trauerkleidern und von Höflingen, die mit geräuschlosem Schritt und verzweifeltem Gesicht umherschlichen. In der Mitte lag auf einem Paradebett, die Hände auf der Brust gefaltet, und bis zur Spitze der Nase verhüllt, der gern-begraben-sein-wollende Monarch ausgestreckt.

Die Königin trat schweigend in das Gemach, zeigte auf einen Schemel in einem dunkeln Winkel und winkte Jacinta, sich niederzulassen und anzufangen.

Anfangs rührte sie die Laute mit bebender Hand, dann aber fasste sie Mut und wurde während des Spiels erregt und ließ eine so himmlische Musik hören, dass alle Anwesenden vor Staunen und Entzücken außer sich waren. Der Monarch aber, der sich bereits in der Welt der Geister glaubte, dachte die Musik der Engel oder der Sphären zu hören. Allmählich wechselte der Vortrag und die Stimme der Künstlerin begleitete das Instrument. Sie sang eine der alten Balladen von dem ehemaligen Ruhm der Alhambra und den Taten der Mauren. Ihre ganze Seele ging in den Vortrag ein, denn mit den Erinnerungen an die Alhambra war die Geschichte ihrer Liebe verwebt. Dies Totengemach hallte von dem belebenden Gesange wieder. Er fand den Weg in das düstere Herz des Königs. Er hob seine Hand und schaute rund um: Er richtete sich in seinem Bette auf, sein Auge begann zu glänzen – endlich sprang er auf den Boden und rief nach Schild und Schwert.

Der Triumph der Musik, oder vielmehr der bezauberten Laute, war vollkommen; der Geist der Schwermut war verscheucht und gewissermaßen ein Toter in das Leben zurückgerufen worden. Die Fenster des Gemaches wurden geöffnet; der glorreiche Glanz spanischen Sonnenscheins drang in die gewesene Totenkammer; alle Augen suchten die holde Zauberin; aber die Laute war aus ihrer Hand gefallen, sie war niedergesunken und wurde im nächsten Augenblick an die Brust von Ruyz de Alarcon gepresst.

Die Hochzeit des glücklichen Paares wurde bald darauf mit großem Glanze gefeiert; doch still – ich höre den Leser fragen, wie Ruyz de Alarcon sein langes Schweigen entschuldigte? O, daran war allein der Widerstand eines stolzen, eigensinnigen alten Vaters Schuld; überdies kommen junge Leute, die wirklich einander gern haben, bald zu einem freundlichen Einverständnis und begraben alle früheren Beschwerden, wenn sie sich wiedersehen.

Aber wie kam es, dass der stolze eigensinnige Vater in die Heirat willigte?

O, ein oder zwei Worte der Königin verscheuchten bald alle seine Bedenklichkeiten, besonders da es Würden und Belohnungen auf den blühenden Liebling der Königin regnete. Überdies besaß, wie Ihr wisst, Jacinta's Laute eine Zaubermacht, welche über den eigensinnigsten Kopf und die härteste Brust gebieten konnte.

Und was wurde aus der bezauberten Laute?

O, dies ist das Allermerkwürdigste bei der Sache und beweist offenbar die Wahrheit der ganzen Geschichte. Diese Laute blieb eine Zeit lang in der Familie, wurde aber von dem großen Sänger Farinelli, wie man glaubte, aus bloßer Eifersucht, entwendet und weggebracht. Nach seinem Tode kam sie in Italien an andere Besitzer, welche mit ihrer geheimnisvollen Macht unbekannt waren, das Silber einschmolzen und mit den Saiten eine alte Cremoneser Geige bezogen. Die Saiten haben noch etwas von ihrer magischen Kraft. Ein Wort in des Lesers Ohr, aber erzählt es nicht weiter – diese Geige bezaubert jetzt die ganze Welt – es ist die Geige Paganinis.

Der Veteran.

Zu den seltsamen Bekanntschaften, die ich bei meinen Streifereien um die Feste gemacht habe, gehört ein braver und mürber alter Invalidenobrist, der sich wie ein Habicht in einem der maurischen Türme eingenistet hat. Seine Geschichte, welche er sehr gern erzählt, ist ein Gewebe jener Abenteuer, Unfälle und Widerwärtigkeiten, welche das Leben fast eines jeden Spaniers von Ansehen eben so bunt und wunderlich gestalten, wie die Blätter des Gil Blas.

Er war mit seinem zwölften Jahre schon in Amerika und rechnet es zu seinen bedeutungsvollsten und glücklichsten Erlebnissen, General Washington gesehen zu haben. Seitdem hat er an allen Kriegen seines Vaterlandes Teil genommen; er kann aus Erfahrung von den meisten Gefängnissen und Kerkern der Halbinsel sprechen; er wurde an einem Fuß gelähmt, an den Händen verstümmelt und so zerhauen und zerfetzt, dass er eine Art wandelnden Monumentes aller Unruhen Spaniens ist, an welchem man für jede Schlacht und jeden Strauß eine Schmarre sehen konnte, wie auf Robinson Crusoes Baum jedes Jahr eingekerbt war. Das größte Unglück des braven alten Herrn scheint jedoch gewesen zu sein, dass er während einer Zeit der Gefahr und Verwirrung zu Malaga kommandiert hatte und von den Einwohnern zum General gemacht worden war, um sie gegen den Einfall der Franzosen zu schützen. Dies hat ihn in eine Menge gerechter Ansprüche an den Staat verwickelt, welche, wie ich fürchte, ihn bis zu seinem Todestage mit Schreiben und Drucken von Bittschriften und Vorstellungen beschäftigen werden, zur großen Beunruhigung seines Geistes, zur Erschöpfung seiner Börse und zur Buße seiner Freunde, deren keiner ihn besuchen kann, ohne dem Vorlesen eines furchtbaren, eine halbe Stunde langen Aktenstückes zuhören und ein halbes Dutzend Flugschriften in seinen Taschen mitnehmen zu müssen. Dies ist aber in Spanien überall so: Allenthalben stößt man auf einen verdienten Wicht, der in einer Ecke brütet und irgendeinen Lieblingsschmerz oder ein teures Unrecht nährt. Überdies kann man annehmen, dass in Spanien, der einen Prozess oder einen Anspruch an die Regierung hat, mit Beschäftigung für sein ganzes übriges Leben versehen ist.

Ich habe den Veteran in seinem Quartier in dem obern Teil des Torre del Vino, oder Wein-Turm besucht. Sein Zimmer war klein aber niedlich und hatte eine schöne Aussicht auf die Vega. Es war mit der Einfachheit eines Soldaten eingerichtet. Drei Flinten und ein Paar Pistolen, alle glänzend und hell, hingen nebst einem Säbel und einem Stocke an der Wand und über ihnen zwei Kramphüte, der eine für die Parade, der andere für den Alltagsgebrauch. Ein kleines Brett, auf dem ein halbes Dutzend Bücher standen, machte seine Bibliothek aus; eines derselben, ein kleiner alter zerfressener Band philosophischer Maximen, machte seine Lieblingslektüre aus. Über diesem lag und brütete er Tag um Tag und wendete jeden Grundsatz auf sich selber an, vorausgesetzt, dass er einen kleinen Beigeschmack von Bitterkeit hatte und von der Ungerechtigkeit der Welt handelte.

Bei allem dem ist er gesellig und gutmütig, und, wenn man ihn von seinen Kränkungen und seiner Philosophie abbringen kann, ein ganz unterhaltender Genosse. Ich habe die alten wetterzerschlagenen Söhne des Schicksals gern und freue mich ihrer ungeschmückten Kriegsanekdoten. Als ich unserm Veteran meinen Besuch machte, erfuhr ich einige merkwürdige Tatsachen über einen alten militärischen Befehlshaber der Feste, welcher in mancher Beziehung viel Ähnlichkeit mit ihm gehabt und in dem Kriege gleiche Schicksale erlebt zu haben scheint. Diese Einzelheiten sind durch Nachforschungen bei einigen der alten Bewohner des Ortes vermehrt worden, besonders bei dem Vater des Mateo Ximenes, in dessen märchenhaften Geschichten der Treffliche, den ich jetzt bei dem Leser einführen will, einen Lieblingshelden abgibt.

Der Statthalter und der Notar.

In frühern Zeiten herrschte als Statthalter der Alhambra ein männlicher alter Herr, der, weil er einen Arm im Kriege verloren hatte, allgemein unter dem Namen el Gobernador Manco, oder der einarmige Statthalter bekannt war. Er tat sich wirklich viel darauf zu gut, ein alter Soldat zu sein, trug seinen Schnurrbart bis zu den Augen hinauf gedreht, ein Paar Ordonnanz-Stiefel und einem Toledo (Säbel) so lang wie ein Spieß, mit dem Taschentuch in dem Säbelkorb.

Ferner war er ungemein stolz und empfindlich und hielt sehr auf seine Privilegien und Würden. Unter seiner Herrschaft wurden die Vorrechte der Alhambra, als königliche Residenz und Domaine, auf das Strengste gehandhabt. Niemand durfte mit einem Feuergewehr, oder auch nur mit Säbel und Stock in die Festung kommen, wenn er nicht von einem gewissen Range war; und jeder Reiter musste am Tore absteigen und sein Pferd am Zügel führen. Da nun der Hügel der Alhambra sich aus der Mitte der Stadt Granada erhebt und gewissermaßen ein Auswuchs der Stadt ist, so muss es allzeit für den Ober-General, der den Befehl über die Provinz hat, etwas lästig sein einen Staat im Staat, einen kleinen unabhängigen Posten in der Mitte seines Gebietes zu haben. In dem vorliegenden Falle wurde dieses Verhältnis noch verdrießlicher durch die reizbare Eifersucht des alten Statthalters, welcher bei der geringsten Frage hinsichtlich des Vorrangs und der Gerichtsbarkeit Feuer fing, so wie durch den lockern landstreicherischen Charakter des Volkes, das sich nach und nach in der Feste, wie in einem Heiligtum eingenistet hatte und von da aus auf Kosten der ehrsamen Bewohner der Stadt ein wahres Diebs- und Räuberleben trieb.

So gab es zwischen dem General und dem Statthalter der Festung ein stetes Hadern und Streiten, was vonseiten des letzteren umso heftiger war, insofern der kleinere von zwei benachbarten Herrschern stets am hartnäckigsten auf seine Würde hält. Der stattliche Palast des Generals stand auf der Plaza Nueva, unmittelbar am Fuße des Hügels der Alhambra, und hier war stets die Szene des lärmenden Prunkens der Wagen und Bedienten und der Stadt-Offizianten. Eine vorragende Bastion der Feste überschaute den Palast und den Platz vor demselben; und auf dieser Bastion stolzierte der alte Statthalter gelegentlich auf und ab, seinen Toledo um die Hüfte gegürtet, und seinen Nebenbuhler mit scharfem Auge beaufsichtigend, wie ein Habicht seinen Raub aus seinem Neste in einem dürren Baume belugt.

So oft er in die Stadt herabkam, geschah es stets in großem Staat, zu Pferd, von seiner Wache umgeben, oder in seiner Staatskutsche, einem alten unbehilflichen spanischen Bau von zierlich ausgeschnittenem Holz und vergoldetem Leder, von acht Maultieren gezogen, von Läufern, Vorreitern und Lakaien umringt; bei solchen Gelegenheiten schmeichelte er sich, als Stellvertreter des Königs jeden Begegnenden mit Schrecken und

Bewunderung zu erfüllen; obgleich die Witzbolde der Stadt, besonders die, welche um den Palast des Generals herumstrichen, über seinen kleinlichen Prunk spotteten, und, auf den lockern Charakter seiner Untergebenen anspielend, ihn mit dem Namen des »Bettlerkönigs« begrüßten. Eine der fruchtbarsten Quellen des Haders zwischen diesen zwei männlichen Nebenbuhlern war das von dem Statthalter angesprochene Recht, dass alles, was zu seinem und dem Gebrauch der Garnison bestimmt sei, abgabenfrei durch die Stadt gehen müsse. Dieses Vorrecht hatte nach und nach zu einem ausgedehnten Schleichhandel Veranlassung gegeben. Eine Hecke Schmuggler ließen sich in den Hütten der Alhambra und den zahlreichen Höhlen der Nachbarschaft nieder, und trieben unter dem Beistand der Soldaten der Besatzung ein sehr einträgliches Gewerbe.

Die Wachsamkeit des Generals war rege. Er hielt mit seinem Rechtsanwalt und Faktotum, einem schlauen, rührigen Escribano, oder Notar, Rat, der sich freute, eine Gelegenheit zu haben, den alten Potentaten der Alhambra zu necken, und ihn in ein Labyrinth von juristischen Spitzfindigkeiten zu verwickeln. Er riet dem General, auf dem Rechte, alles, was durch die Stadt ging, untersuchen zu dürfen, zu bestehen, und erwies dieses Recht in einem langen Briefe. Statthalter Manco war ein grade ausgehender, derber alter Soldat, der einen Escribano mehr als den Teufel hasste, und eben diesen mehr als alle andere Escribanos.

»Was?«, sagte er, und drehte seinen Schnurrbart zornig empor: »heißt der General diesen Federmann, mich in Verlegenheit setzen? Ich will ihm zeigen, dass ein alter Soldat sich nicht durch Schulweisheit verblüffen lässt.«

Er nahm seine Feder und kritzelte mit rauer Hand einen kurzen Brief, worin er, ohne sich herabzulassen, in Beweise einzugehen, auf dem Rechte freien Durchgangs, ohne belästigendes Nachsuchen, bestand, und jedem Mautbeamten Rache drohte, der seine ungeheiligte Hand an irgendeine von dem Banner der Alhambra geschützte Sendung legte. Während diese Frage von den zwei eigensinnigen Herrschern behandelt wurde, begab es sich, dass eines Tages ein mit Vorrat für die Feste beladenes Maultier an dem Tore des Xenil ankam, durch welches es auf seinem Wege zur Alhambra eine der Vorstädte passieren sollte. An der Spitze des Geleites war ein mürrischer alter Korporal, der lange unter dem Statthalter gedient hatte, und ein Mann nach seinem Herzen war, so fest und rostig, wie eine alte Toleder-Klinge. Als sie dem Stadttore nahe kamen, steckte der Korporal das Banner der Alhambra auf den Packsattel des Maultiers, richtete sich kerzengrade empor, und schritt mit vorwärts gerichtetem Kopfe, aber dem achtsamen Seitenblick eines Hundes einher, der durch feindlichen Boden geht, und zum bellen und beißen bereit ist.

»Wer da?«, fragte die Wache am Tor.

»Soldat der Alhambra«, sagte der Korporal, ohne den Kopf zu wenden.

»Was habt ihr geladen?«

»Lebensmittel für die Besatzung.«

»Weiter!«

Der Korporal zog, von dem Geleite gefolgt, stracks vorwärts, hatte aber nur wenige Schritte gemacht, als ein Haufen Mautbeamte aus einem kleinen Zollhause stürzten.

»Halt da!«, rief der Erste. »Maultiertreiber, halt und öffne deine Päcke.«

Der Korporal machte rechts um, und stellte sich schlagfertig auf. »Achtet die Banner der Alhambra«, sagte er; »diese Sachen sind für den Statthalter.«

»Was geht uns der Statthalter an! Was geht uns seine Flagge an! Maultiertreiber halt, sage ich.«

»Haltet dies Tier auf eure Gefahr an!«, rief der Korporal, den Hahn seines Gewehrs spannend; »Maultiertreiber, weiter!«

Der Maultiertreiber gab seinem Tier einen tüchtigen Puff; der Mautbeamte sprang hervor, und fasste die Halfter, worauf der Korporal zielte, und ihn totschoss.

Die Straße war sogleich in Aufruhr. Der alte Korporal wurde ergriffen, und nachdem er manche Stöße, Schläge und Prügel erhalten hatte, die der spanische Pöbel als Vorgeschmack der nachfolgenden Strafe aus dem Stegreife austeilte, wurde er mit Ketten beladen, und in das Stadtgefängnis geführt, während seine Kameraden mit der Ladung, welche gehörig durchsucht worden war, nach der Alhambra zu ziehen Erlaubnis erhielten.

Der alte Statthalter war in furchtbarer Hitze, als er diese Beleidigung an seinem Banner und die Gefangennahme des Korporals erfuhr. Eine Zeit lang tobte er in den maurischen Sälen herum, schnaubte auf der Bastion, und blickte Feuer und Schwert auf den Palast des Generals hinab. Als er seiner ersten Wut Luft gemacht hatte, schickte er einen Boten ab, und forderte die Übergabe des Korporals, da ihm das Recht zustehe, über die Vergehen derer, die unter seinem Befehle ständen, zu Gericht zu sitzen.

Der General, von der Feder des frohen Escribano unterstützt, antwortete sehr ausführlich, und legte dar, das Verbrechen sei innerhalb der Stadtmauern und an einem Civildiener begangen worden, es sei also klar, dass es unter seine eigne Gerichtsbarkeit gehöre. Des Statthalters Brief wiederholte sein Verlangen. Der General gab ein Schreiben von weit größerer Länge und voll juristischen Scharfsinnes zurück; der Statthalter wurde heiser und bestimmter in seinem Begehren, und der General kühler und länger in seinen Antworten, bis der alte löwenherzige Soldat wirklich vor Wut brüllte, sich so in die Netze juristischer Spitzfindigkeiten verwickelt zu sehen.

Während der schlaue Escribano sich so auf Kosten des Statthalters erlustigte, leitete er das Verhör des Korporals, der, in ein enges Verlies eingesperrt, nur ein kleines vergittertes Fenster hatte, durch welches er den Freunden einen Teil seines Gesichts zeigen, und ihre Tröstungen empfangen konnte.

Ein Berg von geschriebenen Zeugnissen war, nach spanischem Brauch, von dem unermüdlichen Escribano aufgehäuft worden; der Korporal war durch dieselben vollkommen überwältigt. Er wurde des Mordes überführt, und verdammt, gehangen zu werden.

Vergebens schickte der Statthalter Einreden und Drohungen von der Alhambra herab. Der unglückliche Tag kam heran, und der Korporal wurde in capilla gebracht, d. h. in die Kapelle des Geheimnisses, wie man es stets mit Verbrechern vor dem Tage ihrer Hinrichtung hält, damit sie über ihr herannahendes Ende nachdenken, und ihre Sünden bereuen können.

Als der alte Statthalter sah, dass es auf das Äußerste gekommen war, beschloss er, persönlich nach dem Stand der Dinge zu sehen. Zu diesem Ende ließ er seine Staatskutsche herausholen, und rumpelte, von seinen Wachen umgeben, den Weg der Alhambra nieder in die Stadt. Er fuhr vor das Haus des Escribano und ließ ihn an die Türe rufen.

Das Auge des Statthalters glänzte wie eine Kohle, als er den freundlichen Mann des Rechts mit einer frohlockenden Miene herankommen sah.

»Was muss ich hören«, sagte er, »ihr wollt einen meiner Soldaten hängen?«

»Alles nach dem Gesetz – alles in strenger Form rechtens«, sagte der selbstzufriedene Escribano, kichernd und sich die Hände reibend. »Ich kann Eurer Exzellenz das ganze geschriebene Zeugenverhör zeigen.«

»Holt es hierher!«, sagte der Statthalter. Der Escribano eilte in seine Arbeitsstube, froh, dass er eine neue Gelegenheit hatte, auf Kosten des hartköpfigen Veterans seinen Witz zu zeigen.

Er kam mit einem Bündel Papiere zurück, und begann mit der Zungenflüchtigkeit solcher Leute eine lange Aussage vorzulesen. Unterdessen hatte sich ein Haufe Menschen gesammelt, die mit ausgestreckten Hälsen und offenem Munde zuhörten.

»Höre, Mensch«, sagte der Statthalter, »setze dich in den Wagen, damit ich dich, fern von diesem verdammten Gedränge besser hören kann.«

Der rote Escribano setzte sich in den Wagen; auf einen Wink wurde die Wagentüre geschlossen, der Kutscher ließ die Peitsche spielen – Maultiere, Wagen und Alles flog wie ein Wetter dahin, und ließ die Menge in gaffendem Staunen. Der Statthalter ruhte nicht eher, als bis er seine Beute in einem der stärksten Kerker der Alhambra verwahrt sah.

Darauf schlug er in militärischem Stil einen Waffenstillstand vor, und trug auf Friedensabschluss oder Auswechselung der Gefangenen – des Korporals und des Notars – an. Der Stolz des Generals war getroffen; er schickte eine wegwerfende abschlägliche Antwort zurück, und ließ mitten auf der Plaza Nueva einen hohen und starken Galgen zur Hinrichtung des Korporals bauen.

»Oho! Ist es so gemeint?«, sagte der Statthalter Manco. Er gab seine Befehle, und augenblicks wurde am Rande der großen vorspringenden Bastion, welche den Platz überschaute, ein Galgen errichtet. »Jetzt«, ließ er dem General sagen, »jetzt hängt meinen Soldaten, wenn's Euch beliebt; aber in derselben Minute, wo er über dem Platze schwebt, werdet Ihr Euern Escribano in den Lüften baumeln sehen.«

Der General war unbeugsam; Truppen wurden auf dem Platz aufgestellt; die Trommeln schlugen, die Glocken hallten. Eine unermessliche Menge von Liebhabern sammelte sich, um die Hinrichtung zu sehen. Andrerseits stellte der Statthalter seine Besatzung auf der Bastion auf, und ließ das Grablied des Notars von der Torre de la Campana oder dem Glockenturm herabläuten.

Die Frau des Escribano drängte sich, mit einer ganzen Schar kleiner Embryo-Escribanos auf der Ferse, durch die Menge, warf sich dem General zu Füßen, und bat ihn, dem Stolze nicht ihres Gatten Leben, ihr und ihrer zahlreichen kleinen Kinder Wohl zu opfern; »denn,« sagte sie, »Ihr kennt den alten Statthalter zu gut, als dass Ihr zweifeln könnt, er werde seine Drohung nicht ausführen, wenn Ihr den alten Soldaten hängt.«

Ihre Klagen und Tränen, und das Jammergeschrei der nackten Brut besiegten den General. Der Korporal wurde unter Bewachung, in seinem Galgenkleid, wie ein bekapuzter Mönch, aber geraden Hauptes und eisernen Gesichts in die Alhambra gebracht. Der Escribano wurde, dem Vertrag zufolge, dagegen verlangt. Der sonst so rührige und selbstzufriedene Mann des Rechts wurde eher tot als lebendig aus seinem Loche hervorgeholt. Alle seine Gewandtheit und List war dahin; sein Haar soll vor Schrecken fast ganz ergraut gewesen sein, und sein Blick war traurig und trübselig, als fühlte er noch den Strick um seinen Hals.

Der Statthalter blieb mit untergestemmten Armen stehen, und betrachtete ihn einen Augenblick mit eisernem Lächeln. »Fortan, mein Freund«, sagte er, »mäßigt Euern Eifer, Andere an den Galgen zu bringen; seid Eurer Sicherheit nicht zu gewiss, wenn Ihr auch das Recht auf Eurer Seite haben solltet; und vor allem, seht Euch vor, wenn ihr wieder Eure Schulweisheit an einem alten Soldaten üben wollt.«

Statthalter Manco und der Soldat.

Wenn Statthalter Manco, oder der Einarmige, sich einigermaßen mit seiner Besatzung in der Alhambra zeigen wollte, so ärgerte er sich über die Vorwürfe, die man seiner Festung immer machte, sie sei ein Heckenest für Schurken und Schleichhändler. Plötzlich beschloss der alte Herrscher eine Reform; er ging kräftig zu Werk und warf ganze Vagabunden-Nester aus der Feste und den Zigeunerhöhlen, von welchen die Hügel umher durchlöchert sind. Auch sandte er Soldaten aus, welche die Wege und Stege durchstreifen, und alle Verdächtige aufgreifen mussten.

Eines klaren Sommer-Morgens saß eine solche Streifwache, bestehend aus dem mürrischen alten Korporal, der sich in der Notarsgeschichte ausgezeichnet hat, einem Trompeter und zwei Gemeinen, unter der Gartenmauer des Generalife, an der Straße, welche von dem Sonnenberg herab führt, als sie das Trampeln eines Pferdes und eine männliche Stimme hörten, welche in rauen, obgleich nicht unmusikalischen Tönen ein altes kastilianisches Kriegslied sang.

Alsbald erblickten sie einen starken, sonneverbrannten Kerl, der, in die zerlumpte Uniform eines Infanteristen gekleidet, ein kräftiges arabisches Pferd, auf die alte maurische Art herausgeputzt, führte.

Der Korporal war über den Anblick eines fremden Soldaten, der, ein Roß am Zügel, diesen einsamen Berg niederstieg, sehr erstaunt, schritt vorwärts und rief ihn an.

»Wer da?«

»Gut Freund.«

»Wer und was seid Ihr?«

»Ein armer Soldat, der eben aus dem Felde kommt, und als Lohn einen zerschlagenen Hirnschädel und leeren Beutel mitbringt.«

Sie waren unterdessen in den Stand gesetzt worden, ihn genauer zu betrachten. Er hatte ein schwarzes Pflaster über der Stirne, was, nebst einem graulichen Barte, den dem Teufel trotzenden Charakter seines Gesichtes noch erhöhte, während ein leichtes Schielen über das Ganze einen gelegentlichen Strahl schelmischer Laune warf.

Als der Soldat die Fragen der Streifwache beantwortet hatte, schien er sich berechtigt zu erachten, auch dergleichen vorzubringen. »Darf ich fragen«, sagte er, »welche Stadt ich am Fuße des Hügels sehe?«

»Welche Stadt?«, rief der Trompeter: »nun, das ist zu arg. Treibt sich dieser Bursche hier um den Sonnenberg herum, und fragt nach dem Namen der großen Stadt Granada!«

»Granada! Madre de Dios! ist es möglich?«

»Vielleicht nicht!« versetzte der Trompeter; »und Ihr habt vielleicht keine Vorstellung davon, dass jenes die Türme der Alhambra sind?«

»Sohn einer Trompete,« versetzte der Fremde, »scherze nicht mit mir; und wenn jenes wirklich die Alhambra ist, so führt mich hin, ich habe dem Statthalter seltsame Dinge zu berichten.«

»Dazu werdet Ihr Gelegenheit haben«, sagte der Korporal, »denn wir gedenken euch vor ihn zu führen.« Mittlerweile hatte der Trompeter den Zügel des Pferdes gefasst, jeder der beiden Gemeinen hatte sich eines Arms des Soldaten bemächtigt, der Korporal selbst stellte sich an die Spitze des Zugs, kommandierte »Vorwärts – marsch!« und dahin ging der Zug der Alhambra zu.«

Der Anblick eines zerlumpten Infanteristen und eines schönen arabischen Pferdes, welche die Streifwache eingebracht hatte, zog die Aufmerksamkeit aller Müßiggänger der Feste und jener geschwätzigen Gruppen an, die sich gewöhnlich früh morgens um die Brunnen sammeln. Das Rad der Zisterne ruhte, und die Magd in ihren Schlarren stand gaffend, den Krug in der Hand, als der Korporal mit seinem Fang vorbei kam. Ein bunter Zug schloss sich nach und nach dem Nachtrab des Geleites an.

Weise Winke, Bemerkungen und Vermutungen machten die Runde. »Es ist ein Ausreißer«, sagte der Eine. »Ein Schmuggler«, sagte ein Anderer. »Ein Räuber«, sagte ein Dritter; – bis es sicher und hergestellt war, dass der Hauptmann einer verzweifelten Räuberbande durch die Kühnheit des Korporals und seiner Leute gefangen worden sei. »Gut, gut«, sagten sich die alten Basen, »Hauptmann oder nicht – er mache sich einmal aus den Händen des Statthalters Manco los, wenn er kann, obgleich jener nur einhändig ist.«

Der Statthalter Manco saß in einem der innern Säle der Alhambra und trank in Gesellschaft seines Beichtvaters, eines feisten Franziskanermönchs aus einem benachbarten Kloster, seine Tasse Morgen-Schokolade. Ein sittsames, schwarzäugiges Mädchen von Malaga, die Tochter seines Wirtschafters, bediente ihn. Die Welt gab zu verstehen, dieses Mädchen, die bei aller ihrer Sittsamkeit eine schlaue, dralle Hexe war, habe ein weiches Fleckchen in dem Eisenherzen des alten Statthalters gefunden, und habe ihn ganz unter dem Pantoffel. Doch still davon – die häuslichen Angelegenheiten dieser mächtigen Herrscher der Erde sollte man nicht so genau untersuchen.

Als die Nachricht kam, ein verdächtiger Fremder, der um die Festung herumgeschlichen, sei eingefangen worden, und bereits in dem Äußern Hof unter der Aufsicht des Korporals, der die Befehle Seiner Exzellenz erwarte, schwellte der Stolz und die Würde des Dienstes die Brust des Statthalters. Er gab die Schokoladetasse in die Hände des sittsamen Mädchens, ließ seinen Säbel mit dem großen Korbe holen, gürtete ihn um, drehte seinen Schnurrbart aufwärts, setzte sich in einen großen, hochrückigen Stuhl, nahm eine sauere und abschreckende Miene an, und forderte den Gefangenen vor sich. Der Soldat wurde hereingeführt, von seinen Gefangennehmern noch gehörig festgehalten, und von dem Korporal bewacht. Er zeigte jedoch ein entschlossenes, selbstwertrauendes Wesen, und gab den scharfen, forschenden Blick des Statthalters mit einem leichten Schielen zurück, was dem empfindlichen alten Potentaten keineswegs gefiel.

»Nun, Beklagter«, sagte der Statthalter, nachdem er ihn einen Augenblick schweigend angeblickt hatte, »was könnt ihr zu eueren Gunsten sagen – wer seid ihr?«

»Ein Soldat, der eben aus dem Feld kömmt, und nichts davon getragen hat, als Narben und Wunden.«

»Ein Soldat – hem – ein Infanterist nach dem Rock. Ich höre, ihr hättet ein schönes arabisches Pferd. Ich vermute, ihr habt das auch aus dem Krieg davongetragen neben euern Narben und Wunden.«

»Ich habe, mit Eurer Exzellenz Erlaubnis, etwas Seltsames in Betreff dieses Pferdes zu erzählen. In der Tat, ich habe eines der wunderbarsten

Dinge zu berichten; etwas, das auch die Sicherheit dieser Feste, ja von ganz Granada angeht. Allein es ist ein Gegenstand, den ich euch nur allein anvertrauen kann, oder nur in Gegenwart solcher Leute mitteilen darf, welche euer Zutrauen haben.«

Der Statthalter dachte einen Augenblick nach, und befahl dann dem Korporal und seinen Leuten, sich zu entfernen, sich aber außen an der Türe aufzustellen, und auf den ersten Ruf zur Hand zu sein. »Dieser fromme Mönch«, sagte er, »ist mein Beichtvater, und ihr könnt alles in seiner Gegenwart sagen – und dieses Mädchen« – auf die Dienerin deutend, die mit dem Ausdruck großer Neugierde geblieben war – »dieses Mädchen ist sehr verschwiegen und bescheiden, und man kann ihr in allem vertrauen.«

Der Soldat sah mit einem halb schielenden, halb streifenden Blick auf das sittsame Mädchen. »Es ist mir ganz recht«, sagte er, »dass das Mädchen bleibt.«

Als sich die Übrigen alle entfernt hatten, begann der Soldat seine Geschichte. Er war ein Kerl von geläufiger und geschmeidiger Zunge und hatte eine Sprache zu seinem Befehl, die über seinen scheinbaren Stand ging.

»Mit Eurer Exzellenz Erlaubnis«, sagte er, »ich bin, wie ich bemerkt habe, ein Soldat, und habe harte Tage im Dienste verlebt; da meine Zeit aber aus war, wurde ich vor Kurzem aus der Armee von Valadolid entlassen, und trat zu Fuß meinen Weg nach meinem Vaterorte in Andalusien an. Gestern Abend ging die Sonne unter, als ich eine große dürre Ebene von Alt-Kastilien durchzog.«

»Halt!«, rief der Statthalter; »was sagt ihr da? Alt-Kastilien liegt etwa zwei- bis dreihundert Meilen von hier.«

»Ganz recht,« versetzte der Soldat kalt. »Ich sagte Eurer Exzellenz, ich hätte seltsame Dinge zu erzählen; allein nicht seltsamer als wahr, wie Eure Exzellenz finden wird, wenn sie mich eines geduldigen Gehörs würdigt.«

»Weiter, Beklagter«, sagte der Statthalter, seinen Schnurrbart empordrehend.

»Als die Sonne unterging«, fuhr der Soldat fort, »warf ich meine Augen umher, um ein Lager für die Nacht zu suchen; allein so weit meine Blicke reichen konnten, war keine Spur einer Wohnung. Ich sah, dass ich mein Bett auf der nackten Erde, und den Schnapsack zum Kissen würde machen müssen; aber die Exzellenz ist ein alter Krieger und weiß, dass für den, der im Felde war, ein solches Nachtlager kein großes Unglück ist.«

Der Statthalter nickte Beifall, während er sein Taschentuch aus dem Säbelkorbe nahm, um eine Fliege, die um seine Nase summte, zu verscheuchen.

»Nun, um eine lange Geschichte abzukürzen«, fuhr der Soldat fort, »ich trollte mehrere Meilen weiter, bis ich zu einer Brücke kam, die über eine tiefe Schlucht ging, durch welche ein kleiner Bach floss, den die Sommerhitze fast ausgetrocknet hatte. An dem Ende der Brücke war ein maurischer Turm, dessen oberer Teil ganz verfallen war; ein Gewölbe an dem Fundamente aber war wohlerhalten. Hier, dachte ich, ist ein guter Platz zum Anhalten; so stieg ich zum Bache nieder, und trank tüchtig, denn das Wasser war rein und gut, und ich war ausgetrocknet vor Durst; dann öffnete ich meinen Sack, und nahm eine Zwiebel und einige Krusten, aus denen mein ganzer Mundvorrat bestand, heraus, setzte mich auf einen Stein am Rand des Baches, und fing an mein Abendmahl zu verzehren, worauf ich mein Nachtquartier in dem Turmgewölbe aufzuschlagen gedachte; und es wäre ein herrliches Quartier für einen Soldaten gewesen, der eben aus dem Felde kam, wie die Exzellenz, als ein alter Soldat, sich wohl denken kann.«

»Ich habe zu meiner Zeit wohl schlimmeres freudig mitgenommen«, sagte der Statthalter, indem er sein Taschentuch wieder in den Korb seines Säbels legte.

»Während ich meine Kruste ruhig zermalmte«, fuhr der Soldat fort, »hörte ich, dass sich etwas in dem Gewölbe regte; ich horchte – es war der Tritt eines Pferdes. Allgemach kam aus einer Türe in dem untern Teil des Turms, nahe an dem Rande des Wassers, ein Mann heraus, der ein mächtiges Pferd am Zügel führte. Ich konnte bei dem Sternenlichte nicht genau sehen, wer er war. Es hatte etwas Verdächtiges, in den Ruinen eines Turmes, an diesem wilden, einsamen Orte herumzustöbern. Er konnte ein bloßer Wanderer sein, wie ich; er konnte ein Schmuggler sein; er konnte ein Bandelero sein. Was lag daran! Dem Himmel und meiner Armut Dank, ich hatte nichts zu verlieren; drum saß ich still, und nagte an meiner Kruste. Er führte das Pferd an das Wasser, ganz nahe dem Flecke, wo ich saß, sodass ich die beste Gelegenheit hatte, ihn näher ins Auge zu fassen. Zu meinem Staunen war er in maurische Tracht gekleidet, hatte einen Panzer von Stahl und eine polierte Kopfbedeckung, wie ich aus dem Widerschein der Sterne darauf unterschied. Auch sein Roß war nach maurischer Art geschirrt, mit großen schaufelartigen Steigbügeln. Wie gesagt, er führte es an den Rand des Baches, in welchen das Tier seinen Kopf fast bis zu den Augen steckte und trank, bis ich dachte, es müsse bersten.«

»Kamerad«, sagte ich, »dein Pferd trinkt brav; es ist ein gutes Zeichen, wenn ein Pferd den Kopf tüchtig in das Wasser steckt.«

»Es darf wohl trinken«, sagte der Fremde in maurischem Accent;»es ist ein gutes Jahr, dass es seinen letzten Trunk erhalten hat.«

»Bei Santiago«, sagte ich, »das lässt selbst die Kamele, die ich in Afrika gesehen habe, hinter sich zurück. Doch kommt, ihr scheint etwas von einem Soldaten – wollt ihr euch setzen, – und eine Soldaten-Mahlzeit teilen? In der Tat, ich fühlte den Abgang eines Gefährten an diesem einsamen Platze und wollte mich gern mit einem Ungläubigen begnügen. Überdies ist ein Soldat, wie die Exzellenz wohl weiß, nicht eben sehr eigen in Bezug auf den Glauben seiner Gefährten, und Soldaten aller Länder sind zur Friedenszeit Kameraden.«

Der Statthalter nickte wieder Beifall.

»Gut, wie ich sagte, ich lud ihn ein, meine Malzeit, wie sie war, zu teilen, denn ich konnte der gewöhnlichen Gastfreundschaft zufolge, nicht weniger tun. »Ich habe keine Zeit«, sagte er, »zu weilen, um zu essen und zu trinken, denn ich muss vor dem Morgen eine große Reise machen.«

»In welcher Richtung«, sagte ich.

»Andalusien«, sagte er.

»Genau mein Weg«, sagte ich;»da ihr nun nicht bleiben und mit mir essen wollt, lasst ihr mich vielleicht aufsteigen, und mit euch reiten. Ich sehe, euer Pferd ist von mächtigem Bau, und Bürge dafür, dass es doppelte Last trägt.«

»Zugegeben!«, sagte der Reiter, und es wäre nicht höflich und soldatenmäßig gewesen, es abzuschlagen, besonders da ich ihm angeboten hatte, mein Abendessen mit ihm zu teilen.«

»Haltet euch fest«, sagte er, »mein Roß geht wie der Wind.«

»Keine Sorge«, sagte ich, und wir brachen auf.

»Das Pferd ging bald vom Schritt zum Trabe, vom Trabe zum Galopp, und vom Galopp zu einem wütenden Laufe über. Es war, als wenn Felsen, Bäume, Häuser – alles windschnell hinter uns flöge.«

»Welche Stadt ist dies?«, sagte ich.

»Segovia!«, sagte er, und ehe das Wort aus seinem Munde war, waren die Türme von Segovia schon aus den Augen. Wir flogen die Quadarama-Berge empor, am Escurial herab, berührten die Mauern von Madrid, und flogen über die Ebenen der Mancha. So kamen wir bergauf und talab, an Türme und Städte, all in tiefem Schlaf begraben, über Berge und Ebenen und Flüsse, die flüchtig im Sternenschein glänzten.«

»Um eine lange Geschichte abzukürzen, und Eure Exzellenz nicht zu ermüden – der Reiter hielt plötzlich an der Seite eines Berges an. »Hier sind wir«, sagte er, »am Ziel unserer Reise.« Ich blickte umher, konnte aber keine Spur einer Wohnung sehen; nichts als die Öffnung einer Höhle. Während ich umschaute, sah ich Scharen von Leuten in maurischer Tracht, einige zu Pferd, andere zu Fuß, wie vom Sturm von allen Punkten der Windrose herbeigetragen, und wie Bienen in ihren Stock in die Öffnung der Höhle eilen. Ehe ich fragen konnte, stach der Reiter seine langen maurischen Sporen in des Rosses Seite, und stürzte mit der Menge hinein. Wir kamen einen steilen gewundenen Weg entlang, der in die Eingeweide des Berges hinabführte. Als wir weiter kamen, zeigte sich nach und nach der Schimmer eines Lichtes, wie das erste Dämmern des Tages; woher es aber kam, konnte ich nicht bemerken. Es wurde heller und heller und ließ mich bald alles umher genau sehen. Ich bemerkte jetzt, während wir dahin stürmten, große Höhlen, die sich, wie Hallen in einem Zeughaus, rechts und links öffneten. In einigen dieser Gewölbe waren Schilde und Helme und Panzer und Lanzen und Schwerter an den Wänden aufgehängt; in andern lagen große Haufen Kriegsvorräte und Feldgeräte auf dem Boden.«

»Es würde dem Herzen der Exzellenz, als einem alten Soldaten, wohl getan haben, solch einen großen Vorrat von Kriegsbedürfnissen beisammen zu sehen. Dann waren in andern Höhlen lange Reihen von Reitern, bis zu den Zähnen bewaffnet, mit erhobenen Lanzen und wallenden Fahnen, alle zum Kampf bereit; aber sie saßen alle regungslos in ihren Sätteln, gleich eben so vielen Statuen. In andern Hallen schliefen Soldaten auf der Erde neben ihren Pferden, so wie Fußvolk in Gruppen, bereit, sich in Reih und Glied zu stellen. Alle waren in altmodischer Maurentracht und Rüstung.«

»Gut, Exzellenz, um eine lange Geschichte kurz zu machen, wir kamen endlich in eine unermessliche Höhle, oder in einen Palast, darf ich sagen, dessen Wände mit Gold und Silber geädert, und von Diamanten, Saphiren und allen Arten edler Steine zu funkeln schienen. An dem obern Ende saß ein maurischer König auf einem goldnen Throne, seine Edlen an seiner Seite und eine Wache von afrikanischen Schwarzen mit gezogenen

Säbeln. Die ganze Schar, die fortwährend hereinströmte, und zu Tausenden und Tausenden anschwoll, ging einer nach dem andern an seinem Thron vorüber, und jeder beugte sich tief, während er vorüberging. Viele aus der Menge waren in prächtige Gewänder ohne Flecken und Makel gekleidet, und funkelten von Juwelen; andere trugen polierte und emaillierte Rüstungen; während andere vermoderte und verwitterte Kleider und Rüstungen trugen, welche ganz zerschellt, zerschlagen und mit Rost bedeckt waren.«

»Ich hatte bisher geschwiegen, denn es passt, wie die Exzellenz weiß, nicht für den Soldaten, viele Fragen zu tun, wenn er im Dienste ist; aber ich konnte mich nicht länger halten.«

»Höre, Kamerad«, sagte ich, »was bedeutet denn alles dies?«

»Das ist ein großes und furchtbares Geheimnis«, sagte der Reiter. »Wisse, o Christ, dass du den Hof und das Heer Boabdils, des letzten Königs von Granada, vor dir siehst.«

»Was sagt ihr mir da?«, rief ich. »Boabdil und sein Hof sind vor Jahrhunderten aus dem Lande verbannt worden, und alle in Afrika gestorben.«

»So wird es in euern lügenhaften Chroniken erzählt,« versetzte der Maure; »aber wisst, Boabdil und die Krieger, welche zuletzt für Granada gekämpft haben, sind alle durch mächtigen Zauber in dem Berge eingeschlossen. Was den König und die Armee betrifft, welche zur Zeit der Übergabe von Granada wegzogen, so war dies ein bloßer Schattenzug von Geistern und Dämonen, welche diese Gestalten annehmen durften, um die christlichen Herrscher zu täuschen. Und ferner lasst mich euch erzählen, Freund, dass ganz Spanien ein in Zaubermacht befangenes Land ist. Es gibt keine Höhle auf den Bergen, keinen einsamen Wartturm auf den Ebenen, kein zerfallenes Schloss auf den Höhen, in deren Gewölben nicht von Jahrhundert zu Jahrhundert bezauberte Krieger schlafen, bis die Sünden gebüßt sind, wegen welchen Allah es zuließ, dass die Herrschaft eine Zeit lang aus den Händen der Gläubigen kam. Einmal im Jahr, am h. Johannistag, werden sie, vom Sonnenniedergang bis zum Sonnenaufgang von dem Zauber erlöst, und dürfen hierher kommen, um ihrem König zu huldigen, und die Menge, welche ihr in die Höhle eilen seht, sind Moslemin-Krieger, welche aus ihrem Aufenthaltsort in allen Teilen Spaniens hierher kommen. Mich betreffend, so saht ihr den verfallenen Turm an der Brücke in Alt-Kastilien, wo ich jetzt so viele Jahrhunderte Winter und Sommer hingebracht habe, und wohin ich bei Tagesanbruch zurück muss. Die Abteilungen Reiter und Fußvolk, welche ihr in Schlachtordnung in den umliegenden Hallen aufgestellt sahet, sind bezauberte Krieger von Granada. Es ist in dem Buche des Schicksals geschrieben, dass wenn der Zauber gebrochen wird, Boabdil an der Spitze seines Heeres aus dem Berge kömmt, seinen Thron in der Alhambra und seine Herrschaft über Granada wieder einnimmt, die bezauberten Krieger aus allen Teilen Spaniens sammelt, die Halbinsel wieder erobert und sie der Herrschaft der Moslemin zurückgibt.«

»Und wann wird dies eintreffen?«, sagte ich.

»Allah allein weiß es: Wir hatten gehofft, der Tag der Befreiung sei gekommen; aber es gebietet jetzt ein wachsamer Statthalter in der Alhambra, ein tapferer alter Soldat, als Statthalter Manco wohl bekannt. Solange ein solcher Krieger über den ersten Posten befiehlt und stets fertig ist, den ersten Ausfall aus dem Berge zu vereiteln, fürchte ich, müssen Boabdil und sein Heer sich begnügen, auf ihren Waffen zu ruhen.«

Hier richtete sich der Statthalter etwas senkrecht empor, zog seinen Säbel an sich und drehte seinen Schnurrbart empor.

»Um eine lange Geschichte kurz zu machen und die Exzellenz nicht zu ermüden, – der Reiter stieg, nachdem er diese Kunde gegeben hatte, von seinem Rosse.«

»Bleibt hier«, sagte er, »und gebt auf mein Pferd acht, während ich gehe und vor Boabdil das Knie beuge!« Bei diesen Worten eilte er weg zu dem Haufen, der sich dem Thron entgegen drängte.«

»Was ist zu tun?«, dachte ich, als ich so mir selbst überlassen war: »Soll ich hier warten, bis dieser Ungläubige zurückkömmt und mich auf seinem Kobold-Pferde wieder hinweg huscht, der Himmel weiß wohin? Oder soll ich die Zeit benutzen und von dieser Spuk-Gesellschaft mich zurückziehen? Ein Soldat ist schnell entschlossen, wie die Exzellenz wohl weiß. Was das Pferd anging, so gehörte es einem offenbaren Feinde des Glaubens und des Reichs und war nach dem Kriegsrecht eine gute Prise. So schwang ich mich von dem Kreuz in den Sattel, wendete die Zügel, presste die maurischen Steigbügel in die Seiten des Pferdes und trieb es auf dem Wege, den wir hereingekommen waren, auf das Rascheste vorwärts. Als wir an den Hallen, wo die Moslemin-Reiter in bewegungslosen Abteilungen saßen, vorüberkamen, glaubte ich Waffenklang und ein hohles Murmeln von Stimmen zu hören. Ich ließ das Pferd die Steigbügel nochmals schmecken und verdoppelte meine Eile. Es ließ sich jetzt hinter mir ein Ton, wie ein Rauschen des Windes, vernehmen; ich hörte das Trappeln von tausend Pferdehufen; ein zahlloser Haufe holte mich ein. Ich wurde in dem Gedränge mit fortgerissen und stürzte aus der Höhle, während Tausende von dunkeln Gestalten von den vier Winden des Himmels in allen Richtungen verweht wurden.«

»In dem Wirbel und der Hast dieser Szene wurde ich besinnungslos vom Pferd geworfen. Als ich zu mir kam, lag ich am Rand eines Hügels und das arabische Roß stand neben mir; denn beim Fallen war mein Arm in den Zügel geschlüpft, was, wie ich glaube, es hinderte, nach Altkastilien zurückzujagen.«

»Eure Exzellenz mag leicht urteilen, mit welchem Staunen ich Aloegebüsche und indische Feigen und andere Beweise eines südlichen Klimas um mich, und eine große Stadt mit Türmen, Palästen und einer Kathedrale unter mir sah.«

»Ich stieg sorgfältig den Hügel nieder, indem ich mein Pferd führte, denn ich fürchtete mich, es wieder zu besteigen und mir einen misslichen Streich von ihm spielen zu lassen. Beim Herabsteigen stieß ich auf eure Streifwache, welche mir das Geheimnis enthüllte, dass Granada vor mir liege, und dass ich unter den Mauern der Alhambra sei, der Feste des gefürchteten Statthalters Manco, des Schreckens aller bezauberten Moslemin. Als ich dies hörte, beschloss ich sofort, Eure Exzellenz aufzusuchen, euch von allem, was ich gesehen hatte, zu unterrichten und vor den Gefahren zu warnen, welche euch umgeben und untergraben, damit ihr bei Zeiten Maßregeln ergreift, eure Feste und selbst das Königreich vor diesem innern Heere zu sichern, das in den Eingeweiden des Landes lauert.«

»Und höret, Freund«, sagte der Statthalter, »was würdet ihr als alter Soldat und als Krieger von vieler Erfahrung mir zu tun raten, um diesem Übel zuvorzukommen?«

»Es ziemt sich nicht für den demütigen gemeinen Soldaten«, sagte der Fremde bescheiden, »einen General von Eurer Exzellenz Scharfsinn belehren zu wollen; allein es dürfte gut sein, wenn Eure Exzellenz alle Höhlen und Eingänge in die Berge mit gutem, festem Mauerwerk vermachen ließ, sodass Boabdil und sein Heer in ihrer unterirdischen Wohnung vollkommen eingepfropft wären. Wenn auch der gute Pater,« fügte der Soldat hinzu, beugte sich ehrerbietig vor dem Mönch und kreuzte sich fromm, »die Vermache mit seinem Segen weihen und einige Kreuze und Reliquien und Heiligenbilder darauf setzen wollte, würden sie, glaube ich, aller Macht unchristlichen Zaubers widerstehen.«

»Sie würden ohne Zweifel von großem Nutzen sein«, sagte der Mönch.

Der Statthalter stemmte jetzt seinen Arm unter, legte seine Hand auf den Korb seines Toledo, heftete sein Auge auf den Soldaten und wiegte seinen Kopf lächelnd von einer Seite auf die andere.

»Also, Freund«, sagte er, »ihr glaubt wirklich, ihr könntet mich mit euren Märchen von bezauberten Bergen und bezauberten Mauren hinters Licht führen? Hört, Beklagter – kein Wort mehr! Ein alter Soldat möcht ihr sein, aber ihr sollt sehen, dass ihr es mit einem alten Soldaten zu tun habt, und mit einem, den man nicht so leicht übertölpelt. Heda. Wache! Legt diesen Burschen in Eisen.«

Das sittsame Mädchen wollte eine Fürbitte für den Gefangenen einlegen, aber der Statthalter brachte sie mit einem Blick zum Schweigen.

Als sie den Soldaten banden, fühlte einer von der Wache etwas hartes in seiner Tasche; er zog es heraus und sah, dass es eine lange lederne Börse war, welche wohl gespickt schien. Er nahm sie an einem Ende und leerte den Inhalt vor dem Statthalter auf den Tisch und nie zeigte sich eines Freibeuters Tasche stattlicher gefüllt. Ringe und Juwelen und Perlenschnüre und funkelnde Diamantkreuze und eine Fülle alter Goldmünzen fielen heraus; viele der letztern flogen klingend auf die Erde und rollten in die fernsten Teile des Zimmers.

Die Verrichtungen der Justiz wurden eine Zeit lang aufgehoben; die glänzenden Flüchtlinge setzten alles in Bewegung. Nur der Statthalter, der von dem echten spanischen Stolz durchdrungen war, behielt seinen ernsten Anstand bei, obgleich sein Auge einige Angst verriet, bis die letzte Münze und der letzte Juwel wieder in dem Sack waren.

Der Mönch war nicht so ruhig; sein ganzes Gesicht glühte wie ein Ofen und seine Augen blitzten und zuckten bei dem Anblick der Perlenschnüre und Kreuze.

»Ruchloser Frevler, der du bist!«, rief er: »Welche Kirche, welches Heiligtum hast du dieser heiligen Gegenstände beraubt?«

»Keins von beiden, frommer Vater. Wenn sie Kirchenraub sind, muss der ungläubige Reiter, von dem ich gesprochen habe, sie vor langer Zeit gestohlen haben. Ich wurde eben unterbrochen, als ich Eurer Exzellenz erzählen wollte, dass ich bei der Besitznahme von dem Pferde des Reiters einen ledernen Sack losmachte, der an dem Sattelbogen hing und wahrscheinlich das enthielt, was er ehedem, als die Mauren das Land besetzten, in dem Felde erbeutete.«

»Ganz trefflich; für jetzt werdet ihr euch gefallen lassen, euer Quartier in einer Kammer des roten Turmes zu nehmen, welche, obgleich sie nicht unter einem Zauber steht, ein eben so sicherer Aufenthalt für euch sein wird, wie irgendeine Höhle eurer bezauberten Mauren.«

»Eure Exzellenz wird nach ihrem Belieben handeln«, sagte der Gefangene kalt. »Ich werde Eurer Exzellenz für jede Bequemlichkeit in der Feste dankbar sein. Ein Soldat, der im Felde war, ist, wie Eure Exzellenz wissen, wegen seiner Lagerstätte nicht eigen; wenn ich einen reinlichen Kerker und regelmäßige Mahlzeit habe, werde ich mir es schon behaglich zu machen wissen. – Nur wollte ich bitten, dass die Exzellenz, während sie so sehr für mich sorgt, auch der Festung nicht vergesse und des Winks gedenke, welchen ich wegen Vermachens der Bergeingänge fallen ließ.«

Hier endigte die Szene. Der Gefangene wurde in einen starken Kerker in dem roten Turm, das Pferd in der Exzellenz Stall und des Reiters Sack in der Exzellenz Koffer gebracht. Gegen letzteres äußerte, es ist wahr, der Mönch einige Bedenklichkeiten, indem er die Frage aufwarf, ob die heiligen Gegenstände, welche offenbar Kirchenraub wären, nicht in Verwahrung der Kirche gegeben werden müssten; da aber der Statthalter über die Sache kurz gebunden und unbeschränkter Herr in der Alhambra war, ließ der Mönch klug die Unterhandlung fallen, beschloss aber, den kirchlichen Würdenträgern Granadas Kunde von dem Vorfall zu geben.

Um diese raschen und strengen Maßregeln des alten Statthalters Manco zu erklären, muss bemerkt werden, dass um diese Zeit die Alpuxarra Berge in der Nachbarschaft von Granada von einer Bande Räuber unsicher gemacht wurden, an deren Spitze ein kühner Bursche stand, Manuel Borasco mit Namen, der gewohnt war, aus dem Lande zu plündern, und in manchen Verkleidungen selbst in die Stadt zu schleichen, um Nachrichten über den Abgang von Handelsgütern oder von Reisenden mit wohlgespickten Börsen zu erhalten, welchen sie dann in den entfernten und einsamen Gebirgspässen auflauerten. Diese kecken und wiederholten Unbilden hatten die Aufmerksamkeit der Regierung auf sich gezogen und die Befehlshaber der verschiedenen Posten hatten die Weisung erhalten, auf ihrer Hut zu sein und alle verdächtigen Umzügler aufzugreifen. Statthalter Manco war, zufolge der manigfachen Schmach, welche auf seiner Feste ruhte, besonders eifrig und bezweifelte jetzt nicht, einen furchtbaren Waghals aus dieser Bande ertappt zu haben.

Mittlerweile verlautete die Geschichte und wurde das Tagesgespräch nicht nur der Feste, sondern der ganzen Stadt Granada. Es hieß, der berüchtigte Räuber Manuel Borasco, der Schrecken der Alpuxarras sei dem alten Statthalter Manco in die Krallen gefallen und von ihm in einem Verlies des roten Turmes eingesperrt worden; und jeder, der von ihm geplündert worden war, eilte hin, um den Schelm sich anzusehen. Der rote Turm steht, wie man wohl weiß, von der Alhambra gesondert auf einer Schwester-Höhe und wird von der Hauptfeste durch eine Schlucht getrennt, durch welche der Hauptweg führt. Außenmauern waren keine da, sondern eine Schildwache ging vor den Türen auf und ab. Das Fenster des Gemachs, in welches der Soldat eingesperrt war, war mit starkem Gitter versehen und hatte die Aussicht auf einen kleinen freien Platz. Hierher eilten die guten Leute von Granada, um ihn anzustarren, wie eine lachende Hyäne, die durch den Käfig einer Menagerie grinst. Niemand erkannte ihn jedoch für Manuel Borasco, denn dieser furchtbare Räuber war wegen seiner wilden Gesichtszüge berüchtigt und hatte keineswegs das launige Schielen des Gefangenen. Nicht allein aus der Stadt, sondern aus allen Teilen des Landes kamen Besucher und in den Köpfen des gemeinen Volkes stiegen allmählich Zweifel auf, ob doch nicht etwas Wahres an seiner Erzählung sein könnte. Dass Boabdil und sein Heer in dem Berge eingeschlossen, war eine alte Sage, welche viele der alten Einwohner von ihren Vätern gehört hatten. Haufen von Menschen bestiegen den Sonnenberg, oder vielmehr den Berg der heiligen Elena, um die von dem Soldaten erwähnte Höhle aufzusuchen, und blickten und schauten in das tiefe dunkle Loch, das, niemand weiß wie weit, in den Berg hinabgeht und hier bis auf den heutigen Tag – der fabelhafte Eingang zu der unterirdischen Wohnung Boabdil's – zu sehen ist.

Allmählich wurde der Soldat bei dem gemeinen Volke beliebt. Ein Freibeuter des Gebirgs ist keineswegs der verhasste Charakter in Spanien, wie es ein Räuber in andern Ländern ist: im Gegenteil, er ist eine Art ritterlicher Person in den Augen der niedern Klasse. Auch lässt sich stets eine Neigung verspüren, das Benehmen der Vorgesetzten zu bekritteln, und manche begannen jetzt, über die strengen Maßregeln des alten Statthalters Manco zu murren und den Gefangenen in dem Lichte eines Martyrs zu betrachten.

Überdies war der Soldat ein lustiger, possierlicher Bursche, welcher für jeden, der in die Nähe seines Fensters kam, einen Scherz, und für jedes weibliche Wesen ein freundliches Wort bereithatte. Er hatte sich auch eine alte Gitarre verschafft und saß an seinem Fenster und sang Balladen und Liebeslieder, zur großen Lust der Weiber der Nachbarschaft, die sich an den Abenden auf dem Platze versammelten und Boleros zu seiner Musik tanzten. Er hatte seinen krausen Bart hübsch aufgeputzt und sein sonneverbranntes Gesicht fand Gnade vor den Augen der Schönen und die sittsame Dienerin des Statthalters erklärte, man könne seinem schiefen Blicke durchaus nicht widerstehn. Dieses mildherzige Mädchen hatte von Anfang her eine innige Teilnahme an seinem Lose gezeigt, und da sie sich vergebens bemüht hatte, den Statthalter zu erweichen, fand sie Mittel, die Strenge seiner Gefangenschaft heimlich zu mildern. Jeden Tag brachte sie dem Gefangenen einige Brosamen des Trostes, die von des Statthalters Tafel gefallen oder seiner Speisekammer entzogen worden waren, so wie auch manchmal eine erheiternde Flasche guten Val di Pennas oder trefflichen Malaga.

Während dieser Verrat an dem Herrn in dem Mittelpunkt der Zitadelle des alten Statthalters vor sich ging, zog sich ein Sturm offenen Kriegs bei seinen äußern Feinden zusammen. Der Umstand, dass ein Sack mit Gold und Juwelen an der Person eines angeblichen Räubers gefunden worden sei, wurde zu Granada mit vielen Übertreibungen erzählt. Alsbald erhob des Statthalters eingefleischter Feind, der General, einen Streit über die Territorial-Gerichtsbarkeit. Er bestand darauf, der Gefangene sei außerhalb des Gebietes der Alhambra und innerhalb seines Bereiches festgenommen worden. Er begehrte sonach den Mann und die an ihm gefundenen spolia opima. Da auch der Großinquisitor durch den Mönch von den Kreuzen und andern heiligen Gegenständen, welche in dem Sack enthalten, gehörige Nachricht erhalten hatte, nahm er den Angeklagten, als des Kirchenraubs schuldig, in Anspruch und bestand darauf, seine Beute gehöre der Kirche, sein Körper aber dem nächsten Auto da se an. Der Streit ward grimmig, der Statthalter wütete und schwur, ehe er den Gefangenen übergebe, werde er ihn in der Alhambra als Spion aufhängen, der innerhalb des Bereichs der Feste aufgegriffen worden.

Der General drohte, er werde eine Abteilung seiner Mannschaft schicken, um den Gefangenen aus dem roten Turm in die Stadt zu versetzen. Der Großinquisitor neigte sich auch dahin, eine Anzahl Diener des heiligen Gerichtes abzusenden. Die Nachricht von diesen Umtrieben kam spät nachts zu den Ohren des Statthalters. »Lasst sie kommen«, sagte er, »sie werden mich bereitfinden; der muss früh aufstehen, der einen alten Soldaten überrumpelt.« Er gab sonach Befehl, mit Tagesanbruch den Gefangenen in einen Kerker innerhalb der Mauern der Alhambra zu bringen. »Und hörst du, Kind«, sagte er zu der sittsamen Dienerin, »klopfe an meine Türe und wecke mich, ehe der Hahn kräht, damit ich selbst nach der Sache sehe.«

Der Tag dämmerte, der Hahn krähte, aber niemand pochte an der Türe des Statthalters. Die Sonne erhob sich hoch über die Bergspitzen und glänzte durch seine Fenster herein, ehe der Statthalter aus seinen Morgenträumen von dem alten Korporal geweckt wurde, der mit einem Gesicht, auf welches der Schrecken gestempelt war, vor ihm stand.

»Er ist fort! Er ist auf und davon!«, rief der Korporal und schnappte nach Atem.

»Wer ist fort – wer ist auf und davon?«

»Der Soldat – der Räuber – der Teufel – nach allem, was ich gesehen habe. Sein Kerker ist leer, aber die Türe verschlossen – niemand weiß, wie er herauskam.«

»Wer sah ihn zuletzt?«

»Eure Dienerin! Sie brachte ihm das Nachtessen.«

»Lass sie sogleich rufen.«

Jetzt gab es neue Verwirrung. Die Kammer des sittsamen Mädchens war gleichfalls leer, ihr Bett war unberührt; sie war ohne Zweifel mit dem Angeklagten davon gegangen, da sie, wie es sich herausstellte, seit mehreren Tagen schon häufige Unterhaltungen mit ihm gepflogen hatte.

Dies verwundete den alten Statthalter an seiner empfindlichen Seite, aber er hatte kaum Zeit, deshalb zu klagen, als sich ihm schon neues Unheil darbot. Als er in sein Wohnzimmer ging, fand er seinen Koffer geöffnet und den ledernen Sack des Reiters gestohlen, und mit ihm ein paar dicke Säcke mit Dublonen.

Aber wie und auf welche Weise waren die Flüchtigen entwischt? Ein alter Bauer, der in einer Hütte an der nach der Sierra führenden Straße lebte, erklärte er habe kurz vor Tagesanbruch den Trab eines starken Pferdes gehört, das sich den Bergen zugewendet. Er habe aus seinem Fenster gesehen und gerade noch einen Reiter mit einem vor ihm sitzenden Mädchen erkannt.

»In den Ställen nachgesehen!«, rief Statthalter Manco. Die Ställe wurden durchsucht; alle Pferde waren an ihrer Stelle, nur nicht der Araber. Statt seiner war ein dicker Prügel an die Krippe gebunden und daran ein Zettel, auf welchem die Worte standen: »Geschenk für Statthalter Manco, von einem alten Soldaten.«

Sage von den zwei verschwiegenen Statuen.

Einst wohnte in einem öden Gemache der Alhambra ein lustiger, kleiner Bursche, namens Lope Sanchez, der in den Gärten arbeitete und so munter und lebendig war wie ein Grashüpfer, und den ganzen Tag sang. Er war das Leben und die Seele der Feste; wenn seine Arbeit getan war, saß er auf einer der steinernen Bänke der Esplanade, klimperte auf seiner Gitarre und sang lange Lieder auf Cid und Bernardo del Carpio und Fernando del Pulgar und andere spanischen Helden, zur Unterhaltung der alten Soldaten der Feste, oder schlug einen fröhlicheren Ton an und ließ die Mädchen Boleros und Fantangos tanzen.

Wie die meisten kleinen Leute hatte Lope Sanchez eine große dralle Dirne zur Frau, welche ihn fast in ihre Tasche stecken konnte; allein das gewöhnliche Los der Armen war ihm nicht zu Teil geworden – statt zehn Kinder hatte er nur eines. Dies war ein kleines schwarzäugiges Mädchen von zwölf Jahren, Sanchica genannt, so lustig wie er und die Freude seines Herzens. Sie spielte um ihn, wenn er in dem Garten arbeitete, tanzte zu den Tönen seiner Gitarre, wenn er im Schatten saß und lief so wild wie ein junges Reh in dem Gebüsch, den Alleen und den verfallenen Sälen der Alhambra umher.

Es war jetzt St. Johannis-Abend und die feiertagfrohen Plaudermäuler der Alhambra, Männer, Weiber und Kinder kamen mit der Nacht den Sonnenberg, der sich über das Generalife erhebt, herauf, um auf dem abgeplatteten Gipfel ihre Mitte-Sommer-Nachtwache zu feiern. Es war eine glänzende Mondscheinnacht und alle Berge waren grau und silbern, und die Stadt lag mit ihren Kuppeln und Kirchtürmen im Schatten drunten, und die Vega glich einem Feenland mit bezauberten Bächen, welche aus dem düstern Laubwerk hervorglänzten. Auf der höchsten Höhe des Berges zündeten sie, nach einer alten Landessitte, die sich von den Mauren herschrieb, Freudenfeuer an. Die Bewohner der umliegenden Gegend hielten eine ähnliche Nachtwache und auf der Vega und den Seiten der Berge entlang glänzten da und dort Feuer blass empor.

Lopez Sanchez, der nie vergnügter war als bei einer Festlichkeit dieser Art, spielte Gitarre, man tanzte dazu und der Abend verging sehr heiter. Während getanzt wurde, spielte die kleine Sanchica mit einigen ihrer Genossinnen in den Trümmern einer alten maurischen Feste, welche den Berg krönt, und fand, während sie Steinchen in dem Graben suchte, eine kleine sorgfältig in Gagat geschnittene Hand, die Finger geschlossen, und den Daumen fest auf sie gedrückt. Überfroh über ihr Glück, lief sie mit ihrem Funde zu der Mutter. Er wurde sogleich ein Gegenstand klugen Nachdenkens und manche betrachteten ihn mit abergläubischem Misstrauen. »Wirf's weg« – sagte der eine – »es ist Maurisch – sei überzeugt, es liegt Unheil und Hexerei drin.« – »Keineswegs,« sagte ein Anderer.«du kannst es den Juwelieren des Zacatins verkaufen.« Mitten in dieser Verhandlung trat ein dunkelbrauner alter Soldat herzu, der in Afrika gedient hatte und einem Mohren glich. Er untersuchte die Hand mit einem Kennerblick. »Ich habe Dinge dieser Art bei den Mauren der Berberei gesehen«, sagte er: »es ist ein kräftiges Mittel gegen das Scheelauge[2] und alle Arten von Zauber- und Hexenwerk. Ich wünsche Euch Glück, Lopez, das bedeutet Eurem Kinde etwas Gutes.«

Als Sanchez' Weib das hörte, band sie die kleine Gagathand an ein Band und hing es ihrem Töchterchen um den Hals.

Der Anblick dieses Talismans erinnerte an alle die beliebten abergläubischen Märchen von den Mauren. Der Tanz wurde vernachlässigt und sie setzten sich in Gruppen auf den Boden und erzählten sich alte Geschichten, die sie von ihren Voreltern gehört hatten. Einige dieser Erzählungen drehten sich um die Wunder eben dieses Berges, auf welchem sie saßen und der ein berühmtes Kobold-Revier ist. Eine alte Frau gab eine weitläufige Schilderung von dem Palaste in den Eingeweiden dieses Berges, wo der Sage nach Boabdil und sein ganzer maurischer Hof festgebannt sind. »Unter jenen Trümmern«, sagte sie und deutete auf einige zerfallene Mauern und Erdwälle an einem fernen Teil des Berges, »ist ein tiefes, dunkles Loch, das tief, tief in das Herz des Berges niedergeht. Um alles Geld von Granada möchte ich nicht hineinsehen. Eines Tages hütete ein armer Mann auf der Alhambra Ziegen auf diesem Berg und kletterte in das Loch hinab, einem Zieglein nach, das hineingefallen war. Ganz wild und stier kam er wieder heraus und erzählte von dem, was er gesehen hatte, Dinge, dass jeder glaubte, er sei toll geworden. Er faselte einige Tage von gespenstischen Mauren, die ihn in der Höhle verfolgt hätten, und konnte kaum überredet werden, seine Ziegen wieder auf den Berg zu treiben. Er tat dies endlich, aber ach, der arme Mann! Er kam nie wieder herab. Die Nachbarn fanden seine Ziegen um die maurischen Trümmer weiden, sein Hut und Mantel lagen in der Nähe des Loches, aber von ihm war nichts mehr zu hören.

Die kleine Sanchica lauschte dieser Geschichte mit atemloser Aufmerksamkeit. Sie war neugierigen Charakters und fühlte sogleich ein mächtiges Sehnen, in diese gefährliche Tiefe zu schauen. Sie stahl sich von ihren Gespielinnen weg, suchte die entfernten Trümmer, und nachdem sie eine Zeit lang unter ihnen herumgekrochen war, kam sie an eine kleine Aushöhlung oder Becken, nahe der Spitze des Berges, wo er sich steil in das Tal des Darro hinabsenkt. In der Mitte dieses Beckens gähnte die Öffnung jenes Loches. Sanchica wagte sich an den Rand und schaute hinein. Alles war schwarz wie Pech und gab ein Bild unermesslicher Tie-

---

[2] Das Scheelauge schadet, als bezaubernder Blick, den Kindern. Sehr verbreiteter Aberglaube im Morgenland.

fe. Ihr Blut ward zu Eis; sie ging zurück, blickte wieder hin, wollte weglaufen und warf noch einen Blick hinein – selbst das Schauderhafte der Sache war ihr erfreulich. Zuletzt rollte sie einen großen Stein herbei und warf ihn über den Rand. Eine Zeit lang fiel er lautlos; dann traf er auf felsige Vorsprünge und sie hörte ein starkes Krachen, dann sprang er rumpelnd und polternd von Seite zu Seite, mit donnerähnlichem Lärm, fiel endlich tief, tief unten in das Wasser – und alles war wieder still.

Dieses Schweigen dauerte aber nicht lange. Es schien, als wäre etwas in diesem öden Schlunde wach geworden. Ein murmelnder Ton erhob sich nach und nach aus der Tiefe, wie das Summen eines Bienenstocks. Es wurde lauter und lauter; es war ein Getös von Stimmen wie das Lärmen einer fernen Menge und ein schwaches Klirren von Waffen, Zimbelnklang und Trompetenschall, als wenn ein Heer in den Eingeweiden des Berges sich zur Schlacht fertigmache.

Mit stummem Schrecken ging das Kind weg und eilte zu der Stelle, wo es seine Eltern und Gespielinnen gelassen hatte. Alle waren fort. Das Freudenfeuer war am Erlöschen und die letzten Rauchwolken kräuselten im Mondschein empor. Die fernen Feuer, welche auf der Vega und den Bergen entlang gelodert hatten, waren alle erloschen und rings schien alles in Ruhe versunken zu sein. Sanchica rief ihre Eltern und einige ihrer Gespielinnen bei dem Namen, erhielt aber keine Antwort. Sie lief die Seite des Bergs hinab und die Gärten des Generalife entlang, bis sie in die Baumgänge kam, welche zur Alhambra führen, und wo sie sich auf eine Bank im Gebüsch setzte, um Atem zu schöpfen. Die Glocke in dem Wartturm der Alhambra schlug Mitternacht. Es herrschte eine tiefe Ruhe, als wenn die ganze Natur schliefe, nur dass ein ungesehener Bach, der unter der Halle des Buschwerks dahin floss, einen leisen Klang verursachte. Die ruhige Lieblichkeit der Nachtluft wiegte sie in Schlaf, als ihr Auge von einem Glanze in der Entfernung getroffen ward und sie zu ihrem Staunen einen langen Reiterzug maurischer Krieger erblickte, welche die Bergseite hinab und die laubigen Gänge entlang eilten. Einige waren mit Lanzen und Schildern bewaffnet; andere mit Säbeln und Hellebarden, und mit polierten Harnischen, welche im Mondschein glänzten. Ihre Rosse hoben sich stolz und knirschten auf ihr Gebiss, aber ihr Schritt brachte nicht mehr Klang hervor, als wenn ihre Hufen mit Filz belegt gewesen wären, und die Reiter waren alle blass wie der Tod. Unter ihnen ritt eine schöne Dame mit einer Krone auf dem Haupt und langen, goldnen, mit Perlen durchflochtnen Locken. Die Schabraske ihres Zelters war von Scharlachsamt mit Gold gestickt und schleifte auf dem Boden.

Aber sie ritt ganz trostlos dahin, und heftete ihre Augen stets auf den Boden.

Dann folgte ein Zug von prachtvoll in Gewänder und Turbane von verschiedenen Farben gekleideten Höflingen, und in ihrer Mitte ritt auf einem weißen Rosse König Boabdil el chico, in einem königlichen mit Juwelen bedeckten Mantel und eine von Diamanten funkelnde Krone auf dem Haupte. Die kleine Sanchica erkannte ihn an seinem gelben Bart und der Ähnlichkeit mit seinem Porträt, das sie oft in der Gemälde-Galerie des Generalife gesehen hatte. In Staunen und Bewunderung sah sie auf dieses königliche Gepränge, das glänzend unter den Bäumen vorüberzog; aber obgleich sie wusste, dass diese Monarchen und Höflinge und Krieger, die so blass und so stumm, außer dem gewöhnlichen Kreis der Natur, und Zauber- und Hexenwerk waren, schaute sie doch kühnen Herzens auf sie, solcher Mut gab ihr der geheimnisvolle Talisman der Hand, der um ihren Hals hing.

Als der Reiterzug vorüber war, stand sie auf und folgte. Er ging durch das große Tor der Gerechtigkeit, das weit offen stand; die alten Invaliden, welche die Wache hatten, lagen auf den Steinbänken des Turms, in tiefen und augenscheinlich bezauberten Schlaf begraben und das Schattengepränge schwebte geräuschlos mit fliegendem Banner und stattlicher Haltung an ihnen vorüber. Sanchica wäre gern gefolgt; aber zu ihrem Staunen sah sie in dem Turm eine Öffnung in der Erde, welche in die Tiefe desselben hinabführte. Sie trat ein wenig näher und wurde ermutigt, weiter zu schreiten, als sie rohe Tritte in den Felsen gehauen und einen gewölbten Gang fand, welcher da und dort mit silbernen Lampen erhellt war, welche zumal Licht und lieblichen Duft ausströmten. Sie wagte sich weiter und kam zuletzt an einen großen Saal, welcher in der Tiefe des Berges eingehauen und prachtvoll im maurischen Style ausgeschmückt und durch Lampen von Silber und Crystal erleuchtet war. Hier saß auf einer Ottomane ein alter Mann in maurischer Tracht, mit einem langen weißen Barte, schläfrig nickend und einen Stab in der Hand haltend, der ihm stets aus den Fingern schlüpfen zu wollen schien. In einiger Entfernung saß eine schöne Dame in altspanischer Tracht, mit einer kleinen von Diamanten ganz funkelnden Krone, die Locken mit Perlen durchflochten und einer silbernen Laute sanfte Töne entlockend. Die kleine Sanchica erinnerte sich nun einer Geschichte, welche sie von den alten Leuten der Alhambra hatte erzählen hören und welche eine gotische Prinzessin betraf, die ein alter arabischer Zauberer in die Mitte des Berges eingeschlossen hatte, wo sie ihn durch die Gewalt der Musik in einen magischen Schlaf gebannt hielt.

Die Dame hielt erstaunt inne, als sie eine Sterbliche in dem bezauberten Saal sah. »Ist es der heilige Johannisabend?«, sagte sie.

»So ist's,« versetzte Sanchica.

»Dann ist für eine Nacht der magische Zauber aufgehoben. Komm hierher, Kind, und fürchte dich nicht. Ich bin eine Christin, wie du, obgleich mich ein Zauber hier fesselt. Berühre mit dem Talisman, der an deinem Halse hängt, meine Bande und ich werde diese Nacht frei sein.«

Bei diesen Worten öffnete sie ihre Gewänder und zeigte einen breiten goldnen Ring, der ihren Leib umschloss, und eine goldene Kette, welche sie an den Boden fesselte. Das Kind zauderte nicht, die kleine Gagathand an den goldnen Ring zu halten und augenblicklich fiel die Kette zu Boden. Bei dem Klang erwachte der Alte und rieb sich die Augen; aber die Dame ließ ihre Finger über die Saiten der Harfe gleiten und er fiel wieder in Schlaf und begann zu nicken und sein Stab in seiner Hand zu schwanken. »Jetzt«, sagte die Dame, »berühre seinen Stab mit deiner zauberreichen Gagathand.« Das Kind tat so und er fiel aus seiner Hand und der Alte sank in tiefen Schlaf auf die Ottomane. Die Dame legte ihre Laute nun auf die Ottomane und lehnte sie gegen den Kopf des schlafenden Zauberers; dann berührte sie die Saiten, bis die Töne an seinem Ohre anschlugen, und sagte: »O mächtiger Geist der Musik, halte seine Sinne so gefangen, bis der Tag wiederkehrt. Nun folge mir, mein Kind!« fuhr sie fort, »und du sollst die Alhambra sehen, wie sie war in ihren glorreichen Tagen, denn du hast einen magischen Talisman, der allen Zauber enthüllt.« Stumm folgte Sanchica der Dame. Sie gingen durch die Öffnung der Höhle in den Gang des Tores der Gerechtigkeit und von da auf die Plaza de los Algibes, oder die Esplanada innerhalb der Feste. Diese war mit maurischen Kriegern, Fußvolk und Reiterei, in Scharen geordnet und die Fahnen entrollt, angefüllt. Auch standen an dem Portal königliche Wachen und Reihen afrikanischer Schwarzen mit gezogenen Säbeln. Niemand sprach ein Wort und Sanchica folgte ihrer Führerin furchtlos. Ihr Staunen wuchs, als sie in den königlichen Palast trat, in welchem sie aufgewachsen war. Der helle Mondschein erleuchtete alle die Säle und Höfe und Gärten als wär' es Tag, zeigte aber ein Schauspiel, das sich von dem, was sie hier zu sehen gewöhnt war, sehr unterschied. Die Wände der Gemächer waren nicht mehr von der Zeit befleckt und aufgerissen. Statt der Spinnenweben hingen reiche Seidenzeuge von Damaskus hier und die Vergoldungen und arabischen Malereien hatten ihren ursprünglichen Glanz und ihre Frische wieder. Statt der leeren und schmucklosen Säle standen nun Diwans und Ottomanen von den reichsten Stoffen da, mit Perlen besetzt und mit köstlichen Steinen ausgelegt und alle Brunnen in den Höfen und Gärten sprangen.

Die Küchen waren wieder in voller Tätigkeit; die Köche bereiteten geschäftig Schattengerichte und rösteten und brieten die Phantome von Hühnern und Schnepfen; Diener eilten aus und ein, Silberschüsseln mit Leckereien tragend und ein kostbares Mahl herrichtend. Der Löwenhof war voller Wachen, und Höflingen, und Alfaquis, wie in den alten Zeiten der Mauren; und an dem obern Ende des Saals der Gerechtigkeit saß Boabdil auf seinem Throne, von seinem Hofe umgeben und diese Nacht einen Schattenszepter schwingend. Ungeachtet dieses Gedrängs und scheinbaren Durcheinanders, war keine Stimme, kein Fußtritt zu hören; nichts unterbrach das mitternächtige Schweigen als das Plätschern der Brunnen. Die kleine Sanchica folgte ihrer Führerin in stummem Staunen durch den Palast, bis sie an ein Tor kamen, welches zu den gewölbten Gängen unter dem großen Turm des Comares führte. An jeder Seite des Tores saß die Gestalt einer Nymphe von Alabaster. Ihre Köpfe waren seitwärts gewendet und ihre Blicke auf dieselbe Stelle in dem Gewölbe gerichtet. Die bezauberte Dame stand still und winkte das Kind zu sich. »Hier«, sagte sie, »ist ein großes Geheimnis und ich will es dir zum Lohn für deine Treue und deinen Mut enthüllen. Diese verschwiegenen Statuen bewachen einen großen Schatz, den ein alter Maurerkönig hier verborgen hat. Sage deinem Vater, er soll die Stelle suchen, auf welche ihre Augen gerichtet sind und er wird etwas finden, das ihn reicher machen wird, als irgendein Mann zu Granada ist. Deine unschuldigen Hände aber allein können, da du auch in dem Besitze des Talismans bist, den Schatz heben. Heiß deinen Vater ihn klug anwenden und einen Teil davon zum Lesen täglicher Messen für die Befreiung meiner Seele ans diesem unheiligen Zauber bestimmen.«

Als die Dame diese Worte gesprochen hatte, führte sie das Kind weiter zu dem kleinen Garten der Lindaraxa, der nahe bei dem Gewölbe der Statuen ist. Der Mond zitterte auf den Wellen des einsamen Brunnens in der Mitte des Gartens und goss ein zartes Licht auf die Orangen- und Citronenbäume. Die schöne Dame riss einen Myrtenzweig ab und flocht ihn um den Kopf des Kindes. »Lass dir dies ein Andenken an das sein«, sagte sie, »was ich dir entdeckt habe, und ein Beweis von dessen Wahrheit. Meine Stunde ist gekommen – ich muss in den bezauberten Saal zurückkehren: folge mir nicht, damit dir kein Unglück begegne – lebe wohl. Gedenke meiner Worte und lass Messen für meine Erlösung lesen.« Bei diesen Worten ging die Dame in einen dunkeln Gang, der unter den Turm des Comares führte, und war nicht mehr zu sehen.

Aus den Hütten unten an der Alhambra, in dem Darrrohtale, wurde jetzt das Krähen eines Hahnes schwach gehört und ein blasser Lichtstreifen begann, sich über den östlichen Bergen zu zeigen. Ein leichter Wind erhob sich und es klang wie das Rascheln dürrer Blätter in den Höfen und Gängen, und Türe um Türe schloss sich mit knarrendem Tone.

Sanchica kehrte durch die Räume zurück, welche sie vor Kurzem noch mit der Schattenmenge angefüllt sah, aber Boabdil und sein Scheinhof waren verschwunden. Der Mond schien in leere Säle und Galerien, ihres vorübergehenden Glanzes beraubt, befleckt und von der Zeit verderbt und mit Spinnengewebe behangen. In dem ungewissen Licht flatterte die Fledermaus umher und in dem Fischteich krächzte der Frosch.

Sanchica eilte nun so viel sie konnte zu einer fernen Treppe, welche zu der ärmlichen Wohnung führte, die ihre Familie einnahm. Die Türe war, wie gewöhnlich, offen, denn Lope Sanchez war zu arm, um Riegel oder Schloss zu bedürfen. Sie suchte still ihr Lager, legte den Myrtenkranz neben sich und versank alsbald in Schlaf.

Am Morgen erzählte sie ihrem Vater alles, was ihr begegnet war. Lope Sanchez aber betrachtete das Ganze als einen bloßen Traum und lachte das Kind wegen seiner Leichtgläubigkeit aus. Er ging seiner gewöhnlichen Arbeit in dem Garten nach, war aber noch nicht lange da, als sein Töchterchen fast atemlos gelaufen kam. »Vater, Vater!«, rief sie: »sieh den Myrtenkranz, den mir die maurische Dame um den Kopf gewunden hatte.«

Lope Sanchez sah mit Erstaunen hin, denn der Stängel der Myrte war von lauterm Gold und jedes Blatt war ein funkelnder Smaragd. Da er nicht viel mit Edelsteinen zu schaffen gehabt hatte, kannte er den wirklichen Wert des Kranzes nicht, aber sah genug, um sich für überzeugt zu halten, dass er etwas Wesentlicheres sei, als die Dinge, aus denen die Träume gewöhnlich bestehen, und dass das Kind auf jeden Fall nicht ganz vergeblich geträumt habe. Seine erste Sorge war, seiner Tochter das unbedingteste Stillschweigen anzubefehlen; in dieser Beziehung war er jedoch sicher, denn sie war verschwiegener, als ihre Jahre und ihr Geschlecht erwarten ließen. Er ging nun in das Gewölbe, in welchem die Statuen der zwei Nymphen von Alabaster standen. Er sah, dass ihre Köpfe von dem Eingang abgewendet und dass die Blicke einer jeden auf dieselbe Stelle in dem Innern des Gebäudes gerichtet waren. Lope Sanchez konnte diese sehr kluge Erfindung, ein Geheimnis zu bewahren, nur bewundern! Er zog eine Linie von den Augen der Statuen zu dem

Punkte, auf den ihr Blick geheftet war, machte ein heimliches Zeichen auf die Wand und ging weg.

Lope Sanchez's Geist war jedoch den ganzen Tag von tausend Sorgen beunruhigt. Er konnte nicht umhin, die Statuen von fern im Auge zu behalten und wurde fast krank aus Angst, das goldene Geheimnis möchte entdeckt werden. Jeder Fußtritt, welcher sich dem Ort näherte, machte ihn beben. Er hätte alles drum gegeben, hätte er die Köpfe der Statuen nur wenden können, und vergaß ganz, dass sie schon mehrere Jahrhunderte in derselben Richtung blickten, ohne dass darum jemand klüger geworden wäre.

»Hol' sie der Henker«, sagte er zu sich selbst: »Sie werden alles verraten; hat je ein Mensch gehört, dass man ein Geheimnis so bewahrt?« Wenn er dann jemand kommen hörte, stahl er sich weg, als ob sein Weilen so nahe an diesem Orte Verdacht erregen könnte. Dann kehrte er vorsichtig zurück, schaute von ferne hin, um zu sehen, ob noch alles beim alten wäre, aber der Anblick der Statuen erweckte wieder seinen ganzen Unwillen. »Ach, da stehen sie«, sagte er, »und sehen und sehen und sehen immer dahin, wohin sie nicht sehen sollten. Wären sie beim Henker! Sie sind, wie alle ihres Geschlechtes; wenn sie keine Zungen haben, mit denen sie plaudern können, so tun sie's gewiss mit ihren Augen.«

Der ängstliche Tag näherte sich endlich zu seiner Freude seinem Ende. In den hallenden Sälen der Alhambra vernahm man keine Fußtritte mehr; der letzte fremde Besucher überschritt die Schwelle, das große Tor wurde verriegelt und vermacht, und die Fledermaus und der Frosch und die heulende Eule nahmen allmählich wieder ihre nächtlichen Rechte in dem verlassenen Palast in Anspruch.

Lope Sanchez wartete aber, bis die Nacht weit vorgeschritten war, ehe er sich mit seiner kleinen Tochter in den Saal der zwei Nymphen wagte. Er fand sie so verschwiegen und geheimnisvoll, wie immer auf den verborgenen Schein seines Glückes schauen. »Mit Eurer Erlaubnis, holde Damen«, dachte Lope Sanchez, als er zwischen ihnen durchging: »Ich will Euch von Eurem Dienste, der die vergangenen zwei oder drei Jahrhunderte so schwer auf Euern Herzen gelastet haben mag, erlösen.« Demnach begann er an dem von ihm bezeichneten Teil der Wand seine Arbeit und öffnete nach einer kleinen Weile eine versteckte Vertiefung, in welcher zwei große Porzellankrüge standen. Er versuchte sie hervorzurücken, aber sie waren unbeweglich, bis die unschuldige Hand seines Töchterchens sie berührte. Mit ihrer Hilfe brachte er sie aus der Nische und sah zu seiner großen Freude, dass sie mit maurischen Goldstücken, nebst Juwelen und Edelsteinen gefüllt waren. Vor Tagesanbruch wusste er sie in seine Stube zu bringen und verließ die zwei wachhabenden Statuen mit ihren an die leere Wand gerichteten Augen.

So war Sanchez plötzlich ein reicher Mann geworden; aber der Reichtum brachte, wie gewöhnlich, eine Welt voll Sorgen mit sich, denen er bisher gänzlich fremd gewesen war. Wie sollte er seinen Schatz sicher wegbringen? Wie sollte er sich desselben nur erfreuen, ohne Verdacht zu erregen? Zum ersten Mal in seinem Leben erwachte jetzt auch die Furcht vor Räubern in seiner Seele. Er blickte mit Schauer und Schrecken auf das Unsichere seiner Wohnung und begab sich daran, Türen und Fenster zu verrammeln und zu vermachen; nach allen diesen Vorsichtsmaßregeln konnte er aber doch nicht ruhig schlafen. Seine gewöhnliche Heiterkeit war dahin, er hatte für seine Nachbarn keinen Scherz und keine Lieder mehr und kurz, er wurde das unglücklichste Geschöpf in der Alhambra. Seine alten Kameraden bemerkten seine Veränderung, bemitleideten ihn von Herzen und fingen an, ihn zu verlassen, indem sie dachten, er müsse in Not versunken sein und Gefahr laufen, sie um Hilfe ansprechen zu müssen. Der Gedanke, dass sein ganzes Elend Reichtum sei, lag ihnen sehr fern.

Die Frau unseres Lope Sanchez teilte seine Angst, aber sie hatte dafür geistlichen Trost. Wir hätten schon früher erwähnen sollen, dass, da Lope ein etwas leichter, unbesonnener kleiner Mann war, seine Frau sich gewöhnt hatte, in allen wichtigen Gegenständen den Rat und Beistand ihres Beichtvaters, des Pater Simon zu suchen, eines starken, breitschultrigen, blaubärtigen, rundköpfigen Mönchs aus dem nahen Franziskanerkloster, welcher in der Tat der geistliche Tröster der Hälfte der guten Weiber der Umgegend war. Er war außerdem in großer Achtung in verschiedenen Nonnenklöstern, welche ihm seine geistlichen Dienste durch häufige Geschenke von jenen Leckereien und Spielereien, die in Klöstern gemacht werden, belohnten, als da sind köstliches Eingemachtes, Zuckerbrot und Flaschen würziger Herzstärkungen, welche sich nach Fasten und Wachen als treffliche Erquickung auswiesen.

Pater Simon gedieh in der Ausübung seiner Pflichten. Sein öliges Gesicht glänzte in dem Sonnenschein, wenn er sich an einem heißen Tag den Hügel der Alhambra herauf arbeitete. Bei allen Annehmlichkeiten seiner Lage zeigte aber doch das knotige Seil um seinen Leib die Strenge der Zucht, die er gegen sich selbst übte; die Menge zog die Mützen vor ihm als einem Spiegel der Frömmigkeit, und selbst die Hunde spürten den Geruch der Heiligkeit, welcher seiner Kutte entströmte, und heulten aus ihren Löchern, wenn er vorüberging.

Dieser Art war Pater Simon, der geistliche Ratgeber des holdseligen Weibes von Lope Sanchez; und da der Beichtvater der innigste Vertraute der Frauen in Spanien ist, so war er bald, im größten Geheimnis, mit der Geschichte des verborgenen Schatzes bekannt.

Der Mönch sperrte Mund und Augen auf und bekreuzte sich zwölfmal bei dieser Nachricht. Nach einer kurzen Pause sagte er: »Tochter meiner Seele. Wisse, dein Mann hat eine doppelte Sünde begangen – eine Sünde gegen den Staat und die Kirche. Der Schatz, den er so für sich behalten hat, ist in den Besitzungen des Königs gefunden worden und gehört folglich der Krone; da er aber den Ungläubigen gehörte und gewissermaßen den Klauen des Satans entrissen worden ist, sollte er der Kirche geweiht sein. Doch lässt sich die Sache immer noch beilegen. Bringe den Myrtenkranz hieher.«

Als der gute Pater diesen sah, glänzten seine Augen mehr denn je vor Bewunderung der Größe und Schönheit der Smaragde. »Da dieses die ersten Früchte dieser Entdeckung sind«, sagte er, »sollte es billig frommen Zwecken geweiht sein. Ich will es in einem Schrein vor dem Bild des h. Franziskus in unsrer Kapelle aufhängen und ihn noch in dieser Nacht angelegentlich bitten, dass dein Mann im ruhigen Besitz eures Reichtums bleibe.«

Die gute Frau war froh, dass sie so wohlfeilen Kaufs ihren Frieden mit dem Himmel machen konnte, und der Mönch, der den Kranz unter seinen Mantel steckte, schritt dem Kloster mit heiligen Schritten zu.

Als Lope Sanchez nach Hause kam, erzählte ihm seine Frau, was vorgegangen war. Er war sehr ärgerlich, denn ihm fehlte der fromme Sinn seiner Frau, und er seufzte schon seit einiger Zeit über die vertraulichen Besuche des Mönchs. »Frau«, sagte er, »was hast du getan? Du hast durch dein Plaudern alles auf das Spiel gesetzt.«

»Was?«, rief die gute Frau: »Willst du mir verbieten, mein Gewissen vor meinem Beichtvater zu entladen?«

»Nein, Frau! Beichte von deinen Sünden, soviel du nur willst; aber dieses Schatzgraben ist meine Sünde und mein Gewissen ist sehr leicht unter der Last derselben.«

Allein das Klagen half jetzt nichts mehr; das Geheimnis war nun einmal ausgeplaudert und ließ sich, wie auf den Sand gegossenes Wasser, nicht wieder zurücknehmen. Ihre einzige Hoffnung gründete sich auf die Verschwiegenheit des Mönchs.

Während Lope Sanchez am nächsten Tag draußen war, ließ sich ein leises Klopfen an der Türe hören und Pater Simon trat mit freundlicher und sittsamer Miene ein.

»Tochter«, sagte er, »ich habe inbrünstig zu dem h. Franziskus gebetet und er hat mein Gebet erhört. In der Mitte der Nacht ist mir der Heilige im Traum erschienen, aber sein Antlitz zürnte. »Höre«, sagte er, »du betest zu mir, um Vergebung wegen dieses heidnischen Schatzes zu erhalten, während du die Armut meiner Kapelle siehst? Gehe in das Haus des Lope Sanchez, bitte in meinem Namen um einen Teil des maurischen Goldes, um zwei Leuchter für den Hauptaltar zu kaufen, und lass ihn das Übrige in Frieden besitzen.«

Als die gute Frau von dieser Erscheinung hörte, kreuzte sie sich ehrerbietig, ging zu dem geheimen Plätzchen, wo Lope seinen Schatz verborgen hatte und füllte einen großen ledernen Beutel mit Stücken maurischen Goldes und gab ihn dem Mönch. Dagegen erteilte ihr der Mönch Segen genug, um, wenn der Himmel ihn auslöst, ihr Geschlecht bis in die spätesten Zeiten zu bereichern, ließ dann den Beutel in den Ärmel seiner Kutte gleiten, faltete seine Hände über seiner Brust und schied mit einer Miene demütiger Dankbarkeit.

Als Lope Sanchez von diesem zweiten, der Kirche gemachten Geschenk hörte, geriet er fast außer sich. »Unglücklicher Mann«, rief er, »was soll aus mir werden? Ich werde stückweise beraubt; ich werde zu Grund gerichtet und an den Bettelstab gebracht werden.«

Nur mit großer Mühe konnte ihn seine Frau beruhigen, indem sie ihn an den ungeheuern Reichtum erinnerte, welcher ihm noch verblieb und ihn fühlen ließ, wie gütig es von dem h. Franziskus sei, sich mit einem spärlichen Anteil zu begnügen.

Unglücklicherweise hatte Pater Simon eine Anzahl armer Verwandte, für welche gesorgt werden musste, einiger halben Dutzend starker, rundköpfiger Waisen- und verlassener Findel-Kinder nicht zu gedenken, die er unter seinen Schutz genommen hatte. Er wiederholte daher von Tag zu Tag seine Besuche und seine Bitten zum Besten des h. Dominikus, des h. Andreas, des h. Jakobs, bis der arme Lope in Verzweiflung geriet und fand, dass er, wenn er sich dem Bereich des frommen Mönchs nicht entzöge, jedem Heiligen des Kalenders Sühnopfer würde bringen müssen. Er beschloss daher, den ihm noch bleibenden

Schatz zusammenzupacken, heimlich in der Nacht aufzubrechen und in einen andern Teil des Königreichs zu ziehen.

Voll von diesem Plane, kaufte er ein starkes Maultier und band es in einem dunkeln Gewölbe unten in dem Turm der sieben Stockwerke an, an derselben Stelle, wo der Belludo, oder das Kobold-Pferd ohne Kopf, um Mitternacht herauskommen, und durch die Straßen von Granada, gefolgt von einer Meute Höllenhunde, rennen soll. Lope Sanchez schenkte der Geschichte wenig Glauben, benutzte aber die dadurch erweckte Furcht, denn er wusste wohl, dass sich niemand leicht in den unterirdischen Stall des Gespenster-Rosses wagen würde. Im Laufe des Tages schickte er seine Familie mit dem Befehle weg, ihn in einem entfernten Dorf der Vega zu erwarten. Als die Nacht vorrückte, brachte er seinen Schatz in das Gewölbe unter dem Turm, belud sein Maultier damit, führte es heraus und leitete es vorsichtig den dunkeln Weg abwärts.

Der ehrliche Lope hatte diese Maßregeln in der größten Stille genommen, und sie niemanden, als dem treuen Weibe seines Herzens mitgeteilt. Durch irgendeine wunderbare Offenbarung jedoch waren sie dem Pater Simon bekannt geworden. Der eifrige Mönch sah diese heidnischen Schätze auf dem Punkt, seinen Krallen auf immer entrissen zu werden, und beschloss, zum Besten der Kirche und des h. Franziskus, noch einen Griff in dieselben zu tun. Als daher die Glocken zu den animas[3] geläutet hatten, und die ganze Alhambra still war, schlich er sich aus seinem Kloster, eilte durch das Tor der Gerechtigkeit nieder und verbarg sich im Dickicht der Rosen und Lorbeern, welche den großen Zugang säumen. Hier blieb er und zählte die Viertelstunden, wenn die Uhr auf dem Wartturm schlug und lauschte auf das schauerliche Geheul der Eulen und das ferne Bellen der Hunde aus den Zigeunerhöhlen.

Endlich hörte er Fußtritte und sah durch das Düster der überschattenden Bäume etwas, das wie ein Lasttier aussah, den Weg herabkommen. Der stämmige Mönch schmunzelte bei dem Gedanken, welchen klugen Streich er dem guten Lope zu spielen im Begriff stehe.

Er band seine Kutte auf und krümmte sich wie eine Katze, die eine Maus auf dem Korn hat, und harrte so, bis sein Raub gerade vor ihm war, wo er aus seinem laubigen Versteck hervorbrach, eine Hand auf das Schulterblatt, die andere auf das Kreuz legte, und einen Sprung machte, der dem geübtesten Stallmeister Ehre gemacht hätte, und sich rittlings auf dem Tiere festsetzte. »Aha«, sagte der stämmige Mönch, »jetzt wol-

---

[3] Animas, das Abendgeläute, um an die Fürbitte für die Seelen im Fegfeuer zu erinnern.

len wir sehen, wer das Spiel am besten versteht.« Er hatte diese Worte kaum ausgesprochen, als das Tier anfing auszuschlagen, sich zu bäumen, und Sätze zu machen, und dann in vollem Lauf den Berg hinabschoss. Der Mönch versuchte, das Tier aufzuhalten, aber vergebens. Es sprang von Fels zu Fels, von Busch zu Busch; des Mönchs Kutte war in Fetzen verrissen und flatterte im Wind; sein geschorener Schädel erhielt manchen harten Schlag von den Baumästen und manche Schramme von dem Gesträuch. Um seinen Schrecken und Jammer zu vermehren, sah er eine Meute von sieben Hunden in vollem Bellen an seinen Fersen und bemerkte zu spät, dass er sich wirklich auf den schrecklichen Belludo geschwungen hatte.

Fort stürmten sie in Windes-Eile, den großen Weg hinab, über die Plaza Nueva, den Zacatin entlang, um die Vivairambla – nie flogen Jäger und Hund so pfeilschnell dahin oder machten einen so höllischen Lärm. Vergebens rief der Mönch jeden Heiligen des Kalenders an, und die gebenedeite Jungfrau obendrein; so oft er einen Namen dieser Art nannte, wirkte es wie ein frischer Spornstoß und verursachte, dass der Belludo einen haushohen Satz machte. Den übrigen Teil der Nacht hindurch wurde der unglückliche Pater Simon dahin und dorthin und wohin er nicht wollte, geführt, bis jeder Knochen an seinem Leib mürb war und er sich zu erbärmlich wund geritten hatte, als dass man dessen gedenken möchte. Wieder ging es über die Vivairambla, den Zacatin, die Plaza Nueva und den Brunnenweg, und die sieben Hunde heulten und bellten und sprangen empor und schnappten nach den Fersen des erschreckten Paters. Der erste Morgenstrahl schoss eben empor, als sie den Turm erreichten; hier schlug das Koboldpferd kräftig hinten aus und schickte den Mönch mit einem Purzelbaum durch die Luft und stürzte, gefolgt von der höllischen Meute, in das dunkle Gewölbe und ein tiefes Schweigen folgte dem eben noch so betäubendem Lärm.

Ist jemals einem Mönch solch ein verteufelter Streich gespielt worden? Ein Bauer, der mit der Dämmerung an seine Arbeit ging, fand den unglücklichen Pater Simon am Fuß des Turms unter einem Feigenbaum liegen, aber so zerquetscht und zerschellt, dass er weder sprechen noch sich regen konnte. Er wurde mit aller Sorgfalt und Aufmerksamkeit in seine Zelle geführt und das Gerücht verbreitete sich, Räuber hätten ihn angegriffen und misshandelt. Ein oder zwei Tage vergingen, ehe er wieder zum Gebrauch seiner Glieder kam; er tröstete sich mittlerweile mit dem Gedanken, dass er, obgleich ihm das Maultier mit dem Schatz entgangen war, doch vorläufig einen guten Teil von der heidnischen Beute wegbekommen hätte. Als er sich wieder bewegen konnte, war es seine erste Sorge, unter seinem Lager zu suchen, wo er den Myrtenkranz und die ledernen Beutel mit Gold, die er der Frömmigkeit der Frau Sanchez abgezwungen, verborgen hatte. Wie groß war aber sein Jammer, als er sah, dass der Kranz wirklich nur ein verwelkter Myrtenkranz und die ledernen Beutel mit Sand und Geröll gefüllt waren!

Pater Simon hatte bei all seinem Schmerze die Klugheit zu schweigen, da das Verraten des Geheimnisses ihn bei dem Publikum nur lächerlich gemacht und die Strafe seines Vorgesetzten auf ihn herabgezogen hätte: Erst viele Jahre später, auf seinem Todesbett, entdeckte er seinem Beichtvater seinen nächtlichen Ritt auf dem Belludo.

Von Lope Sanchez hörte man lange nach seinem Abzug aus der Alhambra durchaus nichts. Man erinnerte sich seiner stets gern als eines fröhlichen Genossen, obgleich man aus dem Gram und der Schwermut, welche er kurz vor seiner geheimnisvollen Abreise in seinem Benehmen zeigte, schließen zu müssen glaubte, Armut und Unglück habe ihn zu einem verzweifelten Entschluss gebracht. Einige Jahre später wurde einer seiner alten Freunde, ein invalider Soldat, der zu Malaga war, von einem sechsspännigen Wagen umgeworfen und fast überfahren. Der Wagen hielt an; ein alter, reich gekleideter Herr, mit einem Degen und Haarbeutel, stieg aus, um dem armen Invaliden beizustehn. Wie groß war des Letztern Erstaunen, als er in diesem vornehmen Kavalier seinen alten Freund Lope Sanchez erkannte, der eben die Vermählung seiner Tochter Sanchica mit einem der ersten Granden des Landes feierte!

In dem Wagen saß das Brautpaar. Da war auch Frau Sanchez, die jetzt so rund geworden war wie ein Fass, und Federn und Juwelen und Halsbänder von Perlen und Diamantschmuck und Ringe an jedem Finger, und einen Kleider-Putz trug, den man seit den Zeiten der Königin Seba nicht mehr gesehen hatte. Die kleine Sanchina war jetzt zur Frau herangewachsen und nach ihrer Anmut und Schönheit hätte man sie für eine Herzogin, ja geradezu für eine Prinzessin halten können. Der Bräutigam saß neben ihr – ein etwas abgelebter, spindelbeiniger kleiner Mann, aber das bewies schon, dass er von echtem Geblüt war – denn ein wahrer spanischer Grande hat selten mehr als vier Fuß Höhe. Die Mutter hatte die Heirat gemacht.

Der Reichtum hatte das Herz des ehrlichen Lope nicht verderbt. Er behielt seinen alten Kameraden mehrere Tage bei sich, bewirtete ihn wie ein König, nahm ihn mit in Schauspiele und Stiergefechte und sandte ihn endlich ganz beglückt nach Haus, mit einem dicken Sacke Geldes für sich, und einen andern, der unter seinen alten Freunden in der Alhambra verteilt werden sollte.

Lope erzählt immer, ein reicher Bruder sei in Amerika gestorben, und habe ihm eine Kupfermine hinterlassen; aber die verschlagenen Plaudertaschen der Alhambra bestanden darauf, sein Reichtum rühre von nichts anderem her, als dem Umstande, dass er das von den zwei alabasternen Nymphen der Alhambra bewahrte Geheimnis entdeckt habe. Es wird bemerkt, dass diese zwei höchst verschwiegenen Statuen bis auf den heutigen Tag ihre Augen sehr bedeutungsvoll auf dieselbe Stelle in der Wand gefesselt haben, was manchen glauben lässt, es sei noch irgendein Schatz, welcher der Aufmerksamkeit eines unternehmenden Reisenden wert sein möchte, dort verborgen; obgleich andere und vorzüglich weibliche Besucher sie mit großem Wohlgefallen als stete Monumente der Tatsache betrachten, dass Frauen ein Geheimnis bewahren können.

Muhamed Abu Alahmar, der Gründer der Alhambra.

Da ich mit den Wundermärchen der Alhambra so freigebig gewesen bin, fühle ich mich fast verbunden, dem Leser einige Tatsachen mitzuteilen, welche ihre eigentliche Geschichte, oder vielmehr die Geschichte jener stattlichen Fürsten, ihrer Gründer und Vollender, betreffen, denen die Welt ein so schönes und romantisches orientalisches Denkmal verdankt. Um diese Tatsachen zu gewinnen, stieg ich aus diesem Fantasienund Märchen-Bereich, wo alles eine poetische Farbe annehmen muss, herab und wandte meine Untersuchungen den bestaubten Bänden der alten Jesuiter-Bibliothek in der Universität zu. Dieses einst so berühmte Behältnis der Gelehrsamkeit ist jetzt ein bloßer Schatten seines frühern Selbst, denn die Franzosen beraubten die Bibliothek, als sie Granada im Besitz hatten, ihrer Handschriften und seltensten Druckwerke. Dennoch enthält sie, unter vielen gewichtigen Streitschriften der Jesuiten, noch manches merkwürdige Werk der spanischen Literatur; vor allem aber eine Anzahl jener veralteten, staubigen, in Pergament gebundenen Chroniken, welche bei mir in besonderer Achtung stehen.

In dieser alten Bibliothek habe ich manche köstliche Stunde ruhigen, ungestörten literarischen Fourragierens hingebracht, denn die Schlüssel zu den Türen und Bücherschränken wurden mir freundlich anvertraut und ich allein gelassen, um nach meinem Belieben umher zu stöbern – ein seltenes Zugeständnis in diesen Heiligtümern der Gelehrsamkeit, welche nur zu oft den Wissbegierigen bei dem Anblick versiegelter Quellen des Wissens schmachten lassen.

Im Laufe dieser Besuche sammelte ich folgende Einzelheiten in Betreff der fraglichen historischen Charaktere.

Die Mauren von Granada betrachteten die Alhambra als ein Wunder der Kunst und hatten eine Sage, der König, der sie gebaut, habe sich mit Zauberei abgegeben, oder sei doch ein Alchemist gewesen, wodurch er in den Stand gesetzt worden wäre, sich die unermesslichen Summen Goldes zu verschaffen, welche bei dem Baue derselben verschwendet wurden. Eine kurze Übersicht seiner Geschichte wird das wirkliche Geheimnis seines Reichtums darlegen.

Der Name dieses Königs war nach der Inschrift auf den Wänden einiger Gemächer Abu Abdallah (d. h. Vater von Abdallah), allein in der maurischen Geschichte heißt er gewöhnlich Muhamed Abu Alahmar (d. h. Muhamed Vater des Alahmar), oder einfach Abu Alahmar, der Kürze wegen.

Er war im Jahr der Hegira 591, und nach der christlichen Zeitrechnung 1195 zu Arjoua aus der edlen Familie der Bena Nasar, oder Kinder Nasar's geboren und seine Eltern sparten keine Kosten, ihn für den hohen Stand zu erziehen, zu welchem der Reichtum und das Ansehen seiner Familie ihn berechtigten. Die Sarazener Spaniens waren in der Bildung weit vorgeschritten, jede Hauptstadt war ein Sitz der Gelehrsamkeit und Künste – sodass es leicht war, die besten Lehrer für Jünglinge von Stand und Vermögen zu erhalten. Als Abu Alahmar das mannbare Alter erreicht hatte, wurde er als Alcayde oder Statthalter von Arjoua und Jaen angestellt und machte sich durch seine Güte und Gerechtigkeit sehr beliebt. Einige Jahre später, nach Abou Hud's Tod, spaltete sich die maurische Macht in Spanien in Faktionen und viele Plätze erklärten sich für Muhamed Abu Alahmar. Da er lebendigen Geistes und hohen Ehrgeizes war, ergriff er die Gelegenheit, machte eine Reise durch das Land und wurde überall mit Beifallrufen empfangen. Im Jahre 1238 hielt er unter dem lebhaftesten Jubel der Menge seinen Einzug zu Granada. Er ward mit allen Zeichen der Freude als König ausgerufen und wurde bald das Haupt der Moslemin in Spanien, da er der erste des erlauchten Stammes von Beni Nasar war, der auf dem Thron gesessen hatte. Seine Regierung machte ihn zu einem Segen seiner Untertanen. Er gab die Statthalterschaft seiner verschiedenen Städte den Männern, die sich durch Tapferkeit und Klugheit ausgezeichnet hatten und bei dem Volke am beliebtesten waren. Er setzte eine wachsame Polizei ein und erließ strenge Gesetze zur Handhabung der Gerechtigkeit. Die Armen und Unglücklichen hatten stets freien Zutritt zu ihm und er sorgte persönlich für Beistand und Abhilfe. Er errichtete Hospitäler für Blinde, Alte und Kranke und alle solche, welche nicht arbeiten konnten und besuchte sie oft – nicht an festgesetzten Tagen mit Pracht und Prunk, sodass Zeit blieb, alles in Ordnung zu bringen und jeden Missbrauch zu verstecken, sondern plötzlich und unerwartet; durch eigene Beobachtung und genaue Prüfung unterrichtete er sich von der Behandlung der Kranken und dem Benehmen derer, welche zu ihrem Beistande angestellt waren. Er gründete Schulen und Universitäten, welche er auf gleiche Weise besuchte, und wohnte persönlich dem Unterrichte der Jugend bei. Er ließ Fleischbänke und öffentliche Backöfen bauen, damit das Volk gesunde Nahrung zu billigen und regelmäßigen Preisen erhielt. Er führte reiche Wasserleitungen in die Stadt, ließ Bäder und Brunnen, Kanäle und Röhren bauen, um die Vega zu bewässern und fruchtbar zu machen. Durch diese Mittel herrschte Reichtum und Überfluss in dieser schönen Stadt; an ihren Toren drängte sich der Handelsfleiß und die Warenhäuser waren mit dem Luxus und den Gütern aller Länder und Himmelsstriche gefüllt.

Während Muhamed Abu Alahmar sein reizendes Land so weis und glücklich regierte, bedrohten ihn plötzlich die Schrecken des Kriegs. Die Christen benützten zu dieser Zeit die Spaltung der Macht der Moslemin und setzten sich rasch wieder in den Besitz ihrer alten Gebiete. Jakob der Eroberer hatte ganz Valencia unterworfen und Ferdinand der Heilige trug seine siegreiche Waffen nach Andalusien. Der letztere belagerte die Stadt Jaen und schwor, sein Lager nicht eher aufzuheben, als bis er im Besitz der Stadt wäre. Muhamed Abu Alahmar kannte das Unzureichende seiner Mittel, mit den mächtigen Herrschern Kastiliens einen Krieg zu unterhalten. Er fasste daher einen plötzlichen Entschluss, begab sich heimlich in das christliche Lager und erschien unerwartet vor König Ferdinand. »Du siehst in mir«, sagte er, »Muhamed, den König von Granada; ich vertraue deiner Ehre und begebe mich unter deinen Schutz. Empfange alles, was ich besitze und nimm mich als deinen Lehensmann an.« Bei diesen Worten kniete er nieder und küsste des Königs Hand als Zeichen der Unterwerfung.

König Ferdinand war durch diesen Beweis offenen Vertrauens gerührt und beschloss, sich nicht an Edelmut überbieten zu lassen. Er hob seinen früheren Nebenbuhler von der Erde auf und umarmte ihn als Freund; die Schätze, die er ihm anbot, wies er zurück, nahm ihn aber als Vasal an und ließ ihm die Herrschaft über sein Gebiet unter der Bedingung, dass er einen jährlichen Tribut zahle, bei den Cortes als einer der Edlen des Reichs sich einstelle und ihm im Kriege mit einer gewissen Zahl Reiter diene.

Nicht lange darauf wurde Muhamed zum Kriegsdienst aufgefordert, um dem König Ferdinand bei seiner berühmten Belagerung von Sevilla beizustehen. Der maurische König zog mit fünfhundert erlesenen Reitern von Granada aus, denn niemand in der Welt wusste besser als sie, ein Pferd zu reiten und eine Lanze zu führen. Es war jedoch ein trauriger und demütigender Dienst, denn sie sollten ihr Schwert gegen ihre Glaubensbrüder schwingen.

Muhamed erlangte durch seine Tapferkeit bei dieser berühmten Eroberung einen traurigen Ruhm, echtere Ehren aber durch die Milde, welche er König Ferdinand in der Kriegsführung anzunehmen veranlasste. Als im Jahr 1248 die berühmte Stadt Sevilla dem kastilischen König übergeben ward, kehrte Muhamed traurig und voller Gram in sein Gebiet zurück. Er sah das sich sammelnde Unheil, welches die Sache der Moslemin bedrohte, und ließ jenen Spruch hören, den er oft im Augenblick der Not und Verwirrung im Mund führte: »Wie beschränkt und elend würde unser Leben sein, wenn unsere Hoffnung nicht so weit und ausgedehnt wäre.«

»Que angoste y miserabile seria nuestra vida, sino fuero tan dilatada y espaciosa nuestra esperanza!«

Als der betrübte Sieger seinem geliebten Granada nahte, strömte das Volk mit freudiger Ungeduld heraus, ihn zu sehen, denn sie liebten ihn als einen Wohltäter. Sie hatten zu Ehren seiner kriegerischen Taten Triumphbogen errichtet, und wo er vorüberkam, wurde er mit Beifallsruf als El Ghalib oder der Sieger begrüßt. Muhamed schüttelte den Kopf, als er diesen Namen hörte. »Wa la ghalib ila Ala!« (Es gibt keinen Sieger als Gott!) rief er aus. Von dieser Zeit an diente ihm dieser Ausruf als Wahlspruch. Er ließ ihn auf ein schräges über sein Wappen laufendes Band schreiben, und er blieb der Wahlspruch aller seiner Nachkommen.

Durch Unterwerfung unter das christliche Joch hatte Muhamed den Frieden erkauft, aber er wusste, dass dieser nicht sicher und dauernd sein konnte, wo die Elemente so widerstreitend und die Beweggründe der Feindseligkeit so tief und alt waren. Er tat daher nach dem alten Grundsatz: »Waffne dich im Frieden, und bekleide dich im Sommer,« und benützte den eintretenden Zwischenraum der Ruhe, um sein Gebiet zu befestigen, seine Zeughäuser wieder zu füllen, und diejenigen nützlichen Künste zu fördern, welche einem Staate Wohlstand und wirkliche Macht geben. Er setzte für die besten Handwerker Preise aus, und bewilligte ihnen Vorrechte; er verbesserte die Zucht der Pferde und anderer nützlicher Tiere; er ermutigte den Ackerbau und wusste durch seinen

Schutz die natürliche Fruchtbarkeit des Bodens um das doppelte zu erhöhen, indem er die lieblichen Täler seines Königreichs wie einen Garten blühen machte. Er förderte auch den Bau und die Verarbeitung der Seide, bis die Weberstühle Granadas selbst die von Syrien an Feinheit und Schönheit ihrer Produktionen übertrafen. Sodann ließ er die Gold-, Silber- und andere Minen, die in den bergigen Gegenden seines Reichs gefunden wurden, fleißig bearbeiten, und war der erste König von Granada, welcher Gold- und Silbermünzen unter seinem Namen schlagen ließ, wobei er Sorge trug, dass die Münzen geschickt ausgeprägt wurden.

Um diese Zeit, etwa in der Mitte des dreizehnten Jahrhunderts und unmittelbar nach seiner Rückkehr von der Belagerung von Sevilla begann er den glänzenden Palast der Alhambra; er beaufsichtigte persönlich den Bau, und mischte sich oft unter die Künstler und Werkmeister und leitete ihre Arbeiten.

Obschon so glanzreich in seinen Werken, und so groß in seinen Unternehmungen, war er von einfachen Sitten, und mäßig in seinen Genüssen. Sein Kleid war nicht nur ohne Glanz, sondern so einfach, dass es ihn nicht von seinen Untertanen auszeichnete. Sein Harem konnte sich nur weniger Schönheiten rühmen, und diese besuchte er selten, obgleich sie mit großem Glanze unterhalten wurden. Seine Weiber waren Töchter der ersten Edlen und wurden von ihm als Freundinnen und verständige Gefährtinnen behandelt. Was mehr ist, er wusste es dahin zu bringen, dass sie als Freundinnen unter sich lebten. Er brachte viele Zeit in den Gärten hin, besonders in denen der Alhambra, welche er mit den seltensten Pflanzen und den schönsten und duftigsten Blumen versehen hatte. Hier ergötzte er sich, indem er Geschichten las, oder sie sich vorlesen und erzählen ließ; und zuweilen beschäftigte er sich in den Stunden der Muße mit dem Unterricht seiner drei Söhne, denen er die gelehrtesten und tugendhaftesten Lehrer ausgesucht hatte.

Wie er sich frei und ungezwungen Ferdinand als Vasal angetragen hatte, blieb er auch seinen Worte getreu, und gab ihm wiederholte Beweise der Anhänglichkeit und Treue. Als dieser berühmte Monarch 1254 zu Sevilla starb, schickte Muhamed Abu Alahmar Gesandte, welche seinem Nachfolger Alonzo X. sein Beileid ausdrückten, und in ihrem Gefolge waren hundert maurische Ritter von ausgezeichnetem Rang, welche während der Begräbnisfeierlichkeit die königliche Bahre mit brennenden Kerzen umgeben und geleiten mussten. Diesen großen Beweis der Achtung wiederholte der maurische König den Rest seines Lebens hindurch an jedem Jahrestag des Todes Ferdinands des Heiligen, wo hundert maurische Ritter von Granada nach Sevilla ziehen, und ihre Plätze um das Ehrendenkmal des erlauchten Toten in der Mitte der reichen Kathedrale, mit brennenden Kerzen in der Hand, einnehmen mussten.

Muhamed Abu Alahmar behielt seine Rüstigkeit und Geisteskraft, bis zu einem vorgerückten Alter. In seinem neunundsiebzigsten Jahr zog er noch zu Pferd, von der Blüte seiner Ritterschaft begleitet, ins Feld, um einen Einfall in sein Gebiet zurückzutreiben. Als das Heer von Granada auszog, brach einer der ersten Adalides oder Befehlshaber, welcher in dem Vortrab ritt, zufällig seine Lanze an einem Torbogen. Die Räte des Königs waren durch diesen Vorfall beunruhigt, stellten ihn als ein schlimmes Vorzeichen dar, und baten ihn zurückzukehren. Ihre Bitten waren umsonst. Der König widerstand, und am Nachmittag wurde das Vorzeichen, sagen die maurischen Geschichtsschreiber, auf traurige Weise bestätigt. Muhamed wurde plötzlich krank und wäre fast von seinem Pferde gefallen. Er wurde auf eine Bahre gelegt, und sollte nach Granada gebracht werden, aber seine Krankheit nahm in so hohem Grade zu, dass man sein Zelt in der Vega aufschlagen musste. Die Ärzte waren voller Bestürzung und wussten nicht, welche Arznei sie ihm verschreiben sollten. Nach wenigen Stunden starb er unter Blutspeien und heftigen Krämpfen. Der kastilische Prinz Don Philipp, der Bruder von Alonzo X. war an seiner Seite, als er starb. Sein Körper wurde einbalsamiert, in einen silbernen Sarg gelegt, und unter ungeheuchelten Klagen seiner Untertanen, die ihn als einen Vater beweinten, in der Alhambra in einem kostbaren Marmorgrab beigesetzt.

Dies war der erleuchtete patriotische Fürst, der die Alhambra gründete, dessen Namen noch in ihren schönsten und anmutigsten Verzierungen glänzt, und dessen Andenken geeignet ist, die erhabensten Erinnerungen bei denen hervorzurufen, die diese verfallenen Szenen seines Glanzes und Ruhmes betreten. Obgleich seine Unternehmungen ausgedehnt, und seine Ausgaben unermesslich waren, war seine Schatzkammer dennoch stets gefüllt, und dieser scheinbare Widerspruch gab Veranlassung zu dem Gerüchte, er sei in den Zauberkünsten bewandert, und besitze das Geheimnis, gemeinere Metalle in Gold zu verwandeln. Wer sein häusliches Leben, wie es hier angedeutet ist, beachtet, wird die natürliche Magie und die einfache Alchemie, welche den Überfluss in seine Schatzkammer brachte, leicht einsehen.

Yusef Abul Hagig, der Vollender der Alhambra.

Unter des Statthalters Wohnung in der Alhambra ist die königliche Moschee, wo die maurischen Monarchen ihre Andacht im Stillen verrichteten. Obgleich sie als katholische Kirche geweiht ist, hat sie doch noch Spuren ihres moslemitischen Ursprungs; die sarazenischen Säulen mit ihren vergoldeten Kapitälern, und die vergitterte Galerie für die Frauen sind noch zu sehen, und die Wappen der maurischen Könige sind auf den Mauern mit denen der kastilianischen Monarchen vermischt.

An diesem heiligen Ort starb der berühmte Yusef Abul Hagig, der hochherzige Fürst, welcher die Alhambra ausbaute, und der wegen seiner Tugenden und Talenten fast gleichen Ruhm verdient, wie ihr edler Gründer. Mit Freuden entreiße ich dem Dunkel, in welchem er allzu lange geblieben ist, den Namen eines zweiten dieser Fürsten, eines verschwundenen und fast vergessenen Geschlechts, welcher in Zierlichkeit und Glanz in Andalusien herrschte, während ganz Europa vergleichungsweise in Barbarei versunken war.

Yusef Abul Hagig (oder, wie es zuweilen geschrieben wird, Haris) bestieg im Jahr 1333 den Thron von Granada, und seine persönliche Erscheinung und seine geistigen Eigenschaften waren der Art, dass er sich aller Herzen gewann, und eine gütige und segensreiche Regierung versprach. Er hatte ein edles Äußere, körperliche Kraft, mit männlicher Schönheit gepaart; seine Gesichtsfarbe war ungemein schön, und er erhöhte, den arabischen Geschichtsschreibern zufolge, die Würde und Majestät seiner Erscheinung dadurch, dass er seinen Bart in einer bedeutenden Länge wachsen ließ, und ihn schwarz färbte. Er hatte ein treffliches mit Schätzen des Wissens und der Gelehrsamkeit ausgerüstetes Gedächtnis; er war lebendigen Geistes, galt für den besten Dichter seiner Zeit und war anmutig, zugänglich und fein in seinem Benehmen. Yusef besaß den, allen edlen Geistern gemeinschaftlichen Mut; aber sein Geist war mehr für den Frieden als für den Krieg gebildet, und er war bei den wiederholten Gelegenheiten, wo er zu den Waffen greifen musste, gewöhnlich unglücklich. Er nahm die Milde seines Charakters mit in das Kriegsleben hinüber, verbot alle mutwillige Grausamkeit, und befahl den Frauen und Kindern, den Bejahrten und Kranken, und allen Mönchen und Personen eines frommen und abgezogenen Lebens Gnade und Schutz angedeihen zu lassen. Unter andern unglücklichen Unternehmungen begann er auch, in Verbindung mit dem König von Marocco, einen Feldzug gegen die Könige von Kastilien und Portugal, wurde aber in der denkwürdigen Schlacht von Salado geschlagen, – ein großer Unfall, welcher der Macht der Moslemin in Spanien beinahe den Todesstoß gegeben hätte.

Yusef erfreute sich nach dieser Niederlage eines langen Waffenstill-
standes, während welcher Zeit er sich dem Unterricht seiner Untertanen
und der Verbesserung ihres geistigen Zustandes und ihrer Sitten weihte.
Zu diesem Zweck errichtete er in allen Dörfern Schulen, und führte eine
einfache und gleichförmige Methode der Erziehung ein; jeder Weiler, der
aus mehr als zwölf Häusern bestand, musste eine Moschee haben; die
Missbräuche und Unziemlichkeiten, welche sich in die Religionsfeier, die
Feste und öffentlichen Vergnügungen des Volkes eingeschlichen hatten,
verbot er streng. Er hatte ein wachsames Auge auf die Polizei der Stadt,
stellte Nachtwächter und Streifwachen auf, und beaufsichtigte alle städ-
tischen Angelegenheiten. Seine Aufmerksamkeit war auch auf die Vollendung der großen Bauwerke, welche seine Vorfahren begonnen hatten,
und auf die Errichtung anderer nach seinen eignen Planen, gewendet.
Die Alhambra, welche der gute Abu Alahmar gegründet hatte, wurde
jetzt vollendet. Yusef ließ das schöne Tor der Gerechtigkeit bauen, welches den Haupteingang zur Feste bildet, und das er 1348 vollendete. Er
schmückte auch viele Höfe und Säle des Palastes, wie die Inschriften an
den Wänden beweisen, wo sein Namen öfter vorkömmt. Er baute endlich den edlen Alcazar oder die Zitadelle von Malaga, unglücklicherweise jetzt eine bloße Masse zerbröckelter Trümmer, wahrscheinlich aber
in ihrem Innern einst eben so zierlich und prachtvoll, wie die Alhambra.

Der Genius eines Fürsten drückt seiner Zeit seinen Charakter auf. Die
Edlen Granadas ahmten Yusefs zierlichen und anmutsvollen Geschmack
nach und füllten die Stadt Granada bald mit prachtvollen Palästen, deren
Säle mit Mosaik gepflastert, die Wände und Decken mit Bildnerarbeit
geziert und schön vergoldet, und mit himmelblau, rot und andern glänzenden Farben ausgemalt, oder mit Zedern und andern kostbaren Holz-
arten fein ausgelegt waren, wovon noch Spuren in ihrem ganzen Glanze
aus dem Strudel der Jahrhunderte gerettet worden sind. Viele von den
Häusern hatten Brunnen, welche Wasserstrahlen verspritzten, um die
Luft zu kühlen und zu erfrischen. Sie hatten auch hohe Türme von Holz
oder Stein, seltsam verziert und geschmückt, und mit Metallplatten belegt, welche in der Sonne glänzten. Der Art war der zierliche und verfei-
nerte Geschmack in der Baukunst, der unter diesem eleganten Volke
herrschte, sodass, um das schöne Gleichnis eines arabischen Schriftstel-
lers zu gebrauchen: »Granada in Yusefs Tagen eine Silbervase war, gefüllt mit Smaragden und Hyazinthen.«

Eine Anekdote wird hinreichen, den Edelmut dieses trefflichen Fürsten
zu zeigen. Der lange Waffenstillstand, der auf die Schlacht von Salado
gefolgt war, ging zu Ende, und alle Bemühungen Yusefs, ihn zu verlän-

gern, war vergebens. Sein Todfeind, Alonzo X. von Kastilien, zog mit einer großen Macht ins Feld, und belagerte Gibraltar. Yusef griff widerstrebend zu den Waffen und schickte Truppen zum Entsatz dieses Platzes, als er inmitten seiner Bekümmernis die Nachricht erhielt, sein gefürchteter Feind sei plötzlich als ein Opfer der Pest gestorben. Statt Freude bei dieser Gelegenheit an den Tag zu legen, erinnerte Yusef an die glänzenden Eigenschaften des Verewigten, und war eines edeln Kummers voll. »Ach«, sagte er, »die Welt hat einen ihrer trefflichsten Fürsten verloren, einen Fürsten, der das Verdienst in dem Feind wie in dem Freund zu ehren wusste.«

Selbst die spanischen Geschichtsschreiber enthalten Zeugnisse von seinem großmütigen Charakter. Ihren Nachrichten zufolge teilten die maurischen Ritter das Gefühl ihres Königs und legten Trauer wegen Alonzos Tod an. Selbst die von Gibraltar, die so eng umzingelt waren, beschlossen unter sich, als sie hörten, der feindliche Monarch liege tot in seinem Lager, dass keine feindselige Bewegung gegen die Christen gemacht werden solle. An dem Tage, an welchem das Lager abgebrochen ward, und das Heer, Alonzo's Leiche tragend, abzog, kamen die Mauren in Scharen von Gibraltar, und sahen stumm und betrübt auf den Trauerzug. Dieselbe Ehrfurcht vor dem Hingeschiedenen bewiesen alle maurischen Befehlshaber an den Grenzen; sie ließen das Trauergeleite, das die Leiche des christlichen Königs von Gibraltar nach Sevilla brachte, ruhig seines Weges ziehen[4].

Yusef überlebte den Feind, den er so edel beweint hat, nicht lange. Im Jahre 1354, während er in der königlichen Moschee der Alhambra betete, stürzte plötzlich ein Wahnsinniger von hinten auf ihn, und stieß einen Dolch in seine Seite. Das Geschrei des Königs zog seine Wachen und Höflinge zu seinem Beistande herbei. Sie fanden ihn in seinem Blute schwimmen, und in Krämpfen. Er wurde in die königlichen Gemächer getragen, starb aber fast augenblicklich. Der Mörder wurde in Stücke gehauen, und seine Glieder öffentlich verbrannt, um das wütende Volk zufriedenzustellen.

Die Leiche des Königs wurde in einem kostbaren Grabmal von weißem Marmor beigesetzt, und eine lange Grabschrift in goldnen Buchstaben auf blauem Grund verewigte seine Tugenden. »Hier liegt ein König und

---

[4] »Y los moros que estaban en la villa y Castillo de Gibraltar, despues que sopieron que el Rei Don Alonzo era muerto, ordenaron entresi que ninguno non fuesse osado de fazer ningun movimiento contra los Christianos, nin mover pelear contra ellos, estovieron todos quedos y dezian entre ellos qui aquel dia muricra un noble rey y Gran principe del mundo.«

Martyr, von erlauchtem Geschlecht, edel, gelehrt, und tugendhaft; berühmt wegen der Anmut seiner Person und seiner Sitten, dessen Güte, Frömmigkeit und Wohlwollen in dem ganzen Königreiche Granada gepriesen wurde. Er war ein großer Fürst, ein berühmter Feldherr, ein scharfes Schwert der Moslemin, ein starker Fahnenträger unter den mächtigsten Monarchen,« u. s. w.

Die Moschee, welche einst von dem Sterberuf Yusefs wiederhallte, steht noch, aber das Grabmal, auf welchem seine Tugenden verzeichnet waren, ist seit langer Zeit verschwunden. Sein Name bleibt in den Verzierungen der Alhambra eingeschrieben und wird in steter Verbindung mit diesem berühmten Gebäude bleiben, das zu verschönern sein Stolz und seine Freude war.

www.ingramcontent.com/pod-product-compliance
Lightning Source LLC
Chambersburg PA
CBHW020734020826

48980CB00016B/222